Diogenes Taschenbuch 21744

Margery Allingham

Polizei am Grab

Aus dem Englischen von Friedrich A. Hofschuster

Diogenes

Titel der 1931 in London
erschienenen Originalausgabe:
›Police at the Funeral‹
Umschlagzeichnung von
Hans Traxler

Für meine sieben Onkel
väterlicherseits

Deutsche Erstausgabe

150/89/36/1
ISBN 3 257 21744 7

Inhalt

Dieser Roman, die darin vorkommenden Personen und die Brücke in Grantchester Meadows sind Phantasieprodukte der Autorin und haben keine Beziehung zu wirklichen Ereignissen, lebenden Menschen oder topographischen Gegebenheiten.

I

»Hier ruht ein Wohltäter«

Wenn einer einen anderen verfolgt, mag der Verfolger oder der Verfolgte es noch so diskret anstellen: dennoch wird es in den Straßen von London nur sehr selten unbemerkt bleiben.

Und so gab es denn mindestens vier Personen, denen auffiel, daß der erst kürzlich zu den Großen Fünf beförderte Inspector Stanislaus Oates, als er den High Holborn entlangging, von einem kleineren, untersetzten, schäbig gekleideten Mann verfolgt wurde, der trotz allem das schwer definierbare Gebaren ehemaliger Kultiviertheit an sich hatte.

Der Inspector hatte die Hände in die Taschen seines Regenmantels gesteckt und den Kragen hochgestellt, daß dieser fast die Krempe seines abgetragenen Filzhutes berührte. Er hatte die Schultern hochgezogen, seine Füße waren naß, und schon sein Gang drückte deutliche Niedergeschlagenheit aus.

Es gab nur sehr wenige Anhaltspunkte für die Passanten, daß der untersetzte Mann, der der Schlepper eines Buchmachers hätte sein können, dem Inspector folgte. Er selbst wäre sehr erstaunt gewesen, wenn er erfahren hätte, daß irgend jemandem sein Interesse für den Polizeibeamten aufgefallen war, aber die alte Mrs. Carter, die vor der Provincial Bank Blumen verkaufte, erkannte Mr. Oates, beobachtete den Mann, der sich an ihn gehängt hatte, und fragte sich, was er wohl vorhatte, fragte sogar laut ihre Tochter, die auf den Lieferwagen des *Evening Standard* mit der Spätausgabe wartete und ihre hochhackigen Schuhe voll Wasser bekam von der Flut, die den Randstein entlang in die Gullys sprudelte.

Dem Portier, der auf der Treppe des großen Hotels Anglo-American stand, fielen die beiden Männer ebenfalls auf; er war stolz darauf, daß ihm in der Regel nicht viel entging. Und auch Old Todd, der Fahrer des letzten Taxis in der Reihe vor der Staple Inn, vermerkte das Schauspiel ebenfalls, als er lustlos über die metallgerahmten Gläser seiner Brille hinweg den Gehsteig beobachtete, auf das Abendgeschäft wartete und sich überlegte, ob die eine noch funktionierende Bremse seines Wagens bei dieser verdammten Nässe ausreichen würde.

Und schließlich war sich auch der Inspector selbst über die Sachlage im klaren. Man ist nicht fünfundzwanzig Jahre lang Polizeibeamter, ohne in besonderer Weise empfänglich zu werden für den Umstand, daß man nicht allein vor sich hinschreitet, und der stumme Begleiter in diskretem Abstand wird dabei ebenso real, als wenn er neben einem herginge.

Heute war sich der Inspector dieses Umstandes bewußt, nahm aber keine Notiz davon. Es gab vermutlich viele, die genügend Groll gegen ihn hegten, daß sie sogar einen Überfall auf Mr. Oates ins Auge fassen mochten, aber seines Wissens keinen, der das Risiko eingehen würde, einen solchen Versuch bei hellem Tageslicht und mitten im Herzen der Stadt zu unternehmen. Daher ging er platschend weiter durch den Regen, versunken in seine eigene, rein persönliche Depression. Dieser eher magere, gutmütige Mann, der nur um den Bauch herum einen Ansatz von Fett zeigte, wurde in Wahrheit von nichts Ernsterem als leichten Verdauungsbeschwerden geplagt, gepaart mit der unangenehmen Vorahnung, daß seine Glückssträhne zu Ende sei und in Kürze etwas Unangenehmes geschehen würde. Er war kein sonderlich phantasiebegabter Mensch, aber Vorahnung ist Vorahnung, und er war eben erst den Großen Fünf beigetreten, so daß sich seine Verantwortung für den Fall größerer Schwierigkeiten jedenfalls nicht verringert hatte. Außerdem waren da noch der Regen, das Verdauungsproblem, das ihn zu diesem Spaziergang veranlaßt hatte, und noch einmal der Regen.

Mitten in diesem wütenden Sturm, der durch den Viaduct

fegte, blieb er stehen und machte sich Vorwürfe. Die vage Gegenwart hinter ihm bereitete ihm noch den geringsten Kummer. Aber verdammt! Dieser Regen durchnäßte ihn bis auf die Haut. Er befand sich in einer Gegend, wo es keine Hotels gab, und dank der Umsicht und Fürsorge einer großmutterhaften Regierung würde es noch eineinhalb Stunden dauern, ehe die Pubs öffneten. Die Hosenbeine klatschten ihm klamm um die Knöchel, und als er sich aufgerichtet hatte, ergoß sich ihm ein kleiner Wasserfall von der Hutkrempe in den Nacken.

Es gab tausend Dinge, die er hätte tun können. Er hätte sich ein Taxi zurück zum Yard oder zu einem Restaurant oder Hotel nehmen und sich dort in Ruhe und Gelassenheit trocknen lassen können, aber er befand sich nun einmal in einer merkwürdigen Stimmung und schaute sich jetzt nach allen Seiten angriffslustig um. Selbst der dienstjüngste Constable in diesem Revier mußte ein schützendes Dach kennen, eine Zuflucht in dieser Wüste aus Bürohäusern, wo sich ein Mensch trocknen und wärmen und vielleicht ein verbotenes Pfeifchen rauchen konnte, in angenehmer, und sei es auch staubiger, Zurückgezogenheit.

In London gibt es wie in allen großen Städten, an denen tausend und mehr Jahre gebaut und wieder gebaut worden ist, alle möglichen Ecken und Winkel, kleine, vergessene Fleckchen wertvollen Bodens, die immer noch der Allgemeinheit gehören, und seien sie auch noch so versteckt zwischen den gewaltigen Steinmassen privaten Besitzes. Während er am Viaduct stand, mußte Stanislaus Oates an die Zeit vor zwanzig Jahren denken, als er selbst noch Constable in London gewesen und frisch aus der Provinz in die große Stadt gekommen war. Sicher war er oft genug nach der letzten Runde in seinem Revier in Holborn auf dem Nachhauseweg durch diese langweilige Straße gekommen; bestimmt hatte es damals irgendeine stille Ecke gegeben, wo er die Antworten für das bevorstehende mündliche Examen präpariert hatte, das ihm im Frühjahr gedroht hatte, oder wo er einen absurd verklärten Bericht über seine Tätigkeit an seine vertrauensvolle und bezaubernde Marion geschrieben hatte, die damals noch in Dorset lebte.

Sicher, die Häuser hatten sich seit damals verändert, aber ihre Lage war geblieben. Die Erinnerung kehrte zurück, erst stückweise wie eine Landschaft, die man durch die Blätter eines Baums betrachtet, doch dann erinnerte er sich auf einmal an den modrigen Geruch warmer Säcke und heißer Wasserrohre. Und plötzlich fiel es ihm wieder ein: der dunkle Durchgang mit dem dünnen Lichtstrahl am Ende, die rote Tür mit dem Eimer davor und der Steinfigur gegenüber.

Augenblicklich besserte sich seine Laune beträchtlich, und er ging weiter, drang tiefer in die Stadt ein, bis ihn eine plötzliche Wende zu einem schmalen Bogengang brachte, der sich zwischen den palastartigen Eingängen von zwei Großhandelsfirmen hindurchzwängte. Die Pflastersteine in diesem Durchgang waren abgetretene, schmale Steinplatten, schief und schräg zusammengesetzt, und an der weißgetünchten Mauer war eine kleine, abgeblätterte Schrift zu erkennen, geschwärzt vom Rauch und zusätzlich von der Dunkelheit in dem Durchgang überschattet, eine Schrift, die schlicht verkündete: ZUM GRAB.

Und diesen Durchgang betrat Inspector Stanislaus Oates, ohne auch nur einen Augenblick zu zögern.

Nach etwa fünfzehn Metern kam er in einen kleinen Hof, der in all den Jahren, seit er ihn entdeckt hatte, und vermutlich auch die letzten hundert Jahre davor, unverändert geblieben war. Hier ragten braunschwarze Gebäude auf allen vier Seiten steil in die Höhe und ließen nur einen kleinen Ausschnitt eines grauen, unfreundlichen Himmels frei. Der Anlaß für diesen merkwürdigen Luftschacht inmitten eines alten Gebäudeblocks nahm den größten Teil des Hofs in Beschlag und bestand aus einem Rechteck spärlichen, gelblichen Rasens, der von einem niedrigen Geländer umgeben war, und in seiner Mitte erhob sich das in Stein gehauene Abbild eines Mannes in Wams und Kniehose. Eine Tafel am Postament der Statue verkündete den Neugierigen:

Sir Thomas Lillyput
Er kaufte dieses Land,
dass seine Gebeine
dort ruhen sollen.
Stört ihm die Ruhe nicht,
dass nicht dereinst
Die eure ebenso gestört.
Lord Mayor von London, 1537

und darunter, in einer moderneren Schrift:

Hier ruht ein Wohltäter.
Daß keiner seine Gebeine entferne.

Die frommen oder vielleicht auch abergläubischen Magnaten eines späteren Londons hatten bisher Sir Thomas und seine letzte Ruhstätte immerhin respektiert und ihre Geschäftsbauten um ihn herum und nicht direkt darüber oder darunter errichtet.

Die Erbauer des Blocks über dem Durchgang hatten jedoch den Hof als einen Zugang für Kohlentransporte genutzt, da die eigentliche Zufahrt zu schmal war, als daß man sie als Wareneinfahrt hätte benützen können, und die rote Tür rechts von dem Standbild, an die sich der Inspector erinnert hatte, führte denn auch in den etwas archaischen Heizungskeller der alten Firma, die sich in dem östlichen Gebäude befand.

Die Tür wurde durch einen Eimer offengehalten, genau wie damals. Es schien sogar derselbe Eimer wie damals zu sein, stellte der Inspector mit sich belebendem Blick fest, und er fragte sich schon, ob auch der alte Foxie – der Name fiel ihm mit herzerwärmender Vertrautheit wieder ein – immer noch für den Betrieb der Heizung sorgte. Mit jedem Schritt schwand seine Depression; er kam geradezu beschwingt näher und widerstand mit Mühe der verrückten Versuchung, dem alten Eimer einen Tritt zu geben, als er an ihm vorbei in das Halbdunkel des Heizungsraums trat.

»Und da, mein lieber Watson, kommt, wenn ich mich nicht sehr irre, unser Klient«, sagte eine Stimme aus dem Halbdunkel. »Aber nein! Großer Gott! Die Polizei!«

Nach kurzer Überraschung fuhr der Inspector herum und stand einem jungen Mann gegenüber, der etwas unsicher auf einem Trümmerhaufen in der warmen, modrigen Zuflucht des Heizungskellers hockte. Ein Lichtstrahl aus der Feuerung fiel auf die Gestalt und zeigte sie in scharfgeschnittenem Relief.

Der Inspector sah eine schlanke, makellos gekleidete Figur, gekrönt von einem blassen Gesicht, das halb verdeckt war durch eine riesige Hornbrille. Die altmodische Mütze mit den hochgestellten Ohrenschützern, die ein wenig schief auf dem Kopf des jungen Mannes saß, vermittelte den Eindruck einer gewissen Widersprüchlichkeit.

Chief Detective-Inspector Stanislaus Oates begann zu lachen. Dabei hatte er noch vor zehn Minuten geglaubt, daß er wohl nie mehr spontane Fröhlichkeit empfinden würde.

»Campion!« sagte er. »Wer hat Sie denn hier hereingetrieben?«

Der junge Mann kämpfte sich von seinem Thron aus Trümmern und streckte dem Inspector die Hand entgegen.

»Ich warte auf einen Klienten«, antwortete er dann nonchalant. »Ich bin schon eine halbe Stunde hier. Und was suchen Sie?«

»Wärme und ein bißchen Ruhe«, erwiderte der Inspector mit klagender Stimme. »Dieses Wetter geht mir an die Nieren.«

Er zog seinen Regenmantel aus, schüttelte ihn mit entschiedener Gebärde und breitete ihn dann über den Platz aus, auf dem Mr. Campion bis dahin gehockt hatte. Er wiederholte die Prozedur mit seinem Hut und drückte sich dann so nahe an den Boiler wie er konnte, ohne sich zu verbrennen. Der andere betrachtete ihn mit leicht amüsierter Miene auf dem etwas nichtssagenden Gesicht.

»Reminiszenzen an den kleinen Polizisten, wie mir scheint«, sagte er. »Was soll dieser Besuch? ›Alter Bobby kehrt an die Szene seines ersten Arrests zurück?‹ – ›Die sentimentale Reise von einem der Großen Fünf?‹ Wissen Sie, Stanislaus, ich will nicht neugierig erscheinen, aber ich erwarte tatsächlich einen Klienten, wie ich vorhin sagte, oder, genauer gesagt, eine Klientin. Als ich Ihre Schritte hörte, dachte ich schon, Sie seien die geheimnisvolle ›Sie‹, und ich gestehe Ihnen ehrlich, daß ich bei Ihrem Anblick ein wenig enttäuscht war.«

Der Inspector wandte sich von der Heizung ab und schaute seinen Freund scharf an. »Und wozu diese Verkleidung?« fragte er.

Mr. Campion nahm das monströse Gebilde aus Tweed von seinem Kopf und betrachtete es liebevoll.

»Auf dem Weg hierher war ich kurz bei Belloc«, erklärte er, »und da hab ich das Ding gesehen. Sie stellen jährlich nur ein Exemplar davon her, für einen ländlichen Dekan, der die Mütze bei der alljährlichen Rattenjagd trägt. Ich hab sie gesehen und mußte sie haben. Genau das richtige, um sich mit einer romantischen Klientin zu besprechen, finden Sie nicht?«

Der Inspector grinste. Die Wärme drang allmählich bis in seine Knochen, und seine *bonhomie* kehrte schnell zurück.

»Sie sind wirklich ein außergewöhnlicher Bursche, Campion«, sagte er. »Es wundert mich schon nicht mehr, wenn Sie an den überraschendsten Orten auftauchen. Ich hätte nicht gedacht, daß es ein halbes Dutzend Londoner gibt, die dieses kleine Versteck kennen. Aber ich komme zum erstenmal seit zwanzig Jahren wieder hierher, und Sie sitzen hier, in dieser Maskerade. Wie machen Sie das nur?«

Campion knöpfte nachdenklich die Ohrenklappen seiner Mütze auf. »Der gute Lugg hat mich daraufgebracht«, sagte er. »Er ist immer noch bei mir, Sie wissen ja, eine Kombination aus junger Bulldogge und *femme-de-chambre*. Ich habe einen passenden Ort gesucht, um dort eine junge Dame zu sprechen, die dem Irrtum erlegen ist, mich für einen Privatdetektiv zu halten.«

Der Inspector klopfte seine Pfeife am Boiler aus.

»Komisch, wie sich solche Fehlinformationen verbreiten«, sagte er. »Als was bezeichnen Sie sich derzeit?«

Campion schaute ihn tadelnd an. »Beauftragter in Sachen Abenteuer«, sagte er. »Ich bin erst neulich daraufgekommen. Aber ich finde, es beschreibt mich vortrefflich.«

Der Inspector schüttelte ernst den Kopf. »Kein Gralsritter mehr?« fragte er. »Das letzte Mal haben Sie mir ganz schön Angst eingejagt. Ich fürchte, früher oder später werden Sie größte Schwierigkeiten haben.«

Der junge Mann strahlte. »Ihre Vorstellung von Schwierigkeiten muß von recht fortgeschrittener Art sein«, murmelte er.

Der Inspector lächelte nicht. »Ich meinte damit eher solche Schwierigkeiten«, bemerkte er und deutete dazu durch die offene Tür hinaus auf den mit dem niedrigen Eisengeländer umgebenen Grasfleck. »Nur, daß es wahrscheinlich niemanden gibt, der zu ihren Füßen eine Tafel mit der Inschrift *Hier ruht ein Wohltäter* aufstellen wird. Was ist es diesmal? Ein Skandal in ersten Kreisen? Oder sind Sie dabei, das gesamte Spionagenetz des britischen Weltreichs zu zerstören?«

»Weder noch«, sagte Mr. Campion bedauernd. »Sie finden mich hier, Stanislaus, in dem äußerst kindischen Verlangen, jemanden zu beeindrucken. Und, nebenbei, um zu mir selbst zu finden. Ich treffe eine Dame hier – aber das habe ich Ihnen inzwischen ungefähr sechsmal gesagt. Sie können ruhig hierbleiben. Ich kenne sie nicht, und ich glaube, daß Ihre Anwesenheit sogar das Niveau des Gesprächs noch verbessern würde. Sagen Sie, könnten Sie nicht rasch rausgehen auf die Straße und sich einen Helm borgen von einem Ihrer Bobbys, die da draußen Streife schieben? Dann wüßte die Dame, daß ich die Wahrheit sage, wenn ich sie mit Ihnen bekanntmache.«

Mr. Oates war beunruhigt. »Wenn Sie irgendeine Verrückte hier treffen, sagen Sie ihr bloß nicht, wer ich bin«, warnte er den anderen. »Was soll das Ganze eigentlich?«

Mr. Campion zog ein zusammengefaltetes Blatt eines dikken grauen Briefpapiers aus seiner Innentasche.

»Das ist der Brief eines Anwalts«, sagte er. »Ich schätze, er hat dabei weder Kosten noch Mühen gescheut. Lesen Sie ihn, ich helfe Ihnen bei den komplizierteren Wörtern.«

Der Inspector nahm den Brief und las ihn für sich, wobei er jedes Wort mit den Lippen formte und gelegentlich ein gedämpftes Grollen ausstieß, als er manche Sätze leise vor sich hinsagte.

Soul's Court 2, Queen's Rd.,
Cambridge.

Mein lieber Campion,

ich hätte mir eher vorgestellt, daß Du einmal zu mir kommst, um mich in einer meinen Beruf betreffenden Angelegenheit zu konsultieren, als umgekehrt. Doch die Götter des Zufalls waren von jeher launisch wie eine Frau – und natürlich ist es eine Frau, um deren süß-törichten Anliegens willen ich um Deinen Dienst bitte.

Du hast mich mit so vielen amüsanten Bagatellen überhäuft, als ich Dir meine Verlobung mitteilte, daß ich sicher bin, Du hast das Ereignis selbst schon wieder vergessen. Aber ich schreibe diesen Brief wegen meiner Verlobten Joyce Blount.

Wie ich Dir vielleicht mitgeteilt habe, ist sie derzeit – armes

Kind – auf dem Besitz ihrer Großtante als eine Art Haustochter und Gesellschafterin beschäftigt, und die Großtante, eine sagenhafte alte Hekuba, ist die Witwe des verstorbenen Doktors John Faraday, der circa 1880 Rektor des ›Gnats‹ gewesen sein muß. Die Faradays sind eine alte Familie von geradezu lächerlichen Ausmaßen, und die Aufgaben, die sich meiner Verlobten stellen, sind alles andere als einfach.

Kommen wir zum Postulat. Derzeit macht sich Joyce, wie ich finde, absurde Sorgen über das Verschwinden ihres Onkels Andrew Seeley, der auch zum Haushalt ihrer Großtante gehört und seit einer Woche verschwunden ist. Ich kenne den Mann, eine schrullige Type und ein Schmarotzer, wie übrigens die meisten Mitglieder der Familie. Ich selbst halte es für sehr wahrscheinlich, daß er ein paar Pfund bei einer Pferdewette gewonnen hat und nun einmal eine Woche lang der eisernen Disziplin seiner Tante Faraday entkommen will.

Joyce ist freilich ebenso hartnäckig wie liebenswert, und da sie sich entschlossen hat, morgen in die Stadt zu kommen (also am Donnerstag, dem zehnten), um in dieser Angelegenheit einen geeigneten Spezialisten aufzusuchen, war es das geringste, was ich tun konnte, ihr Deinen Namen und Deine Adresse zu geben und Dir dann einen Brief zu schreiben, um Dich zu warnen.

Sie ist, wie ich fürchte, eine sehr romantische Natur, und sie führt ein verhältnismäßig unromantisches Leben. Wenn Du ihr wenigstens den Kitzel vermitteln würdest, daß sie den Detektiv persönlich und vielleicht sogar mitten im Ermitteln beobachten könnte, würdest Du mich zu Deinem ewigen Schuldner machen.

In alter Treue, mein lieber Studienkollege,
Immer Dein

Marcus Featherstone

P.S.: Könnte ich doch nur in London sein, ich wäre von

dem geradezu absurden Verlangen besessen, Euer Gespräch heimlich zu belauschen.

P.P.S.: Gordon, an den Du Dich bestimmt erinnerst, ist nach Indien gegangen, um dort die britische Herrschaft zu verteidigen, und ich bin sicher, es wird ihm gelingen. Henderson schreibt mir, daß Gordon dabei war, vor die Hunde zu gehen, was immer das bedeuten soll. Aber es wäre typisch.

Der Inspector faltete den Brief zusammen und gab ihn Campion zurück.

»Ich glaube nicht, daß ich mich mit dem Burschen anfreunden könnte«, bemerkte er. »Sicher ist er sehr nett«, fügte er rasch hinzu. »Aber wenn man bei so einem auf den Zeugenstand gerufen wird und er einen dann ausquetscht, steht man wie ein Narr da, und der Fall tritt auf der Stelle. Er glaubt, daß er alles weiß, und er weiß ja auch fast alles – über Bücher und tote Sprachen –, aber hat er auch nur die leiseste Ahnung von dem Gedankenprozeß, der dazu führte, daß der Angeklagte die Klägerin 1927 in Chiswick heiratete, wo er doch seit dem Jahre 1903 bereits mit der Zeugin Nummer eins verheiratet war? Nie im Leben.«

Mr. Campion nickte. »Da haben Sie vermutlich recht«, sagte er. »Obwohl Marcus ein sehr guter Solicitor ist. Aber ich glaube, die Fälle, die in Cambridge vors Gericht gehen, sind in der Regel von überaus gepflegter Art. Ich wollte, das Mädchen würde jetzt auftauchen – vorausgesetzt, daß sie überhaupt kommt. Ich habe Lugg ausdrückliche Instruktionen gegeben, daß er sie hierherschickt, sobald sie in der Bottle Street eintrifft. Ich dachte mir, daß sie auf diese Weise einen Blick in einen Bereich der Unterwelt von London werfen könnte, der zugleich anständig, sicher und erbauend ist. Ein Mädchen, das von Marcus zu einem Heiratsversprechen überredet werden konnte, muß geistig behindert sein. Abgesehen davon, daß auch mir ihre Sorge geradezu absurd vorkommt. Sie hat einen mehr als unangenehmen Onkel verloren – warum sollte sie sich die Mühe machen, ihn nun auch noch zu suchen? Ich dachte mir, ich setze mich hier auf diesen bequemen, wenn auch nicht dafür gedachten Haufen Sperrmüll, schmücke mich mit meiner Rattenfängermütze und gebe ein paar offene und ungeschminkte Bemerkungen über Onkel Andrew von mir. Die junge Frau wird tief beeindruckt zu Marcus zurückkehren und ihm getreu alles berichten, was sie gesehen und gehört hat – das tun solche Frauen immer. Marcus wird daraus erkennen, daß ich mich in galoppierendem Tempo Richtung Klapsmühle bewege, er wird meinen Namen aus seinem Adreßbuch streichen und mich von da an in Ruhe lassen. Wie gehen Ihre Geschäfte?«

Der Inspector zuckte mit den Schultern. »Ich kann nicht klagen«, sagte er. »Beförderungen sind immer mit Ärger verbunden, soweit ich mich erinnere.«

»Hören Sie!« rief Campion plötzlich. »Sie kommt!«

Die beiden Männer standen da und lauschten. Schwankende Schritte hallten in dem engen Durchgang. Sie näherten sich dem Hof, dann schienen sie sich wieder ein wenig zu entfernen.

»Ein Lahmer mit Stiefeln Schuhgröße neun, Stumpen rauchend, von Beruf Handlungsgehilfe«, murmelte Campion und setzte seine Tweedmütze auf. »Außerdem hört es sich nach orthopädischen Schuhen an«, fuhr er in ernsterem Ton fort. »Hoffentlich hat sich Marcus nicht eine von den wuchtigeren englischen Rosen erwählt.«

Mr. Oates warf einen Blick durch den Spalt zwischen der halboffenen Tür und dem Türrahmen. »Ach«, sagte er dann nebenhin, »der Kerl schon wieder.«

Mr. Campion zog fragend eine Augenbraue hoch.

Der Inspector erklärte es ihm. »Ich bin heute vom Yard aus bis hierher verfolgt worden«, sagte er. »Um ehrlich zu sein, bei dem heftigen Regen und Sturm habe ich den Mann ganz vergessen. Vermutlich hat er draußen vor dem Eingang herumgehangen, seit ich hier hereingekommen bin. Vielleicht hat er etwas gegen mich, oder es ist ein Verrückter, der mir anbietet, jeden kriminell Veranlagten auf den ersten Blick zu erkennen. Sie würden sich wundern, was mir alles angeboten wird, Campion. Aber ich glaube, ich sollte rausgehen und mit ihm reden.«

Der Regen hatte vorläufig aufgehört, doch der Himmel war noch bedeckt und grau. Stanislaus Oates trat hinaus auf den kleinen Innenhof, ging auf die Mündung des Durchgangs zu, warf einen Blick hindurch und trat dann wieder in den Schutz des Hofes. Campion stand unter der Tür des Heizungsraums, um die Komödie zu beobachten, schlank und gepflegt wie immer, abgesehen von der lächerlichen Tweedmütze, die schief auf seinem Kopf saß.

Wieder waren die Schritte zu vernehmen, und einen Augenblick später kam der untersetzte Mann mit dem Gebaren ehemaliger Kultiviertheit auf den Hof.

Aus der Nähe bot er eine komplexere Erscheinung als von fern. Sein gerötetes Gesicht war aufgeschwemmt; rauhe Haut und tiefe Falten überdeckten fast die natürliche Regelmäßigkeit seiner Züge. Sein Anzug, den er mit Haltung trug, war unansehnlich und voller Fettflecke, ein Zustand, der keineswegs dadurch verbessert wurde, daß er nun auch noch völlig durchnäßt war. Trotz der scheuen, flüchtigen Blicke nach allen Seiten verbreitete er einen Eindruck von Aufsässigkeit, und sobald er den Inspector erblickt hatte, musterte er ihn scharf mit seinen etwas blutunterlaufenen Augen.

»Mr. Oates«, sagte er, »ich möchte mit Ihnen reden. Ich habe eine Information für Sie, die Ihnen und Ihren Freunden sehr viel Mühe und Ärger ersparen kann.«

Der Inspector antwortete nicht, sondern wartete die weitere Entwicklung ab. Der Mann sprach mit einer bemerkenswert tiefen Stimme und unerwartet gebildetem Akzent. Interessiert näherte sich Mr. Campion aus seinem Versteck. Der Eindringling brach abrupt ab, als er Campions etwas ungewöhnliches Aussehen registrierte, und riß den Mund weit auf.

»Ich wußte nicht, daß Sie nicht allein hier sind«, sagte er mürrisch.

»Vielleicht sogar mit einem Zeugen«, legte ihm der Inspector in trockenem Ton nahe.

Mr. Campion nahm die Mütze ab und kam heraus auf den Hof.

»Wenn Sie wollen, kann ich gehen, Inspector«, sagte er und hielt dann aber abrupt inne.

Alle drei Männer standen da und schwiegen. Aus dem Durchgang hörte man das vielfache Echo hochhackiger Schuhe, die auf dem Pflaster klickten. Mr. Campions Klientin war im Anmarsch.

Einen Augenblick später stand sie in dem kleinen Hof – die absolute Antithese seiner Erwartungen. Eine große, schlanke junge Frau, schick gekleidet in der besten Tradition gepflegter junger Frauen vom Land. Außerdem war sie jung – wesentlich jünger als Campion vermutet hatte. Sie sah, bemerkte der Inspector später, wie die jüngere Schwester von netten, sympathischen Leuten aus. Sie war keine Schönheit. Ihr Mund war ein wenig zu groß, ihre braunen Augen lagen zu tief, dennoch wirkte sie auf eine sehr persönliche und durchaus ungewöhnliche Weise attraktiv. Mr. Campion war froh, daß er seine Rattenfängermütze abgenommen hatte. Zugleich stieg in seinem Unterbewußtsein die Meinung, die er sich über seinen Freund Marcus gebildet hatte. Er trat einen Schritt vor, kam auf sie zu und streckte ihr seine Hand hin.

»Miss Blount?« fragte er. »Mein Name ist Campion. Es tut mir sehr leid, daß ich Ihnen die Mühe, hierherzukommen, nicht ersparen konnte.«

Weiter kam er nicht. Das Mädchen, dessen Blick von ihm zu den beiden anderen Männern gewandert war, sah nun den untersetzten Fremden, der dem Inspector etwas von so großer Wichtigkeit mitzuteilen hatte. Ein Ausdruck entsetzten

Wiedererkennens trat auf ihr Gesicht, und der junge Mann beobachtete mit Schrecken, wie sich kalkige Blässe vom Hals aus über ihr Antlitz ausbreitete. Im nächsten Moment machte sie einen unsicheren Schritt zurück, und Campion packte sie am Arm, damit sie nicht stürzte. Der Inspector war mit einem Satz daneben, um sie ebenfalls vor einem Sturz zu bewahren.

»Passen Sie auf«, sagte er. »Beugen Sie ihren Kopf nach unten. In einer Minute ist sie wieder auf dem Damm.«

Er suchte nach seiner Taschenflasche, als sich das Mädchen von selbst aufrichtete.

»Entschuldigen Sie«, sagte sie. »Es geht mir schon wieder besser. Wo ist er?«

Die beiden Männer drehten sich um, aber von ihrem untersetzten Bekannten war keine Spur mehr zu sehen. Rasch davontrabende Schritte im Durchgang legten Zeugnis ab von seiner Flucht. Oates rannte hinter ihm her, aber als er das Ende des Durchgangs erreicht hatte und die Straße auf und ab schaute, war der abendliche Betrieb in vollem Gang. Auf den Gehsteigen drängten sich die Menschen, und von dem geheimnisvollen Fremden, dessen Anblick Mr. Featherstones Verlobte so erschreckt hatte, war nichts mehr zu sehen.

2

Onkel Andrews Glück

Als sie im Taxi saßen und über die vom Regen glatten Straßen zur Bottle Street 17 A, der Adresse von Mr. Campion in Piccadilly, fuhren, betrachtete Miss Joyce Blount den jungen Mann, der neben ihr saß, und den Inspector, der gegenüber auf dem Klappsitz Platz genommen hatte, mit dem gewinnenden Lächeln der Jugend und log.

»Der Mann, der bei Ihnen in dem kleinen Hof war?« fragte sie als Reaktion auf eine prüfende Frage des Inspectors. »O nein, den habe ich nie zuvor gesehen.« Sie schaute den beiden Männern ins Gesicht, wobei sich die Farbe ihrer Wangen eine Spur verdunkelte.

Mr. Campion war überrascht, und sein freundlich-nichtssagendes Gesicht verzog sich zu einer Karikatur tiefen Nachdenkens.

»Aber als Sie ihn sahen«, erlaubte er sich zu erinnern, »hatte ich den Eindruck, als würden Sie ohnmächtig werden. Und als es Ihnen – äh – wieder besser ging, sagten Sie: ›Wo ist er?‹«

Die Röte auf den Wangen des Mädchens vertiefte sich, aber sie lächelte die beiden noch immer unschuldig und gewinnend an.

»O nein«, wiederholte sie mit ihrer klaren, etwas kindlichen Stimme, »Sie müssen sich getäuscht haben. Ich habe den Mann ja kaum ein paar Sekunden lang gesehen. Er sagte mir nichts. Wie hätte er auch?« In ihrem Ton lag deutliche Entschlossenheit, und nachdem sie gesprochen hatte, herrschte für einen Augenblick Schweigen. Der Inspector warf einen Blick auf Campion, aber die Augen des jungen Mannes hinter der riesigen Brille waren ausdruckslos.

Das Mädchen schien die Situation zu überdenken, denn nach ein paar Sekunden wandte sie sich erneut an Campion.

»Schauen Sie«, sagte sie, »ich habe den Eindruck, als hätte ich mich sehr töricht benommen. Aber ich mache mir schreckliche Sorgen, und ich habe noch keinen Bissen gegessen. Ich bin heute morgen ohne Frühstück aus dem Haus gegangen und hatte keine Zeit für den Lunch, und – na ja, so kam eines zum anderen, und ich bin ein bißchen wackelig auf den Beinen, fürchte ich.« Sie hielt inne, weil sie merkte, daß ihre Erklärungen nicht sonderlich überzeugend klangen.

Mr. Campion jedoch schien sich damit zufriedenzugeben. »Es ist sehr gefährlich, nicht zu essen«, sagte er ernst. »Lugg wird sich darum kümmern, sobald wir da sind. Ich kannte einmal einen Mann«, fuhr er in feierlichem Ton fort, »der aus Kummer, geistiger Anstrengung und ähnlichen Dingen für eine beträchtliche Zeit aufgehört hatte zu essen. Er hatte es sich regelrecht abgewöhnt, und als er dann einmal bei einer steifen Dinnerparty saß, war er völlig verwirrt. Stellen Sie sich vor: Hier die Suppe, dort der Hauptgang, und die Austernschalen steckte er sich in die Taschen seiner Smokingjacke. Es war ein Fiasko.«

Der Inspector schaute geistesabwesend auf seinen Freund, mit nach innen gerichtetem Blick; das Mädchen dagegen, das keine Erfahrung mit Mr. Campions Phantastereien hatte, warf ihm unter den Wimpern einen eher zweifelnden, skeptischen Blick zu.

»Sie sind also Mr. Campion, der Freund von Marcus, nicht wahr?«

Campion nickte. »Wir haben uns in unserer Sturm-und-Drang-Zeit kennengelernt«, sagte er.

Das Mädchen lachte, ein nervöses, explosives Kichern. »Die kann bei Marcus nicht lange gedauert haben«, sagte sie. »Es sei denn, er hätte sich verändert.« Sie schien diese Bemerkung augenblicklich zu bedauern, denn jetzt stürzte sie sich kopfüber auf das eine, wichtige Thema, das ihre Gedanken beherrschte. »Ich wollte Sie bitten, uns zu helfen«, sagte sie jetzt langsam. »Natürlich hat Marcus Ihnen geschrieben, nicht wahr? Er nimmt die Sache nicht ernst. Aber sie ist ernst.« Ihre Stimme entwickelte einen Ton offener Ehrlichkeit, der ihre Zuhörer fast erschreckte. »Mr. Campion, Sie sind doch eine Art Privatdetektiv – ich meine, ich habe schon von Ihnen gehört, bevor Marcus es mir sagte. Ich kenne ein Ehepaar in Suffolk, Giles und Isobel Page, Sie sind mit Ihnen befreundet, nicht wahr?«

Mr. Campions übliche Miene eines lässig-zufriedenen Schwachsinnigen verschwand augenblicklich. »Das bin ich«, bestätigte er. »Zwei der nettesten Menschen, die ich kenne. Hören Sie, ich will erst einmal reinen Tisch machen. Also, zunächst einmal bin ich kein Detektiv. Wenn Sie einen Detektiv brauchen, hier ist Mr. Oates, und er ist einer der Großen Fünf. Ich bin ein berufsmäßiger Abenteurer – im besten Sinne des Wortes. Ich werde gern alles für Sie tun, was in meiner Macht steht. Worum geht es denn?«

Der Inspector, erschrocken darüber, daß Campion so freimütig seinen offiziellen Rang verraten hatte, vernahm mit Erleichterung, was das Mädchen als nächstes ankündigte. Dazu lächelte sie ihn entwaffnend an.

»Es – es ist keine Angelegenheit für die Polizei«, sagte sie. »Es macht Ihnen doch nichts aus – oder?«

Er lachte. »Ich bin froh, das zu hören. Ich bin nur ein alter Freund von Campion. Und nachdem, was ich bisher gehört habe, scheint er der richtige Mann dafür zu sein. Da sind wir. Ich lasse Sie jetzt mit Ihrer Klientin allein, Albert.«

Mr. Campion machte eine wegwerfende Handbewegung. »Wenn Sie meinen. Falls ich in ernsthafte Schwierigkeiten kommen sollte, benachrichtige ich Sie, und Sie können mich dann einbuchten, bis die Gefahr vorüber ist.«

Der Inspector verabschiedete sich, und während Campion den Taxifahrer bezahlte, schaute sich das Mädchen um. Sie befanden sich in einer kleinen Sackgasse, die vom Piccadilly abzweigte, direkt vor einer Polizeistation, aber die Nummer 17 A prangte an einem seitlichen Hauseingang, durch den man eine Holztreppe nach oben erkennen konnte.

»Als ich heute nachmittag hier war«, sagte sie, »hatte ich schon befürchtet, daß es die Polizeistation sei. Ich war sehr erleichtert, festzustellen, daß sich Ihre Wohnung in einem der Stockwerke darüber befindet.« Sie zögerte. »Ich – ich hatte ein Gespräch mit jemandem, der mir sagte, wo ich Sie finden könne. Ein ziemlich seltsamer Mensch.«

Mr. Campion schaute sie zerknirscht an. »Er hat seine alte Uniform getragen, nicht wahr?« sagte er. »Die zieht er nur an, wenn wir versuchen, die Leute zu beeindrucken.«

Das Mädchen schaute ihm gerade ins Gesicht. »Marcus hat Ihnen wahrscheinlich gesagt, daß ich ein Kind bin, das eine kleine Meise hat. Und Sie haben sich entschlossen, mich einen Tag lang zu unterhalten, nicht wahr?«

»Sie dürfen einen großen Mann nicht verspotten, auch wenn er einmal einen Fehler macht«, sagte Mr. Campion, während er sie nach oben geleitete. »Vergessen Sie nicht: selbst Jonas, der große Prophet, ist einmal ausgerutscht – mit schrecklichen Folgen. Aber nein, jetzt meine ich es völlig ernst.«

Nach zwei Absätzen war die Treppe auf einmal mit einem Teppich bespannt, waren die Wände holzgetäfelt. Zuletzt blieben sie vor einer schweren Tür aus Eichenholz stehen, im dritten Stock des Gebäudes. Mr. Campion zog einen Schlüssel heraus, und dann wurde das Mädchen durch eine Diele in einen kleinen, komfortabel möblierten Raum geführt, der ein wenig an die attraktiveren Studios in einem College erinnerte, wenngleich die Trophäen an den Wänden eine weitaus sensationellere Vielfalt zeigten, als sie selbst der hoffnungsvollste Student je hätte erwerben können.

Das Mädchen ließ sich in einem tiefen Sessel mit Armlehnen nieder, der vor dem offenen Kamin stand. Mr. Campion drückte auf eine Klingel.

»Wir werden einen Bissen essen«, sagte er. »Lugg behauptet, daß der High Tea die einzige Mahlzeit am Tage ist, die das Leben lebenswert macht.«

Das Mädchen wollte widersprechen, aber in diesem Augenblick betrat Mr. Campions Faktotum den Raum. Er war ein großes, kummervoll dreinblickendes Individuum, dessen bleiche Wüste eines Gesichts durch einen gewaltigen schwarzen Schnurrbart belebt wurde. Er war in Hemdsärmeln, was ihm angesichts des Mädchens überaus peinlich schien.

»Donnerwetter, dachte, Sie sind allein«, bemerkte er. Dann wandte er sich dem Gast zu mit dem Schatten eines Lächelns. »Ich bitte um Nachsicht, Miss, daß ich hier sozusagen im Negligé erscheine.

»Unsinn«, sagte Campion. »Sie haben ja Ihren Schnurrbart. Er ist übrigens eine ziemlich neue Anschaffung«, fügte er hinzu, während er sich an Joyce wandte. »Und er ist ein Gewinn für uns, finden Sie nicht?«

Mr. Luggs Ausdruck wurde noch eine Spur melancholischer in dem Bemühen, eine kindliche Befriedigung zu verbergen.

»Er ist zauberhaft«, murmelte das Mädchen, das nicht ganz wußte, was man von ihr erwartete.

Mr. Lugg errötete beinahe. »Es stimmt, er sieht gar nicht so übel aus«, räumte er bescheiden ein.

»High Tea?« fragte Campion. »Die Dame hat den ganzen Tag noch nichts gegessen. Sehen Sie, was Sie zustandebringen, Lugg.«

Das kummervolle Gesicht des Mannes wirkte beinahe lebhaft. »Überlassen Sie das ruhig mir«, sagte er. »Ich serviere Ihnen einen Festschmaus.«

Einen Moment lang zeigte sich hinter Mr. Campions riesigen Brillengläsern ein besorgter Ausdruck.

»Aber keine Heringe«, sagte er.

»Verderben Sie mir nicht den Spaß«, brummte Mr. Lugg, während er sich zurückzog. Unter der Tür blieb er stehen und betrachtete nachdenklich den Gast. »Ich nehme an, Sie hätten keine besondere Lust auf Hering in der Dose mit Tomatensauce?« erlaubte er sich zu äußern, doch als er ihre ablehnende Miene erkannte, wartete er nicht erst auf eine Antwort, sondern schlurfte hinaus und schloß die Tür hinter sich.

Joyces Blick traf sich mit dem von Mr. Campion, und daraufhin lachten beide.

»Was für ein köstlicher Typ«, sagte sie.

»Absolut charmant, wenn man ihn näher kennt«, stimmte er ihr zu. »Früher war er Einbrecher, wissen Sie. Es ist die alte Geschichte – er hat mit den Jahren die Figur verloren. Wie er selbst sagt: Es verdirbt den Stil, wenn man bei Fluchtmöglichkeiten nur noch an die Doppeltüren in der Diele denken kann. Jetzt ist er schon seit längerer Zeit bei mir.«

Wieder warf ihm das Mädchen einen langen, durchdringenden Blick zu. »Hören Sie«, sagte sie dann, »haben Sie das wirklich gemeint, als Sie sagten, daß Sie mir helfen wollen? Ich befürchte nämlich, daß sich etwas Schreckliches ereignet hat – oder daß es sich in Kürze ereignen wird. Können Sie mir helfen? Sind Sie – nun, ich meine...?«

Mr. Campion nickte. »Sie wollen wissen, ob ich ein ernsthafter Praktiker bin oder jemand, der den Clown spielt? Ich kenne das Gefühl. Aber ich versichere Ihnen, daß ich ein erstklassiger Profi bin.«

Einen Augenblick lang waren die hellen Augen hinter der riesigen Brille so ernst wie die ihren.

»Und ich meine es absolut ernst«, fuhr er fort. »Meine freundliche Idiotie ist zwar überwiegend natürlicher Art, aber sie gehört zugleich auch zu meinem Repertoire. Ich bin ehrlich, ordentlich, unberechenbar wie der Gewinner beim Derby vom nächsten Jahr, und ich tue, was ich kann. Wäre es jetzt nicht angebracht, daß Sie mir ausführlich berichten, worum es geht?«

Dann nahm er den Brief von Marcus heraus und warf einen Blick darauf.

»Ein Onkel von Ihnen ist verschwunden, nicht wahr? Und Sie machen sich Sorgen um ihn – ist das der wirkliche Kummer?«

Sie nickte. »Ich weiß, es klingt ganz gewöhnlich, und mein Onkel ist natürlich alt genug, daß er sich um sich selbst kümmern kann, aber in Wirklichkeit ist es sehr seltsam, und ich werde das Gefühl nicht los, daß da etwas Furchtbares dahintersteckt. Nur weil ich solche Sorgen hatte, bestand ich darauf, daß mir Marcus Ihre Adresse gab. Wissen Sie, ich meine, daß sich jemand mit der Sache befassen sollte, der zumindest freundlich ist gegenüber der Familie, außerdem jemand, der nicht vorbelastet ist durch die Vorstellungen eines Orts wie Cambridge und eingeschüchtert von meiner Großtante.«

Campion nahm ihr gegenüber Platz. »Sie müssen mir erst einmal die Verhältnisse innerhalb der Familie klarmachen«, sagte er. »Es handelt sich für Sie im Grunde um ziemlich entfernte Verwandte, habe ich recht?«

Sie beugte sich vor, und ihre braunen Augen spiegelten ihr Bemühen, sich verständlich zu machen.

»Ich bin sicher, Sie können sich momentan nicht alles merken, aber ich werde versuchen, Ihnen eine Vorstellung von uns zu geben, so, wie wir momentan sind. Also, da ist vor allem Großtante Caroline Faraday. Ich kann sie sicher nicht so beschreiben, daß es ihr gerecht wird, aber vor fünfzig Jahren war sie eine große Dame, die Frau von Großonkel Doktor Faraday, dem Rektor des Ignatius-College, und sie ist immer die große Dame geblieben. Letztes Jahr ist sie vierundachtzig geworden, aber sie ist dennoch die lebendigste Person im ganzen Haus und leitet den Betrieb mit großartiger Haltung – ich würde sagen, Queen Elizabeth und der Papst in einer Person. Was Großtante Faraday sagt, das gilt.

Dann ist da Onkel William, ihr Sohn. Er ist über sechzig, hat vor Jahren sein ganzes Vermögen bei einem großen Wirtschaftsschwindel verloren und war gezwungen, zurückzukommen und unter den Fittichen der Großtante, seiner Mutter, zu leben. Sie behandelt ihn, als wäre er etwa siebzehn, und das tut ihm gar nicht gut.

Kommen wir zu Tante Julia, seiner Schwester, der Tochter der Großtante. Sie ist unverheiratet und hat das Haus praktisch nie verlassen. Sie wissen ja, wie das früher manchmal war.«

Mr. Campion begann, Hieroglyphen auf die Rückseite eines Briefumschlages zu zeichnen, den er aus einer Tasche gezogen hatte.

»Ich nehme an, sie muß auch Ende fünfzig sein?« fragte er.

Das Mädchen schaute ihn etwas vage an. »Ich weiß es nicht«, antwortete sie. »Manchmal glaube ich, daß sie älter ist als Großtante Faraday. Sie ist – na ja, die typische alte Jungfer der Gemeinde, wenn man so sagen darf.«

Mr. Campions Augen hinter der großen Brille wirkten gütig. »Ein bißchen schwierig?«

Joyce nickte. »Ein bißchen bestimmt. Dann gibt es Tante Kitty, die jüngere Schwester von Tante Julia. Sie hat zwar geheiratet, aber als ihr Mann starb, war kein Geld mehr übrig. Also mußte auch sie zurückkommen in ihr Elternhaus. Und damit wären wir bei mir. Meine Mutter war die Schwester ihres Mannes. Meine Familie ist früh gestorben, und Tante Kitty hat sich um mich gekümmert. Als der Zusammenbruch ihrer Familie erfolgte, habe ich mir einen Job besorgt, aber Großtante Faraday hat mich kommen lassen, und in den letzten achtzehn Monaten bin ich für sie alle eine Art Gesellschafterin. Ich bezahle die Rechnungen und arrangiere die Blumen, kümmere mich um die Bettwäsche, lese der Familie vor und so weiter. Ich spiele auch gelegentlich Schach mit Onkel William.«

»Alles, was Spaß macht, wirklich«, murmelte Mr. Campion.

Sie lachte. »Es macht mir nichts aus«, sagte sie.

Er zog wieder den Brief zu Rate. »Moment mal, wie paßt

eigentlich Onkel Andrew da hinein? Wie ich sehe, ist sein Name Seeley.«

»Auf ihn wollte ich gerade kommen. Sehen Sie, eigentlich ist er gar kein richtiger Onkel. Er ist ein Sohn des jüngeren Bruders von Großtante Faraday. Er hat sein Geld durch denselben Schwindel verloren wie Onkel William, und er lebt etwa auch seit diesem Zeitpunkt bei der Familie. Das muß jetzt ungefähr zwanzig Jahre her sein.«

»Zwanzig Jahre?« Mr. Campion schaute sie überrascht an. »Haben sie denn alle seither nichts getan? Ehrlich gesagt, das reißt mich doch vom Sessel, mit Verlaub.«

Joyce zögerte. »Sie waren wohl alle nicht besonders talentiert zum Arbeiten«, sagte sie. »Ich nehme das jedenfalls an. Und ich bin sicher, mein Großonkel war sich darüber im klaren; deshalb hat er den größten Teil seines Geldes seiner Frau vermacht, obwohl sie selbst schon über ein eigenes Vermögen verfügte. Ich muß Ihnen noch etwas erklären, bevor ich zum wichtigen Teil meines Berichts komme. Wenn ich sage, daß die Großtante den Laden schmeißt, dann meine ich das wörtlich. Die Lebensgewohnheiten des Hauses haben sich nicht mehr verändert, seit sie von ihr in den siebziger Jahren des vergangenen Jahrhunderts festgelegt worden sind. Der Haushalt läuft wie ein Uhrwerk. Alles pünktlich und zu seiner Zeit. Jeder geht am Sonntagmorgen zur Kirche. Die meisten von uns fahren mit dem Wagen – ein Daimler von neunzehnhundertdreizehn –, aber einer von uns begleitet wechselweise die Großtante, die sich im Sommer mit einer zweisitzigen Victoria-Kutsche und im Winter in einer geschlossenen Brougham-Kutsche zur Kirche bringen läßt. Der alte Christmas, ihr Kutscher, ist fast so alt wie sie selbst. Aber natürlich kennt sie ein jeder, und wenn ihre Kutsche auftaucht, wird der ganze Verkehr angehalten, damit nichts passiert.«

Erleuchtung breitete sich auf Campions ausdruckslosem Gesicht aus. »Oh! Ich habe sie schon gesehen«, sagte er. »Ich habe mit Marcus in Cambridge studiert, wie Sie wissen.

Damals habe ich oft die Auffahrt zur Kirche beobachten können. Mein Gott, ist das lange her!«

»Wenn es ein graues Pferd war – das haben sie immer noch«, sagte Joyce. »Pecker, der Unübertreffliche. Moment mal, wo bin ich stehengeblieben? Ah, ja. Nun, wir leben alle in Großtante Faradays Besitz an der Trumpington Road, ein Stück außerhalb der Stadt. Es ist das große, L-förmige Haus, das an der Ecke der Orpheus Lane etwas zurückgesetzt im Garten steht. Es ist von einer hohen Mauer umgeben. Großtante denkt übrigens daran, die Mauer noch erhöhen zu lassen, denn wenn man mit dem Bus vorbeifährt, kann man drüberschauen.«

»Socrates Close«, sagte Mr. Campion.

Sie nickte. »Woher kennen Sie den Namen?«

»Der Besitz ist eine Sehenswürdigkeit«, sagte Mr. Campion schlicht. »Vielleicht kenne ich ihn auch aus meinen frühen Tagen. Kommen wir jetzt zu Onkel Andrew.«

Das Mädchen atmete tief ein. »Es geschah am Samstag der letzten Woche, beim Dinner«, sagte sie. »Es ist sicher nicht nett, wenn ich so etwas sage, aber ich glaube, daß Sie es verstehen werden: Großtante behandelt alle anderen wie abhängige Kinder, und da sie schon ziemlich alt und auch nur Menschen sind, neigen sie dazu, in einer mürrischen, altmodischen Weise miteinander zu streiten. Ausgenommen die liebe, alte Tante Kitty. Sie ist nur lieb und töricht und ziemlich hilflos. Sie wird von Tante Julia völlig beherrscht. Tante Julia versucht auch, die beiden Männer zu unterdrücken, und sie scheinen sie zu hassen, obwohl sie sich untereinander auch nicht ausstehen können, und manchmal sind sie dann tagelang eingeschnappt. An dem bewußten Samstag hatte eine von diesen Streitigkeiten schon seit einer Woche in der Luft gelegen, und es wäre wohl zu einer offenen Auseinandersetzung gekommen, wenn da nicht die Großtante gewesen wäre, die offenen Streit ebensowenig zuläßt wie die Tasse Tee frühmorgens im Bett und Grammophonmusik am Sonntag.

Nun, als wir beim Dinner saßen – acht Gänge, und alles ernst und steif –, als die Atmosphäre längst unerträglich geworden war und ich dachte, Onkel William würde sich vergessen und Onkel Andrew ohne Rücksicht auf die Großtante mit einem Eßlöffel eins über den Schädel geben, als Tante Julia am Rand eines hysterischen Anfalls war und Tante Kitty bescheiden in ihren Salat weinte, gab es den furchtbarsten Krach, und das auch noch mitten im Zimmer, den man je im Leben gehört hat. Tante Kitty schrie auf, was wie das Pfeifen der Lokomotive eines Bummelzugs klang, und sprang hoch. Onkel William vergaß sich und sagte ›Verdammt‹ oder ›Hölle und Teufel‹ oder was weiß ich. Tante Julia wollte sich gerade endgültig ihrer Hysterie hingeben, und Onkel William ließ die Gabel fallen – als sich die Großtante in ihrem Stuhl mit der hohen, geraden Lehne steif und aufrecht hinsetzte und mit ihren Fingerknöcheln auf die Tafel klopfte. Sie hat sehr harte, knochige Finger, als ob sie Fingerhüte aus Elfenbein drangesteckt hätte. Sie sagte sehr ruhig: ›Setz dich, Kitty.‹ Dann wandte sie sich an Onkel William und sagte: ›Ich bitte dich! Du lebst nun lange genug in meinem Haus, um zu wissen, daß ich es nicht dulde, wenn an meinem Tisch obszöne Worte gesprochen werden. Abgesehen davon solltet ihr alle wissen, daß dieses Uhrgewicht alle fünfzehn Jahre herunterfällt.‹ Onkel William sagte ›Ja, Mutter‹, und bis zum Ende der Mahlzeit sprach keiner mehr ein Wort.«

»Nach dem Dinner öffneten Sie die Tür der Großvateruhr«, sagte Mr. Campion, »und stellten fest, daß das Uhrgewicht heruntergefallen war. So forschen alle großen Detektive – schnell und treffsicher.«

Sie nickte. »Auf dem Boden der Uhr war eine ziemliche Delle im Holz. Ich fragte Alice – sie ist das Hausmädchen, auch schon seit fünfunddreißig Jahren –, und Alice sagte, daß die Großtante ganz recht habe, das Gewicht sei zuletzt vor fünfzehn Jahren heruntergefallen. Alice war die letzte, die das Gewicht sah, bevor es verschwand. Ich weiß, das hört sich alles nicht besonders wichtig an«, fuhr sie rasch fort, »aber ich muß die Dinge in der richtigen Reihenfolge erzählen, sonst kommen wir durcheinander.«

In diesem Moment wurde sie durch die Ankunft von Lugg unterbrochen, jetzt in einer prächtigen grauen Wolljacke. Er schob einen Teewagen vor sich her, auf dem eine Mischung der von ihm selbst am meisten geschätzten Delikatessen aufgebaut war.

»So, da wären wir«, verkündete er mit verzeihlichem Stolz. »Shrimps in Butter, Relish, Eier und ein schönes Stück Schinken. Ich habe Tee gemacht. Ich selbst bevorzuge zwar Kakao, aber ich habe Tee gemacht. Hoffe, daß es Ihnen schmeckt.«

Campion winkte ihn hinaus, und er verschwand, hörbar etwas von Undankbarkeit murmelnd.

»Aus Ihrer Beschreibung der Verhältnisse in Socrates Close schließe ich, daß man Lugg da auf alle Fälle heraushalten muß«, bemerkte Mr. Campion.

Joyce betrachtete ihn ernst. »Das wäre ratsam«, räumte sie ein. Während des Essens setzte sie ihre Geschichte fort. Ihr Gesicht wirkte lebhaft, aber ihre Sorge befreite sie von dem Verdacht der Sensationslüsternheit.

»Onkel Andrew verschwand am Sonntag«, sagte sie. »Wenn Sie unseren Haushalt kennen würden, wüßten Sie, daß das an sich schon merkwürdig genug ist. Sonntag ist nämlich der Tag, wo uns Großtante Caroline praktisch von früh bis spät unter Aufsicht hat, und wenn sich jemand unbemerkt davonmachen wollte, wäre der Sonntag der ungünstigste Zeitpunkt dafür. Diesmal durfte ich im Brougham fahren. Großtante Caroline steigt nicht vor Ende Mai auf den Victoria um. Natürlich mußten wir zwanzig Minuten vor den anderen losfahren, und danach machen sie normalerweise eine kleine Rundfahrt, so daß sie etwas nach dem Pferdewagen zurückkommen. An diesem Sonntag waren Tante Julia und Tante Kitty schon zurück, als wir eintrafen«, fuhr sie fort. »Großtante Caroline war darüber ziemlich ärgerlich, denn sie meint, ein bißchen Herumfahren tue ihnen nur gut. Sie erkundigte sich nach den anderen, und Tante Julia sagte, daß Onkel William und Onkel Andrew zu Fuß nach Hause gehen wollten. Das war an sich schon sonderbar genug, weil die beiden Alten schon seit über einer Woche miteinander auf Kriegsfuß standen. Immerhin war Großtante daran sehr interessiert. Sie meinte, daß die Betätigung ihnen vielleicht guttun würde und daß sie dabei lernen könnten, sich wie Gentlemen zu benehmen und nicht wie zwei Milizoffiziere. Sie war dann allerdings ziemlich verärgert, als sie zum Lunch noch nicht da waren, obwohl Tante Kitty und ich den Beginn des Mittagessens so lang wie möglich hinausgezögert hatten.

Wir waren etwa zur Hälfte mit der Mahlzeit fertig, als Onkel William hereinkam. Er war wütend und erhitzt vom eiligen Marsch; außerdem schien er sehr überrascht zu sein, daß Onkel Andrew nicht schon vor ihm eingetroffen war. Soweit wir seinem Bericht entnehmen konnten, hatte Onkel Andrew darauf bestanden, von der Kirche zu Fuß nach Hause zu gehen, während Onkel William eigentlich keine große Lust dazu hatte, und dann hatte er ihn auch noch auf einen lächerlichen Umweg geführt – ich glaube, Onkel William sagte, über Sheep's Meadow. Schließlich hatten sie sich furchtbar über die Route gestritten.«

Sie hielt inne und schaute den jungen Mann entschuldigend an.

»Sie wissen, über was für alberne Dinge zwei Menschen streiten, die einander nicht ausstehen können.«

Er nickte verständnisvoll, und sie fuhr fort.

»Onkel William bereute jetzt natürlich, was in dem Streit gesagt worden war, weil ein solcher Streit immer sehr albern klingt, wenn man ihn jemandem schildert. Aber es schien allein Onkel Andrews Schuld gewesen zu sein – das jedenfalls behauptete Onkel William. Onkel Andrew wollte über Grantchester nach Hause gehen, was natürlich ein gewaltiger Umweg gewesen wäre. Onkel William war kalt geworden, und er hatte Hunger, daher sagte er zuletzt – oder er behauptete, daß er es gesagt hätte«, korrigierte sie sich rasch, »– ›Geh du deiner eigenen verdammten Wege, Andrew, und rutsch mir den Buckel runter! Ich nehme den Weg, den ich für richtig halte.‹ Also trennten sie sich, und Onkel William kam zurück, im Gegensatz zu Onkel Andrew. Er ist seither nicht wieder aufgetaucht. Ich meine, er ist einfach verschwunden – nirgends ein Zeichen von ihm. Er kann nicht weit gegangen sein, weil er kein Geld dabei hatte. Das weiß ich, weil er sich von Tante Kitty eine halbe Crown für die Kollekte geborgt hat, und außerdem gibt ihm Großtante Caroline sowieso kein Geld in die Hand, weil er es sonst sofort zum Buchmacher trägt.«

»Eine Tatsache, die Sie nicht übersehen dürfen«, sagte Mr. Campion hilfreich. »Vielleicht hat er etwas gewonnen. Das kommt schließlich vor.«

»Oh, aber das war nicht der Fall – nicht bis dahin!« Das Mädchen sprach mit großem Nachdruck. »Sehen Sie, das ist ja noch nicht die ganze Geschichte. Großtante Caroline ist der Ansicht, daß Pferdewetten nicht nur verrucht, sondern, und das gibt den Ausschlag, auch ziemlich vulgär sind. Um uns die unangenehmsten Szenen zu ersparen, taten wir alles, um Onkel Andrews kleine Investitionen so weit wie möglich zu verschweigen; immer, wenn Großtante Caroline etwas Derartiges zu Ohren kam, gab es eine fürchterliche Szene. Onkel Andrew verlor dann die Beherrschung und gab ihr heraus mit kleinen Sticheleien und Frechheiten, bis sie endgültig zornig wurde und ihn in sein Zimmer schickte wie einen Schuljungen. Dann mußte er wirklich gehen. Ich nehme an, für einen Außenstehenden klingt das alles ziemlich furchtbar«, fügte sie hinzu.

»Ganz und gar nicht «, sagte Mr. Campion höflich. »Erzählen Sie weiter.«

»Nun, normalerweise mache ich jeden Abend eine Runde durch die Schlafzimmer, um zu kontrollieren, ob Alice die

Betten ordentlich aufgedeckt hat. Natürlich hat sie das immer, aber Großtante Caroline mag es, wenn ich kontrolliere. Als ich am Sonntag abend in Onkel Andrews Zimmer kam, lagen zwei fertige Briefe auf dem Tisch, bereits im Umschlag, adressiert und mit Briefmarke versehen, und einer, der erst zur Hälfte geschrieben war und an dem er, wie ich annehme, gesessen hat, als die Glocke zum Kirchgang läutete. Sehen Sie, deshalb kann er gar nicht vorgehabt haben, einfach zu verschwinden. Man geht nicht weg, läßt fertige Briefe liegen und einen weiteren zur Hälfte geschrieben auf dem Tisch. Ich habe die zwei Briefe, die er fertig hatte, abgeschickt, und den dritten, unfertigen, unter die Schreibunterlage gesteckt. Einer der Briefe, die ich abschickte, war an seinen Buchmacher gerichtet, an den anderen Adressaten erinnere ich mich nicht mehr. Als er am Montagmorgen nicht zurück war, verhielt sich die Großtante äußerst streng und zurückhaltend. ›Schlechtes Blut, Joyce‹, sagte sie zu mir. ›Kein Gefühl für Disziplin. Sag deinem Onkel Andrew, er solle zu mir in den Salon kommen, sobald er hier eingetroffen ist.‹ Tante Julia und Tante Kitty schwiegen die meiste Zeit. Ich glaube, Tante Kitty sagte etwas von ›Armer, verirrter Andrew‹, aber daraufhin stürzte sich Tante Julia wie eine Tonne Ziegelsteine auf sie. Onkel William gab sich übertrieben nett und tugendsam. Ich glaube, er ist sehr froh, daß Onkel Andrew weg ist. Er kann jetzt endlich so aufgeblasen sein, wie er will, ohne von Onkel Andrew verspottet zu werden. Aber gegen Ende der Woche waren wir dann doch alle ziemlich beunruhigt, und am Sonntag sprach Tante Julia erstmals davon, daß man zur Polizei gehen und ein sos oder was auch immer senden sollte, wenn es etwas Derartiges gebe. Doch Großtante Caroline entsetzte allein schon der Gedanke an die Polizei, und Onkel William war auf ihrer Seite. Sie meinte, es sei schließlich undenkbar, daß Onkel Andrew das Gedächtnis verloren habe, das sei noch bei niemandem, der auch nur in weitläufigster Verbindung mit den Faradays stand, jemals vorgekommen. Die Großtante sagte, sie habe nie die Polizei im Haus gehabt und wolle sie auch jetzt nicht im Haus haben, aber wenn Tante Julia wirklich beunruhigt sei, könne sie ja an die anderen Verwandten schreiben und taktvoll nachfragen, ob sie Andrew gesehen hätten. Tante Kitty bewirkte eine kleine Sensation mit dem Geständnis, daß sie das bereits getan habe, schon am Dienstag nach dem Verschwinden von Onkel Andrew, und daß niemand etwas von ihm gehört hätte. Damit wurde die Sache vorläufig fallengelassen.

»Dann, am Montag...« – das Mädchen sprach jetzt rascher, und ihre Wangen waren stark gerötet – »... ereigneten sich zwei sehr seltsame Dinge. Erstens kam ein Telegramm für Onkel Andrew. Alice brachte es direkt zu mir, denn es gab eine Vereinbarung mit Onkel Andrew, damit die Großtante nichts vom Buchmacher erfuhr. Dementsprechend ging jedes Telegramm, wenn er nicht im Hause war, direkt an mich. Ich öffnete es, und darin stand: *›Fliegender Teppich gewonnen 75-1 Gratulation. Scheck folgt. Syd.‹*

Da es vom Buchmacher stammte, half es uns nicht viel weiter, also legte ich es in seine Schreibtischschublade. Am nächsten Morgen mußte ich den Brief mit dem Scheck abpassen.«

Sie hielt inne und schaute Mr. Campion mit unerschrockenen, jungen Augen an. »Es war nicht nur Neugier«, sagte sie, »und ich habe ihn auch nicht über Dampf aufgemacht oder so etwas, sondern einfach mit dem Brieföffner. Sehen Sie, ich dachte, wenn es um eine kleine Summe ging, würde sich der Onkel nicht viel dabei denken und sich auch nicht die Mühe machen, zurückzukommen und dabei einen furchtbaren Krach mit der Großtante riskieren. Aber wenn es eine größere Summe war, dachte ich, würde er den Gewinn in den Zeitungen nachschlagen, erkennen, wieviel er gewonnen hatte und das Geld kassieren, auch wenn er dabei mit einem Krach rechnen mußte. Als ich den Scheck gesehen habe, bin ich erschrocken. Er war über eine Summe von fast siebenhundertfünfzig Pfund ausgestellt. Ich legte ihn zu dem Telegramm in die Schublade und fühlte mich von da an wesentlich glücklicher, weil ich wußte – ja, ich fühlte es mit Sicherheit –, daß Onkel Andrew im Lauf des Tages zurückkommen würde. Aber am Nachmittag geschah dann noch etwas Idiotisches, was mich irgendwie entsetzte, ich weiß auch nicht, warum. Ein Mann kam, um die Großvateruhr zu überprüfen. Es gab eine Verzögerung, und man stellte fest, daß das Uhrgewicht verschwunden war.«

Jetzt schaute sie den jungen Mann skeptisch an. »Ich nehme an, das klingt alles furchtbar trivial.«

Mr. Campion lehnte sich zurück in seinem Sessel und betrachtete sie ernst durch seine Brille.

»Nein«, sagte er. »Nein, ich pflichte Ihnen vollkommen bei. Das ist wirklich eine scheußliche Sache, die da passiert ist. Natürlich haben sie danach gesucht, nehme ich an. Haben jeden im Haus danach gefragt, nicht wahr?«

»O ja, natürlich. Wir haben überall danach gesucht. Aber wir haben das Gewicht nicht gefunden, und, wissen Sie, eigentlich verliert man so etwas nicht so leicht.«

Campion nickte. »Das ist sehr interessant«, sagte er. »Wann haben Sie sich entschlossen, in dieser Angelegenheit Hilfe von außen in Anspruch zu nehmen?«

»Gestern. Ich habe den ganzen Montagabend gewartet, und den Dienstag, und gestern noch den Vormittag, und meine Sorge ist immer größer geworden. Ich ging zur Großtante, doch die blieb hart, was die Polizei betraf. Schließlich gelang es mir, sie zu überreden, daß wir die Sache in Marcus' Hände legen. Er war natürlich furchtbar erhaben über solche Affären, aber zum Schluß hat er mir dann Ihre Adresse gegeben, und da bin ich.«

»Ach ja, Marcus«, sagte Mr. Campion. »Wie gehört der eigentlich dazu? Er ist noch ein bißchen jung und unreif, um schon der Familienanwalt der Faradays zu sein, nicht wahr?«

Das Mädchen lächelte. »Das ist er vermutlich«, stimmte sie

ihm zu, »aber sagen Sie ihm das bloß nicht! Genau gesagt, ist der alte Hugh Featherstone der Anwalt von Großtante Caroline, aber er ist schon sehr betagt, also macht Marcus praktisch die ganze Arbeit.«

»Ich verstehe«, sagte Mr. Campion. »Und warum wollen Sie nun Onkel Andrew finden?«

Die Frage erschreckte sie, weil sie so unvermittelt kam, und ihre Antwort erfolgte erst nach kurzem Zögern.

»Ich selbst habe offen gestanden keinen besonderen Anlaß dazu«, sagte sie schließlich. »Das heißt, keinen persönlichen, wenn Sie das gemeint haben sollten. Onkel Andrew ist alles andere als ein liebenswürdiger Mensch. Aber das sind sie eigentlich alle nicht, ausgenommen vielleicht die arme Tante Kitty oder Großtante Caroline selbst in ihrer erschreckenden und beeindruckenden Art. Das Haus ist ruhiger ohne Andrew. Aber ich will ihn finden, weil ich Angst habe. Ich will wissen, daß es ihm gutgeht und daß nicht etwas ganz Schreckliches geschehen ist.«

»Ich verstehe«, sagte Mr. Campion langsam. »Vermutlich haben Sie bereits einige Schritte unternommen – ich meine, haben Sie schon irgendwelche Nachforschungen angestellt? Haben sich nach ihm umgesehen? Er hat sich doch nicht seinen Knöchel verstaucht und liegt in einem Graben, und er ist auch nicht im ›Boar‹ oder irgendeinem anderen Pub versumpft?«

Sie schaute ihn vorwurfsvoll an. »Natürlich habe ich nachgefragt«, sagte sie. »Aber glauben Sie mir, es gibt absolut keine Spur von ihm. Ich habe es zwar vermieden, Aufsehen zu erregen, wissen Sie, weil... Nun ja, Gerüchte verbreiten sich in Orten wie Cambridge mit Windeseile, auch ohne daß man sich besonders darum bemüht. Sie finden es wohl ziemlich töricht von mir, daß ich mit so wenig Konkretem zu Ihnen komme. Aber ich weiß nicht... Ich fürchte...«

Mr. Campion nickte. »Sie fürchten, daß ihm etwas anderes, Ernsthafteres als ein gewöhnlicher Unfall zugestoßen ist«, sagte er und fügte mit entwaffnender Offenheit hinzu: »Außerdem denken Sie dabei an etwas ganz Bestimmtes, habe ich recht? Jetzt kann es der Inspector nicht hören – wollen Sie es mir nicht sagen? Wer war der Mann in dem kleinen Innenhof, der Ihnen einen solchen Schrecken eingejagt hat?«

Das Mädchen wandte sich ihm zu, und ihre Wangen waren sehr rot.

»Sie haben recht «, sagte sie. »Ich habe vorhin gelogen. Ich habe ihn tatsächlich erkannt. Aber er hat nichts mit dieser Sache zu tun. Bitte vergessen Sie alles, was mit ihm in Zusammenhang steht.«

Mr. Campion antwortete nicht gleich, sondern starrte vor sich zu Boden, und seine Miene war vollkommen leer und ausdruckslos. Dann hob er den Blick und schaute Joyce Blount an.

»Sie könnten recht haben«, sagte er. »Aber ich glaube, wir sollten damit anfangen, gegenseitig völlig aufrichtig zu sein. Ich hasse es, mich mit geschlossenen Augen auf irgend etwas einzulassen.«

Sie atmete tief ein. »Er hat nichts damit zu tun«, sagte sie wieder. »*Bitte*, vergessen Sie ihn. Werden Sie mir jetzt helfen oder nicht?«

Mr. Campion stand auf. Sie befürchtete, daß er sich überlegte, wie er einen höflichen Rückzieher machen könnte, ohne daß es ärgerlich oder unhöflich klang, als Lugg in der Tür stand.

»Telegramm«, sagte er. »Der Bote wartet. Schicken wir eine Antwort?«

Mr. Campion riß den orangefarbenen Umschlag auf und faltete das dünne Papier auseinander.

»Oho!« rief er. »Das kommt von Marcus. Ein echtes Telegramm aus Cambridge. Muß ihn ein Vermögen gekostet haben. Hören Sie zu: ›*Kannst Du sofort mit Joyce zurückkommen? Hier gibt es erschreckende Entwicklungen. Wäre für Deine professionelle Hilfe in der Angelegenheit dankbar. Habe Dir schon im voraus ein Zimmer herrichten lassen. Alles weitere in der Abendzeitung. Im* Comet, *falls Du das Blatt kennst. Marcus.‹«*

Joyce sprang auf und schaute ihm über die Schulter.

»Erschreckende Entwicklungen?« fragte sie mit belegter Stimme. »O Gott, was ist denn passiert?«

Campion wandte sich an Lugg, der die Szene von der Tür aus mit einem gewissen beruflichen Interesse beobachtete.

»Wir schicken keine Antwort«, sagte er, »aber Sie könnten hinausgehen und uns eine Abendausgabe des *Comet* besorgen.«

»Die Spätausgabe liegt bereits in der Küche«, sagte Mr. Lugg majestätisch. »Und ich kann mir denken, wonach Sie suchen. Einen kleinen Moment.«

Zwei Minuten später kam er zurück. »Da haben wir's«, sagte er und zeigte auf einen Artikel der Titelseite. Joyce und Campion lasen gemeinsam die Überschrift und den Text.

NEFFE VON BERÜHMTEM GELEHRTEN
ERSCHOSSEN IN EINEM FLUSS AUFGEFUNDEN
SEIT ZEHN TAGEN VERMISST

Cambridge, am Donnerstag
(Von unserem eigenen Korrespondenten)

Der Leichnam eines Mannes, dessen Hände und Füße mit einer Schnur gefesselt waren und der eine Schußwunde im Schädel aufwies, wurde heute morgen aus dem Fluß Granta in der Nähe des Badesees der Universität geborgen und konnte jetzt als Mr. Andrew Seeley identifiziert werden. Mr. Seeley war der Neffe des verstorbenen Dr. John Faraday, eines ehemaligen Rektors des Ignatius-Colleges. Die Polizei von Cambridge hat sich noch nicht entschieden, ob sie Amtshilfe von Scotland Yard anfordern soll, um einen Fall aufzuklären, der zu einem der sensationellsten Kriminalfälle des Jahres zu werden verspricht.

Wie wir bereits in unserer früheren Ausgabe berichteten, wurde der Leichnam durch Zufall von zwei indischen Studenten der Universität entdeckt …

3

»Erschreckende Entwicklungen ...«

»Wenn Sie hier bitte anhalten wollen, damit ich aussteigen kann. Das ist das Haus, wissen Sie.«

Der Hinweis wurde zurückhaltend in Mr. Campions Ohr geflüstert, als der altehrwürdige Bentley durch die London Road glitt, in Richtung auf die Türme und neugotischen Spitzbogen der in den Semesterferien verlassen wirkenden Stadt Cambridge. Gehorsam verlangsamte Mr. Campion die Fahrt und schaute dann neugierig hinüber zu dem riesigen dunklen Haus auf der anderen Straßenseite. Von ihrem Platz im Wagen aus war ein großer Teil des Gebäudes durch das reich verzierte, schmiedeeiserne Gitter der Zufahrt zu sehen.

Mr. Campions blasses Gesicht zeigte einen fragenden Ausdruck. »Äußerlich hat es sich jedenfalls nicht verändert«, sagte er.

»Und von innen ebensowenig«, ergänzte Joyce. »Fällt Ihnen auf«, fügte sie weiter hinzu, wobei sie die Stimme ein wenig senkte, »daß es etwas – etwas ungewöhnlich Einschüchterndes an sich hat?«

Es war ihr eine gewisse Erleichterung, daß dieser ungewöhnliche junge Mann neben ihr die Bemerkung durchaus ernst nahm, oder zumindest so tat, denn er wandte sich wieder dem Haus zu und starrte es ein paar Augenblicke lang nachdenklich an.

Es lag im Dunkeln bis auf den erhellten Halbkreis oberhalb der Haustür, aber dennoch und trotz des nebligen Zwielichts der Abenddämmerung waren seine Umrisse und die wichtigeren Details deutlich zu erkennen. Erbaut zu Beginn des vergangenen Jahrhunderts, war es gewaltig in den Ausmaßen, L-förmig angelegt und mit einem riesigen Giebel versehen.

Die Fenster dagegen waren klein, und die von Kletterpflanzen überwucherten Mauern wirkten düster. Die Zedern auf dem Rasen zu beiden Seiten des Gebäudes bildeten phantastische Formen vor dem sich verdunkelnden Himmel. Nichts war ausgesprochen unfreundlich an dem Haus, aber es strahlte die unerbittliche Würde und Erhabenheit einer Institution aus und zeigte den blicklosen Ausdruck eines Gebäudes, bei dem alle Jalousien heruntergelassen sind.

Mr. Campion wandte sich wieder an das Mädchen. »Sind Sie sicher, daß Sie gleich hineingehen wollen?« fragte er. »Oder halten Sie es für besser, erst mit Marcus zu sprechen?«

Sie schüttelte den Kopf. »Ich glaube nicht – wenn es Ihnen nichts ausmacht. Wissen Sie, sie sind alle ein wenig hilflos. Vielleicht brauchen sie mich sehr dringend, und sei es, daß ich ihnen Wärmflaschen besorgen muß. Good-bye, und vielen Dank, daß Sie hergekommen sind.«

Sie stieg aus, ehe er sie daran hindern konnte, und er schaute ihr zu, wie sie rasch die Straße überquerte, den Garten durch das schmiedeeiserne Tor betrat und die Auffahrt entlangeilte. Er wartete, bis sich die dunkle Tür zur Eingangshalle geöffnet hatte, ein helles Rechteck erschien und sie verschluckte. Dann legte er den Gang ein und fuhr den sanften Hügel hinunter in die Stadt.

Von den Mooren der Umgebung hatte sich dichter Nebel über das ganze Tal ausgebreitet. Campions großer Wagen wand sich behutsam durch die engen Straßen, die gespenstisch und verlassen wirkten und in denen man nur ein paar Einheimische sah, die so rasch wie möglich in ihre Behausungen eilten, um der feuchten, naßkalten Luft zu entgehen. Auf der Fahrt war er sich eines vagen Gefühls von Enttäuschung bewußt: Das war nicht das Cambridge der Semesterzeit, das Cambridge, das er kannte, sondern eine kalte, abweisende, mittelalterliche Kleinstadt, deren verzierte, steinerne Portikos die geschlossenen und verriegelten Türen unbewohnter Häuser schmückten.

Als er von der Queen's Road abbog zum Soul's Court, lag der schmucke kleine Platz ebenfalls im Dunkeln, obwohl alle seine Häuser bewohnt waren. Dies war eine jener wenigen übriggebliebenen Bastionen in England, wo noch nicht der moderne Kodex der freundschaftlichen Beziehungen zu seinen Nachbarn Eingang gefunden hatte. Hier waren die Läden geschlossen, hier wurde die Ruhe gewahrt, nicht so sehr, um die eigenen Angelegenheiten zu verbergen, als aus einem Gefühl der Höflichkeit, die anderen nicht dadurch zu belästigen, daß man sie an irgendwelchen Aspekten seines Privatlebens teilhaft werden ließ.

Als er vor Soul's Court Nummer zwei anhielt, sah er, daß die elegante Fassade im Queen-Anne-Stil so dunkel war wie die anderen. Kein noch so feiner Lichtstrahl drang durch die altmodischen hölzernen Fensterläden, die die rautenförmigen Fenster verbargen.

Er stieg aus und zog an dem eisernen Klingelzug. Schwere Schritte auf den Fliesen im Inneren lenkten seine Aufmerksamkeit auf das Kommende, und einen Augenblick später, als die Tür sich öffnete, schlug ihm der eigenartige, individuelle Geruch eines gepflegten, bewohnten Hauses entgegen, eine angenehme Mischung aus Möbelpolitur, Wärme und Tabak. Die Haushälterin, die ihn einließ, war eine hagere Frau in späten mittleren Jahren aus der Umgebung von Cambridge, und die Strenge ihrer Tracht zeigte keine Spur der erst kürzlich errungenen Emanzipation ihres Geschlechts. Für die Augen unserer Zeit hatte ihr gestärktes, besticktes Häubchen etwas vom Glanz einer archaischen Kopfbedeckung. Sie gestattete sich ein kurzes, etwas verwelktes Lächeln in Richtung des jungen Mannes.

»Mr. Campion«, sagte sie. »Mr. Marcus ist im Speisezimmer. Die Köchin hat etwas Kaltes für Sie bereitgestellt.«

Campion, der fast mit Erschrecken die Entdeckung machte, daß ein Jahrzehnt keinerlei Änderungen im Haushalt der Featherstones bewirkt hatte, ebensowenig wie im Auftreten der Haushälterin, lächelte ihr freundlich zu und trennte sich von Hut und Mantel.

»Was macht der Rheumatismus?« fragte er und wagte es nicht, sie vielleicht mit einem falschen Namen anzusprechen, verließ sich lieber auf die Krankheit.

Er wurde mit einem halbherzigen Blick der Befriedigung bedacht und einem »... Plagt mich wie seit langem, danke, Sir.« Dann machte sie sich über den holzgetäfelten Korridor davon, wobei ihre gestärkte weiße Schürze raschelte und ihre schweren, derben Schuhe auf den bunten Fliesen klapperten. Ein paar Sekunden später stand Campion seinem alten Freund gegenüber.

Marcus Featherstone erhob sich von einem Stuhl mit hoher Lehne, der am offenen Kamin stand, und kam ihm entgegen. Er war etwa achtundzwanzig, ein Typ von Mann, wie man ihn in seinem Alter und mit seiner Erziehung selten finden konnte. Seine große Gestalt war mit bewußter Lässigkeit gekleidet, der Anzug, obwohl perfekt geschnitten, hing ihm eher lose am Körper, und das lockige, rötlich-braune Haar war ein wenig zu lang für die derzeitige Mode und sorglos frisiert. Er sah nicht schlecht aus in einer trockenen, asketischen Weise, obwohl man aus seiner Haltung erkennen konnte, daß er sich bemühte, älter zu wirken als er war. Aber im Augenblick befand er sich trotz des bewußt überlegenen Anscheins, den er sich gab, in einem Zustand ganz offensichtlicher Panik. Er kam auf Campion zu und schüttelte ihm die Hand.

»Hallo, Campion, ich bin so froh, daß du gekommen bist«, sagte er. »Ich fürchte, mein Maulwurfshügel hat sich zuletzt doch zu einem Gebirge ausgewachsen. Du ißt doch einen Bissen, ja?« Dazu machte er eine vage Handbewegung in Richtung auf die Tafel. Er sprach etwas ruckartig und vermittelte dadurch den sonderbaren Eindruck von Scheu und Unsicherheit, die freilich durch seine lässige Haltung Lügen gestraft wurde.

In hellen Licht des riesigen Kristallüsters über der Tafel wirkte Mr. Campions Gesichtsausdruck noch leerer und dämlicher als üblich, und als er zu sprechen begann, klang seine Stimme vage und unentschlossen.

»Ich habe die Zeitung gelesen, bevor ich herkam«, sagte er. »Eine ziemlich scheußliche Angelegenheit.«

Marcus warf ihm einen scharfen Blick zu, doch die Miene des anderen Mannes zeigte nichts als feierlichen Ernst. Daraufhin fuhr er fort und sprach immer noch in seinem etwas belanglosen Ton, mit dem er viele seiner Bekannten irritierte.

»Ich habe Miss Blount am Tor von Socrates Close abgeliefert. Ein charmantes Mädchen, meine Gratulation, Marcus.«

Das überhelle Licht, das polierte Nußbaumholz und das schimmernde Silber, kombiniert mit der etwas niedrigen Temperatur des Raums, hatten ihren Anteil an der ungewöhnlichen Förmlichkeit, welche dieses seltsame Wiedersehen auszeichnete. Campion wurde immer geistesabwesender, und Marcus brachte die ihm eigentümliche, kühle Zurückhaltung beinahe ganz zum Schweigen.

Mr. Campion bediente sich in geradezu rituellem Ernst mit etwas kaltem Schinken, und Marcus kümmerte sich um die Erfüllung seiner Wünsche mit gemessener Höflichkeit, wobei er sich streng an das unerschütterliche Gesetz der Etikette hielt, daß ein neu angekommener Gast sofort gefüttert werden mußte, vorzugsweise mit etwas Kaltem.

Was Mr. Campion betraf, so schien dieser überhaupt nicht zu bemerken, daß an der Situation irgend etwas ungewöhnlich war. Zu einer Katastrophe gerufen und mit kaltem Schinken bewirtet zu werden, schien zu den alltäglichsten seiner Erfahrungen zu gehören. Erst nachdem er das Mahl beendet und ehrerbietig die ihm angebotene Zigarette angenommen hatte, warf er wieder einen Blick auf den anderen, ein höfliches Lächeln auf den Lippen, und bemerkte in leichtem, konversationsmäßigem Ton: »Gibt es denn viele Morde zu dieser Jahreszeit?«

Marcus starrte ihn erst an, wurde dann allmählich rot und grinste schließlich entwaffnend.

»Immer noch der gleiche Spaßmacher, Campion«, brach es aus ihm heraus. »Ich hatte schon das Gefühl, daß du mich während des Essens insgeheim ausgelacht hast.«

»Ganz und gar nicht«, widersprach Mr. Campion. »Ich habe versucht, mich zu erinnern. Du hast doch deine blaue Mütze für gutes Benehmen erhalten, nicht wahr?«

Marcus gestattete sich ein Lächeln, das ihn sogleich menschlich erscheinen ließ. Aber einen Augenblick danach war er wieder ernst und besorgt.

»Hör zu«, sagte er, »du sollst nicht glauben, ich hätte dich unter Vorspiegelung falscher Tatsachen hierhergelockt, aber ich stecke tatsächlich in der Klemme...« Er zögerte.

Mr. Campion machte eine Handbewegung. »Mein lieber Freund«, sagte er tadelnd, »natürlich werde ich alles tun, was in meiner Macht steht.«

Marcus wirkte erleichtert, und da die rheumatische Haushälterin hereingekommen war, um die Tafel abzuräumen, schlug er vor, sie sollten sich in die Abgeschiedenheit seines Arbeitszimmers zurückziehen. Als sie die schmale Treppe aus poliertem Eichenholz hinaufgingen, wandte er sich zu Campion um und wirkte schon wieder kleinlaut.

»Ich nehme an, du bist solche Dinge gewohnt«, murmelte er. »Aber ich gebe unumwunden zu, daß sie mich völlig aus dem Häuschen bringen.«

»Auch ich habe selten mit mehr als einer Leiche pro Quartal zu tun«, murmelte Mr. Campion bescheiden.

Der Raum, den sie betraten, war ein typisches Cambridge-Studierzimmer, makellos und ästhetisch, streng und, bis auf die beiden Lehnsessel vor dem offenen Kamin, recht unbequem. Als sie hineinkamen, erhob sich ein Drahthaar-Foxterrier aus untadeliger Zucht vom Teppich vor dem Kamin und kam den beiden Männern mit lässiger Würde entgegen. Marcus machte Mr. Campion rasch mit ihm bekannt.

»Foon«, sagte er. »Das schreibt man ›Featherstonehaugh‹.«

Zur großen Überraschung seines Gastgebers schüttelte Mr. Campion dem Tier die Pfote, wobei der Hund die Geste durchaus zu schätzen schien, denn er kam mit ihnen zurück zum Kamin, wartete, bis sie sich niedergelassen hatten, und nahm dann wieder die Position auf dem Teppich zu ihren Füßen ein, wo er für den Rest des Gespräch sitzenblieb und sich ebenso seiner Herkunft bewußt zu sein schien, wie das seinen Herrn kennzeichnete.

Marcus Featherstone repräsentierte das unglückliche Beispiel eines Mannes, dem es endlich gelungen war, die Trivialitäten des Lebens auf einen gedankensparenden, wenngleich etwas strengen Kodex zu reduzieren, und der sich nun plötzlich in einer Situation sieht, für die selbst die Besten ihres Fachs keine Verhaltensformen entwickelt haben.

»Weißt du, Campion«, sagte er plötzlich, nachdem sie sich gesetzt hatten, »Joyce steckt in er Angelegenheit ganz dick drin. Das ist, soweit es mich betrifft, der einzige Haken bei der Sache.«

Campion nickte. »Das verstehe ich sehr gut«, sagte er. »Schieß schon los mit deiner Geschichte. Ich nehme an, daß Mr. Seeley mit dir befreundet war?«

Der andere schaute ihn überrascht an. »Wohl kaum«, sagte er. »Hat Joyce es dir nicht erklärt? Seeley war sehr schwierig. Ich glaube kaum, daß er viele Freunde hatte. Ich kann mir nicht vorstellen, daß ihn irgend jemand gemocht hat. Das macht die Sache ja so scheußlich.« Er zog die Stirn in Falten und legte eine Pause ein, riß sich aber nach kurzem Zögern zusammen und fuhr fort. »Ich habe erst heute nachmittag von dem ganzen Schlamassel gehört. Die alte Mrs. Faraday hat nach meinem Vater geschickt, doch der ist verreist, Gott sei Dank. Cambridge im Winter bekommt ihm nicht. Also bin ich selbst hingefahren und habe festgestellt, daß das ganze Haus in Aufruhr ist. Das heißt, in einem unterdrückten, inneren Brodeln.«

Er beugte sich nach vorn, als er sprach, und hatte seine Augen auf das Gesicht des anderen gerichtet.

»Natürlich nimmt sich Mrs. Faraday selbst der Sache an. Sie ist eine erstaunliche alte Dame, ich bin sicher, daß du sie magst, Campion. Als ich ankam, waren zwei Detective-Inspectors von der Kriminalpolizei der Grafschaft im Salon, und sie wirkten so nervös wie Küchenjungen beim Gesindeball. Also, in Umrissen ist folgendes geschehen, Campion: Die Universität beginnt, wie du weißt, erst am nächsten Mittwoch, aber außerhalb der Semester sind hier immer ein paar indische Studenten am Ort. Und zwei von ihnen, die weiß Gott was unten am Fluß suchten, haben den Leichnam im Wasser gefunden, in den Grantchester Meadows, also etwas oberhalb des Badesees. Er hatte sich in Weidenwurzeln verfangen und muß schon einige Tage dort gelegen haben. Um diese Zeit kommt kaum jemand in die Gegend, und das Wetter war ja in den letzten Wochen bestialisch genug. Jedenfalls, die beiden haben Alarm geschlagen. Die Polizei kam, brachte den Toten in die Leichenhalle und entdeckte eine Visitenkarte in seiner Brieftasche, die noch gut lesbar war, außerem eine Taschenuhr, auf der sein Name eingraviert war. Das führte sie hinauf nach Socrates Close, und William Faraday begab sich anschließend mit ihnen in die Leichenhalle, um den Toten zu identifizieren.«

Er hielt inne und grinste etwas bitter. »Es ist wirklich erstaunlich«, fuhr er fort, »aber Mrs. Faraday bestand darauf, ihn zu begleiten. Sie blieb draußen im Wagen sitzen und wartete. Stell dir das vor! Sie ist vierundachtzig und die typische Alleinherrscherin. Auch ich lasse mich von ihr einschüchtern. Danach ist William zur Polizeistation gegangen, wo er eine Erklärung zu Protokoll gegeben hat. Und erst, als wir oben im Haus waren, berichtete sie uns schließlich von dem Schuß. Bis dahin dachten wir immer noch, daß Andrew Seeley ertrunken sei.«

Campion beugte sich in seinem Sessel nach vorn, die blassen Augen hinter der Brille nur vage erkennbar, und sein Gesprächston war immer noch belanglos.

»Was für ein Schuß?« fragte er. »Was ist denn nun tatsächlich geschehen?«

Der Ausdruck des anderen änderte sich, und er schnitt eine Grimasse, während er sich erinnerte. »Er ist durch einen Kopfschuß gestorben«, sagte er. »Ich habe den Leichnam nachher gesehen. Kopfschuß aus sehr geringer Entfernung. Natürlich hätte es dafür eine sehr einfache Erklärung gegeben – aber er war bedauerlicherweise an Händen und Füßen gefesselt, und die Schußwaffe ist nicht auffindbar. Ich habe heute mit dem Chief Constable der Grafschaft gesprochen; er ist ein Freund von Vater, ein reizender alter Knabe aus einer anglo-indischen Familie, ein ›Wallah‹ der alten Schule, du weißt schon. Unsere Unterhaltung war natürlich völlig inoffiziell, aber er gab mir im Vertrauen zu verstehen, daß es sich zweifelsfrei um einen Mord handelt. Er hat ausdrücklich gesagt: ›Es war Mord, mein Junge.‹«

Der Hauch eine Lächelns erschien auf Mr. Campions Lippen, und er zündete sich noch eine Zigarette an.

»Hör zu, Featherstone«, sagte er, »und laß dich warnen. Ich bin kein Detektiv und kein Kriminalbeamter, aber natürlich bin ich bereit zu helfen. Was glaubst du, daß ich im einzelnen für dich tun kann?«

Sein Gastgeber zögerte, ehe er antwortete. »Ich fürchte, es wird ziemlich schwierig zu erklären sein«, sagte er schließlich in seinem seltsam trockenen Ton. »Als ich dich bat hierherzukommen, hatte ich die vage Vorstellung, du könntest mir helfen, einen höchst unangenehmen Skandal zu verhüten. Verstehst du«, fuhr er fort und lächelte säuerlich, »das hier ist einer der wenigen Orte auf der Welt, wo es nicht nur als bedauerlich, sondern auch als himmelschreiend schlechtes Benehmen angesehen wird, wenn sich jemand aus der Verwandtschaft oder von den Mandanten auf geheimnisvolle Weise ermorden läßt. Natürlich ist die Sache längst über die

Grenzen des Skandals hinausgewachsen«, fuhr er rasch fort, »aber ich denke – wenn ich das sagen darf, ohne dich zu beleidigen –, daß es sehr nützlich für mich wäre, jemanden an meiner Seite zu wissen, der sich nicht von den Gesetzen, oder, nun ja, den Skrupeln der Konvention einengen läßt, und der von unserer Seite aus die Polizei unterstützen kann. Jemanden, der ein intelligentes Auge auf die Sache wirft, kurz, einen absolut vertrauenswürdigen Menschen, und schließlich, wenn du verzeihst, mein lieber Campion, daß ich einen so abgeschmackten Ausdruck benütze, einen Gentleman. Mit anderen Worten«, fügte er hinzu, wobei er sich ein wenig lockerte und fast offenherzig wirkte, »mein Vater ist fast achtzig und nicht mehr in der Lage, diese Aufgabe zu erfüllen, und ich bin zu nervös dafür.«

Campion lachte. »Ich verstehe«, sagte er. »Ich soll also wieder einmal meine spezielle Rolle spielen – den praktischen Helfer bei Katastrophen. Hoffentlich komme ich damit nicht der Polizei in die Quere. Denn das ist nicht unbedingt eine Vorstellung, mit der sie sich in der Regel anfreunden können. Ihr zu assistieren, sie zu unterstützen, wie du sagst, dürfte praktisch ausgeschlossen sein. Nun ja, immerhin habe ich meine Freunde, wie Lugg zum Kadi sagte. Ich werde alles für dich tun, was ich kann; zuvor muß ich allerdings das Problem in seiner ganzen Wucht kennen. Für Onkel William sieht die Angelegenheit ziemlich düster aus, nicht wahr?«

Da der andere nicht antwortete, fuhr er fort:

»Sag mir alles, auch das Schlimmste. Ich bin nun einmal scharf auf Informationen. Und du willst doch nicht, daß ich plötzlich mit dem streng gehüteten Familiengeheimnis im Schnabel auftauche, mit dem Schwanz wedle und Miau schreie, oder?«

Marcus nahm den Feuerhaken und stocherte nachdenklich an einem besonders widerstandsfähigen Stück Kohle herum. Sein steifes Verhalten hatte sich gelöst, und zurück blieb eine seltsam schutzlose Figur, die nichts von den üblichen Affektiertheiten an den Tag legte. »Wenn ich dich nicht so genau kennen würde, Campion«, begann er, »– und ich kann mir nicht vorstellen, warum du unbedingt so genannt werden willst –, dächte ich nicht im Traum daran, dir diese Geschichte aufzuhalsen. Aber das, was mir dabei am meisten Angst einjagt, ist ja gerade diese Familie.«

Seine Betonung gab den Wörtern ›Angst‹ und ›diese Familie‹ eine besonders bedrohliche Bedeutung.

»Da wuchert das Übel«, fuhr er unerwarteterweise fort, richtete seine hellen Augen auf das Gesicht des anderen und sprach dann mit einer Aufrichtigkeit, die alle Spuren seiner vorherigen Distanz beseitigte. »Da sind sie – eine Familie, die mindestens um vierzig Jahre der Zeit hinterherhinkt, alles lebenskräftige, energische Menschen, was ihr Temperament angeht, aber bis auf die alte Lady ohne viel Gehirn und zusammengepfercht in diesem großartigen Mausoleum, das sie ihr Haus nennen, dazu tyrannisiert von einer der erstaunlichsten Persönlichkeiten, denen ich jemals begegnet bin. Stell dir vor, Campion, in diesem Haus herrschen strengere Regeln, als man sie uns auf den Schulen aufgezwungen hat. Und es gibt kein Entrinnen.

Verstehst du«, fuhr er in ernstem Ton fort, »es gibt kein Ventil für den unterdrückten Haß, für die Eifersüchteleien, Wünsche und Impulse all derer, die da unter einem Dach leben. Die alte Lady hält die Fäden und das Kapital in ihren Händen, und sie ist der erste und einzige Richter. Keiner ihrer Abhängigen kann ihr entrinnen, es sei denn, er gibt sich dem Verhungern preis, denn keiner von ihnen ist auch nur im entferntesten in der Lage, sich einen Sixpence zu verdienen.

Und ich will gar nicht daran denken, aber es drängt sich mir doch auf, daß früher oder später in einer solchen Atmosphäre etwas geschehen mußte.«

»Mit anderen Worten, du gehst davon aus«, sagte Mr. Campion, »daß es kein Außenstehender, sondern einer von der Familie getan hat.«

Marcus gab darauf keine direkte Antwort. Er strich sich mit der Hand übers Haar und seufzte. »Es ist schrecklich«, sagte er. »Andrew ist nicht einmal ausgeraubt worden. Wenn jemand seine Brieftasche gestohlen hätte, könnte ich ihnen vielleicht eher helfen. Oder wenn er in den Fluß gefallen wäre beim Versuch, früher als sein Vetter zu Hause zu sein – das hätte mich ziemlich kalt gelassen. Doch das kann man alles ausschließen. Ich habe den Leichnam gesehen. Jemand hat ihn an Händen und Füßen gefesselt und ihm dann buchstäblich die Schädeldecke weggepustet. Eine halbe Stunde, bevor du kamst, hatte die Polizei die Tatwaffe noch nicht gefunden. Ich fürchte, es gibt keinen Zweifel. Wie der Chief Constable heute nachmittag sagte, es war Mord, und ein verdammt unangenehmer obendrein.«

»Warum?« fragte Mr. Campion.

Der andere starrte ihn an. »Nun, man kommt doch nicht über die eindeutigen Fakten hinweg.«

»O nein, das habe ich nicht gemeint. Ich meinte, warum sollte ihn jemand ermorden? Soweit ich bisher gehört habe, scheint er ein ganz normaler alter Plagegeist gewesen zu sein, wie alle Onkel, meine ich. Und er hatte kein Geld. Das allein schon hätte ihm ein langes Leben sichern müssen.«

Marcus nickte. »Das ist ja das Problem«, sagte er. »Sicher, da ist dieser Scheck des Buchmachers, aber der Polizeiarzt ist davon überzeugt, daß der Leichnam schon mindestens eine Woche im Wasser gelegen haben muß. Also kann man den Scheck vergessen. Darüber hinaus sieht es so aus, als ob er nur kleine, unbedeutende Schulden gehabt hätte. Das ist ja der Punkt, um den sich alles dreht: Keiner der Familie verfügt über Geld, ausgenommen die alte Lady, die allerdings über ein beträchtliches Vermögen herrscht. Nein, ich kann beim besten Willen kein Motiv erkennen.«

»Es sei denn«, sagte Mr. Campion, »es gilt das Prinzip: je weniger Leute, desto weniger, mit denen man zuletzt teilen muß, um es einmal so auszudrücken.«

Wieder stocherte Marcus mit düsterer Miene im Feuer herum.

»Auch das liefert uns noch kein Motiv«, sagte er. »Ich teile dir das im strengen Vertrauen mit, obwohl ich mir denken könnte, daß die Familie es längst weiß, aber die alte Mrs. Faraday hat vor einiger Zeit ihr Testament geändert. Unter den neuen Bestimmungen erhält ihr angeheirateter Neffe Andrew Seeley gar nichts. Nach ihrem Tod hätte er also verhungern oder sich auf die problematische Mildtätigkeit seiner Vettern und Kusinen verlassen müssen. Es war seine eigene Schuld. *De mortuis nil nisi bene*, aber er war wirklich kein angenehmer Mensch. Ein kleiner streitsüchtiger Giftzwerg, der eine Neigung zum Gauner in sich hatte. Ich selbst habe oft große Lust gehabt, ihn in den Hintern zu treten. Aber andererseits sind sie alle nicht unbedingt charmant. Die alte Lady hat etwas von Größe an sich, und Catherine ist eine gütige Seele, obwohl ich die Dummheit bei Frauen verachte. Was mich am meisten erschreckt, ist die Tatsache, daß mir, wenn ich in diesem Haus gelebt hätte, sicher sehr bald danach gewesen wäre, einen Mord zu begehen.«

»Und Julia?« fragte Mr. Campion, der mit Staunen diesen Vortrag des sonst so prosaischen Marcus vernommen hatte. »Was ist mit Julia? Sie ist für mich momentan eine völlig unbekannte Größe. Von Joyce hörte ich, daß sie eine schwierige alte Jungfer ist...«

Marcus dachte darüber nach. »Ich bin nie ganz dahintergekommen, ob Julia nun unfreundlich ist, weil sie über ein tiefgehendes Gemüt verfügt – oder ob sie einfach nur unfreundlich ist«, sagte er. »Aber einen Mann zu fesseln, ihn dann zu erschießen und in den Fluß zu stoßen, während man wußte, daß sie mit dem Wagen von der Kirche nach Hause gefahren wurde – mein Freund, ich fürchte, damit machen wir uns nur lächerlich.«

»Das heißt, es ist also zu diesem Zeitpunkt geschehen?« fragte Mr. Campion in skeptischem Ton.

Marcus zuckte mit den Schultern. »Wer weiß?« erwiderte er. »Sicher war William der letzte, der ihn lebend gesehen hat. Wenn die Polizei inzwischen die Tatwaffe gefunden hat, dürfte er wohl bereits hinter Schloß und Riegel sitzen.« Er blickte abrupt hoch. Schwere Schritte waren draußen auf dem Korridor zu hören, gefolgt von einem diskreten Klopfen an der Tür. Die Haushälterin kam herein und hatte ein Silbertablett mit einer Visitenkarte bei sich, wobei alle Züge ihres Gesichts tiefstes Mißfallen ausdrückten. Sie reichte Marcus wortlos das Tablett. Der junge Mann nahm die Visitenkarte mit deutlicher Überraschung zur Kenntnis und reichte sie dann Campion.

MR. WILLIAM FARADAY
Socrates Close
Trumpington Road, Cambridge

Die Ankunft des Mannes, über den sie gesprochen hatten, wurde ihnen erschreckend klar durch den Anblick des sauber gravierten Namens auf der Karte. Campion drehte die Karte um und fand ein paar Worte auf der Rückseite, mit schwungvoller Schrift, die gezügelt worden war, damit der Text auf dem kleinen Kärtchen Platz hatte.

›*Wäre Ihnen sehr zu Dank verpflichtet, wenn Sie mir ein paar Minuten Ihrer Zeit schenken könnten. W. F.*‹

Marcus zog die Augenbrauen hoch, als er den Text sah und steckte dann die Visitenkarte geistesabwesend ein. »Bringen Sie ihn rauf, Harriet«, sagte er zuletzt.

4

Der Bluffer

»Das ist die Frage«, murmelte Mr. Campion. »Heißt es jetzt ›Auftritt eines Mörders‹ oder ›Die Unschuld in der Rolle des Kriegsgottes Mars‹?«

Es war nicht mehr Zeit genug, um darauf einzugehen. Marcus stand auf, als sich die Tür öffnete und Onkel William das Arbeitszimmer betrat.

Er kam hereingeschossen, und es stellte sich heraus, daß er in nichts den Vorstellungen entsprach, die sich Campion von ihm gebildet hatte. Mr. William Faraday war ein kleines, tonnenförmiges Individuum in einem Dinnerjacket der Machart ›Älterer Gentleman‹, ein Mann von etwa fünfundfünfzig Jahren mit rosigem Gesicht, kleinen, blauen, funkelnden, gierigen Augen, gelblich-weißem Haar und einem Schnurrbart, den er in militärischer Weise trug, ohne damit freilich die beabsichtigte Wirkung zu erzielen. Seine Hände waren pummelig wie die eines Säuglings, und die Füße, die in Glacéschuhen mit flacher Vorderkante steckten, unterstrichen die etwas aufgeblasene Erscheinung ihres Besitzers.

Er kam mit kurzen, entschlossenen Schritten durch den Raum, schüttelte Marcus die Hand und wandte sich dann um, um Campion zu mustern, der sich ebenfalls erhoben hatte. In den kleinen blauen Augen lag ein Funke der Begrüßung, der sich rasch in offenes Staunen angesichts des jungen Mannes verwandelte. Er griff unwillkürlich nach seinem Monokel, das er an einem breiten schwarzen Band um den Hals hängen hatte.

Marcus übernahm es, die beiden Männer miteinander bekanntzumachen, und die Überraschung des älteren Mannes steigerte sich noch.

»Campion?« sagte er. »Campion? Doch nicht – *der* Campion?«

»Jedenfalls einer aus der Familie der Campions«, sagte der junge Mann mit idiotischer Miene.

Mr. Faraday hüstelte mit unnötigem Nachdruck. »Guten Tag«, sagte er versöhnlich und streckte Campion die Hand entgegen. Dann wandte er sich wieder an Marcus. »Ihre liebe Freundin Joyce ist eben nach Hause gekommen«, bemerkte er ungestüm. »Ich – äh – habe aus ihren Worten entnommen, daß Sie den ganzen Abend zu Hause sein würden, mein Lieber, und deshalb habe ich den Versuch unternommen, Ihnen einen Besuch abzustatten. Danke, mein Junge.« Er sank in den Sessel, den ihm Marcus bereitgestellt hatte, und brüllte Campion zu, der sich höflich in Richtung Tür bewegte: »Nein, nein, gehen Sie nicht, Sir. Ich habe nichts zu verbergen. Ich bin hergekommen, um mit Marcus über diesen scheußlichen Skandal zu sprechen.«

Die Aufsässigkeit, die in seinem Ton lag, hätte in jeder anderen Situation komisch gewirkt, aber seine kleinen blauen Augen zeigten Angst hinter der aufgeplusterten Haltung, und er erschien wie ein bedauernswerter, hitzköpfiger alter Trottel, der sich aufblies wie der sprichwörtliche Ochsenfrosch.

»Scheußliche Sache das, Marcus, mein Junge«, fuhr er fort, als sie alle wieder ihre Plätze eingenommen hatten, wobei sich Marcus auf einen Stuhl mit hoher Lehne in den Mittelpunkt der Gruppe gesetzt hatte, mit Foon zu seinen Füßen. »Sehr scheußliche Sache. Wir müssen schlau sein, wenn wir da rauskommen wollen, ohne uns zum Gespött und Skandal des ganzen County zu machen. Und außerordentlich typisch für Andrew«, fügte er hinzu, wobei sich sein Ton mächtig verstärkte, »daß er nicht einmal imstande war, diese Welt zu verlassen, ohne uns allen erheblich zur Last zu fallen. Ich bin heute nachmittag eine volle Stunde auf der Polizeistation festgehalten worden.«

Er warf einen fragenden Blick auf Mr. Campion, und sein

Zweifel über die Brauchbarkeit dieses jungen Mannes in einem derartigen Notfall war so deutlich, als ob er ihn in Worten ausgedrückt hätte. Jetzt wandte er sich wieder an Marcus.

»Nun, mein Junge«, sagte er, »da Ihr Vater noch nicht zurück ist – und er kommt ja schließlich auch in die Jahre, nicht wahr? –, was wollen wir tun? Ich habe der Polizei alles berichtet, was ich wußte, und das war, unter uns gesagt, verdammt wenig. Sie schienen auch nicht zufrieden zu sein damit, um die Wahrheit zu sagen, und wenn ich nicht gewußt hätte, daß das unmöglich war, hätte ich vermutet, daß sie meinen Bericht anzweifelten. Ganz typisch für Andrew«, wiederholte er. »Ich sehe ihn vor mir, wie er aus dem Hades heraufschaut, oder wo immer er jetzt sein mag, und über die höchst unangenehme Situation lacht, in die er uns alle gebracht hat.«

Marcus, schockiert über das freimütige Eingeständnis der Abneigung, die zwischen den beiden Männern bestanden hatte, hüstelte warnend. Aber Onkel William ließ sich nicht abbringen von der Geschichte, die zu berichten er sich entschlossen hatte.

»Ich weiß nicht, ob Sie Mr. – äh – Mr. Campion hier berichtet haben, was ich Ihnen heute nachmittag oben im Haus sagte über Andrews verrückte Idee, zu Fuß von der Kirche nach Hause zu gehen. Ich war aufgehalten worden, hatte im Vorraum der Kirche ein paar Worte mit einer Bekannten gesprochen, Miss Berry, sehr hübsches junges Ding, und als ich dann hinauskam, stellte ich fest, daß er den Wagen fortgeschickt hatte. Ansonsten hätte ich natürlich darauf bestanden, nach Hause zu fahren, und das alles wäre vermutlich nicht geschehen. Das heißt, ich weiß ja nicht, warum die Polizei glaubt, daß es zu diesem Zeitpunkt geschehen sein muß, denn es gibt schließlich keine Hinweise, die das belegen. Aber, wie gesagt, Sie wissen das ja alles, und auch, daß ich mit diesem Narren eine Auseinandersetzung hatte. Das habe ich natürlich auch der Polizei gesagt. Kaum zu glauben: Sie hielten es für seltsam, daß sich zwei Männer in unserem Alter darum stritten, welcher Weg nach Hause der kürzere sei. Aber, zum Henker, wie ich zu dem Polizisten sagte – ein schrecklicher Gauner in Uniform –, keiner hat es gern, wenn man ihm ständig widerspricht, ganz gleich, wie alt er ist. Außerdem ging es ja um *meine* Beine; die würden die Last abbekommen. Andrew war wesentlich leichter als ich. Immer ein bißchen schwächlich, der alte Andrew. Aber man soll ja respektvoll sein gegenüber den Toten.«

Er hielt inne und schaute die beiden Männer vor sich rachsüchtig an. Marcus fühlte, daß dazu kein Kommentar möglich war, und Mr. Campion blieb ernst und unvorstellbar geistesabwesend; sein blasses Gesicht zeigte keinerlei Ausdruck. Er hatte die langen, schmalen Hände um das rechte Knie gelegt.

Onkel William trompetete seine nächste Bemerkung heraus. Er schien zu fühlen, daß es an der Zeit war, zur Sache zu kommen.

»Ich bin heute abend aus drei Gründen hergekommen, Marcus«, sagte er. »Erstens wegen des Mädchens, das wir alle und Sie im besonderen gern haben. Ich finde, daß das Haus derzeit nicht der geeignete Aufenthaltsort ist für sie. Natürlich kann ich nicht bestimmen, was die Jugend tut, aber ich meine, wenn Sie sich ein wenig dafür einsetzen, mein Junge, könnten wir sie dazu bringen, daß sie eine Weile bei ihrer hübschen, kleinen amerikanischen Freundin in der Stadt wohnt.«

Marcus war bestürzt über den Hinweis darauf, daß er seine Pflicht als Verlobter vernachlässigt hatte, und Onkel William, der fühlte, daß er den momentanen Vorteil ausnützen mußte, fuhr fort:

»Als ich ein junger Mann war, hätte ich es nicht zugelassen, daß die Lady, die ich mit einem Heiratsantrag beehrt hätte, in eine so schmutzige Affäre hineingezogen würde.

Kümmern Sie sich gleich morgen früh darum. Das war die eine Sache. Bei der nächsten geht es um einen Punkt, den zu erwähnen ich bei der Polizei vergessen habe, oder besser, ich wollte gerade damit beginnen, als sie das Thema wechselten. Es geht um die Zeit, zu der Andrew vermutlich sein Ende gefunden hat – mir scheint das eine sehr wichtige Frage zu sein, nicht wahr?«

Dazu wandte er sich mit gerötetem, störrischem Gesicht an Mr. Campion. Der junge Mann lächelte ihn liebenswürdig an.

»Sicher«, sagte Mr. Campion. »Auf jeden Fall.«

»Nun«, knurrte Onkel William, »die Polizei scheint es sich in den Kopf gesetzt zu haben, daß Andrew um zehn Minuten nach ein Uhr gestorben ist, beziehungsweise ins Wasser gestoßen wurde, natürlich an dem bewußten Sonntag. Sie nehmen es an, weil seine Uhr um zehn Minuten nach eins stehengeblieben ist. Ich wollte ihnen sagen, das heißt, ich hätte es ihnen gesagt, wenn es sie interessiert hätte, daß es auf Andrews Uhr immer zehn nach eins war – oder irgendeine andere Zeit. Sie war nämlich kaputt, und zwar seit langer Zeit. Es war keine besonders gute Uhr. Ich weiß es deshalb, weil ich ihn früher oft damit geärgert habe.«

»Sind Sie sicher, daß es sich bei der Uhr, die man in seiner Tasche gefunden hat, um diese bestimmte Uhr handelte?« fragte Marcus unvermittelt.

»O ja. Ich habe sie in der Leichenhalle identifiziert. Außerdem stand sein Name darauf – ein Geschenk. Als der alte Andrew vor zwanzig Jahren sein Geld bei einer Schwindelfirma verlor, haben sie ihm diese Uhr gegeben, zusammen mit einem Haufen Komplimente, und das war alles, was er noch für sein Geld bekam. Eine verdammt teure Uhr, habe ich oft gesagt, und darüber hat er sich sehr geärgert.« Einen Augenblick lang lächelte er nachdenklich. »Also, damit wäre dieser Punkt wohl geklärt«, fügte er hinzu. »Kommen wir zum dritten, und das ist eine noch wichtigere Sache.« Er hüstelte und schaute in die Runde. Es war klar, daß er der Meinung war, eine bedeutende Enthüllung vorzubringen. »Wenn Sie mich fragen, ist es verdammt offensichtlich, wer es getan hat«, sagte er.

Und wenn er erwartet hatte, mit seiner Ankündigung eine Sensation hervorzurufen, so gelang ihm das, zumindest bei Marcus. Der junge Mann saß kerzengerade da, und sein Gesicht war blaß und angespannt. Onkel William lehnte sich in seinem Sessel zurück.

»Vetter George«, sagte er mit einer gehörigen Portion Genugtuung. »Ich habe noch mit keiner Menschenseele darüber gesprochen. Man beschuldigt nicht gern einen Verwandten, auch wenn es sich dabei um einen sehr entfernt Verwandten handelt, Gott sei's gelobt! Außerdem müssen wir an meine Mutter denken. Sie kann den Kerl nicht ertragen, duldet nicht, daß auch nur sein Name erwähnt wird. Ich kann das gut verstehen. Er ist ein Lump. Übrigens muß ich Sie beide um Diskretion bitten, wenn über diese Sache gesprochen wird; die alte Lady darf nicht erfahren, daß ich Sie auf diese Spur gebracht habe. Meine Mutter ist eine äußerst eigensinnige Frau, und selbst in meinem Alter möchte ich sie nicht verärgern.«

Die anderen warteten noch immer, und er wiederholte daraufhin den Namen.

»Vetter George. George Makepeace Faraday. Der Sohn eines leichtlebigen Bruders meines Vaters und eine ständige Quelle von Peinlichkeiten, eine Belastung für die Familie, seit ihr Oberhaupt – mein Vater, Gott hab ihn selig – gestorben ist.«

Marcus warf Campion einen verdutzten Blick zu. »Ich habe nie von ihm gehört«, sagte er.

»Das kann ich mir gut denken.« Onkel William lachte. »Wir alten Familien haben unsere Geheimnisse, verstehen Sie, genau wie andere auch. Ich bin aber sicher, daß Ihr Vater ihn kennt und weiß, was es mit ihm auf sich hat. Woher, kann ich Ihnen nicht sagen. Meine Mutter würde sich nicht die Lippen beflecken und auch nur den Namen dieses Kerls nennen. Ein erpresserischer Bluffer und Betrüger, wenn ich je einen kennengelernt habe.«

»Darüber müssen Sie uns mehr berichten, Sir.« Marcus sprach in einem etwas schroffen Ton.

Onkel William räusperte sich. »Es gibt wenig zu berichten, mein Junge, außer daß es auf der Hand liegt. Es hat einmal irgendeinen Skandal gegeben im Zusammenhang mit diesem Kerl. Ich habe nie Näheres erfahren. Andrew übrigens auch nicht. Natürlich spreche ich nur wenig mit Catherine oder Julia, aber ich bin sicher, Catherine ist zu beschränkt und Julia zu bösartig, um irgendeine unangenehme Neuigkeit länger als zwei Minuten für sich zu behalten. Doch Mutter weiß es, und es ist, wie ich vermute, ihr Geheimnis. Ich habe nie von dem Kerl gehört, bis ich nach Hause zurückgekehrt bin nach meinem – äh – bedauerlichen Schicksalsschlag, als dieser verdammte Andrew mich dazu gebracht hatte, meinen ganzen kleinen Besitz in eine seiner infernalischen Gesellschaften zu investieren.« Er schneuzte sich vernehmlich und fuhr dann fort:

»Erst später kam ich dahinter, daß der Kerl die Gewohnheit hat, sich auf die Familie zu stürzen, und zwar meistens, wenn er sturzbetrunken ist. Ich habe keine Ahnung, was bei diesen Besuchen geschah, aber er schloß sich meistens eine halbe Stunde lang mit Mutter ein, und wenn er wieder herauskam, schaute er so zufrieden drein wie ein Kampfhahn nach dem Sieg. Ich kann nur vermuten, daß er sie erpreßt oder auf verdammt raffinierte Weise anbettelt. Was er auch tut, ich hätte keine Lust, es bei Mutter auszuprobieren. Und ich kann mir nicht denken, wie er damit durchkommt.« Die quengelige Stimme von Onkel William erhielt an dieser Stelle einen deutlichen Unterton von sehnsüchtigem Bedauern.

»Das ist alles sehr interessant, Sir«, wandte Marcus ein, »aber selbst, wenn dieser George Faraday keine – äh – sehr vertrauenswürdige Person ist, wie kommen Sie auf den Gedanken, er könne möglicherweise Mr. Seeleys Mörder sein?«

»Weil er dem Haus einen Besuch abgestattet hat«, sagte Onkel William triumphierend, »und zwar am Tag vor dem Sonntag, als Andrew getötet wurde. Ich erinnere mich sehr gut, weil beim Abendessen das Uhrgewicht heruntergefallen ist. Sehr beunruhigend. George kam fast unmittelbar danach herein und hatte ein längeres Gespräch unter vier Augen mit Mutter, im Salon, bevor er wieder ging. Aber am Sonntag war er noch in Cambridge, ich habe ihn vom Wagen aus auf der Fahrt zur Kirche gesehen. Voll wie eine Strandhaubitze, um elf Uhr morgens. Ich hoffe nur, das wird nicht alles an die Öffentlichkeit gezerrt. Hier ist es schon ein Verbrechen, wenn man Verwandte hat, die nicht beim Militär oder an der Universität sind, ganz zu schweigen von einem tonnenförmigen, unrasierten Subjekt in einem fadenscheinigen blauen Anzug und mit einer Melone auf dem Kopf, der in Begleitung eines eindeutigen Landstreichers durch die Stadt spaziert.«

Mr. Campion setzte sich auf, und hinter seiner Brille war ein Funke von Interesse zu erkennen. Etwas in Onkel Williams Beschreibung hatte einen halb vergessenen Eindruck in Erinnerung gerufen.

»Mr. Faraday«, sagte er, »ich möchte mich nicht zu sehr darauf versteifen, aber würden Sie sagen, daß Ihr Vetter ziemlich viel Alkohol konsumiert?«

»Wie ein Schwamm«, sagte Onkel William mit Nachdruck. »Ich habe Männer wie ihn kennengelernt, damals in Südafrika. Sie machen vor nichts halt und erleben stets ein schlimmes Ende. Obendrein trägt er auch noch immer die Krawatte des Ignatius-College, dieser Schurke.«

Mr. Campions Ausdruck wirkte beinahe intelligent. »Hat er ein aufgeschwemmtes rotes Gesicht, leuchtende, blaue Augen, einen Hauch von ehemaliger guter Erziehung an sich und eine sehr tiefe, kultivierte Stimme? Größe etwa einszweiundsechzig, untersetzt bis dicklich?« fragte er.

Onkel William starrte den jungen Mann mit unverhohlener Bewunderung an.

»Auf Ehr' und Gewissen, das ist fabelhaft!« rief er. »Ich habe ja schon von euch Detektiven gehört – daß ihr zum Beispiel auf eine Meile Entfernung sehen könnt, ob einer ein Klempner ist oder ein Gemüseverkäufer auf dem Markt, und daß ihr dazu nicht einmal einen Feldstecher braucht. Ja, das ist George Faraday, wie er leibt und lebt, und vor allem das, was Sie als einen ›Hauch von ehemaliger guter Erziehung‹ bezeichneten – doch das ist irreführend, sehr irreführend. Glauben Sie mir, an diesem Schuft ist kein einziger weißer Fleck zu finden. Na ja«, fügte er selbstgefällig hinzu, »jede Familie hat ihr schwarzes Schaf.«

Mr. Campion warf einen Blick auf Marcus. Der schaute so überrascht und schockiert drein, daß Campion nicht das Herz hatte, ihm diesen offensichtlichen Triumph der Hellseherei zu erklären. Statt dessen lächelte er ihn mit gelassener Zufriedenheit an, und es lag auf der Hand, daß Mr. Albert Campion, der Abenteuer aller Art erlebte, in der Wertschätzung der Anwesenden einen entscheidenden Schritt nach oben gemacht hatte. So sehr, daß Onkel William nachgerade beunruhigt wirkte.

»Ihnen entgeht nicht viel, Sir«, sagte er, fast ein wenig besorgt.

»Spione sind überall.« Diese Worte lagen Mr. Campion auf der Zunge ,aber er sprach sie nicht aus. »Ist dieser George Faraday seither noch einmal in Cambridge gesehen worden?« fragte er.

»Nein«, antwortete Onkel William. »Keine Spur von diesem Schuft. Natürlich«, fuhr er in zweifelndem Ton fort, »kann ich kein Motiv für die Tat erkennen. Ich sehe nicht ein, warum er Andrew getötet haben sollte, ebensowenig wie jemand anderen aus der Familie. Ja, ich kann mir überhaupt nicht vorstellen, warum irgend jemand ausgerechnet den alten Andrew töten wollte, es sei denn, er konnte seinen Anblick nicht mehr ertragen. Und das ist ein Motiv, das für uns alle gilt. Keiner konnte seinen Anblick ertragen. Ein verdammt unangenehmer, bösartiger und streitsüchtiger Bursche, dieser Andrew; ich war mit ihm vor fünfunddreißig Jahren auf dem Ignatius. Er hat die mittlere Reife zweimal verpatzt, ist zweimal durch das Abitur gerasselt, hat anschließend Medizin studiert, ist aber auch rausgeflogen, und versuchte es dann beim Militär, wofür seine Gesundheit nicht gut genug war. Danach blieb nicht mehr viel übrig außer der Kirche, doch davon wollte er nichts wissen – kein Verständnis für sich und andere, sonst lebte er heute auf einer angenehmen, einträglichen Pfarrei, statt dort zu sein, wo er jetzt ist, in der Leichenhalle – und Ursache von all dem Durcheinander.«

Er hielt inne und schaute sich streitsüchtig um.

»Tut mir leid, wenn das ein bißchen hart klingt, aber ich habe keine Geduld mit derartigen Burschen. Ein verdammter Dilettant, bei allem, was er tat. Als er seine Erbschaft übernahm, hat er sie verspielt, und die meine dazu, mit irgendeinem infernalischen Firmen-Entwicklungsplan. Hat damit so furchtbar Schiffbruch erlitten, daß er nichts davon behielt als diese geschenkte Uhr, und selbst die scheint nun mehr Ärger zu verursachen, als sie jemals wert gewesen ist.« Er erhob sich. »Nun, ich habe gesagt, was ich sagen wollte, Marcus, und wenn Sie der Meinung sind, daß man das über George der Polizei mitteilen sollte, so will ich Sie nicht daran hindern, denn ich möchte die alte Lady nicht damit aufregen, daß in der Familie darüber geredet wird. Ich nehme an, Sie kommen morgen zu uns herauf, und auch Sie, Sir.«

Er wandte sich an Campion. Als er ihm die Hand schüttelte, versuchte er damit zugleich in der unbeholfenen, ein wenig rüden Manier überzüchteter Menschen, seine Entschuldigung auszudrücken für den Fall, daß er es versäumt hätte, diesem jungen Fremden, der seine wunderbaren Fähigkeiten soeben anschaulich unter Beweis gestellt hatte, genügend Aufmerksamkeit zu schenken.

»Wissen Sie, als ich hereinkam, war ich fast ein wenig erschrocken. Ich hatte ja nicht ahnen können, daß Sie – äh – irgendwie verkleidet sind, und erst als Sie mir diese wahrlich bemerkenswerte Folgerung vorführten, wurde mir klar, welch hervorragende Wissenschaftler ihr Detektive seid.«

Marcus brachte ihn zur Tür, und kurz, bevor er ging, fing er den Jüngeren noch einmal ab und flüsterte ihm zu: »Ich schaue vielleicht gelegentlich bei Ihnen vorbei, mein Junge. Eine Kleinigkeit, die Sie für mich erledigen sollten. Aber das hat Zeit – genügend Zeit.«

Als Marcus zurückkam in sein Arbeitszimmer, saßen Campion und Foon vor dem Feuer, jeder mit dem gleichen Ausdruck gelangweilten Nachdenkens.

»Nun«, sagte er und nahm seinen Platz in der Gruppe wieder ein, »da können wir ja alle Gott danken für Vetter George. Das war eine geschickte Vermutung von dir, Campion. Wie bist du darauf gekommen?«

»Vorwiegend durch die Astronomie«, sagte Mr. Campion gelassen. »Nein, ehrlich: vernünftig eingesetzte Werbung kann nie schaden. Warum sollte man den Eindruck machen, man sei halb verblödet? Aber ich verrate dir meinen Trick. Ich habe den Kerl einmal gesehen, und er sieht diesem Onkel William ziemlich ähnlich; deshalb konnte ich ihn mit der Beschreibung in Verbindung bringen.«

Marcus schaute ihn fragend an, aber Campion hatte offenbar keine Lust, die Begegnung in dem Londoner Innenhof vom selben Nachmittag zu schildern. Statt dessen stellte er eine Frage.

»Hast du schon einmal von Vetter George gehört?«

Marcus zögerte. »Ich wußte, daß da noch jemand war«, sagte er dann nicht sehr überzeugend. »Ich habe durch Joyce davon gehört.«

Mr. Campion betrachtete ihn nachdenklich. Er wußte, daß er ein heikles Thema berührt hatte.

»Gibt es vielleicht einen Grund, weshalb Joyce diesen George Faraday aus der Angelegenheit heraushalten möchte?« fragte er beiläufig.

Marcus schaute ihn überrascht an. »Das glaube ich kaum«, sagte er. »Warum auch? Ich nehme an, sie hat noch kein halbes Dutzend Worte mit ihm gewechselt.« Er seufzte erleichtert. »Jedenfalls bin ich für dieses kleine Glück mehr als dankbar«, sagte er. »Sicher waren sich William und Seeley alles andere als grün, aber dadurch, daß dieser schlimme Kerl auftaucht, ist William ja wohl aus dem Schneider, meinst du nicht? Ich finde, wenn niemand ein brauchbares Motiv aufzuweisen hat, kommt doch eigentlich nur noch das schwarze Schaf in Gestalt von Vetter George in Frage.«

»Unter Zuhilfenahme der Theorie, daß es auf die Gewohnheiten ankommt, vermutlich«, sagte Mr. Campion und schüttelte plötzlich Foon die Pfote, weil dieser das dringende Bedürfnis dazu verspürte. »Nun, vielleicht ist es ja wirklich so.«

Aber insgeheim stellte er sich drei eindeutige und unbeantwortbare Fragen: Wenn George Faraday seinen Vetter zweiten Grades aus nur ihm selbst bekannten Gründen ermordet hatte, warum war er dann Inspector Oates zur Lillyput-Gruft gefolgt, und was hätte er ihm dort sagen können? Noch bemerkenswerter: Warum war er beim Anblick von Joyce Blount geflohen? Und, am bemerkenswertesten: Warum hatte sie abgestritten, ihn jemals gesehen zu haben? Bei dieser Gelegenheit kehrte Marcus Featherstones lebendige Beschreibung der Repressionen und Depressionen auf Socrates Close in sein Bewußtsein zurück. Er fragte sich außerdem, warum ein Mörder einen Mann erst fesseln würde, ehe er ihn auf so geringe Entfernung erschoß. Dabei rutschte er unbehaglich auf seinem Sessel hin und her. Mr. Campion gehörte nicht zu den Menschen, die an Horrorszenen ihr Vergnügen hatten.

Und am nächsten Morgen erreichte sie die erschreckende Nachricht von einem zweiten Mord an einem Bewohner von Socrates Close.

5

Tante Kittys geheimes Laster

Mr. Campion war von Natur aus kein Frühaufsteher, und als er am nächsten Morgen die Treppe herunterkam, stellte er fest, daß Marcus ihm nicht nur zuvorgekommen war, sondern sich im Frühstückszimmer bereits mit einem Besucher unterhielt. Campion, der sich bewußt war, daß dies in dem Haus am Soul's Court ein höchst ungewöhnlicher Vorgang sein mußte, sah mit leisem Schrecken ein rothaariges, eichkätzchenhaftes junges Mädchen mit leuchtenden Augen, das ihn über ihre Tasse Kaffee hinweg fragend betrachtete. Marcus, der ihm heute morgen weniger formell als je zuvor erschien, wirkte geradezu lebhaft in ihrer Gegenwart. Er blickte hoch, als Campion hereinkam, und stellte ihm die Unbekannte vor.

»Das ist Miss Ann Held, Campion«, sagte er. »Ann, das ist der Mann, von dem wir hoffen, daß er unsere Probleme lösen wird.«

»Um Himmels willen, was hat man Ihnen da aufgehalst!« sagte Miss Ann Held höflich. »Guten Tag – wie schön, Ihre Bekanntschaft zu machen.«

Sie war kaum älter als fünfundzwanzig und hübsch in ihrer Lebhaftigkeit, wenn auch ihre Züge eher ungewöhnlich als schön zu nennen waren. Es hatte den Anschein, als fühlte sie sich hier zu Hause, und sie war so erschreckend amerikanisch, daß Mr. Campion sofort klar war, warum ihr Besuch zu dieser ungewöhnlichen Tageszeit keinerlei Steifheit bewirkt hatte. Als er sich setzte, erläuterte Miss Held den Grund für ihre Anwesenheit mit unbefangener Freundlichkeit.

»Ich habe heute früh die Zeitungen gelesen«, sagte sie,

»und bin gleich hergekommen, um Marcus zu fragen, ob ich etwas für Joyce tun kann. Sie ist eine meiner besten Freundinnen hier. Wissen Sie, auf Socrates Close gibt es kein Telephon, und ich kann ja wohl kaum unangemeldet bei ihr vorbeischauen. In einer so schrecklichen Situation wollen sie sicher keine Fremden im Haus.«

Marcus pflichtete ihr bei. »Ich habe Ann erklärt, daß ich ihr sehr dankbar wäre, wenn sie Joyce einladen würde, bei ihr zu wohnen, bis diese schlimme Affäre vorüber ist«, sagte er. »Das war keine schlechte Idee von William Faraday.«

Mr. Campion gab keinen Kommentar dazu. Onkel Williams Fürsorge um Joyces Wohlergehen war ihm erstaunlich vorgekommen bei einem so offensichtlich selbstsüchtigen Mann.

»Ich habe Marcus gesagt«, fuhr Miss Held fort, und ihre leuchtenden, braunen Augen blitzten Campion an, »daß ich sie natürlich einladen werde, aber nicht eine Sekunde lang glaube, daß sie kommen wird. Es sei denn, Marcus spricht ein Machtwort.« Sie schaute den anderen Mann an und lächelte ein wenig boshaft. »Und ich bin nicht sicher, ob selbst ein solches Produkt allerfeinster englischer Erziehung wie er heutzutage so etwas wagen würde, wo wir Frauen doch so aufsässig geworden sind.«

»Ach, ich weiß nicht«, sagte Mr. Campion milde. »Auch Marcus hat seine Momente. Wer hat denn die Statue Heinrichs des Achten auf dem Ignatius Square mit einem der brauchbarsten Produkte unserer neuen häuslichen Kultur umwickelt? Eine Heldentat, finde ich, die keiner mehr versucht hatte seit meinem verehrungswürdigen Onkel, dem späteren Bischof von Devizes, der sie bei starkem Nebel wagte, allerdings verkleidet als Mrs. Bloomer, wobei er anschließend für eine Weile aufs Land ging. Nein, der Bursche hat Mut.«

Marcus bedachte Campion mit entsetzt-vorwurfsvollen Blicken. »Wenn wir uns in Reminiszenzen ergehen wollen«, sagte er warnend, »was ich nicht hoffe, dann könnte ich auch die eine oder andere Geschichte über dich auspacken.«

Mr. Campion schaute völlig unschuldig drein, und Miss Held lachte.

»Ich finde, das ist ein weiterer Beweis für die Manie von Marcus, immer genau das Richtige zu tun«, sagte sie. »Es ist nicht nur ein Instinkt bei Ihnen, Marcus, es ist schon eine Leidenschaft. Schön, Sie sagen also Joyce, daß ich mich verzehre danach, sie zu sehen, was beinahe der Wahrheit entspricht. Natürlich will ich mich da nicht einmischen, aber wenn Ihnen irgend etwas einfällt, was ich tun kann, brauchen Sie mir nur die Richtung anzugeben, und ich renne los wie ein Hase vor der Meute.«

Sie sagte das alles mit großer Aufrichtigkeit, und Mr. Campion strahlte sie beifällig an. Soweit er die Sache überblickte, waren attraktive Figuren in dieser Affäre eher selten; daher war es besonders nett, eine davon schon am ersten Morgen nach seiner Ankunft unerwartet am Frühstückstisch vorzufinden.

In diesem Augenblick wurde die Tür des Raums wenig zeremoniell aufgerissen, und statt der hageren und rheumatischen Harriet war es Joyce selbst, die auf der Schwelle stand.

Als die drei jungen Leute sie sahen, sprangen sie auf und gingen auf sie zu. Sie war sehr blaß und schien am Rande eines Zusammenbruchs.

»Meine Güte, Darling, was ist denn los?« Ann Held legte ihren Arm um Joyce und zog sie auf einen Stuhl.

Joyce atmete tief ein. »Es geht schon«, sagte sie. »Es ist wegen – wegen Tante Julia.«

Marcus, der ihr gerade eine Tasse Kaffee einschenkte, hielt inne. »Julia?« fragte er. »Was ist mit ihr?«

»Sie ist tot«, sagte Joyce explosiv und begann dann zu weinen.

Im Zimmer herrschte Schweigen, während die drei anderen versuchten, ihren Schock zu überwinden. Die nüchtern denkende Ann Held kam zu der nächstliegenden Folgerung.

»Die Arme«, sagte sie. »Die Sache hat wahrscheinlich ihr Herz zu sehr strapaziert.«

Joyce schneuzte sich vernehmlich. »Nein«, sagte sie und schüttelte den Kopf. »Sie ist vergiftet worden, glaube ich. Großtante Caroline schickt mich her, damit ich es dir sage.«

Ihre Stimme erstarb in dem Raum, der auf einmal sehr kalt wirkte. Der Schock dieser nüchternen Ankündigung, die mitten in das Drama um den Tod von Andrew Seeley fiel, hatte zumindest vorübergehend eine betäubende Wirkung. Das war eine Entwicklung, die weder Campion noch Marcus vorhergesehen hatten.

Campion, der Julia nicht kannte und daher von Joyces Nachricht nur der Sache wegen gerührt war, übernahm die Initiative.

»Glauben Sie«, sagte er in beruhigendem Ton, »daß Sie in der Lage sind, uns darüber zu berichten?«

Joyce riß sich angesichts seines gelassenen und fast beiläufigen Tons zusammen und wischte sich die Tränen aus den Augen.

»Ich weiß nicht, wann es passiert ist«, sagte sie. »Aber vermutlich gestern abend oder heute in den frühen Morgenstunden. Als Alice sie heute morgen um sieben wecken wollte, schlief sie so fest, daß es ihr nicht gelang. Sie dachte, Julia sei vielleicht übermüdet, und ließ sie weiterschlafen. Sie kam um acht nicht zum Frühstück, und etwas später – ungefähr um halb neun – ging ich hinauf, um ihr ein Tablett mit ein paar Sachen vom Frühstückstisch zu bringen. Sobald ich den Raum betrat, wurde mir klar, daß sie krank sein mußte. Sie schnaufte furchtbar, stieß die entsetzlichsten Geräusche aus, und ihre Augen waren so verdreht, daß man fast nur das Weiße sehen konnte. Ich nahm das Tablett mit dem Essen wieder weg und schickte den jungen Christmas – den Sohn des alten Christmas, unseres Kutschers und Chauffeurs –

hinunter, um Doktor Lavrock zu holen. Es dauerte ziemlich lange, bis er kam; sie hatten die Nachricht irgendwie durcheinandergebracht, und der Doktor hatte unterwegs noch bei einem anderen Patienten vorbeigesehen. Als er eintraf, war es bereits halb zehn, glaube ich. Sie muß praktisch in dem Augenblick gestorben sein, als der Doktor ihr Zimmer betrat. Tante Kitty und ich waren bei ihr.«

Sie hielt atemlos inne, und die drei anderen warteten geduldig darauf, daß sie mit ihrem Bericht fortfuhr.

Joyce hatte es plötzlich eilig, die ganze Geschichte loszuwerden. »Sie hat kein Wort mehr gesprochen und schien auch nicht mehr wach geworden zu sein. Sie hörte einfach zu atmen auf, das war alles. Die schrecklichste Sache war, daß Großtante nicht einmal wußte, daß sie krank war. Ihr müßt wissen, sie steht nie vor elf Uhr auf, und wir hatten die Sache nicht so ernst genommen, daß wir es gewagt hätten, sie zu stören.«

»Und woher weiß man, daß es eine Vergiftung war?« fragte Marcus plötzlich.

»Von Dr. Lavrock«, antwortete Joyce. »Er hat sich nicht ausführlich darüber ausgelassen, aber es war deutlich zu erkennen, was er dachte, sobald er den Raum betreten hatte. Du kennst ihn doch, Marcus? Nicht der alte Lavrock, der ›Veteran der Ärzte von Cambridge‹, sondern sein zweiter Sohn, der mit dem Bart. Er kennt die Familie, seit er ein kleiner Junge war; heutzutage behandelt der alte Lavrock nur Großtante Caroline, während sich der Sohn – Henry – um den Rest der Familie kümmert. Er hat Julia heute früh nur kurz angeschaut, dann hat er ihre Augen überprüft und anschließend Tante Kitty, die völlig hysterisch war und in Tränen zerfloß, aus dem Zimmer geschickt.

Danach hat er sich an mich gewandt und ziemlich wütend gefragt: ›Wann haben Sie das herausgefunden?‹ Ich sagte es ihm, genau wie ich es euch gesagt habe. Er wollte wissen, ob sie in letzter Zeit an Depressionen gelitten habe, ob der Tod von Onkel Andrew sie sehr aufgeregt habe, und – nun ja, ich mußte ihm sagen, daß ihr Andrew vermutlich völlig gleichgültig gewesen ist, und daß sie, wenn überhaupt, höchstens froh war über seinen Tod.« Ein Schauder lief ihr über den Rücken. »Es war schrecklich, so etwas zu sagen, während sie selbst tot vor mir lag. Er hat mir noch viele andere Fragen gestellt, zum Beispiel, ob sie gefrühstückt habe, was ich verneinte. Ich hätte ihr etwas heraufgebracht und bei dieser Gelegenheit festgestellt, daß sie sehr krank war, woraufhin ich das Tablett wieder mit hinuntergenommen hätte.

Danach stellte er die naheliegende Frage, ob jemand einen Abschiedsbrief von ihr erhalten habe, und wir sahen uns im Zimmer um, ob es einen solchen Brief gab. Während wir noch dabei waren, kam Alice herein mit dem Auftrag, uns beide sofort in das Zimmer von Großtante zu schicken. Der Doktor stellte Alice vor Tante Julias Zimmer als Wache auf, mit der Anweisung, niemanden hineinzulassen, und als wir bei der Großtante waren, wurde uns klar, daß sie bereits mit Kitty gesprochen hatte und praktisch alles wußte, was wir auch wußten. Der Doktor sprach sehr offen und unverblümt, obwohl er mit der Großtante nicht so kurz angebunden reden konnte wie mit uns. Sie nahm die Schreckensnachricht bemerkenswert gelassen auf, wobei sie in ihrem großen Himmelbett saß und eine spitzenbesetzte Betthaube auf dem Kopf hatte. Als der Doktor sagte, daß er die Angelegenheit sofort dem Gerichtsmediziner melden müsse, schickte sie mich hierher, um deinen Vater zu holen, Marcus, beziehungsweise dich, falls er noch nicht zurück sein sollte. Außerdem sagte sie, wenn Mr. Campion noch hier sei, würde sie sich freuen, ihn zu sehen. Vermutlich hat ihr Onkel William von Ihnen erzählt, nachdem er gestern abend hier gewesen ist.«

Dann wandte sie sich an das andere junge Mädchen.

»Du solltest dich besser von uns fernhalten, Ann. Ich fürchte, das Ganze entwickelt sich zu einem schrecklichen Skandal. Ich weiß so sicher wie ich hier stehe, daß Tante Julia nicht Selbstmord begangen hat. Sie war nicht der Typ dazu. Außerdem sagte sie gestern abend als letztes zu mir, ich müsse darauf achten, daß sich Ellen, die Köchin, ›nicht von ihrer Hysterie über Dinge, die sie nichts angehen, verleiten lassen soll, ihre kulinarischen Aufgaben zu vernachlässigen‹, und außerdem sollte ich sie ermahnen, sich bei der Brotsauce das nächste Mal mehr Mühe zu geben als an diesem Abend. – Nein, Ann, du darfst dich da wirklich nicht hineinziehen lassen.«

Ann protestierte. »Rede nicht solchen Unsinn«, sagte sie. »Wenn du denkst, daß sich jemand hochnäsig verhalten könnte bei einem solchen Unglück, dann bestimmt nicht ich, da bist du auf dem falschen Dampfer. Ich weiß, daß es jetzt nichts nützt, wenn ich dich bitte, zu mir zu kommen und eine Weile zu bleiben, aber wenn du irgendwann einmal fort möchtest aus dem Schlamassel, ganz gleich, ob tagsüber oder mitten in der Nacht, dann komm einfach zu mir. Ich würde es dir nicht verzeihen, wenn ich etwas für dich tun könnte, und du würdest mich aus irgendeinem Grund nicht darum bitten.«

Während die beiden Mädchen miteinander sprachen, machten sich Campion und Marcus zum Ausgehen bereit. In der Halle sah der junge Anwalt seinen Freund an.

»Joyce ist der Meinung, daß es sich um einen Mord handelt«, sagte er trocken.

Mr. Campion gab keinen Kommentar dazu. Gleich danach waren die beiden Mädchen bei ihnen, und sie stiegen in den riesigen altmodischen Wagen. Ann wurde von ihnen in King's Parade abgesetzt, dann fuhren sie weiter. Der Schock schien Joyce nach ihrem ersten Ausbruch zum Schweigen gebracht zu haben, denn sie kuschelte sich an Marcus, der den Wagen steuerte, und sagte nichts, bis sie in der Auffahrt von Socrates Close angekommen waren.

In der Morgensonne sah das Haus längst nicht so abweisend aus wie in der Dunkelheit des vergangenen Abends. Der

Efeu, der zusammen mit anderen Kletterpflanzen die Mauern bedeckte, milderte die Strenge des herrschaftlichen Baus, der auf viktorianische Art adrett und gepflegt wirkte, eine Seltenheit in diesen Tagen der teuren Dienstleistungen.

Der Wagen des Doktors stand vor der Haustür, und sie hielten dahinter an. Eine plumpe Frau in mittleren Jahren mit Häubchen und Schürze ließ sie ein. Sie war etwas durcheinander, und es sah so aus, als ob sie geweint hätte. Jetzt begrüßte sie Joyce mit einem feuchten Lächeln.

»Mrs. Faraday ist noch nicht unten, Miss«, sagte sie, und es war fast ein Flüstern. »Sie meinte, die Gentlemen sollten im Morgenzimmer auf sie warten. Aber Mr. William und seine Schwester sind schon dort.«

»Ist gut, danke, Alice«, sagte Joyce in erschöpftem Ton.

Die Eingangshalle, die sie betraten, war weit, hoch und düster. Dennoch bereitete das Haus dem Besucher ein angemessenes Willkommen der viktorianischen Art, ein Willkommen durch die türkischen Teppiche und die mittelmäßigen Ölgemälde in üppig vergoldeten Rahmen, die roten Damasttapeten und die nüchterne Großartigkeit schwerer Messingornamente. Doch bei mindestens zwei der jungen Leute überlagerte ein bedrückendes Gefühl die Bewunderung für das Haus: Sie kannten die Geschichte seiner Bewohner, und für sie war dieses weiträumige, komfortable Heim ein Ort unbekannter Schrecken und absurder Belastungen für eine Familie, die hier lebte, seit es erbaut worden war. Es war ein Nährboden für all jene dunklen Verstrickungen des Gehirns, von denen uns die Wissenschaftler sagen, sie seien die natürlichen Folgen von Verdrängung und Verboten. In ihrem Verständnis erlebte das alte Haus jetzt einen Umbruch, ja, die vulkanische Eruption eines lange schwärenden Übels, und sie fürchteten sich vor dem, was dabei ans Tageslicht kommen mochte.

Sie legten gerade die Mäntel ab, als eine Tür auf der anderen Seite der Halle aufging und Onkel Williams aufgeschwemmtes, rosiges Gesicht in der Öffnung zu sehen war. Er kam mit etwas übertriebener Liebenswürdigkeit auf sie zu.

»Ich bin so froh, Sie zu sehen – Sie beide zu sehen«, sagte er. »Vermutlich haben Sie schon von der furchtbaren Neuigkeit gehört? Jetzt Julia! Kommen Sie doch herein, ich bitte Sie. Ich nehme an, meine Mutter wird in wenigen Augenblikken unten sein. Sie spricht gerade noch mit Doktor Lavrock. Es hat den Anschein, als verstehe der Mann seinen Beruf.«

Er führte sie in einen Raum, der sonnendurchflutet gewesen wäre, wenn man nicht die leichten holländischen Rollos vor die Fenster gezogen hätte, die auf die Auffahrt hinausgingen. Es war, wie man erkennen konnte, der eigentliche Aufenthaltsraum der Familie. Ursprünglich als Frühstückszimmer vorgesehen, war von den Möbeln manches Stück aus dieser Zeit übriggeblieben. Der Frühstückstisch und die Anrichte, beide aus Mahagoniholz, schimmerten, wie nur gut gepflegtes Mahagoni schimmern kann. Der Chintz der Vorhänge war etwas ausgebleicht vom vielen Waschen, und die beiden großen, grünen, lederbezogenen Lehnsesseln neben dem riesigen offenen Kamin waren vom langen Gebrauch etwas abgenützt: Hier hingen Aquarelle an den Wänden, auch sie altmodisch, aber mit ihrem naiven Charme zweifellos auch heute noch hübsch zu betrachten.

Onkel William in seinen Filzpantoffeln wirkte im Licht des sonnigen Morgens schäbiger und längst nicht so entschlossen, und seine militärische Haltung war fast völlig verschwunden.

»Da ist Kitty«, sagte er und fügte in gebelltem Flüstern hinzu: »Ich habe versucht, sie zu trösten, das arme Wesen.«

Tante Kitty, die sich mindestens ebenso darüber aufregte, mit rotgeweinten Augen fremden Leuten entgegentreten zu müssen, wie über die tragischen Erlebnisse der letzten Stunden, erhob sich von einem niedrigen Hocker am Kamin. Sie war eine bemitleidenswerte Person, viel älter aussehend als sie nach Jahren war, nämlich noch nicht sechzig. Eine stets aufgeregte kleine Frau, aufwendig gekleidet in ein Kleid mit kleinen Rüschen an Hals und Ärmeln. Sie war außerdem die einzige Frau, die Campion je gesehen hatte, die eine große Uhr in Form einer bogenförmigen, goldenen Brosche trug, welche sie sich an die flache Brust gesteckt hatte. Ihre Augen waren rot, genau wie ihre Nasenspitze, der einzige Teil ihres Gesichts, der keine Falten aufwies. Sie verkörperte so etwas wie unterdrückte Tugend und war das Musterbeispiel für jemanden, der die Höflichkeit zum Exzeß getrieben hat.

Sie schüttelte Campion die Hand, ohne ihn anzusehen, und wandte sich dann an Marcus, wobei sie ihr Taschentuch häufig in Anspruch nahm.

»Mein lieber Junge, das ist entsetzlich«, sagte sie. »Die arme Julia, gestern abend noch voller Leben und Energie, so dominierend, ein solcher Turm der Kraft für uns alle, und heute liegt sie dort oben auf ihrem Bett...« Sie schluckte geräuschvoll, und wieder wanderte das kleine Spitzentaschentuch zu ihren Augen.

Die Situation war zwar ein wenig unangenehm, wäre aber von Marcus gemeistert worden, wenn sich Onkel William nicht zur Unzeit dazwischengeworfen hätte.

»Komm schon, Kitty«, sagte er, pflanzte sich vor dem Kamin auf und zeigte das bereits von seinem Besuch bei Marcus bekannte Aufplustern. »Wir alle wissen, daß Julias Tod ein ziemlicher Schock war, aber wir sollten uns auch nicht allzu sehr zur Heuchelei hinreißen lassen. Ich kann nicht sagen, daß ich erschüttert wäre, tut mir leid. Verdammt noch mal, sie war meine Schwester – aber Julia war zu dominierend, als daß man sie vermissen würde. Sie war zudem eine infernalisch launische alte Frau. Sehen wir doch die Tatsachen, wie sie sind.«

Tante Kitty nahm das Taschentuch von den Augen und wandte sich an ihren Bruder. Dabei sah sie aus wie ein verzweifeltes, in die Enge getriebenes Häschen. Ihre blassen Wangen waren jetzt leicht gerötet, und ihre rotgeränderten, blauen Augen funkelten in gerechter Empörung, als sie die letzten Kraftreserven mobilisierte, um diesen ungeheuerlichen Verstoß gegen die guten Sitten zu tadeln.

»Willie!« sagte sie. »Deine eigene Schwester! Liegt tot im Bett, und du sprichst von ihr, wie du es nie gewagt hättest, wenn sie noch lebte und es hören könnte!«

Onkel William hatte zwar die Güte, darauf mit Unbehagen zu reagieren, aber er war nicht der Charakter, der solche Vorwürfe mit Würde oder auch nur Höflichkeit hinnehmen konnte. Er blies die Backen auf, erhob sich ein paarmal auf die Zehenspitzen und fuhr dann Kitty an, die vermutlich selbst erstaunt war über ihre Tollkühnheit.

»Das alles hätte ich Julia auch ins Gesicht gesagt«, erklärte er. »Und du weißt, daß ich es immer getan habe. Sie war eine mürrische alte Hexe. Und das gilt auch für Andrew – die beiden waren ein prächtiges Paar. In diesem Haus wird es wesentlich ruhiger werden ohne die zwei. Dagegen wirst du wohl nichts einwenden können. Und nenne mich nicht ›Willie‹!«

Marcus, dem diese Zurschaustellung schlechter Nerven und eines geradezu bösartigen Mangels an Verständnis, wie man ihn freilich oft bei Familienkatastrophen antreffen kann, äußerst peinlich war, wandte sich ab und betrachtete das ausgebleichte Aquarell des alten Portals vor dem Ignatius-College; Mr. Campion dagegen beobachtete weiterhin Bruder und Schwester mit seiner üblichen Miene freundlicher Idiotie.

Tante Kittys Stimme schwankte, aber nachdem sie es gewagt hatte, ihrem Bruder einmal entgegenzutreten, konnte sie nun nicht mehr damit aufhören.

»Julia war eine *gute* Frau«, sagte sie. »Ein besserer Mensch, als du es jemals sein wirst, William. Und ich dulde es nicht, daß du ihr Andenken derartig in den Schmutz ziehst. Jetzt, wo sie noch nicht einmal unter der Erde liegt ... Was aus dir einmal werden wird, *Willie*, ohne jegliche Religion, die dir helfen könnte – daran will ich gar nicht denken.«

Jetzt explodierte Onkel William. Er hatte ein aufbrausendes Temperament, seine Nerven waren strapaziert, und wie so viele Männer seiner Art betrachtete er die unsterbliche Seele als etwas rein Körperliches und beinahe Anstößiges.

»Du kannst sagen ‚was du willst, Kitty«, brüllte er, »aber ich werde diese Heuchelei nicht unterstützen. Du kannst nicht leugnen, daß sie dich dein ganzes Leben lang unterdrückt hat. Du kannst nicht leugnen, daß sie immer wieder über alle Grenzen des Anstands hinweg Andrew und mich geärgert hat mit ihrer bösen Zunge und ihren verdammten, gierigen Gewohnheiten. Wer hat sich denn die *Times* immer gleich aufs Zimmer bringen lassen und dort behalten bis drei Uhr nachmittags? In ihrem ganzen Leben hat sie nie eine Tür hinter sich zugemacht, und wenn es darum ging, irgendwelche schmutzige Wäsche zu waschen, dann war sie stets mit Vergnügen dabei.«

Tante Kitty nahm ihre schwachen Kräfte für eine letzte Entgegnung zusammen.

»Nun«, sagte sie, und ihr kleiner Körper zitterte vor Zorn über diese gegen alle ihre Instinkte gerichtete Ungeheuerlichkeit, »wenigstens hat sie nicht wie du insgeheim getrunken.«

Onkel William stand wie versteinert da. In seinen kleinen blauen Augen war plötzlich ein gehetzter Ausdruck zu erkennen, als er Kitty aus einem hochrot gewordenen Gesicht anfunkelte. Nachdem die Wahrscheinlichkeit, er könne auf der Stelle vor Zorn ersticken, geringer geworden war, gewann er auch die Stimme zurück, aber deutlich einen Ton lauter und höher, als er es beabsichtigt hatte.

»Das ist eine verdammte Lüge!« schrie er. »Eine verdammte, perverse Lüge! Eine schändliche, schädliche Lüge, ja! Du hast ein vergiftetes Gehirn, Mädchen. Als ob wir nicht schon genügend Ärger hätten, auch ohne daß du versuchst, mir so etwas Ungeheuerliches anzuhängen ...« Seine Stimme brach, und er verstummte.

Schon vor dieser Tirade war Tante Kitty buchstäblich in

sich zusammengesunken. Jetzt setzte sie sich abrupt auf einen der Stühle mit den hohen Lehnen, die am Tisch standen, verdrehte die Augen, öffnete den Mund und stieß ein schreckliches, schmerzerfülltes, hysterisches Gelächter aus, saß da, schwankte hin und her, und die Tränen liefen ihr über das Gesicht, während Onkel William, der sich nun völlig vergaß, Kitty anbrüllte in dem wahnwitzigen Versuch, sie zum Schweigen zu bringen.

Doch nicht er, sondern Mr. Campion trat auf sie zu, ergriff eine Hand der Lady, schlug heftig darauf und ermahnte sie zugleich in einem Ton, der ganz anders war als sein übliches, gleichgültiges Gemurmel.

Marcus näherte sich Onkel William, ohne daß er genau wußte, was er mit ihm tun sollte, während Joyce versuchte, Mr. Campion Hilfe zu leisten.

Und in diesem psychologisch bedeutsamen Augenblick, als der Geräuschpegel seinen Höhepunkt erreicht hatte, ging die Tür auf, und Großtante Faraday stand auf der Schwelle.

Es ist unmöglich, achtzig und mehr Jahre lang eine dominierende Persönlichkeit zu sein, ohne zu lernen, wie man effektvoll und würdevoll auftritt. Mrs. Caroline Faraday, die Witwe von Dr. John Faraday, dem Rektor von Ignatius, war die leibhaftige Verkörperung aller Vorstellungen von einem großartigen Auftritt.

Sie war eine alte Frau von fabelhaftem Aussehen und ohne die Häßlichkeit, welche das hohe Alter so oft trotz einer beherrschten und großartigen Haltung mit sich bringt.

Es ist erwähnenswert, daß zwei Sekunden nach ihrem Eintreten völlige Stille im Raum herrschte. Sie war sehr klein, hielt sich aber überraschend gerade. Für Mr. Campion, der von ihrem Anblick fasziniert war, schien es, als ob der größte Teil ihres Körpers, den ihr steifes, schwarzes Seidenkleid bedeckte, aus einer komplizierten Struktur aus Fischbein bestünde. Um die schmalen Schultern trug sie einen Umhang aus cremerosa Spitze, und am Hals wurde das weiche, durchbrochene Gewebe von einer großen Karneolbrosche zusammengehalten. Ihr strenges, altes Gesicht, in dem die schwarzen Augen so strahlend funkelten wie eh und je, war umgeben von einem kurzen, mit edlen Spitzen eingefaßten Schal, den sie wie eine Kappe um den Kopf geschlungen hatte und der von einem breiten schwarzen Samtband gehalten wurde.

Die Zurschaustellung von so viel Spitze war vielleicht ihre einzige Schwäche. Sie besaß eine große Sammlung davon und trug immer einige besonders schöne Stücke an sich. Während der ganzen, schrecklichen Zeit, die danach folgte, stellte Mr. Campion, der ein Auge dafür hatte, fest, daß sie nie ein und dasselbe Stück zweimal trug.

Momentan hatte sie einen dünnen, schwarzen Gehstock in der einen Hand und eine große blaue Tasse mit Untertasse in der anderen.

Sie sah aus wie ein kleiner schwarzer Adler, als sie in der Tür stand und vom einen zum anderen blickte, während die Anwesenden sich vor ihr aufgebaut hatten wie die ungeratenen Kinder, als die sie sie behandelte.

»Guten Morgen«, sagte sie mit einer Stimme, die Campion überraschend jugendlich vorkam. »Ist es nötig, soviel Lärm zu machen, William, wenn du versuchst, dich zu rechtfertigen? Ich hörte dich, als ich die Treppe herunterkam. Darf ich dich vielleicht daran erinnern, daß wir eine Tote im Haus haben?«

Nach einer etwas peinlichen Pause ging Marcus einen Schritt auf sie zu. Zu seiner Erleichterung lächelte ihn Mrs. Faraday an.

»Ich bin froh, daß Sie gekommen sind«, sagte sie. »Ich nehme an, Ihr Vater ist noch verreist? Und – haben Sie Mr. Campion mitgebracht?«

Es gab kein Schwanken, kein Abweichen vom Weg: Hier war eine Frau im Vollbesitz ihrer Fähigkeiten.

Marcus schob Mr. Campion einen Schritt nach vorn und stellte ihn der alten Lady vor. Da Mrs. Faraday in der einen

Hand ihren Stock hielt, in der anderen die Tasse und die Untertasse, verzichtete sie darauf, ihm die Hand zu schütteln, verneigte sich aber graziös und schenkte dem jungen Mann ein bei ihr selten gewordenes Lächeln.

»In einer Minute bitte ich Sie beide in mein Schreibzimmer«, sagte sie. »Aber zuvor geht es um diese Teetasse. Wir sind alle hier, daher halte ich es für besser, diese Angelegenheit jetzt gleich zu klären. Ich habe bereits mit den Angestellten gesprochen. Würden Sie die Tür schließen, Marcus?«

Sie kam herein in die Mitte des Raums, eine zerbrechliche, aber herrische Gestalt.

»Joyce«, sagte sie, »gib mir eines von den kleinen Platzdeckchen, sei so gut.«

Das Mädchen öffnete eine Schublade der Anrichte und nahm ein kleines, kreisrundes, besticktes Platzdeckchen heraus. Als sie es auf die polierte Tischplatte gelegt hatte, stellte Großtante Caroline die Tasse samt Untertasse darauf ab.

»Die habe ich in Julias Zimmer gefunden«, sagte sie leise, aber mit deutlichem Tadel in der Stimme. »Sie war unter dem Bettvorhang. Ich habe sie mit meinem Stock entdeckt, und Alice hat sie aufgehoben. In der Tasse scheint Tee gewesen zu sein.«

Sie standen alle noch, und von seiner Position rechts von der alten Lady konnte Mr. Campion ein paar Krümel und Teeblätter auf dem Boden der Tasse erkennen. Die inquisitorische Atmosphäre überraschte ihn, und er begriff nicht gleich den Unterton häuslicher Spannungen, ja, den Hinweis auf einen Bruch in der Routine des Haushalts. Noch weniger war er vorbereitet auf die unmittelbar folgenden Resultate von Mrs. Faradays Entdeckung.

Tante Kitty, die bis jetzt in ihr Taschentuch geschnieft hatte, brach plötzlich in herzzerreißende, erschütternde Tränen aus. Sie trat einen Schritt nach vorn und stand nervös zitternd vor ihrer Mutter.

»Das war ich«, sagte sie in tragischem Ton. »Ich habe den Tee gemacht.«

Großtante Caroline schwieg, keine dritte Person im Raum hätte es gewagt zu sprechen, und Tante Kitty fuhr in demütigem Ton fort.

»Julia hatte immer so gern eine Tasse Tee am Morgen«, sagte sie pathetisch, »und ich auch. Ich habe mich daran gewöhnt, als mein armer Robert noch lebte. Er hatte ebenfalls diese Gewohnheit. Julia schlug vor – das heißt, vielleicht war es gar nicht sie, aber eine von uns meinte, daß es nicht schaden könnte, wenn ich bei Boot's einen kleinen Teekessel und einen Spirituskocher kaufe und in meinem Zimmer Tee mache, bevor Alice das heiße Wasser bringt. Wir tun das nun schon zwei Jahre. Jeden Morgen habe ich Tee gemacht und im Morgenmantel und in Hausschuhen Julia eine Tasse hinübergebracht. Auch heute früh habe ich Julia den Tee gebracht. Es ging ihr – sie war völlig wohlauf... Oh, Mama! Wenn sie sich etwas in den Tee getan und ihn dann getrunken hat, kann ich mir das nie verzeihen, niemals!«

Am Ende dieser bemerkenswerten Enthüllung stand ein weiterer Tränenausbruch, wobei Joyce vergebens versuchte, Tante Kitty zu trösten. Großtante Caroline betrachtete ihre Tochter mit einer Mischung aus Mißbilligung, Überraschung und Zorn. Schließlich wandte sie sich an Joyce.

»Meine Liebe«, sagte sie ruhig, »bring deine Tante hinauf in ihr Zimmer, und wenn Doktor Lavrock noch im Haus sein sollte, bitte ihn, daß er ihr ein Beruhigungsmittel gibt.«

Aber Tante Kitty hatte den Tiefpunkt ihrer Selbsterniedrigung noch nicht erreicht. Wie viele getretene Kreaturen verfügte sie über einen starken, wenngleich etwas fehlgeleiteten Sinn fürs Dramatische.

»Mutter«, schluchzte sie, »vergib mir. Du mußt sagen, daß du mir vergibst. Ehe ich das nicht von dir höre, bin ich nicht mehr ich selbst.«

Wenn die alte Mrs. Faraday imstande gewesen wäre, zu

erröten, dann wäre sie jetzt vermutlich rot angelaufen. Aber ihre dünne, faltige und elfenbeinweiße Haut wurde nur um einen Ton dunkler, und in ihren schwarzen, lebhaften Augen stand zu lesen, wie peinlich ihr die Szene war.

»Catherine, meine Liebe«, sagte sie, »du bist zweifellos in keiner guten Verfassung. Der wiederholte Teegenuß am frühen Morgen ist momentan nicht das, was Doktor Lavrock und mir Sorgen macht.« Sie wandte sich ab. »Marcus, bitte nehmen Sie diese Tasse und bringen Sie sie mit. Mr. Campion, Ihren Arm, wenn ich bitten darf. Und du, William, wartest hier, bis ich dich holen lasse.«

6

Im großen Stil

Die seltsame Prozession nahm langsam ihren Weg durch den Korridor, der von der Halle zu den schönen, sonnigen Räumen auf der Südseite des Gebäudes führte, wo sich Mrs. Faradays private Zimmer befanden.

Mr. Campion schien sich der Ehre voll bewußt zu sein, mit der alten Dame zusammen vorausgehen zu dürfen, wobei sie ihre Finger leicht auf seinen Arm gelegt hatte. Marcus kam hinter ihnen her, die Teetasse in der Hand. Mrs. Faraday hob ihren Spazierstock.

»Hier hinein«, sagte sie.

Campion öffnete die Tür und trat zur Seite, um sie vorbeizulassen. Der Raum, den sie betraten, war ein perfekter Salon im Stil von Queen Anne, völlig unerwartet in dieser viktorianischen Zwingburg. Die Wände waren weiß getäfelt und mit köstlichen Mezzotintos geschmückt. Das Altrosa des chinesischen Teppichs wiederholte sich in den Brokatvorhängen, die den sanften Bogen des Fensters einrahmten. Die Möbel aus altem Nußbaumholz reflektierten weich das helle Feuer des Kamins. Die Kerzenleuchter waren aus Silber, und die Sitzpolster waren mit Gobelinstoffen bezogen. Ein harmonischer Raum, der einen Geschmack verriet, welcher in krassem Gegensatz zu der massiven Wuchtigkeit des übrigen Hauses stand.

Großtante Caroline in ihrem üppigen Spitzenschmuck schien genau die richtige Bewohnerin eines in diesem Stil eingerichteten Schmuckstücks zu sein. Sie setzte sich an den offenen Sekretär und wandte sich ihnen dann zu, wobei eine ihrer kleinen, elfenbeinweißen Hände auf der feinen italienischen Schreibunterlage ruhte.

»Ich möchte die Tasse hier auf dem Sekretär haben, Marcus«, sagte sie. »Wenn Sie so freundlich sein wollen... Danke. Hier, auf dieses Blatt Papier. Um Wasserränder aus dem Nußbaumholz wegzubekommen, muß man es drei Jahre lang polieren. Sie können sich jetzt setzen, Gentlemen.«

Sie setzten sich gehorsam auf die ihnen angebotenen breiten Sheraton-Sessel, die für eine wuchtigere Generation geschaffen waren.

»Und nun«, fuhr sie fort und wandte sich an Campion, »lassen Sie sich ansehen, Rudolph. Sie haben keine große Ähnlichkeit mit Ihrer lieben Großmutter, aber man kann doch erkennen, daß Sie aus einer ersten Familie stammen.«

Mr. Campion errötete. Der Hieb hatte gesessen, und auf dem Gesicht der alten Lady war der Hauch eines Lächelns zu erkennen, als sie weitersprach.

»Mein lieber Junge«, murmelte sie, »auch sehr alte Damen klatschen untereinander. Ich werde Sie auf keinen Fall bloßstellen. Ja, ich kann sagen, daß ich mit Ihren Leuten weitgehend übereinstimme, zumindest in der Theorie, aber solange Ihr unmöglicher Bruder am Leben ist, ruht die Verantwortung der Familie ohnehin auf seinen Schultern, und ich sehe keinen Grund, warum Sie sich nicht nennen sollten, wie es Ihnen Spaß macht. Emily, die große alte Dame Ihrer Familie, und ich korrespondieren regelmäßig miteinander – das heißt, in den letzten fünfundvierzig Jahren –, so daß ich von ihr alles über Sie erfahren habe.«

Mr. Campion reagierte auf die Entdeckung seiner persönlichsten Angelegenheiten mit bemerkenswertem Gleichmut.

»Meine Großmutter und ich sind Komplizen im Bösen«, sagte er, »zumindest in den Augen der Familie. Wenn man meiner Mutter glauben darf, unterstützt und begünstigt sie mich.«

Großtante Caroline nickte. »Das denke ich mir«, sagte sie schlicht. »Kommen wir nun zu dieser schrecklichen Sache. Soweit ich durch Joyce informiert bin, hat Marcus Sie eingeladen, ihm in diesem Fall behilflich zu sein. Wenn Sie wollen, wäre es mir sehr lieb, daß Sie diese Aktionen direkt in meinem Auftrag vornehmen. Wir werden ein Gästezimmer für Sie einrichten, und die Firma Featherstone wird beauftragt, Ihnen ein Honorar von hundert Guineen auszuzahlen, falls Sie weniger als einen Monat für mich tätig sind. Schweigen Sie«, fügte sie scharf hinzu, als Campion den Mund aufmachte, um etwas dazu zu sagen. »Sie können den Auftrag nachher ablehnen, wenn Sie wollen.

Ich bin vierundachtzig Jahre alt. Daher werden Sie verstehen, daß ich in einem derartigen Notfall gezwungen bin, sowohl mein eigenes Gehirn als auch die Energien anderer Menschen zu benützen, um mich und mein Haus vor Unheil zu bewahren. Außerdem muß ich mich vor Gefühlen wie Zorn, Trauer, Sorge oder Aufregung schützen, die zu ertragen ich nicht mehr die Kraft habe.«

Sie legte eine Pause ein und betrachtete die Anwesenden mit ernster Gelassenheit, was sie irgendwie unmenschlich erscheinen ließ. Mr. Campion wurde klar, daß dies eine Frau von ungewöhnlicher Kraft und seltenem Charakter war, und ihre Distanz wäre ihm vermutlich auf die Nerven gegangen, wenn sie nicht durch ihre nächste Bemerkung erklärt worden wäre.

»Sehen Sie«, sagte sie leise, »es ist also dringend notwendig, daß wenigstens einer in diesem Haushalt die Dinge aus einem halbwegs intelligenten Blickpunkt betrachtet. Meine armen Kinder sind leider nicht mit viel Verstand gesegnet, daher muß ich die Kraft, die mir noch verblieben ist, auf diese Weise bewahren. Sie halten vielleicht meine Reaktion auf den schrecklichen Tod meiner Tochter Julia von heute vormittag für allzu gleichmütig«, fuhr sie fort, »aber ich bin über das Alter hinaus, in dem es geboten ist, die Form zu wahren und dabei sich selbst zu belügen. Vielleicht kommt es daher, daß Julia länger als alle anderen meiner Kinder bei mir gelebt hat, oder daß sie mich allzu sehr an die Mutter meines Mannes erinnerte, die eine geradezu aufreizend törichte Frau war, freilich in einer Generation, als törichte Frauen noch für begehrenswert galten, jedenfalls ist es mir seit jeher so vorgekommen, als ob Julia im Vergleich zu den anderen einen noch größeren Anteil an Schwachsinn und einen noch geringeren an Liebenswürdigkeit abbekommen hätte. Daher bin ich zwar überrascht und auch schockiert über ihren plötzlichen Tod, aber nicht tiefbetrübt. In meinem Alter verliert der Tod viel von seinen Schrecken. Habe ich mich deutlich genug ausgedrückt?«

»Ja«, sagte Mr. Campion, der seine Brille und damit einen Großteil seines albernen Gesichtsausdrucks abgelegt hatte. »Ja, ich verstehe. Sie möchten, daß ich als eine Art Puffer zwischen Ihnen und den Schocks fungiere, die aller Wahrscheinlichkeit nach auf uns alle warten.«

Mrs. Faraday warf ihm einen raschen Blick zu. »Emily hat recht«, sagte sie. »Sie scheinen in der Tat ein sehr intelligenter junger Mann zu sein. Ich nehme an, damit wäre Punkt eins geklärt. Ich möchte Ihnen an dieser Stelle versichern, daß ich nichts zu verbergen habe – das heißt, vor der Polizei. Ich werde der Polizei jede mögliche Hilfe anbieten. Meiner Erfahrung nach gewinnt man nichts, wenn man sich weiß Gott wie bemüht, die Schwierigkeiten zu vertuschen. Abgesehen davon ist eine Angelegenheit desto eher vergessen, je schneller sie erledigt wird. Allerdings ist da das Problem mit der Presse. Schon jetzt beginnen die Reporter, das Haus zu belagern. Die Angestellten haben natürlich die Anweisung, kein Wort zu sagen, dennoch halte ich es nicht für gute Politik, der Presse jegliche Information zu verweigern. Das nimmt sie meiner Erfahrung nach nur gegen uns ein, und diese Zeitungsleute sind durchaus imstande, weitaus anzüglichere Informationen zu erfinden, als sie sie jemals von uns erhalten könnten.«

Wieder warf sie diesen vogelartigen, raschen Blick auf ihre Zuhörer und schien zufrieden, als diese zustimmend nickten.

»Ich habe natürlich nicht die Absicht, selbst mit diesen Leuten zu sprechen«, fuhr sie fort und lächelte ironisch über diese Möglichkeit. »Und William darf erst recht nicht mit ihnen zusammenkommen. Ich hoffe, Sie können das in meinem Sinne arrangieren, *Mr. Campion.* Sie werden außerdem versuchen herauszufinden, wer für diese Ungeheuerlichkeiten verantwortlich ist, obwohl ich Sie nicht dadurch beleidigen will, daß ich behaupte, Sie würden in der Art eines Polizeimannes vorgehen. Was ich jedoch ganz besonders von Ihnen wünsche, ist, daß Sie mich auf dem neuesten Stand der Ermittlungen halten, damit ich nicht zuletzt unvorbereitet von den Ergebnissen überrascht werde. Und außerdem«, fuhr sie mit ihrer schlanken, präzisen Stimme fort, »brauche ich natürlich eine intelligente Person, die hier im Haus für unsere Sicherheit sorgt. Denn wenn es sich, wie ich annehme, bei den beiden Morden um Taten aus dem Kreis der Familie handelt, ist nur einer von uns wirklich sicher: der Mörder. Und wenn der Fall nicht gelöst werden kann, ist es nur eine Frage der Zeit, wann der nächste von uns ermordet werden wird.«

Ihre leise Stimme verstummte, und die beiden jungen Männer saßen da und schauten diese bemerkenswert gelassene alte Dame voller Bewunderung an, wie sie in ihrem schönen, kleinen Salon saß und diese erstaunlichen Erklärungen von sich gab.

Es kommt oft vor, daß bei sehr alten Menschen die Gefühle langlebiger sind als die Intelligenz; kein Wunder also, daß das genaue Gegenteil dieser Erscheinung die beiden überraschte.

Als nächstes wandte sich Großtante Caroline an Marcus.

»Ich werde nicht warten, bis Ihr Vater zurück ist und die Anordnungen trifft«, sagte sie. »Immerhin habe ich heute morgen nachgerechnet, wie alt Sie sind. Sie müssen bald dreißig sein, und ich sehe keinen Grund, weshalb Sie nicht sogar brauchbarer sein sollten als Ihr Vater, der meiner Meinung nach die Kunst des Altwerdens nie begriffen hat. Außerdem«, fügte sie mit einem grimmigen Unterton fort, »wenn ein Mann mit dreißig nicht in der Lage ist, die Verantwortung zu übernehmen, dann wird er dazu nie in der Lage sein. William und Andrew sind deprimierende Beispiele für diese Behauptung. Ich erinnere mich noch gut, wie ich Mr. Gladstone hier in diesem Raum das gleiche erklärt habe, vor vielen, vielen Jahren. Er sagte: ›Madam, wenn ich das zugeben würde, hätte ich nie Politiker werden dürfen.‹ Aber nach dem Dinner, drüben im großen Salon, hat er mir dann eingestanden, daß ich völlig recht habe.«

Während sie das sagte, erkannte man eine Spur der Caroline Faraday aus den achtziger Jahren des vergangenen Jahrhunderts, der brillanten Gastgeberin, die ihren Mann, diesen launischen, aber überaus gebildeten Gelehrten, erst zu der großartigen Persönlichkeit gemacht hatte, als die er später galt. Es dauerte nur den Bruchteil einer Sekunde – gleich danach war sie wieder der kleine schwarze Adler, schlau und unpersönlich.

»Ich muß Sie vor allem vertraulich davon in Kenntnis setzen«, sagte sie, »daß ich gestern ein kurzes Gespräch hatte mit dem Sohn eines alten Freundes, dem Chief Constable dieser Grafschaft, und daß er mir versprochen hat, alles in seiner Macht Stehende zu tun, um das Geheimnis um Andrews Tod zu lüften. Daher nehme ich an, daß er heute morgen Scotland Yard um Unterstützung in diesem Fall gebeten hat. Das ist das eine. Aber die wichtigere Frage ist im Augenblick natürlich die arme Julia.«

Dann schwieg sie für ein paar Sekunden, und die anderen warteten.

»Doktor Lavrock«, begann sie danach, »den außer der Tatsache, daß in seiner Familie die Menschen alle uralt werden, nichts besonders qualifiziert, ist überzeugt, daß es sich um einen Selbstmord handelt. Ich vermute«, fuhr sie gelassen fort, »das basiert auf seiner Theorie, daß die arme Julia, die für Andrews Tod verantwortlich war, von Schuldgefühlen überwältigt wurde und daher Selbstmord begangen hat. Natürlich würde niemand außer einem einfallslosen Trottel, der weder die eine noch die andere Person wirklich kannte, einen solchen Gedanken auch nur einen Augenblick lang in Betracht ziehen. Allerdings«, fügte sie hinzu und schaute dabei die jungen Männer abschätzend an, »wenn weiter nichts geschieht und die Polizei ebenfalls zu diesem Schluß kommen sollte, sehe ich nicht ein, weshalb wir nach einer anderen Lösung suchen sollten, zumindest was die Frage des Selbstmords betrifft.«

Mr. Campion lehnte sich in seinem Sessel nach vorn. »Mrs. Faraday«, sagte er etwas zögernd, »warum sind Sie so sicher, daß die Selbstmordtheorie auf den Tod von Miss Julia nicht zutrifft?«

Großtante Caroline seufzte. »Julia und Andrew haben einander gehaßt«, antwortete sie, »und wenn Andrew Julia ermordet und dann Selbstmord begangen hätte, wäre ich nicht sonderlich überrascht gewesen. Doch daß Julia sich das Leben nehmen würde, ist unvorstellbar. Im Gegenteil, sie klammerte sich an das Leben, als hätte es ihr alles geboten, das arme Ding, und sie hatte ganz sicher nicht die Kraft, die Möglichkeit oder auch nur die Charakterstärke, um Andrew zu fesseln, zu erschießen und dann in den Fluß zu stoßen. Vergessen Sie nicht, sie war ein Jahr älter als Catherine und eine ziemlich schwerfällige Person, die entsetzt war, wenn sie auch nur nasse Füße bekam. Kommen wir zu den Fakten und lassen wir das Theoretisieren: Doktor Lavrock hat als Todesursache akute Coniumvergiftung festgestellt, und die Reste der Dosis, die Julia vermutlich zu sich genommen hat, befinden sich höchstwahrscheinlich hier in dieser Tasse. Sie können selbst sehen, daß sich etwas davon am Boden abgelagert hat.«

Dazu zeigte sie mit ihrer kleinen, knochigen Hand auf die große blaue Teetasse.

»Doktor Lavrock wollte sie eigentlich mitnehmen, aber ich

habe ihm versichert, er könne sie in meiner Obhut lassen und ich würde sie der Polizei gleich bei deren Ankunft aushändigen, die übrigens jeden Augenblick erfolgen dürfte.«

Das grimmige Lächeln, das sich auf ihren Lippen zeigte, war ein Ausdruck dafür, daß sie wieder einmal eine Schlacht gewonnen hatte. Die anderen unternahmen nicht den Versuch zu sprechen, und sie fuhr fort, immer noch mit leiser Stimme und in dem gleichen, unpersönlichen Ton.

»Meine Nachforschungen«, setzte sie wieder ein, »von denen Sie teilweise schon gehört haben, ergaben eine glaubwürdige Erklärung und eine etwas sonderbare Tatsache, die vielleicht interessant ist, vielleicht auch nicht. Catherine hat in ziemlich theatralischer Weise gestanden, daß sie in den beiden vergangenen Jahren die Angewohnheit hatte, sich jeden Morgen Tee zu machen und eine Tasse davon Julia hinüberzubringen, deren Zimmer neben dem ihren liegt. Es hat sich herausgestellt, daß Alice davon wußte. Ich sprach oben mit ihr, bevor ich herunterkam und auf William stieß, der Kitty diese würdelose Szene machte. Alice sammelte täglich, wie es scheint, die Tassen ein, die unter den beiden Betten standen, wusch sie im Bad und stellte sie dann in den kleinen Schrank, wo Catherine ihre Dinge zum Teekochen aufbewahrte.«

Bei den letzten Worten schwang deutlich ein verächtlicher Ton in der Stimme der alten Dame, und sie fühlte sich offensichtlich veranlaßt, einer Kritik der Anwesenden zuvorzukommen.

»Das Teetrinken am frühen Morgen ist seit jeher in meinen Augen eine Gewohnheit, für die es nur eine einzige Entschuldigung gibt: persönliche Charakterschwäche«, erklärte sie. »Ich lasse in meinem Haus keinen Tee ans Bett servieren und werde es auch in Zukunft nicht tun.« Nachdem sie sich, was diesen Punkt betraf, ausgesprochen hatte, kam Großtante Caroline zu den wichtigeren Angelegenheiten zurück. »Die zweite Tatsache, die ich entdeckt habe, ist, wie gesagt, etwas sonderbar. Alice, eine höchst zuverlässige und für ihre Gesellschaftsschicht intelligente Frau, teilte mir mit, daß sie mindestens seit sechs Monaten täglich ein solches Sediment am Grund von Julias Tasse festgestellt habe. Daher muß wenigstens bis zu dem Zeitpunkt, wenn die kleinen Körnchen oder Kristalle in dieser Tasse hier auf meinem Sekretär von der Polizei ordentlich analysiert worden sind, ein gewisses Element des Zweifels bestehenbleiben, ob Julia nun wirklich mit ihrem Tee am frühen Morgen vergiftet worden ist oder nicht. Außerdem muß ich Ihnen versichern, daß Julia nicht die Gewohnheit hatte, Drogen einzunehmen. Ein solches Geheimnis könnte in einem Haushalt wie diesem unmöglich gewahrt bleiben. Also schön...« Sie hielt inne, und ihre flinken Augen richteten sich auf das Gesicht von Mr. Campion. »Darf ich Sie heute abend erwarten? Wir dinieren um acht.«

Campion erhob sich. »Ich werde mit Freude alles unternehmen, was in meiner Macht steht, Mrs. Faraday«, sagte er ernsthaft. »Aber wenn ich nicht eine Quelle des Ärgers für Sie werden soll, muß ich wenigstens die Fallgruben kennen, in die ich möglicherweise stolpern könnte. Hat außer den Mitgliedern Ihres Haushalts jemand dieses Haus zur Zeit des Verschwindens von Mr. Seeley besucht?«

Großtante Caroline zögerte, und ihre Lippen bewegten sich, während sie nachdachte. Schließlich zuckte sie mit den Schultern.

»Sie haben bereits von George Faraday gehört«, sagte sie. »Ich hatte befürchtet, daß dies herauskommen würde. Ja, er war hier im Haus, in der Nacht, bevor Andrew verschwand. Ich sah ihn außerdem in der Stadt, als ich am nächsten Vormittag zur Kirche fuhr.«

Eine ungewöhnliche Strenge zeigte sich auf dem alten Gesicht.

»Ich möchte, daß sein Name in diesem Fall möglichst nicht genannt wird – vorausgesetzt, es läßt sich vermeiden«, sagte sie. »Ich glaube keinen Augenblick lang, er könnte irgendein

Interesse an Andrews Tod gehabt haben. Und sicher konnte er sich daraus keinerlei materielle Vorteile erwarten. Der einzige Tod, der ihm in gewisser Weise etwas bringen würde, wäre der meine. In meinem Testament habe ich ihm eine kleine Lebensrente ausgesetzt, die zur Voraussetzung hat, daß er nach Australien auswandert, und die nur so lange ausbezahlt wird, als er sich dort auch wirklich aufhält. Am Samstagabend, also einen Tag vor Andrews Verschwinden, war er hier, um sich von mir Geld zu borgen, und er erhielt von mir zehn Pfund in bar ausgehändigt. Mehr möchte ich darüber nicht sagen – nur noch, daß er meines Wissens keine feste Adresse hat.«

Es war für die beiden Männer völlig klar, daß jede weitere Frage in diesem Punkt nur ein negatives Ergebnis bringen würde, und außerdem wirkte wenigstens Mr. Campion recht zufrieden. Seine nächste Frage freilich war von etwas heikler Art.

»Was können Sie mir noch zu Mr. William Faraday...«, begann er und zögerte dann.

Wieder kam ihm Großtante Caroline zu Hilfe. »William trinkt ein wenig«, sagte sie, »genau wie Andrew das tat.« Sie sprach ganz ruhig, und plötzlich wurde allen klar, daß sie längst die Situation in allen ihren Aspekten überdacht hatte und die anderen jetzt als ihre Helfer und Verbündeten ins Vertrauen zog, weil sie fühlte, daß sie nur so genügend Kraft aufbringen konnte, um dem Sturm, der über sie hereingebrochen war, Widerstand zu leisten.

»Weder der eine noch der andere hatte auch nur eine Ahnung, daß ich darüber Bescheid wußte«, sagte sie. »William, glaube ich, ist der schlimmere von den beiden gewesen. Es besteht auch die Möglichkeit« – jetzt senkte sie die Stimme und sprach sehr bedächtig –, »daß William, der weder körperlich noch geistig zu einem Mord fähig wäre, das eine oder andere über den Tod von Andrew weiß, auch wenn ich sicher bin, daß er selbst daran keinerlei Anteil hatte. Aber an diesem

Sonntag kam er etwa zwanzig Minuten später zum Lunch als ihm klar ist oder als er zugeben will, und er hat mir dafür noch keine brauchbare Erklärung liefern können. Ich freue mich darauf, Ihren Vater zu sprechen, sobald er eintrifft, Marcus, und Sie, Mr. Campion, erwarte ich für heute abend zum Dinner.«

Das war eine deutliche Entlassung, und die beiden jungen Männer standen von ihren Sesseln auf, um sich zurückzuziehen. Draußen auf dem Korridor warf Marcus von der Seite einen Blick auf Campion.

»Was entnimmst du dem allem?« murmelte er.

Jetzt breitete sich ein schwaches Lächeln auf Mr. Campions blassem Gesicht aus. »Ich hoffe nur, daß ich es ihr recht machen kann«, flüsterte er.

In der Halle sahen sie kurz ein großes, düster dreinschauendes Individuum, das von der erschreckt wirkenden Alice in die Bibliothek geführt wurde, während seine zwei Begleiter gleichmütig im Korridor stehenblieben. Campions Gesicht hellte sich auf.

»Ah, unsere Freunde und Helfer«, sagte er. »Und Stanislaus Oates leitet die Inquisition. Das, mein lieber Marcus, ist unser erster Glückszufall.«

7
Der Zaubertrick

Mr. Featherstone senior gestattete sich eine angemessene Pause, nachdem Featherstone junior seinen Bericht beendet hatte, dann erhob er sich aus seinem Sessel und ging langsam durch sein großes Privatbüro. Als er sich danach umdrehte, zeigte sein außerordentlich gutaussehendes Gesicht einen Ausdruck tiefsten Bedauerns. Sowohl Campion als auch Marcus, die beiden einzigen anderen Anwesenden, erschraken, als sie seine leise Bemerkung hörten.

»Es ist also doch dazu gekommen«, sagte er. »Ich habe mich immer gefragt, wann das schlechte Blut in dieser Familie zum Ausbruch kommen würde. Siebenundvierzig Jahre praktiziere ich als Anwalt, und es mußte am Ende meiner Zeit geschehen! Gut, ich fahre zum Haus und besuche Mrs. Faraday noch heute nachmittag. Sagtet ihr, daß sie die Sache völlig gefaßt hingenommen hat? Eine erstaunliche Frau, immer gewesen. Sie ist so klug und geistig beweglich wie eh und je, aber ich glaube, sie hat keinen Funken von Gefühl im Leib, es sei denn für dein kleines Mädchen, Marcus. Eine scheußliche Sache – wirklich scheußlich.«

Er blieb vor einem der langen Fenster stehen und schaute auf die Regent Street hinunter. Das Licht, das auf sein Gesicht fiel, machte seine edlen Züge noch deutlicher. Das gute Aussehen von Mr. Featherstone senior, auf das er im geheimen sehr stolz war, war mit verantwortlich gewesen für die vielen erfolgreichen Jahre seiner Anwaltspraxis, und jetzt, mit über siebzig, wirkte er noch immer als große und prophetenhafte Persönlichkeit. Sein weißes Haar und der Bart waren reinstes Silber. Die Augen waren grau wie die seines Sohnes und neigten zur Kälte; außerdem versäumte er eine Menge von dem, was unter seinen Augen vor sich ging, weil er kurzsichtig war und sich beharrlich weigerte, eine Brille zu tragen. Jetzt wandte er sich plötzlich an die beiden jungen Männer.

»Ihr erinnert euch natürlich nicht mehr an den alten Faraday«, sagte er. »Er müßte jetzt, wenn er noch lebte, an die hundert oder sogar schon darüber sein. Er war der Älteste einer großen Familie, und der einzige von ihnen, der auch nur irgend etwas taugte. Die anderen sind alle mehr oder weniger entgleist. Aber John war ein Gelehrter. Alles Gute in ihm konzentrierte sich darauf. Ganz im Gegensatz zu seiner Frau. Sie besitzt Intelligenz, und das ist etwas ganz anderes – man darf beides nicht miteinander verwechseln.« Er hielt inne und fuhr dann langsam fort: »Ich glaube nicht, daß sie ihn haßte. Sie hatte sehr großen Respekt vor ihm, und seine Geltung in Wissenschaft und Gesellschaft war für sie geradezu ein Fetisch geworden. Selbst heute, wenn ich sie besuche, fürchte ich noch, ich könnte mich versehentlich in der Bibliothek in seinen gelben Sessel setzen.«

Campion blickte fragend auf, und Marcus erklärte es ihm.

»Ich hätte dich eigentlich warnen müssen«, sagte er. »In der Bibliothek von Socrates Close steht ein großer, mit gelbem Brokat überzogener Sessel. Den mußt du meiden wie die Sünde. Es war der Sessel des alten Faraday, verstehst du, und soviel ich weiß, hat seit seinem Tod niemand mehr darauf gesessen, jedenfalls nicht in Anwesenheit von Mrs. Faraday. Natürlich ist das eine Falle für Ahnungslose. Man sollte vielleicht ein Schild anbringen ... Aber glücklicherweise benützen sie diesen Raum ohnehin nur noch bei Staatsaffären.«

»Ich werde mir diese gelbe Gefahr gut merken«, sagte Mr. Campion.

Der alte Mr. Featherstone wandte sich mit skeptischem Blick an den jungen Mann, der gerade gesprochen hatte.

»Zu Ihnen, Campion«, sagte er. »Ich weiß nicht, was sich Mrs. Faraday von Ihrer Anwesenheit erhofft. Ich weiß auch nicht, was Sie vorhaben. Aber meiner Erfahrung nach – und nicht nur meiner – besteht die einzige Möglichkeit, eine solche erschreckende Affäre einigermaßen erträglich zu machen darin, daß man sie wie eine Routineangelegenheit behandelt. Irgendwelches amateurhaftes Herumstochern hat noch nie genützt.«

Mr. Campion nahm diese ungerechtfertigte Beleidigung hin, als wäre sie ein Kompliment der höchsten Kategorie. Er lächelte liebenswürdig.

»Ich soll als eine Art Puffer dienen – eine mechanische Vorrichtung, die die Wucht von Erschütterungen auffangen kann, wie eben die Puffer an den Eisenbahnwagen. Mit anderen Worten, eine Art Privatsekretär, wie ich vermute.«

Der alte Featherstone wandte ein kaltes, kurzsichtiges Auge in seine Richtung.

»Tun Sie doch nicht so, als kämen Sie von Oxford, mein Junge«, sagte er. »Es ist wahr, beide Universitäten erzeugen Narren, aber Gott sei Dank gelingt es uns in Cambridge wenigstens, unsere eigene, ganz besondere Sorte auszubrüten.«

Marcus warf besorgt einen Blick auf Campion. »Ich fürchte, Vater vergißt deinen Ruf«, murmelte er und bat damit um Verzeihung.

Aber Featherstone senior hatte nichts übrig für einen Ruf, der weniger als fünfzig Jahre alt war.

»Ich muß jeden der Beteiligten warnen«, sagte er etwas gereizt, »denn diese Affäre ist wie Pech. Meiner Erfahrung nach macht man sich die Hände schmutzig, wenn man Pech anfaßt. Ich selbst befasse mich nur offiziell mit dieser Sache auf Socrates Close – als der Anwalt der Familie. Es gibt Zeiten, wo selbst die Besten unter uns egoistisch sein müssen. Du, Marcus, steckst da bereits tiefer drin. Habe ich recht, wenn ich annehme, du kannst Joyce nicht herausholen? Ich meine, sie ist schließlich keine Verwandte im engeren Sinn.«

Zum erstenmal, seit Campion ihn kannte, war jetzt ein

Funken echten Zorns in den Augen seines Freundes Marcus zu sehen.

»Joyce wird das tun, was sie für richtig hält, und ich werde ihre Entscheidung achten«, sagte er in kompromißlosem Ton.

Der alte Mann zuckte mit den Schultern. »Es gibt keinen größeren Narren als einen jungen Narren«, bemerkte er, »ganz gleich, was die Leute sagen.«

Mr. Campion, der sich inzwischen an familiäre Reibereien gewöhnt hatte, rechnete mit weiteren Scharmützeln, doch die Entwicklung erfuhr ein rasches Ende, als ein älterer Kanzleisekretär hereinkam und ankündigte, daß der Wagen bereit sei. Darauf folgte ein kurzes Durcheinander, während man dem alten Mann behilflich war, ihm in seinen Mantel half, den Hut und einen Wollschal brachte und ihn schließlich nach unten begleitete, wo er in seinem Wagen Platz nahm. Als Marcus wieder heraufgekommen war, machte er einen erleichterten Eindruck.

»Hör zu, Campion«, sagte er, »gehen wir doch in mein Büro. Das ist bequemer als hier. Vater wird einige Stunden wegbleiben. Übrigens, wann, glaubst du, wird dieser Kriminalbeamte hier auftauchen?«

»Ich nehme an, er wird ziemlich bald hier sein«, sagte Mr. Campion, stand auf und ging mit seinem Freund hinüber in dessen Büro. »Vermutlich hat er den Zettel, den ich ihm schrieb, gleich danach erhalten, und wenn er mit seiner ersten Untersuchung fertig ist, wird er, wie ich ihn kenne, auf schnellstem Weg hierherkommen. Er wird dir gefallen. Er ist einer von den Besten. Ich kenne ihn seit Jahren. Übrigens, schreibst du alle die berühmten Namen auf die Karteikästen, um unentschlossene Mandanten zu beeindrucken?«

Marcus lächelte nicht. »Das ist die einzige Form von Werbung, die uns gestattet ist«, sagte er. »Da sind wir schon.«

Der Raum, den sie betraten, war der kleinste der Kanzlei Featherstone & Featherstone. Das Haus, ein ehemaliges

Wohnhaus aus der Zeit König Georges IV., gehörte der Kanzlei, und die anderen Firmen, die zur Miete hier untergebracht waren, waren passende Nachbarn für eine so außerordentlich berühmte Kanzlei.

Es war ein quadratischer, angenehmer Raum, hell und luftig, die Wände bedeckt von Bücherregalen aus poliertem Mahagoni, die Möbel aus dem gleichen Holz. Marcus setzte sich hinter seinen Schreibtisch, und Campion nahm in dem lederbezogenen Lehnsessel am offenen Kamin Platz.

»Hier stört uns niemand«, versprach Marcus. »Wichtige Besucher werden in das Büro des alten Herrn geführt, das ist beeindruckender. Übrigens, Joyce und Ann wollten gegen halb fünf Uhr hier sein. Ich habe sie zu einer Tasse Tee eingeladen.« Er strich sich nervös übers Haar. »Diese Angelegenheit hat uns alle ziemlich mitgenommen«, sagte er. »Sie zwingt einen dazu, das Leben aus einem völlig anderen Blickpunkt zu betrachten, nicht wahr?«

»Das Leben, wie es die Zeitungen kennen«, bemerkte Mr. Campion, »wird immer aus diesem Blickpunkt betrachtet. Vermutlich sieht sich Onkel William inzwischen als die ›menschliche Tragödie von heute‹ in allen Blättern.«

»Diese Dreckfinken!« sagte Marcus wild. »Ich lese selbst ja auch immer die Berichte über Mordfälle, aber wenn man dann die Leute, um die es darin geht, persönlich kennt, sieht die Sache gleich ganz anders aus.«

Campion nickte geistesabwesend. »Ich möchte nur wissen, wie diese Frau dazu gekommen ist, sich zu vergiften«, sagte er langsam.

Der andere starrte ihn an. »Glaubst du wirklich, daß es Selbstmord war?« fragte er. »Ich dachte ...?«

Campion schüttelte den Kopf. »O nein«, sagte er. »Das wäre das letzte, was ich unter den gegebenen Umständen vermuten würde. Aber es steht fest, daß Miss Faraday mit ziemlicher Sicherheit eine größere Dosis Gift geschluckt hat, und das kann ja wohl kein Irrtum im üblichen Sinn des

Wortes gewesen sein. Die Gifte, die es im Haushalt gibt, sind immer Ätz- oder Beizmittel – Salzsäure, Ammoniak, Karbol – also Substanzen, die keineswegs für einen Selbstmord geeignet sind. Außerdem habe ich noch nie von einem Selbstmord gehört, bei dem die Tür des Opfers unversperrt war. Die Menschen sind gern allein und ungestört, wenn sie sich das Leben nehmen. Es ist eine sehr persönliche Sache, weißt du.«

»Ja, sicher«, sagte Marcus und schwieg dann.

Während dieser Gesprächspause kam wieder der Kanzleisekretär herein und kündete an, daß ein Mr. Stanislaus Oates nach Mr. Campion gefragt habe.

Die beiden Männer erhoben sich, als der Inspector das Büro betrat. Der Kriminalbeamte mit der schlanken, etwas melancholischen Gestalt wirkte noch betrübter als sonst, während er zögernd auf der Schwelle stehenblieb. Campion grinste ihn an.

»Kommen Sie wegen der Leiche?«

Das langsame, kindliche Lächeln des Inspectors, das seine gesamte Persönlichkeit veränderte, vertrieb die Peinlichkeit einer ansonsten allzu ernsten Begrüßung.

»Ich habe Ihre Notiz erhalten, Campion«, sagte er. »Freut mich, Sie kennenzulernen, Mr. Featherstone.« Er nahm seinen Regenmantel ab, setzte sich in den Sessel, den ihm Marcus bereitgestellt hatte, und lehnte sich dankbar und erschöpft zurück. Als er Campion anschaute, wurde sein Lächeln breiter. »Ich freue mich auch, Sie zu sehen, zumindest im großen und ganzen«, sagte er in liebenswürdigem Ton. »Ich nehme doch an, daß Sie auf der Seite des Gesetzes stehen?«

»Ich morde diese Woche nicht, wenn Sie das gemeint haben sollten«, erklärte Mr. Campion würdevoll.

Marcus wirkte etwas schockiert über diese Konversation, und der Inspector beeilte sich, ihm eine Erklärung zu liefern. »Ich begegne diesem Mann grundsätzlich in Ausübung meines Berufs«, sagte er, »und seine Position ist in der Regel so heikel, daß ich nie weiß, ob ich es mir leisten kann, meine

Bekanntschaft mit ihm zuzugeben.« Er wandte sich an Campion. »Ich erfuhr von Mrs. Faraday«, sagte er, »daß Sie ihr persönlicher Repräsentant in dieser Sache sind, was immer das bedeutet. Habe ich recht?«

Campion nickte. Der Inspector ließ eine Pause entstehen, und Marcus, der merkte, daß alles, was der Inspector zu sagen hatte, nicht in seiner Anwesenheit gesprochen werden würde, zog sich taktvoll ins Büro seines Vaters zurück. Als sich die Tür hinter ihm geschlossen hatte, stieß Stanislaus Oates einen Seufzer der Erleichterung aus und holte seine Pfeife aus der Jackentasche.

»Da Sie also der Repräsentant der alten Lady sind«, begann er behutsam, »heißt das auch, daß Sie verpflichtet sind, gewisse Geheimnisse zu wahren?«

»Nein«, sagte Mr. Campion. »Mein Auftrag lautet, ›den Verursacher dieser Ungeheuerlichkeiten zu ergreifen und der Bestrafung zuzuführen, die er verdient hat‹.«

Der Inspector knurrte. »Und ganz offen und ehrlich?« fragte er.

»Klar halte ich Sie auf dem laufenden. Für mich sind Sie okay, wie man in den Vereinigten Staaten sagt«, erwiderte Mr. Campion albernerweise. »Was sagen Sie zu dem Fall? Haben Sie schon was herausgebracht?«

Der Inspector rieb sich unglücklich das Kinn. »Ach verdammt«, sagte er. »Ich wußte, daß meine Glückssträhne zu Ende sein würde. Seit Tagen erwarte ich, daß es Ärger gibt. Dann auch noch dieser Zufall, daß ich gestern diesem Mädchen, dieser Joyce Blount, begegnet bin. Ein echter Zufall bedeutet bei mir immer Pech; das ist der einzige Punkt, in dem ich abergläubisch bin.«

Campion lehnte sich zurück in seinem Sessel und beäugte seinen Freund wie eine Eule. Er fühlte, daß dies nicht der richtige Augenblick war, um den Inspector mit der noch wichtigeren Seite dieses Zufalls vertraut zu machen. Stanislaus Oates fuhr fort zu jammern.

»Nur weil ich zwölf verschiedene Variationen der jiddischen Sprache spreche und mich obendrein mit einem sturzbesoffenen schwedischen Matrosen unterhalten kann, was im East End von absoluter Wichtigkeit ist, werde ich befördert, und dann schickt man mich prompt zu einem derartigen Fall in die Provinz«, begann er. »Ich sage Ihnen, Campion, ich komme ohne weiteres mit einer alten Vettel aus der East Lane zurecht, die tschechisches und chinesisches Blut in den Adern hat, aber diese Mrs. Faraday geht über meinen Horizont, wirklich wahr. Sie spricht eine andere, eine neue Sprache, die ich erst lernen muß. Zuerst bin ich ganz gut vorangekommen. Ja, als sie in die große Bibliothek kam, dachte ich schon, daß ich gut mit ihr würde auskommen können. Aber sobald wir uns gesetzt hatten und anfangen wollten, erstarrte sie zu einem Eisblock –«

»Und Sie haben auf einem gelben Brokatsessel gesessen und sich nicht wohl gefühlt«, sagte Mr. Campion.

»Ja«, gab der Inspector geistesabwesend zu, und einen Augenblick später setzte er sich gerade hin und kniff die Lider zusammen. »Halt! Kommen Sie mir nicht mit irgendwelchen albernen Tricks, Campion«, sagte er. »Wie wollen Sie wissen, daß es ein gelber Brokatsessel gewesen ist? Er hat sehr imponierend ausgesehen, deshalb habe ich mich daraufgesetzt.«

»Großer Polizeimann macht schlimmen Fehler«, sagte Mr. Campion und lachte, ehe er es ihm erklärte.

»Ich werd' verrückt«, sagte der Inspector bedauernd. »Aber wie kann man so etwas ahnen? Das ist ja noch schlimmer als das indische Kastensystem. Also, das war der Grund – na schön. Und Sie? Haben Sie schon eine Spur, eine Theorie? Dieser Todesfall von heute morgen ist ein Mord, ganz gleich, was dieser Doktor sagt. Die natürlichste Folgerung wäre es, die andere Schwester, die kleine, die immer schnieft, für die Täterin zu halten – diese Catherine Berry. Doch es sieht nicht so aus, als ob wir damit weiterkämen.« Er hielt inne und schüttelte den Kopf wie ein verdutzter Hund. »Was den anderen Fall betrifft«, fuhr er fort, »ist es sinnvoll, sich im Haushalt nach brauchbaren Motiven umzusehen. Da ist William, dieser aufgeblasene Kerl mit dem rosa Schweinchengesicht, da ist die alte Lady selbst – und diese Joyce Blount. Kommt Ihnen einer davon wie ein typischer Mörder vor? Oder einer von den Angestellten, was das angeht? Das Ganze erscheint irgendwie sinnlos. Ich frage Sie weiter: Wer fesselt einen Mann und erschießt ihn dann, oder wer erschießt ihn und fesselt ihn danach? Ausgesprochen lächerlich. Ich habe mich ein bißchen umgesehen und mir die üblichen Aussagen eingeholt. Es gibt ein paar interessante Dinge in dem Haus, aber wenig Interessantes bei den Menschen, die es bewohnen.« Er zog die Stirn in Falten und fuhr fort, als Campion nichts dazu sagte. »Ich glaube, ich weiß, wie das heute früh gemacht wurde, aber ich kann es erst sagen, wenn ich Beweise dafür habe. Wissen Sie, daß das der erste Fall seit neunzehnhundertsechsundzwanzig ist, bei dem wir wieder zusammenarbeiten? Ich kann nicht umhin, zu erklären, daß ich mich freue, Sie hier zu sehen.«

»Nett gesagt«, erwiderte Mr. Campion. »Und worauf wollen Sie hinaus? Was soll ich sagen, was erhoffen Sie sich von mir?«

Der Inspector nahm ein Notizbuch heraus. »Mein Stenograf hat die Aussagen wörtlich aufgeschrieben, aber das hier sind meine persönlichen Notizen.«

»Überwiegend Karikaturen komischer Gesichter, wie ich sehe«, sagte Mr. Campion, als er einen Blick über die Schulter des Kriminalbeamten geworfen hatte.

Stanislaus knurte. »Was ist denn mit diesem Vetter?« fragte er. »Ich meine Vetter George Makepeace Faraday? Ich habe durch William von ihm gehört. Er war in der Gegend, als der erste Onkel ins Gras beißen mußte.«

Mr. Campion setzte sich wieder und lehnte sich zurück. Er wußte aus Erfahrung, daß es wenig Sinn hatte, irgend etwas zurückzuhalten, wovon Stanislaus Wind bekommen hatte.

»Ich muß bemerken«, sagte er, »daß ich das folgende nicht beweisen kann, also ist es für jemanden wie Sie vielleicht nicht sehr nützlich, aber erinnern Sie sich an den Kerl, der Sie gestern angegangen ist, der Bursche, der weglief, als er Miss Blount sah? Ich nehme an, das war Vetter George. Ist Ihnen nicht aufgefallen, wie groß seine Ähnlichkeit mit Onkel William war?«

Der Kriminalbeamte schaute ihn ungläubig an. »Das macht es nur um so schlimmer«, sagte er. »Es würde den Zufall noch verstärken, und das bedeutet ganz großen Ärger. Aber wir können es ja leicht feststellen. Da ist immerhin noch das Mädchen. Was hat sie eigentlich zu verbergen? Ich meine, finden Sie nicht, daß sie ...«

»Mein lieber Mann, warum sollte sie? Sie bekommt, wie ich es sehe, ohnehin den Großteil des Vermögens«, sagte Mr. Campion hastig. »Nein, da ist nichts drin. Wir folgern zu schnell. Es gibt einen Skandal im Zusammenhang mit Vetter George, und ein Skandal in solchen Kreisen ist eine äußerst wichtige Sache, das kann ich Ihnen verraten. Dabei könnte es etwas sein, was dem normalen Mann relativ harmlos erscheinen würde. Vetter George könnte zum Beispiel als Kind Rachitis oder TB gehabt haben, oder er ist geschieden. Sie kümmern sich um ihn, nehme ich an?«

»Bowditch hat diesen Job übernommen. Er ist dieses Muster an Schlauheit, das sie mir an die Hand gegeben haben.« Der Inspector bewegte sich ruhelos auf seinem Sessel. »Oh, ich weiß, das wird eine Sackgasse von Fall, und ich habe es ausgerechnet mit Leuten zu tun, die über bedeutenden Einfluß verfügen.«

»Also bleibt Ihnen nur das Armenhaus«, sagte Mr. Campion. »Die Frau, fast noch ein Kind, in der Gosse, und mein Patensohn muß die vielversprechende Karriere an der Universität aufgeben. Hört sich an wie ein Film.«

Bei der Erwähnung seines Sohns kehrte erstaunlicherweise die gute Laune des Inspectors zurück.

»Vier Jahre alt«, sagte er stolz. »Und er singt, daß man es nicht für möglich hält.« Das Lächeln schwand, und er kehrte mit düsterer Miene zu der Aufgabe zurück, die sich ihm gestellt hatte. »Das sind vielleicht komische Vögel dort oben, Campion«, sagte er. »In dem Haus ist irgend etwas sonderbar. Natürlich ist unser Täter ein Wahnsinniger, einer von denen, die ganz ›normal‹ wirken und die man nicht auf den ersten Blick erkennt. Ich hatte einen von der Sorte im letzten Jahr unten in Stepney. Ein philanthropischer Doktor. Ich habe sechs Wochen gebraucht, um auf ihn zu kommen, und wir hätten ihn nie überführt, wenn er nicht den Kopf verloren und unter sanftem Druck die ganze Geschichte gestanden hätte. Aber was mir bei diesem Fall hier nicht gefällt, ist etwas, das ich als ›Zaubertrick-Element‹ bezeichnen möchte.« Er beugte sich nach vorn, die schweren Lider fast ganz über die grauen Augen gezogen, und Mr. Campion, der ihn kannte und mochte, hörte ihm aufmerksam zu. »Wenn man einen Zaubertrick vorgeführt bekommt«, fuhr der Inspector fort, »ich meine, einen richtigen Zaubertrick – Sie wissen schon, von der Sorte, bei der eine Frau auf der Bühne zersägt wird oder bei dem man einen Neger in einen Korb steckt und dann mit dem Schwert durch die Ritzen sticht – in einem solchen Fall erlebt man den ausführlichsten Indizienbeweis eines Mordes der ruchlosesten Art, und doch wundert sich niemand, wenn die Frau danach munter auf die Bühne spaziert oder der Neger unverletzt aus dem Korb klettert. Die Indizienbeweise in diesem Fall sind ganz ähnlich«, fuhr er triumphierend fort, »mit einem einzigen Unterschied: Wir wissen, daß der unglückselige Andrew Seeley nicht mehr aus dem Wasser kriechen und nach Hause trotten wird, und auch Miss Julia Faraday wird nicht mehr in der Lage sein, heute nachmittag hierher in diese Kanzlei zu kommen. Mrs. Catherine Berry hat ihrer Schwester am frühen Morgen eine Tasse Tee gebracht. Die Schwester ist daraufhin prompt an der guten alten Dosis Schierlingsgift gestorben, von dem man zweifellos noch Spuren in der Teetasse feststellen wird. William Faraday ging mit seinem Vetter Andrew Seeley spazieren; Seeley kehrte von dem Spaziergang nicht zurück. Das sind ziemlich starke Indizienbeweise; sie sind vielleicht nicht zwingend, aber ziemlich stark. Außerdem haben sie sich gestritten. Nun erscheint mir allerdings weder Mrs. Berry noch dieser William sonderlich für die Rolle eines Mörders geeignet – doch das sagt wenig, denn nur vier Prozent aller gehenkten Mörder entsprechen dem Typ des Killers. Vetter George wäre da ein weitaus logischerer Kandidat, auch wenn ich mir nicht vorstellen kann, wie er es bewerkstelligt haben könnte.«

Er seufzte und schaute Campion nachdenklich an.

»Wissen Sie«, sagte er, »da ist noch etwas, das mich enorm behindert: Ich kann einfach nicht nachvollziehen, wie diese Leute denken. Ehrlich gesagt, wir sind solche Zeugen in einem Fall nicht gewohnt. Wieviele Morde in der Oberschicht haben wir in England jährlich? Nein, wir beschäftigen uns mit betrunkenen Bauarbeitern, mit Revolverhelden, Autodieben, kleinen Händlern, die entgleist sind und einen Mord begangen haben – sehen Sie, das sind die Leute, mit denen ich reden kann. Diese hier dagegen sind viel komplizierter, und ich verstehe nicht, wie ihre Gedanken funktionieren. Selbst die Wörter, die sie benützen, bedeuten nicht dasselbe. Zum Beispiel hat mir mindestens die Hälfte von dem, was die alte Lady sagte, während ich auf dem verdammten gelben Sessel saß, so gut wie gar nichts gesagt, obwohl sie ja nun wirklich alles andere als verrückt ist. Wissen Sie, an wen sie mich erinnert, Campion? Haben Sie schon einmal Richter Adams bei einer Verhandlung erlebt? Wenn man sich dieses Spitzending auf ihrem Kopf wegdenkt, könnte sie es sein.«

Campion grinste, und der Inspector nahm ein sorgfältig zusammengelegtes Blatt Papier aus seiner Brieftasche und reichte es Campion.

»Das ist etwas, wozu Sie mir vielleicht einen Hinweis geben können«, sagte er. »Was besagt es für Sie? Ich habe es in Andrew Seeleys Zimmer gefunden, zusammengefaltet und unter der Schreibunterlage, die in der obersten Schublade des Schreibtischs lag. Miss Blount sagte mir, daß sie das Blatt dort hingesteckt hat, als Seeley am Sonntagabend nicht zurückgekommen ist. Steht etwas drin, was mir vielleicht entgangen sein könnte, oder bedeutet der Brief genau das, was er wörtlich ausdrückt?«

Campion faltete das Blatt auseinander. Es war ein nicht zu Ende geschriebener Brief, geschrieben in einer kleinen, gedrängten Handschrift, die dennoch eine große Menge unnötiger Schnörkel aufwies. Oben auf dem Blatt prangte die Adresse ›Socrates Close‹ in alter, englischer Druckschrift. Der Brief war vom Sonntag, dem 30. März datiert, und er lautete:

Meine liebe, liebe Nettie,

es ist schon so lange her, seit ich von Dir gehört habe, daß ich mich fast schäme, nun plötzlich so über Dich herzufallen. Das Leben hier ist äußerst schwierig. Ich vermute, wir werden mit dem Alter immer noch schwieriger. Die Lebenskraft der Tante freilich ist außerordentlich; Du würdest, wenn Du sie sähst, wohl kaum irgendwelche Veränderungen feststellen können.

W. beunruhigt mich. Sein Gesundheitszustand, denn so müssen wir es wohl höflicherweise nennen, wird immer schlechter. Ich fürchte, daß auch ich ihn sehr viel ärgere. Niemand ist so ärgerlich wie jemand, den wir nicht ganz genau erkennen können.

Wenn ich an Dich denke, wie Du in Deinem wunderschönen Garten ausruhst, während Fred auf der Terrasse sitzt und seine Pfeife raucht, kann ich kaum dem Verlangen widerstehen, meine Sachen zu packen und zu Euch zu fahren, und sei es für ein Wochenende.

Jetzt muß ich zur Kirche, um mir von Reverend P. die Bibel herunterrasseln zu lassen – Genesis 4, Joseph und seine Brüder –, sehr passend, wenn Du Dich erinnerst. Ich schreibe diesen Brief zu Ende, wenn ich zurück bin. Diese Woche brauche ich nicht mit der Tante zu fahren, Gott sei Dank.

Au revoir.

Campion faltete den Brief wieder zusammen und reichte ihn dem Inspector, der ihn nicht einsteckte, sondern mit gefurchter Stirn betrachtete.

»Es ist jedenfalls alles andere als der Abschiedsbrief eines Selbstmörders«, sagte er, »oder? Und es ist auch nicht der Brief eines Mannes, der befürchtet, er könnte ermordet werden. Können Sie sonst noch etwas Bemerkenswertes daran erkennen?«

»In welcher Hinsicht?« erkundigte sich Mr. Campion zurückhaltend. »Sie meinen doch nicht die Frage, ob man seinen Charakter aus der Handschrift lesen könne, oder? Und was die Aussage betrifft, sieht es so aus, als hätte er die Absicht gehabt, sich ein freies Wochenende zu erschnorren. An der Schrift sehe ich, daß er es eilig hatte, daß er ein aufbrausendes Wesen hatte, eingebildet war, ein Geheimniskrämer, energisch, wahrscheinlich ein Trinker. Für weitere Informationen empfehle ich mein kleines Handbuch mit dem Titel ›Der buchstäbliche Charakter, oder: Wie man den Herzenspartner an seiner Handschrift erkennt‹. Aber ich fürchte, das hilft Ihnen nicht weiter.«

Der Inspector antwortete geistesabwesend. Er betrachtete immer noch den halbfertigen Brief in seiner Hand.

»Es ist kein Beweismittel«, sagte er, »falls Sie das gemeint haben. Dieser Seeley muß ein komischer Bursche gewesen sein. Niemand hat offenbar auch nur seinen Anblick ertragen können. Sie sollten sich, wenn Sie die Möglichkeit dazu bekommen, sein Zimmer ansehen. Ich habe nichts dagegen, wenn Sie es betreten. Wissen Sie, ich bin nicht unbedingt ein phantasiebegabter Mensch, aber die Persönlichkeit, die diesen Raum bewohnt hat – mit der wäre ich auch nicht zurechtgekommen. Und das gilt auch für Miss Julia. Aber sein Zimmer ist bei weitem ungewöhnlicher. Ich meine, im ganzen Haus herrscht ein komischer Geschmack, das muß man natürlich auch sehen. Ach ja, und da ist noch etwas anderes, was mir an diesem Brief so seltsam vorkommt. Niemand scheint zu wissen, an wen er gerichtet ist.« Er schüttelte den Kopf. »Sonderbare Familie. Sie scheinen nicht viel voneinander zu wissen.«

»Haben Sie auch Mrs. Faraday danach gefragt?« erkundigte sich Campion.

Stanislaus Oates nickte. »Sie habe ich zuerst gefragt, weil sie in dem Brief erwähnt wird, aber sie konnte oder wollte mir nicht helfen. Sagte, daß sie vierundachtzig Jahre alt sei und in dieser Zeit sehr viele Frauen kennengelernt habe, zu viele, als daß sie sich an alle Namen erinnern könne. Eine Bemerkung, zu der man nichts mehr sagen kann, nicht wahr? Aber wir stehen ja gerade erst am Anfang«, fügte er hinzu und steckte den Brief wieder ein. »Die amtliche Voruntersuchung im Fall Seeley ist für morgen anberaumt. Dabei geht es praktisch nur um die Formalitäten der Identifikation. Wir werden um Vertagung bitten. Dadurch haben wir ein, zwei Tage mehr Zeit für die Ermittlungen. Wie ich es sehe, wollen die Behörden die Sache möglichst schnell über die Bühne bringen, weil in der übernächsten Woche das Semester und damit das Universitätsleben beginnt. Die Leute sind wirklich sehr komisch hier! Der verantwortliche Stellvertreter des Coroners ist unpäßlich, die Räume des Coroners werden frisch ausgemalt, so daß wir die Verhandlung in einer Aula abhalten müssen. Ich verstehe nicht, warum sie nicht ihre Schulen und Colleges und was auch immer irgendwo draußen auf dem Land bauen können.«

Campion begann zu lachen, und Stanislaus stimmte ein. »Wir haben alle manchmal die Schnauze voll«, sagte er. »Ich wollte, ich wüßte, wie das Schierlingsgift heute morgen in diese Teetasse gelangt ist. Ich habe das Zimmer gefilzt, so gut ich konnte, aber sie holten die Leiche ab für das *post mortem*, und dieser Doktor und die trauernden Verwandten sind ohnehin schon die ganze Zeit dort herumgetrampelt. Sie mögen mich nicht, aber ich bin fast nie eine beliebte Gestalt in derartigen Szenerien. Wie gesagt, ich tat mein Bestes, aber ich konnte nichts finden. Nichts, nicht einmal einen Papierfetzen, der irgendwo herumgelegen hätte. Natürlich finde ich noch das eine oder andere«, fuhr er hoffnungsvoll fort. »Es ist eines von diesen mit allem möglichen Kram vollgestopften Zimmern – selbst die Betten tragen noch Petticoats. Momentan jedenfalls sieht es so aus, als ob das Gift mit der Teetasse in den Raum gebracht worden wäre, was freilich über meinen Horizont geht.« Er stand auf. »Ich muß weiter. Ach ja, dieser Vetter George. Ich habe im Haus nach einer Photographie von ihm gefragt, aber sie hatten keine. Ich muß mit diesem Mädchen, Miss Blount, sprechen.«

»Sie ist wahrscheinlich bereits hier«, bemerkte Campion. »Wir erwarten sie jedenfalls, und ich glaube, ich habe von draußen das Geräusch weiblichen Schnatterns vernommen. Warten Sie noch einen Moment.« Er stand auf und verschwand, kehrte aber kurz danach in Begleitung von Joyce zurück. Sie war immer noch blaß, aber gefaßter als am Morgen. Den Inspector begrüßte sie mit einem kühlen Kopfnicken, und in ihren stillen Augen war ein Ausdruck von ehrlicher Abneigung zu erkennen. Der Inspector warf sich mannhaft in die Bresche.

»Miss Blount«, sagte er, »ich hatte schon gestern das Vergnügen, Sie kennenlernen zu dürfen – im Tomb Yard im Zentrum von London. Während wir dort waren, kam ein Mann dazu, sah Sie und verließ den Hof in großer Eile. Sie waren – sagen wir, ein wenig bestürzt über seinen Anblick. Erinnern Sie sich daran?«

Joyce warf Campion einen Blick zu, aber der Ausdruck des jungen Mannes war neutral und keineswegs hilfreich. Der Inspector wartete, und sie nickte.

»Ja, ich erinnere mich«, sagte sie.

Stanislaus Oates räusperte sich. »Bitte überlegen Sie sehr genau, Miss Blount«, sagte er. »War dieser Mann George Makepeace Faraday, der auf Socrates Close als Vetter George bekannt ist, oder war er es nicht?«

Joyce unterdrückte einen kleinen Ausruf. Dann wandte sie sich mit flehendem Blick an Campion.

»Muß ich ihm antworten?« fragte sie.

Er lächelte sie liebenswürdig an. »Ich fürchte, ja«, sagte er, und fügte hinzu, als sie errötete: »Mrs. Faraday ist der Meinung, daß die Polizei alles erfahren soll, was sie wissen will. War das gestern in der City wirklich Vetter George? Ich gestehe, daß ich selbst an dieser Vermutung nicht unschuldig bin. Er sah William so ähnlich, daß ich einfach nicht umhin konnte, die Rolle eines begnadeten Detektivs zu spielen, als ich gestern abend in Gegenwart von Marcus damit geprahlt habe. Ich beschrieb ihn, und Onkel William hat ihn daraufhin prompt erkannt. Wir möchten, daß Sie es uns bestätigen.«

Das Mädchen wandte sich dem Inspector zu. »Ja«, sagte sie atemlos. »Es war Vetter George. Aber Sie dürfen nicht nach ihm suchen, dürfen ihn nicht finden. Es würde Tante Caroline umbringen. Außerdem bin ich sicher, daß er nichts mit der Sache hier zu tun hat. Wenn Sie es sich genau überlegen – wie könnte er?«

8

Die Beobachtungen des Mr. Cheetoo

Selbst die einzigartige Atmosphäre eines ›geheiligten Ritus‹, welche jeden High Tea in Cambridge auszeichnet, reichte nicht aus, um die kleine Gesellschaft aufzumuntern; es blieb eine düstere und niedergeschlagene Angelegenheit. Nach dem Abgang des Inspectors hatten sie sich in Marcus' Büro gesetzt, wo sie schweigend den Tee tranken. Zwei Morde in der Familie üben selbst auf die fröhlichsten Menschen eine ernüchternde Wirkung aus, und sogar die unbezähmbare Miss Held war nachdenklich und still. Immerhin brachte sie dann das Thema Mr. Cheetoo ins Gespräch.

»Mr. Campion«, sagte sie, »ich will Sie nicht mit Ideen belästigen, die Sie vielleicht für unbrauchbar halten, und wenn ich mich lächerlich mache, bitte ich Sie, mir das zu sagen. Aber ich denke immer wieder an diesen indischen Studenten, der den Toten entdeckt hat; natürlich hat er seine Geschichte der Polizei mitgeteilt, aber ich dachte mir, es könnte nicht schaden, wenn Sie selbst sie in Ihrer inoffiziellen Position von ihm erzählt bekommen. Wenn Sie wollen, könnte ich noch heute nachmittag eine Begegnung mit ihm arrangieren.«

Mr. Campion schaute sie interessiert an. Wie sie so auf der Kante des Sessels saß, ein Stück Sahnegebäck in der Hand, erinnerte sie unwiderstehlich an ein kleines rotes Eichhörnchen, das eine Nuß in der Pfote hatte.

»Das wäre mir sehr lieb«, sagte er. »Aber waren es nicht zwei?«

»Das ist richtig«, stimmte sie ihm zu. »Der eine holte die Polizei, während der andere bei dem Toten blieb. Es stand übrigens heute morgen in der Zeitung. Auf diese Weise habe ich es überhaupt erfahren. Mir ist der Name Cheetoo aufgefallen, weil ich während der Ferien die Betreuung der Studenten einer Freundin von mir übernommen habe, einer Engländerin, die das gleiche studiert wie ich. Wissen Sie, ich bin von den Vorlesungen beurlaubt und arbeite für zwei Jahre an einem Forschungsauftrag; deshalb bin ich auch hier.«

Campion nickte mit vergleichsweise intelligenter Miene, und sie fuhr fort.

»Ja, und bevor ich heute nachmittag hierhergekommen bin, habe ich in meinem Notizbuch nachgeschaut, wie lange ich frei habe, und festgestellt, daß Mr. Cheetoo um halb sechs einen Termin bei mir hat. Er redet so viel und ist so von sich selbst erfüllt, daß er nicht eine Sekunde lang seine Gedanken auf die Arbeit richten kann, und ich bin ganz sicher, daß er mir einen ausführlichen Bericht über seine Entdeckung machen wird. Wenn Sie also Lust haben, können Sie gern mitkommen und es sich anhören.«

Marcus warf einen fragenden Blick auf seinen Freund. »Das wäre eine Idee, Campion«, sagte er. »Weißt du, Joyce und ich können am Soul's Court auf dich warten. Dann kannst du dich umziehen, und ich fahre euch beide anschließend hinauf zum Socrates Close.«

Und so kam es, daß Mr. Campion mit Miss Ann Held über den Parker's Piece ging, in Erwartung des Mannes, der den Toten gefunden hatte. Ann hatte eine kleine Wohnung in einem Haus in der Cheshire Street, das zwei ältlichen Lehrerinnen gehörte, und als sie die große, viereckige Diele betraten, schlug ihnen eine kalte, akademische Atmosphäre entgegen.

»Bitte achten Sie auf den Geruch der Emanzipation«, murmelte Miss Held. »Schnell, raus aus diesem Kühlschrank.« Sie öffnete eine Tür rechts von der Treppe, und Mr. Campion folgte ihr in das zauberhafteste feminine Studio, das er jemals gesehen hatte. Es gab keine gerahmten Postkarten aus Florenz, keine Schwarzweiß-Reproduktionen der geflügelten

Siegesgöttin mit Perseus, auch keine kolorierte Reproduktion von Ruskins Arbeitszimmer, wie er es zurückgelassen hatte, ja nicht einmal der Doge blickte von einem bemalten Kaminsims herunter. Miss Held war ihrem ganz persönlichen Geschmack gefolgt. Moderne amerikanische Radierungen, darunter auch zwei Rosenbergs, hingen an den Wänden des luftig-gelb tapezierten Raums. Die Möbel waren von guter Qualität, bequem und ausreichend, wenngleich nicht üppig. Eine ganze Wand wurde von Bücherregalen beherrscht, und die Vorhänge waren freundlich, aber nicht aufdringlich. Ein hübscher Raum und sehr ungewöhnlich für die Behausung einer Studentin mit Forschungsauftrag.

Sie trafen um zwanzig nach fünf dort ein, und Campion hatte sich gerade vor dem Kamin niedergelassen, als das Hausmädchen, das sich die gelehrten Ladys teilten, hereinkam und den Mann ankündigte, auf den er wartete.

Auf den ersten Blick war Mr. Cheetoo nicht sehr anziehend. Er schien die europäische Kultur mit kritiklosem Eifer übernommen zu haben. Die übliche graue Flanellhose des Studenten wurde ergänzt durch eine ziemlich eng sitzende Tweedjacke in köstlichem Erbsengrün – ein Kleidungsstück, wie es nur aus Paris stammen konnte. Er stellte seine Bücher auf den Tisch und verbeugte sich steif vor Ann. Sie machte ihn mit Mr. Campion bekannt, und Mr. Cheetoo wiederholte die formelle Geste.

Sie hatten keine Mühe, ihn zum Reden zu bringen. Er war von seiner Bedeutung überzeugt und kam selbst auf das Thema zu sprechen, kaum daß er zwei Minuten im Raum war.

»Haben Sie die Zeitungen gelesen?« fragte er, und dazu schaute er rasch vom einen zum anderen, ein kindlich-stolzes Strahlen auf dem Gesicht, das er nicht zu verbergen versuchte. »Ich war als erster am Tatort. Ich war es, der die Leiche gefunden hat.«

Ann setzte sich an den Tisch, und er nahm ihr gegenüber

Platz. Aber es lag auf der Hand, daß er nicht die Absicht hatte zu arbeiten, und er schien entzückt darüber zu sein, daß sie stillschweigend damit einverstanden war.

»Mr. Campion ist ein Freund der Familie des Toten«, erklärte sie, »und er möchte gern soviel wie möglich über diese schreckliche Sache erfahren. Ich wußte, daß es Ihnen nichts ausmachen würde, ihm über Ihre – äh – Entdeckung zu berichten.«

Mr. Cheetoo schickte ein vernichtendes Grinsen in die Richtung von Mr. Campion.

»Aber mit Vergnügen«, sagte er. »Ich bin aufmerksam. Ich bin auch wissenschaftlich. Ich habe viele Folgerungen getroffen. Die Polizei wollte sie nicht hören. Meiner Meinung nach ging es ihnen überhaupt nicht darum, die Sache aufzuklären.«

Mr. Campion nickte liebenswürdig, und seine blassen Augen blitzten hinter den großen Brillengläsern. Das war ein Zeugentyp, den er kannte, und sein Herz hüpfte vor Begeisterung.

»Sie waren nicht allein, Mr. Cheetoo«, sagte er, »als Sie Ihre Entdeckung machten?«

»Nein«, räumte der aufmerksame Student etwas bedauernd ein. »Aber ich bin bei der Leiche geblieben, während mein Freund zur Polizei gegangen ist. Ich werde auch morgen bei der Vorverhandlung auftreten. Aber man sagte mir, daß meine Beobachtungen für den Coroner nicht von Interesse sein werden.«

»Wie schade«, warf Miss Held hilfreich ein.

Mr. Cheetoo nickte und wandte sich dann wieder an Campion. »Sie wird es sicher interessieren«, sagte er mit Überzeugung. »Sie werden meine Beobachtungen zu schätzen wissen. Mein Freund und ich gingen am Flußufer entlang, um Pflanzen zu suchen. Mein Freund studiert Botanik. Als wir uns dem Weidengebüsch jenseits der Brücke näherten, sah ich etwas Dunkles im Wasser. Außerdem herrschte ein« –, er wandte sich, um Verzeihung bittend, an Ann – »ein bestimmter Geruch ...«

»Ich verstehe«, sagte Mr. Campion hastig.

Mr. Cheetoo jedoch wollte nur seinem Ruf als aufmerksamer Beobachter gerecht werden. »Ich lasse die Details weg, die man voraussetzen kann«, sagte er. »Mein Freund wollte die Leiche nicht anfassen. Aber ich«, fuhr er stolz fort, »ich bin von der Westküste. Ich bin nicht voller Hemmungen wie er. Ich zog also die Leiche halb aus dem Wasser. Zuerst ist mein Freund zurückgeschreckt; er ist nicht sehr mutig. Seine Phantasie ist stärker als seine Beobachtungsgabe. Er ist außerdem strenger gläubig.« Daraufhin legte er eine nachdrückliche Pause ein.

Mr. Campion schaute Ann an und war erleichtert, daß sie sich nicht allzu sehr vor den unangenehmen Einzelheiten fürchtete, die zweifellos folgen würden. Mr. Cheetoo fuhr fort.

»Ich schickte meinen Freund weg, damit er die Polizei benachrichtigte, und als er weg war, habe ich meine Beobachtungen gemacht. Ich besitze das forschende Gehirn eines echten Wissenschaftlers. Meine erste Beobachtung war, daß es sich bei dem Toten um einen Landstreicher handeln mußte. Das war mein Fehler. Der Bart wächst nach dem Tod noch weiter, wie ich jetzt weiß. Die Leiche war kein angenehmer Anblick. Der obere Teil des Kopfes lag offen da, und an einigen Stellen fehlten Stücke des Schädels. Ich schaute auch nach, ob es Verbrennungen gegeben hatte, nachdem ich darüber in gewissen Werken der Unterhaltungsliteratur gelesen hatte. Aber die Bewegung des Wassers ...«

Mr. Campion räusperte sich. »Soviel ich hörte, war der Leichnam gefesselt«, sagte er.

»Das ist mir auch aufgefallen«, erwiderte Mr. Cheetoo, der sich nicht aus dem Konzept bringen ließ. »Die Beine waren mit einem dünnen Strick an den Fußknöcheln zusammengebunden. Die Hände waren hinter dem Rücken gefesselt, aber der Strick war verrottet, und jetzt waren die Hände frei. Es gab einen Knoten im Strick, und ein ausgefranstes Ende war um das rechte, das andere um das linke Handgelenk geschlungen. Daraus schloß ich daß die Leiche schon einige Zeit im Wasser gelegen und vom Wasser hin und her getrieben worden sein mußte. Der lose Strick hatte sich in den Weidenwurzeln verfangen, so daß die Leiche nicht weiter abgetrieben werden konnte. Sie müssen verstehen, es war kein angenehmer Anblick. Die Leiche war im Wasser aufgeschwollen. Der Strick war durchnäßt und begann schon an einigen Stellen zu verrotten.«

Bildlich gesprochen, hielt sich Mr. Campion an den Strick.

»Dieser Strick«, sagte er, »aus was hat er bestanden? War er neu gewesen, abgesehen von der Einwirkung des Wassers?«

Mr. Cheetoo überlegte. Offenbar machte es ihm Spaß zu überlegen.

»Ihre Frage ist sonderbar«, sagte er. »Ich habe sie mir auch selbst gestellt. Ich habe den Strick angefaßt, und er ist ganz leicht zerrissen. Der war schon lange im Gebrauch, sagte ich mir, bevor man ihn für diesen schrecklichen Zweck verwendet hat. Übrigens erinnerte er an eine Wäscheleine.«

Campion warf einen schuldbewußten Blick auf Anne. »Ich frage mich«, sagte er, »ob Sie etwas dagegen haben, wenn ich Mr. Cheetoo bitte, und zwar allein im Interesse der abstrakten Wissenschaft, ob er so gütig sein und mir zeigen könnte, wie die Hände des Opfers zusammengebunden waren.«

»Ich habe natürlich nichts dagegen.« Ann wirkte ein wenig erschreckt, aber keineswegs entsetzt.

Mr. Cheetoo andererseits zeigte offenes Entzücken. Er erhob sich sofort, um seine Vorbereitungen zu treffen. Ann zog eine Tischschublade auf und nahm ein Schnurknäuel heraus.

»Ich habe keine Wäscheleine«, sagte sie, »aber ich nehme an, daß Sie damit etwas anfangen können.«

Mr. Cheetoo nahm die Schnur, die er mit einer Art heiligem Ernst aufwickelte, was bei einer anderen Gelegenheit komisch gewirkt hätte und auch jetzt beinahe diese Wirkung hatte.

»Ich habe die Länge des gesamten Stricks abgeschätzt, der zum Fesseln der Leiche verwendet wurde«, sagte er und schaute Campion dabei ernst an. »Ich nehme an, es waren etwa fünfeinhalb Meter. Der kürzere Teil war um die Füße gebunden – so.« Und damit bückte er sich nach Mr. Campions Beinen und hatte im Nu das Stück Schnur darumgebunden.

»Da«, sagte er und trat zurück. »Ich habe es meinem Freund danach ganz genauso vorgeführt. Sie werden feststellen, daß die beiden Füße fest zusammengebunden waren, wobei man den Strick vorne geknotet hatte. Die Hände waren so gefesselt.«

Mr. Campions Hände waren ebenfalls im Nu gefesselt, und er stand vor Ann Helds Kamin, lächelte und sah aus wie ein bratfertig dressiertes Huhn. Mr. Cheetoo trat triumphierend einen Schritt zurück.

»Bedenken Sie die Vollständigkeit«, sagte er.

Ann Helds helle Augen bewegten sich hin und her. »Sicher sehr wirkungsvoll«, sagte sie.

»Ja«, antwortete Mr. Cheetoo rasch. »Aber nicht professionell. Es sind ganz gewöhnliche Knoten, genau wie bei der Leiche. Auch sie war nicht mit Seemannsknoten gefesselt.«

Mr. Campion versuchte, die Wirkung der Fesseln zu erproben. »Aber als man den Toten fand, waren die Hände bereits frei.«

»Das ist richtig«, stimmte Mr. Cheetoo zu. Dann trat er rasch hinter Mr. Campion und lockerte die Schnur, die seine Hände fesselte. »So«, sagte er triumphierend. »Der Strick, der schon ziemlich verrottet gewesen sein muß, gab nach unter dem Gewicht der Arme des toten Mannes. Und als ich ihn entdeckte, war er so gefesselt.« Er zeigte auf Campions beide Handgelenke, von denen das eine noch mit einem Stück

Schnur dreifach umwickelt war, während von dem anderen eine lose Schlinge herabhing, die von einem Knoten festgehalten wurde.

Diese Information schien Mr. Campion zu faszinieren. »Ich möchte Ihnen zu Ihrer Beobachtungsgabe gratulieren, Mr. Cheetoo«, sagte er. »Sie besitzen die Gabe eines echten Detektivs. Ist Ihnen sonst an dem Toten noch etwas aufgefallen?«

Wieder dachte Mr. Cheetoo nach. »Da war diese Sache mit dem Mantel«, sagte er. »Das Opfer trug einen schweren blauen Mantel, der bis obenhin zugeknöpft war. So, als ob der Mann geahnt hätte«, fügte er mit ominösem Ernst hinzu, »was auf ihn zukommen würde, und als ob er sich zugeknöpft hätte, um den Anstrum der Elemente abzuwehren.«

Campion stutzte und hielt inne mit dem Versuch, sich zu befreien. »Sein Mantel war zugeknöpft?« fragte er. »Sind Sie da ganz sicher?«

»Ich bin der Beobachter«, sagte er. »Ich habe das Auge. Und ich habe gesehen, daß der Mantel bis oben hin zugeknöpft war.«

Campion rollte die Schnur, die sie zur Demonstration benützt hatten, wieder ordentlich auf und legte das Knäuel auf den Tisch, bevor er weitersprach.

»Wie merkwürdig«, sagte er dann. »Und sein Hut – war der irgendwo in der Nähe? Er hatte einen Hut auf, als er aus der Kirche kam – ich glaube, es war eine Melone.«

»Vom Hut gab es nirgendwo eine Spur«, sagte Mr. Cheetoo entschieden. »Ich habe in der heutigen Zeitung gelesen, daß er bis jetzt nicht gefunden wurde.«

Diese beiden kleinen Punkte schienen Mr. Campion mehr als die ganze vorausgegangene Geschichte zu interessieren. Er blieb vor dem offenen Kamin stehen und schaute vor sich auf den Boden; sein natürlicher Ausdruck wurde dadurch noch verstärkt.

Auch Mr. Cheetoo war nachdenklich. »Nach den Folgerungen, die ich an Ort und Stelle getroffen habe«, sagte er plötzlich, »kam ich zu der Erkenntnis, daß der Unglückliche nicht sehr weit von der Strömung abgetrieben worden ist.«

Wieder wandte sich ihm Mr. Campion zu. »Ach?« sagte er. »Und warum?«

»Wegen der kleinen Brücke«, antwortete Mr. Cheetoo. »Das Wasser ist zu dieser Jahreszeit ziemlich hoch. Diese kleine Brücke bildet eine Gegenströmung, einen Sog, der den Toten dort festgehalten hätte, wenn er oberhalb der Brücke ins Wasser gefallen wäre. Sie können sich das selbst einmal anschauen. Ich war heute früh noch einmal dort, um weitere Beobachtungen anzustellen. Meiner Meinung nach wurde der Tote irgendwo zwischen der Brücke und dem Weidengebüsch ins Wasser gestoßen. Am Ufer gibt es keine Anzeichen eines Kampfes, aber seit dem Verbrechen sind wahrscheinlich zehn Tage vergangen, und inzwischen hat es viel geregnet. Außerdem hängt zu dieser Jahreszeit fast immer ein Nebelstreifen in der Senke des Flusses. Das ist meine vollständige Meinung zu der Sache. Sind Sie jetzt aufgeklärt?«

»Vollkommen«, sagte Mr. Campion. »Ich selbst hätte nicht mehr beobachten können, wenn ich es gewesen wäre, der den Toten entdeckt hätte.«

»Genau«, sagte Mr. Cheetoo, und Campion, der das Gefühl hatte, die Weiterbildung dieses Informanten lange genug verzögert zu haben, drückte seinen Dank aus, sowohl ihm als auch Miss Held, und verabschiedete sich dann höflich.

Ann brachte ihn an die Tür. »Nun, ich hoffe, Sie sind in den vollen Glanz der Erleuchtung versetzt worden«, murmelte sie.

Campion grinste. »Es scheint, als sei damit alles klar«, sagte er. »Sicher hat er seinen Spaß bei der Voruntersuchung. Es gibt wirklich nichts im Leben, was nicht auch seine guten Seiten hätte...«

Aber als er über den Parker's Piece ging, kämpften ein

Dutzend einander widersprechender Gedanken in seinem Kopf miteinander. Da waren die fünfundzwanzig Minuten zu bedenken, über die Onkel William keine Rechenschaft ablegen wollte. War es nicht ebenso denkbar, daß sich der Alte nicht von Andrew Seeley getrennt hatte, sondern mit ihm hinuntergegangen war bis zum Fluß, wo er Andrew im Schutz des Nebels überwältigt, gefesselt, erschossen und ins Wasser gestoßen hatte, ehe er zum Sonntagslunch zurückgeeilt war? Aber zugleich wurde dem jungen Mann klar, wie absurd die Umstände hätten sein müssen, um eine solche Handlungsweise zu ermöglichen. Denn wenn man diese Theorie anerkannte, mußte man davon ausgehen, daß Onkel William eineinhalb Stunden im Auto und in der Kirche gesessen hätte, mit fünf Metern Wäscheleine und einem Revolver in der Tasche. Und bevor er darangegangen wäre, den unglücklichen Andrew zu fesseln, hätte Onkel William nach dieser Theorie den Mantel seines Opfers zuknöpfen und seinen Hut klauen müssen …

Mr. Campion fühlte sich nicht wohl in seiner Haut. Der Zaubertrick des Inspectors kam ihm auf geradezu bedrükkende Weise wahrscheinlicher vor als diese Theorie.

9

Schmutzige Wäsche

Gegen neun Uhr abends war Mr. Campion der Überzeugung, daß man der klassischen Feuer- und Wasserprobe eine dritte hinzufügen konnte: die Prüfung, die einem durch ein Dinner auf Socrates Close auferlegt wurde. Er verstand recht gut, daß keine gewöhnliche Katastrophe imstande war, dieses ernste Ritual, welches dabei seinen Lauf nahm, zu stören, aber er fühlte auch, daß der ehrfurchtgebietende Vorgang dieser Mahlzeit nicht unbedingt erleichtert wurde durch die Tragödie, die auf dem Haus lastete.

Es war ein in jeder Hinsicht umwerfendes Mahl.

Der Speisesaal war ein riesiger, rechteckiger Raum mit karmesinroten Damasttapeten und roten Plüschvorhängen. Dunkle Farben und ein türkischer Teppich trugen nicht zur Aufhellung der Dekoration bei, und, wie Joyce später bemerkte, man fühlte sich bereits überfüttert, wenn man den Raum betrat.

Die große, ovale Tafel glich einer mit irischem Damast bedeckten Rollschuhbahn, und hier wurde Abend für Abend eine Folge großartiger Teller und Bestecke aufgedeckt, wobei vermutlich das Putzen und Polieren des Silbers das ganze Leben eines unglücklichen kleinen Jungen im Dienstbotenquartier in Anspruch nahm. Hier machte Mr. Campion übrigens zum ersten- und letztenmal in seinem Leben Bekanntschaft mit den versilberten Füllhörnern, die in viktorianischen Zeiten vor jedem Platz bereitstanden, gefüllt mit heißem Wasser, so daß man sich den Löffel wärmen konnte, bevor man mit dem Essen jener fetten Köstlichkeit begann, die als dicke Suppe bezeichnet wurde.

An diesem Abend wirkte der große Raum sehr leer, und

Campion stellte fest, daß die zwei freigebliebenen Plätze an der Tafel um so auffälliger wirkten, weil die anderen ihre angestammten Plätze seit Jahren nicht verändert hatten. Großtante Faraday thronte am Kopfende der Tafel auf einem Stuhl mit Armlehnen und hohem, geradem Rücken. Ihr schwarzes Taftkleid hatte Ärmel, die nur bis zu den Ellbogen reichten, wobei ihre schmalen Unterarme von cremeweißen Honiton-Spitzen umhüllt waren, die zu ihrem Fichu und zu der Kopfbedeckung paßten, die sie trug.

William saß am Fußende der Tafel, durch eine beträchtliche Distanz von seiner Mutter getrennt und zusätzlich abgeschirmt durch einen riesigen, barocken Obstständer aus schwerem Silber, der sich an seinem oberen Ende auf wunderbare Weise in eine Blumenvase verwandelte.

Tante Kitty saß rechts neben William, während Joyce zur Linken von Großtante Caroline Platz genommen hatte. Mr. Campion hatte den Ehrenplatz zur Rechten seiner Gastgeberin, und die übrigen Plätze des Tisches waren leer – ein erschütternder und eindrucksvoller Anblick.

Tante Kittys schwarzes Abendkleid, das plump und unmodisch tief ausgeschnitten war in der Art, wie man es um 1909 getragen haben mußte, wirkte wie die Garderobe zu einem festlichen Leichenbegängnis, und selbst Joyce, die einen einfachen schwarzen Rock trug, schien den Ernst des Anlasses durch ihre Erscheinung auszudrücken.

Unwillkürlich betrachtete Mr. Campion auch sein eigenes schwarzes Dinnerjackett als ein Gewand der Trauer und Williams leuchtend rosiges Gesicht als einen Hauch unerwünschter Lebendigkeit im düsteren Farbschema.

Das lange Mahl, Mrs. Beetons komplettes Freitagsmenü für April in nicht römisch-katholischen Haushalten, war eher bedrückend als stärkend, und Großtante Carolines eiserne Regeln zur allgemeinen Konversation besiegten beinahe auch Mr. Campions überschäumenden, sprudelnden Geist.

Es gab mehrere kleinere Auffälligkeiten beim Ablauf dieser

enervierenden Zeremonie; eine davon war die überraschende Tatsache, daß jeder Platz seinen eigenen Gewürzständer hatte, ein Umstand, der die Isoliertheit der am Tisch Versammelten zu unterstreichen schien.

Die andere war nicht ganz so düster und bedrückend.

Direkt gegenüber von Mr. Campion und unpassend plaziert unter einem großen Stahlstich der Ely Cathedral war ein roter Samtrahmen, in dem die kolorierte Vergrößerung der Photographie eines mit Schnurrbart gezierten Gentlemans zu sehen war, der die Insignien eines obskuren und offenkundig weltlichen Ordens oder einer entsprechenden Gesellschaft trug. Mr. Campion erkannte mit Vergnügen, daß die Hand dieses Gentleman auf einem großen Zinnpokal ruhte, aus dem gemalter Rauch oder Dampf entwich. Das Ganze war nicht unbedingt die Art von Trophäe, wie man sie mit Großtante Caroline und ihrem Haushalt in Verbindung bringen würde, und Campion fragte sich, wie diese gerahmte Photographie hierher gelangt sein konnte.

Als das Mahl schließlich zu Ende war, wanderte die Gesellschaft hinüber in den großen, den berühmten Salon von Socrates Close der achtziger Jahre des letzten Jahrhunderts. Obwohl weder der Stil seiner Dekoration noch die Einrichtungsgegenstände seit damals geändert worden waren, war es dennoch ein imponierender, schöner Raum. Verblichene Brokate und verwirrende Ornamente überwogen alle anderen Eindrücke. Die Möbel waren hart, plump und unbequem. Aber wie alles, was genau dem Stil der Zeit entspricht, hatten sie ihren eigenen Charme.

Tante Caroline setzte sich neben ein kleines Tischchen und wandte sich dann an Tante Kitty.

»Ich finde, wir sollten Schach spielen wie üblich, meine Liebe«, sagte sie.

Tante Kitty setzte sich gehorsam, während sich William mit ernster Miene einem Schränkchen näherte, dessen Türen gemalte Blumenbouquets aufwiesen, die, wie Mr. Campion annahm, eher von einem Botaniker stammten als von einem Blumenfreund. Aus diesem Schränkchen nahm William ein Schachbrett und einen hölzernen Behälter mit geschnitzten Elfenbeinfiguren. Mr. Campion merkte, daß es sich auch dabei um ein allabendliches Ritual handelte, und wartete nicht ohne Interesse darauf, wie man ihn in diese zeremonielle Abendunterhaltung einpassen würde.

Onkel William verriet eine gewisse Besorgnis. Er setzte sich nicht, sondern stand da und beobachtete seine Mutter, wie sie mit ihren zarten weißen Fingern die roten Figuren auf das Brett stellte. Schließlich begann er zu sprechen.

»Ich dachte, Campion und ich könnten eine Zigarre in der Bibliothek rauchen, Mutter?« fragte er behutsam.

Großtante Faraday richtete ihre kleinen schwarzen Augen auf das Gesicht ihres Sohnes.

»Sicher, William«, sagte sie. »Mr. Campion, falls ich mich schon zurückgezogen haben sollte, wenn Sie später wieder in den Salon kommen, der Gong zum Aufstehen ertönt um Viertel vor acht. Haben Sie alles, was Sie brauchen, in Ihrem Zimmer vorgefunden?«

Mr. Campion, der aufgestanden war, sobald sie sich an ihn gewandt hatte, verneigte sich instinktiv.

»Es ist alles ganz bezaubernd«, sagte er.

Mrs. Faraday schien der Ansicht zu sein, daß er ihr die richtige Antwort gegeben hatte, denn sie lächelte ihm zu, nickte dann in Richtung auf William, der, dankbar über die Entlassung, die unerwartet gekommen zu sein schien, Campion rasch hinauskomplimentierte.

»Das Morgenzimmer ist bequemer«, sagte er in einem grollenden Flüstern. »Die Bibliothek erinnert mich immer an meinen Vater, Gott sei ihm gnädig. In der Bibliothek habe ich ihn nicht bei bester Laune in Erinnerung.«

Sie gingen über die weite Halle und betraten dann das Morgenzimmer, in dem noch immer ein helles Feuer im Kamin brannte.

»Tut mir leid, daß ich Ihnen keinen Drink anbieten kann«, sagte Onkel William und fauchte dabei ein wenig vor Verlegenheit. »Wie ich sehe, hat man den Schlüssel des Tantalus wieder abgezogen. Wissen Sie, wenn man alt wird, hat man oft komische Gedanken. Ich selbst bin zwar kein Trinker, aber... Na ja, dann darf ich Ihnen wenigstens eine Zigarre anbieten.«

Er holte eine Zigarrenkiste von der Anrichte herüber, und als die kleine Zeremonie des Anzündens vorüber war, setzte er sich in einen der mit grünem Leder bezogenen Lehnsessel und schaute hinüber zu Campion, mit gehetzt wirkenden, kleinen blauen Augen, die im Verhältnis zu dem großen, rosigen Gesicht völlig unproportioniert aussahen.

»Andrew hat meist in Ihrem Sessel gesessen«, bemerkte er abrupt. »Das Begräbnis dürfte vermutlich am Montag stattfinden. In dieser Jahreszeit gibt es leider nicht viele Blumen.« Er nahm seine gewundenen Gedankengänge an die Kandare und flüchtete sich in eine passende Gefühlsäußerung. »Armer Andrew«, sagte er und hüstelte dann.

Mr. Campion schwieg dazu und wirkte unbestimmter denn je in einer bläulichen Wolke aus Zigarrenrauch. Aber Onkel Williams Gedanken schienen an diesem Abend dahinzurasen und führten ihn in einem phantastischen Tanz von einem Thema zum anderen.

»Trotzdem, ein übelgelaunter, bösartiger Kerl«, sagte er zornig. »Keine Geisteskrankheiten in der Familie, Gott sei Dank, sonst hätte man einen Stich des Wahnsinns vermuten können – und das wäre noch die freundlichste Erklärung gewesen.« Er hielt inne und fügte dann mit groteskem Senken eines seiner sackartigen Lider hinzu: »Unter uns gesagt, er hat gesoffen wie ein Schwamm.«

Das Frühstückszimmer war alles andere als gemütlich. Die Lampen hatten keine Schirme, die ihren Schein abgemildert hätten, sondern hingen schmucklos an Wasserlilien aus Messing, die mit der Blüte nach unten im Weiß der Decke schwammen, und ihr Licht schuf eine Atmosphäre hygienischer Kälte, die selbst das helle Feuer nicht erwärmen konnte.

Allmählich begann Mr. Campion die Bemerkung von Marcus zu verstehen, der am Abend zuvor gesagt hatte: ›Wenn ich in dem Haus lebte, wäre mir vermutlich selbst nach einem Mord zumute.‹ Die Atmosphäre von Zurückhaltung und Zwang, wie sie die Heranwachsenden so sehr plagt, wurde hier bis ins Alter fortgesetzt, und Campion registrierte bei sich ein Gefühl von Angst, Angst davor, auf irgendeine weiche Stelle zu treffen, wo die menschliche Natur begonnen hatte, unter dem starren Band der Repression zu verfallen und zu faulen, ja, wo sie schändlich und verdorben war. Man konnte nicht ahnen, welche Geheimnisse in dem großen Haus verborgen lagen, das sich über ihm auftürmte, und dennoch war er sich ihrer Existenz deutlich bewußt.

Er wurde auf die Erde zurückgeholt durch den Auftritt der robusten Alice, die ein Silbertablett mit Gläsern, einer Karaffe und einem Siphon hereinbrachte. Sie stellte es ohne ein Wort auf den Tisch, und Mr. Campion bemerkte, daß sie keinen der beiden Männer dabei anschaute, sondern so geräuschlos wieder hinauseilte, wie sie hereingekommen war. Dann fiel sein Blick auf das Gesicht des anderen Mannes, und seine gute Laune kehrte zurück.

Onkel William betrachtete den Auftritt wie eine überirdische Erscheinung. Sein Erstaunen wurde nur noch von seinem Entzücken übertroffen, und er stand auf, um Mr. Campion mit fast kindlicher Befriedigung zu bedienen.

»Die alte Lady vergißt es, Gott sei Dank, nicht, wenn wir Gäste im Haus haben«, sagte er und ließ sich mit dem Glas in der Hand nieder. »Zum Teufel! Wenn ein Mensch das durchgemacht hat, was wir den ganzen Tag über durchzumachen hatten, dann braucht er eben einen Schluck! Ich gehe gleich hinaus, mir die Beine vertreten. Es macht Ihnen doch nichts aus, oder?«

Er schaute Campion hoffnungsvoll an und schien erleichtert zu sein, als ihm dieser versicherte, daß er gut allein zurechtkomme. Dann trank er einen großen Schluck Whisky mit Soda und war gerade am Gehen, als Joyce hereinkam.

»Hallo«, rief sie überrascht, »Onkel, gehen Sie noch aus?«

Onkel William hüstelte. »Dachte, ich mache einen kleinen Verdauungsspaziergang«, sagte er. »Habe mich heute kaum bewegt. Verdammter Polizeibeamter, hat mich den ganzen Vormittag nur reden lassen.«

Joyce schaute ihn verdutzt an, sagte aber nichts, und als der ältere Mann hinausgegangen war, setzte sie sich auf seinen Platz, und dabei fiel Campion auf, daß sie ein Zigarettenetui bei sich hatte. Er nahm hastig sein eigenes heraus.

»Ist es erlaubt?« fragte er, während er ihr Feuer gab. »Gestatten Sie mir, Ihnen in fünf Tagen das Rauchen abzugewöhnen? Wenn man es in einem Curry nimmt, kann keiner mein Geheimpräparat von Knoblauch unterscheiden.«

Joyce lachte höflich. »Es ist mein kleiner Luxus«, sagte sie. »Ich habe die Sondergenehmigung, hier und da eine zu rauchen. Die Autorität blinzelt und schaut rasch weg. Sie macht es übrigens sehr nett. Jeden Abend nach dem Dinner erklärt mir Großtante Caroline, ich könne hinaufgehen und meine Briefe schreiben. Erst habe ich es nicht verstanden, aber sie sagte mir, sie habe gehört, daß die jungen Leute heutzutage nach dem Essen entsprechend gemischte, leichte Zigaretten rauchten. Es ist also ganz anständig. Selbst die Queen raucht gelegentlich, wie es heißt. Aber Großtante Caroline fand, daß ich meine Zigaretten allein in meinem Zimmer rauchen sollte, damit ich den Tanten kein schlechtes Beispiel gebe.« Sie hielt inne und warf ihm einen kurzen, ehrlichen Blick zu. »Es ist alles ziemlich schauderhaft, nicht wahr?«

»Es ist seltsam«, erwiderte er vorsichtig. »Vermutlich handelt es sich um den letzten englischen Haushalt dieser Art?«

Das Mädchen schauderte. »Das will ich hoffen«, sagte sie. »Das Dinner war fürchterlich, nicht wahr? So ist es jeden

Abend, nur daß natürlich üblicherweise die – die anderen auch hier sind.«

»Ich habe das Dinner genossen«, erklärte Mr. Campion tapfer. »Aber mein Benimmbuch hat mich im Stich gelassen. Dort heißt es, daß eine leichte, charmante Konversation durchaus passend ist, wenn man den Gewürzständer weitergibt. Hier jedoch hat jeder – zu meiner Frustration – seinen eigenen. Ansonsten wäre ich Leib und Seele der Gesellschaft gewesen.«

Joyce errötete. »Wirklich, diese Salz- und Pfefferstreuer sind ein furchtbares Eingeständnis der Lieblosigkeit«, sagte sie. »Daran war Andrew schuld. Er hat vor einiger Zeit, kurz nachdem ich hier angekommen bin, eine äußerst peinliche Szene verursacht, als er sich weigerte, Julia den Pfeffer zu reichen, und so tat, als ob er sie nicht hören würde. Als sie schließlich darauf bestand, schmollte er wie ein Kind und erklärte, es sei bereits genug Pfeffer an dem Gericht, und sie brauche nicht nachzuwürzen. Julia wandte sich an Tante Caroline, und es gab eine Art Kindergartenstreit. Vom nächsten Tag an hatte jeder seinen eigenen Gewürzständer, und so ist es seither geblieben. Das ist eine dieser albernen, blöden Kleinigkeiten, die einem als ständige Quelle des Ärgers auf die Nerven fallen.«

Mr. Campion schockierte diese eher komische Mitteilung mehr, als er zugeben wollte, deshalb nahm er Zuflucht hinter einer Barriere von Tabakrauch. Das Mädchen hielt noch immer die Zigarette schlaff zwischen den Fingern und schaute ins Feuer.

»Ich nehme an, Ihnen ist auch das Photo von Onkel Robert aufgefallen?«

»Von wem?« fragte Mr. Campion und war bestürzt über die Möglichkeit eines weiteren in die Affäre verwickelten Verwandten.

Ein schwaches Lächeln glitt über das Gesicht des Mädchens. »Sie brauchen nicht zu erschrecken«, sagte sie. »Er ist schon lange tot, der Arme. Er war Tante Kittys Mann. Der Bruder meiner Mutter«, fügte sie ein wenig trotzig hinzu. »Das Photo ist entstanden, als er ein junger Mann war. Damals hielt man es vermutlich für komisch. Er war der Präsident von irgendeinem albernen Biertrinkerverein oder etwas ähnlichem.« Sie hielt inne und schaute Mr. Campion offen an. »Die Familie war immer der Ansicht gewesen, daß Tante Kitty unter ihrem Stand geheiratet hätte. Das stimmte aber gar nicht, jedenfalls nicht nach meiner Meinung. Onkel Robert war Arzt mit einer Armenpraxis. Tante Kitty hat das Photo jedenfalls aufgehoben und vergrößern lassen. Onkel Robert war ziemlich stolz darauf, glaube ich, und es hing in seinem privaten Arbeitszimmer. Als er starb, brachte Tante Kitty es mit hierher. Nichts wäre je damit geschehen, wenn Onkel Andrew es nicht gefunden hätte. So war er, wissen Sie: Immer in anderer Leute Angelegenheiten herumstochern. Er sah es eines Tages auf ihrer Frisierkommode stehen und bestand darauf, daß es ins Eßzimmer gehängt wurde. Dabei fädelte er es so raffiniert ein, daß Tante Kitty sich auch noch geschmeichelt fühlte. Zum erstenmal hatte jemand so etwas wie Interesse für Onkel Robert gezeigt, und sie hat sehr an ihm gehangen, das arme Ding.« Sie seufzte. »Natürlich war allen anderen klar, was Andrew damit bezwecken wollte – ein weiterer Beweis für die Vulgarität von Onkel Robert. Onkel Andrew nannte es ›die Demütigung‹, wenn Tante Kitty nicht in Hörweite war.«

»Und niemand hat das Photo heruntergenommen?« fragte Mr. Campion.

»Nein. Sehen Sie, Onkel Andrew hatte es so angestellt, daß Tante Kitty stolz war auf den neuen Standort des Photos. Daran erkennen Sie, was für eine liebe, dumme Frau sie ist. Sie bekommt nicht die Hälfte von dem mit, was rings um sie vorgeht. Großtante Caroline scheint das Photo bis heute nicht bemerkt zu haben, aber Andrew genoß den Zorn, den es bei den anderen hervorrief. Ich weiß, man soll nichts

Schlechtes sagen über einen, der tot ist, aber Sie können daran erkennen, was er für ein Mensch war.«

»Keine ausgesprochen schöne Seele«, murmelte Mr. Campion.

»Er war ein Ungeheuer«, sagte das Mädchen mit überraschender Heftigkeit. »Zum Glück haben die anderen zusammengehalten, um ihn zum Schweigen zu bringen. Er hatte den Teufel im Leib, wenn Sie wissen, was ich damit sagen will«, fuhr sie im Ernst fort. »Wenn man ihn gelassen hätte, dann hätte er uns alle aus dem Häuschen gebracht. Er konnte selbst den Stillsten und Schüchternsten bis aufs Blut reizen, so sehr, daß dieser Wutanfälle bekam.«

Sie schwieg ein paar Augenblicke, und ihre Lippen zuckten nervös. Kein Zweifel, sie bereitete sich auf eine Art Geständnis vor. Und dann brach es aus ihr heraus.

»Ich muß gestehen«, sagte sie, »ich habe furchtbare Angst. Wenn so etwas passiert, dann gilt der Zusammenhalt der Familie, gelten Loyalität und Zurückhaltung und ähnliche Dinge nicht mehr viel. Ich befürchte, daß einer von uns einfach durchgedreht hat. Ich weiß nicht, wer es sein könnte. Vielleicht jemand von den Angestellten, vielleicht – jeder. Aber ich glaube, sie sind aus einem anderen, neueren Holz, Menschen, die ihre eigenen Geheimnisse haben, und wenn, dann haben sie Andrew umgebracht, weil sie ihn nicht mehr ertragen konnten.«

»Und Tante Julia?« fragte Mr. Campion leise.

Sie senkte den Ton. »Das ist es ja«, sagte sie. »Das ist es, was mich daran so erschreckt. Wenn es nur Andrew gewesen wäre, dann wäre mir das, glaube ich, ziemlich egal, vor allem, seit ich weiß, was mit ihm geschehen ist. Aber daß nun auch noch Tante Julia getötet wurde, zeigt mir, daß das, wovor ich die ganze Zeit Angst hatte, begonnen hat. Wenn ein Wahnsinniger mit dem Morden beginnt, kann er nicht mehr aufhören. Verstehen Sie – ein jeder von uns kann das nächste Opfer sein.«

Campion warf ihr einen scharfen Blick zu. Das war die zweite Person in der Familie, die eine derartige Vermutung äußerte. »Hören Sie«, sagte er, »ich finde, Sie sollten wenigstens vorübergehend zu Ann Held ziehen.«

Sie starrte ihn an, und er fragte sich, ob sie lachen oder wütend werden würde, war dann aber erleichtert, als er sie lächeln sah.

»O nein«, sagte sie. »Um mich selbst habe ich keine Angst. Ich weiß nicht, warum«, fuhr sie dann ruhiger fort, »doch ich fühle, daß das alles eigentlich gar nichts mit mir zu tun hat. Das ist eine Angelegenheit der älteren Generation; jemand wie ich zählt da gar nicht. Ich habe das Gefühl, Zuschauer zu sein bei einer Sache, die sich wie von selbst entwickelt. Ach – ich kann es Ihnen nicht erklären!«

Mr. Campion warf den Stummel seiner Zigarre ins Feuer. »Wissen Sie, was?« sagte er. »Ich werde mir noch heute abend diese beiden Schlafzimmer ansehen. Das von Onkel Andrew und das von Tante Julia. Glauben Sie, daß Sie mir das ermöglichen können?«

Joyce schaute ihn scharf an, und in ihren Augen zeigte sich eine Spur von Beunruhigung. »Wir könnten uns jetzt gleich hinaufschleichen«, sagte sie. »Es dauert noch eine gute Stunde, bis die Großtante zu Bett geht. Ach so, das habe ich vergessen: Die Polizei hat die Türen abgeschlossen.«

Der blasse junge Mann grinste. »Wenn Sie mir eine Haarnadel besorgen könnten«, sagte er. »Ich glaube, von versperrten Schlössern brauchen wir uns nicht aufhalten zu lassen. Keine Angst – ich habe die Erlaubnis dazu von meinem berühmten Freund und Detektiv, dem Erz-Habichtsauge persönlich.«

Joyce schaute ihn überrascht an. »Das meinen Sie doch nicht im Ernst, oder?«

»Eine Haarnadel oder irgendein Stück Draht, mehr brauche ich nicht«, sagte Mr. Campion. »Dieses Haus ist wahrscheinlich voll von Haarnadeln. Diese Brecheisen-Variante, wie sie Tante Kitty benützt, wäre sehr gut dafür geeignet. Die Ihren sind, glaube ich, ein bißchen zu dünn für meinen finsteren Zweck.«

Joyce stand auf. »Dann kommen Sie«, sagte sie. »Ich weiß, es klingt albern, aber ich empfehle Ihnen, sehr vorsichtig hinaufzuschleichen, weil die Hausangestellten bereits ziemlich beunruhigt sind. Draußen im Garten treiben sich immer noch ein paar Kriminalbeamte herum, und außerdem ist das gesamte Personal am Nachmittag einer kleineren Inquisition unterzogen worden.«

»Sehr bedauerlich«, erwiderte er mitleidsvoll. »Das ist das Schlimmste an der Polizei: Man kann sie nie von der Küche fernhalten. Es kommt vermutlich daher, daß in den Wartezimmern beim Scotland Yard zuviele Witzblätter herumliegen.«

Das Licht im oberen Stockwerk war gedämpft. Der Lageplan der einzelnen Räume entsprach weitgehend dem im Parterre. Das heißt, Großtante Carolines Schlafzimmer befand sich genau über dem großen Salon, und Joyces Zimmer war daneben, über dem Morgenzimmer. Über dem Queen-Anne-Zimmer befand sich das Bad, und Kitty und Julia hatten ihre Zimmer nebeneinander über der Bibliothek. Im anderen Balken des großen L, nebeneinander über dem Speisezimmer und der Küche, lagen die Zimmer Williams und Andrews sowie das freie Zimmer, das man für Campion hergerichtet hatte. Dahinter führte die Dienstbotentreppe nach unten. Alle diese Zimmer öffneten sich auf einen Korridor mit Fenstern, die auf die Auffahrt hinausgingen. Die Räume der Angestellten und die Speicherräume befanden sich im zweiten Obergeschoß.

Als sie die obere Diele erreicht hatten, legte Joyce eine Hand auf Campions Arm.

»Warten Sie einen Augenblick«, sagte sie. »Erst besorge ich Ihnen die Haarnadel. Tante Kitty hat sicher nichts dagegen, wenn ich mir eine von den ihren ausborge.«

Allein in der weich beleuchteten, mit dicken Teppichen ausgelegten Diele, deren Wände dunkel bemalt waren, und wo einzelne Stücke, schöner, alter, mit Schnitzwerk verzierter Eichenmöbel herumstanden, wurde Campion, der keineswegs ein nervöser Mensch war, von plötzlichen, seltsamen Gefühlen übermannt, die er sich nicht erklären konnte. Es war weniger die Angst vor dem Unbekannten als das Gefühl eines unerträglichen Drucks, der auf dem Haus lastete, ein geradezu erstickendes Gefühl, als würde er mit etwas Unreinem unter einem riesigen Teewärmer sitzen.

Kein Zweifel, das Mädchen erlebte ganz ähnliche Gefühle, denn sie war sehr blaß und etwas nervös, als sie einen Moment später zu ihm herauskam, eine große schwarze Haarnadel in der Hand.

»Womit fangen wir an?« flüsterte sie.

»Mit Andrews Zimmer«, murmelte Campion. »Kommen Sie mit?«

Sie zögerte. »Bin ich Ihnen von Nutzen? Ich will Ihnen zumindest nicht hinderlich sein.«

»Sie sind mir nicht hinderlich, und ich würde es begrüßen, wenn Sie mitkämen.«

»Also gut.«

Sie bewegten sich schweigend durch den Korridor, und das Mädchen blieb vor der mittleren der drei Türen stehen, die vom Gang in die Zimmer führten.

»Da sind wir«, sagte sie. »Links ist Ihr Zimmer, rechts das von Onkel William. Und das hier war das Zimmer von Andrew.«

Mr. Campion nahm die Haarnadel und hockte sich vor dem Schlüsselloch auf die Fersen.

»Nehmen Sie diesen Falschspielertrick bloß nicht symbolisch«, sagte er. »Die einen lachen, wenn sie ihn sehen, während andere mich aus dem Haus werfen. Ich führe ihn nur sehr selten vor.«

Während er sprach, bewegten sich seine Finger schnell und

geschickt, und ein plötzliches, scharfes Klicken belohnte seine Mühe, woraufhin er sich erhob und Joyce mit etwas verschämter Miene anschaute.

»Verraten Sie bloß Marcus nichts davon«, flüsterte er. »Er gehört zu denen, die nicht lachen würden.«

Sie lächelte ihn an. »Ich weiß«, sagte sie. »Wer geht als erster hinein?«

Mr. Campion öffnete langsam die Tür, dann schlichen sie beide hinein und zogen sachte die Tür hinter sich zu. Das Mädchen schaltete das Licht ein, und nun standen sie da und schauten sich um. In dem Raum herrschte die kalte, etwas abgestandene Luft eines unbenützten Schlafzimmers in einem altmodischen Haus. Beim ersten Anblick war Campion erschrocken. Was er sah, war so anders als das, was er erwartet hatte. Abgesehen von einer Wand aus Bücherregalen, in deren Mitte sich ein Sekretär befand, hätte es das Zimmer eines modernen Eremiten sein können. Es war groß und nackt, mit weißgekalkten Wänden, ohne Teppiche, abgesehen von einer kleinen Jutematte vor dem Bett. Das Bett selbst sah hart aus wie eine Pritsche, die Decke war dünn. Ein einfacher Tisch mit einem kleinen Spiegel darüber diente als Frisierkommode, und auf seiner Platte standen ein halbes Dutzend gerahmter Photographien. Die Einfachheit und Ärmlichkeit des Raums wirkte, wenn man sie mit dem schweren, üppigen Komfort des übrigen Hauses verglich, geradezu theatralisch. Ein in die Wand eingebauter Schrank war der Ort, wo der Bewohner seine Kleidung verwahrte, und eine riesige, eiserne Zugklappe verdeckte die Kaminöffnung.

Das Mädchen betrachtete Campions Gesicht. »Ich weiß, was Sie denken«, sagte sie. »Sie haben das gleiche Gefühl wie jeder, der hier hereinkommt. Andrew liebte es, die Rolle des armen Verwandten zu spielen. Dieses Zimmer ist nichts weiter als eine seiner raffinierten Beleidigungen, die er stets für die anderen Familienmitglieder bereit hatte. Dennoch liebte er den Komfort genau wie jeder andere, und meines Wissens war dieses Zimmer hier jahrelang eines der luxuriösesten im ganzen Haus. Dann, etwa vor einem Jahr, setzte Andrew es sich in den Kopf, daß das alles geändert werden müßte. Der Teppich sollte weggeschafft werden, die Tapeten abgerissen, und nach und nach entstand diese Variation einer Gefängnis- oder Mönchszelle. Wissen Sie«, fuhr sie zornig fort, »er hat grundsätzlich alle Gäste hier heraufgeführt, um ihnen zu zeigen, wie schlecht er behandelt wurde. Natürlich war die ganze Familie wütend darüber, aber er war schlauer als sie alle. Er brachte es fertig, die anderen glauben zu machen, daß sie ihn zu einem so unbequemen Leben zwangen, was natürlich absoluter Quatsch war. Aber er verstand es nur allzu gut, seine Mitmenschen in Wut und Verzweiflung zu treiben.«

Campion ging hinüber zu den Bücherregalen und warf einen Blick darauf. Die Bände standen auf Brettern, an denen kleine Lederfasern mit dem Staub festgeklebt waren. Die Titel der Bücher überraschten ihn. Es war eine ziemlich umfangreiche Bibliothek und schien mit den bekanntesten Werken einer bestimmten Art ausgestattet zu sein. Onkel Andrews literarischer Geschmack schien vor allem dem klassischen Erotizismus zugeneigt gewesen zu sein, doch auch modernere Psychologen waren gut vertreten. Mr. Campion nahm eine ältere Abhandlung über *Sex und Verstand* heraus und stellte fest, daß das Buch Eigentum einer medizinischen Bibliothek in Edinburgh war, aus der es vor etwa dreißig Jahren entliehen worden war. Er stellte das Buch wieder ins Regal und schaute sich dann in dem Zimmer um.

Dabei fiel sein Blick auf einen der wenigen Kunstgegenstände, die es enthielt. Es war ein Relief der *Laokoon*-Gruppe, vermutlich eine ziemlich alte Kopie des berühmten Kunstwerks aus dem Vatikan. Aber der Kopist hatte etwas Eigenes in die Arbeit einfließen lassen: statt der edlen Wirklichkeitsferne des Originals sah man hier eine phantasievolle Studie des Entsetzens, die trotz der geringen Größe des

Kunstwerks das ganze Zimmer zu beherrschen schien. Joyce überlief bei der Betrachtung ein Schauer.

»Ich hasse das Ding«, sagte sie. »Tante Kitty meinte, sie bekomme Alpträume davon, und Andrew wollte, daß sie es in ihrem Zimmer aufhängte – nur, damit sie sich daran gewöhne, meinte er. Er redete lang und breit davon, wie man die Furcht durch Willenskraft besiegen könne, und hätte sie beinahe dazu überredet, dieses entsetzliche Relief zu sich zu nehmen. Vermutlich hätte er selbst es bei ihr aufgehängt, wenn Julia nicht energisch eingeschritten wäre. So etwas machte ihm Spaß. Ach, sie sind alle so spießig und gemein! Tante Caroline ist auch streng, aber nicht auf so spießbürgerliche Weise.«

Inzwischen ging Mr. Campion in dem Zimmer hin und her. Er schaute in den eingebauten Schrank, öffnete den Sekretär und blieb zuletzt vor dem Ankleidetisch stehen. Dabei stieß er einen Laut der Überraschung aus und nahm das Photo eines Geistlichen in die Hand – eine weißhaarige und gutmütig aussehende Gestalt. Auf der Rückseite stand: *›Meinem alten Freund Andrew Seeley, zur Erinnerung an unsere Ferien in Prag. Wilfred.‹*

Joyce schaute über Campions Schulter. »Er ist Bischof«, sagte sie. »Andrew war insgeheim sehr stolz darauf, ihn so gut zu kennen. Er deutete häufig an, daß sie die wildesten Ferien miteinandner verbracht hätten. Warum starren Sie es so an? Kennen Sie den Bischof?«

»Ich kannte ihn«, sagte Mr. Campion. »Er ist tot, der gute, alte Junge. Das ist mein geweihter Onkel, der Bischof von Devizes. Er war übrigens nicht unbedingt der Typ, der wilde und verrückte Ferien in Prag verbringt, auch wenn er mehr vom Fliegenfischen verstand als jeder andere lebende Mensch. Doch nicht das ist es, was so ungewöhnlich ist an der Photographie. Sonderbarerweise ist das auf der Rückseite nicht seine Handschrift. Es ist auch nicht seine Unterschrift. Mit anderen Worten: eine Fälschung.«

Das Mädchen schaute ihn aus großen, runden Augen an. »Aber Andrew sagte doch...« begann sie, und hielt gleich darauf inne, während ein verächtlicher Ausdruck sich über ihr Gesicht ausbreitete. »Das ist wieder mal typisch für Andrew.«

Mr. Campion stellte das Photo auf den Tisch. »Ich glaube, hier gibt es nicht mehr viel zu sehen«, sagte er, »und wir haben nicht mehr allzuviel Zeit. Gehen wir, ja?«

Sie nickte, und die beiden schlichen sich auf Zehenspitzen hinaus. Das Zusperren dauerte ein paar Minuten, aber Julias Tür gab dafür beim ersten Versuch nach.

Wenn man es gleich nach der Eremitenzelle von Onkel Andrew sah, war Miss Julia Faradays Schlafzimmer ein überaus üppiger und überfüllter Raum. Hier standen Möbelstücke aller möglichen Arten und Stilrichtungen, und das Ergebnis war eher Verwirrung als Feminität. Vor den beiden großen Fenstern hingen jeweils drei verschiedene Vorhänge: Nottingham-Spitze über gerüschtem Musselin und darunter gelber Damast, gerafft mit einer dicken Seidenschnur, die aussah, als könnte man damit einen Ozeandampfer anleinen. Diese allzu üppige Draperie bildete den Grundton der gesamten Ausstattung.

Der Kamin war eingefaßt mit Bahnen des gleichen gelben Damasts, und das Bett, der Mittelpunkt des Raums, ein Rokoko-Schmuckstück, war so mit Rüschen und Schleifchen und Drapierungen versehen, daß seine ursprüngliche Form darunter völlig verschwand.

Das Bett interessierte Mr. Campion als erstes, und er betrachtete es mit respektvollem Staunen.

»Man nennt es ein italienisches Messingbett, warum, weiß ich auch nicht«, erklärte Joyce. »Wahrscheinlich wegen der großen Kopf- und Fußteile mit den Vorhängen dran. Sehen Sie, die bewegen sich vor und zurück und lassen keinen Zug entstehen. Nicht, daß in diesem Haus jemals so etwas wie Zug entstehen würde.«

Der junge Mann näherte sich der Monstrosität und legte eine Hand auf einen der riesigen Messingknöpfe, die jeden der vier Pfosten krönten. Ein paar Sekunden lang blieb er noch vor den mit Stoff bezogenen Messingstäben hinter dem Meer aus Eiderdaunen stehen, dann drehte er sich um und betrachtete den Rest des Raums.

Für ein geübtes Auge war durchaus zu erkennen, daß dieses Zimmer einer sehr eingehenden Durchsuchung unterzogen worden war. Mr. Campion warf einen Blick auf das technische Kunstwerk eines Kleiderschranks mit vierfachen Türen und wußte sofort, daß die Polizei sich darauf geworfen haben mußte als eine mögliche Quelle aller unmöglichen Entdeckungen, und er war sich zugleich mehr als jeder andere darüber im klaren, daß man seine Zeit vergeudete, wenn man etwas durchsuchte, was zuvor schon die Männer von Scotland Yard durchsucht hatten. Dennoch mußte es, das fühlte er genau, irgendwo in diesem Raum eine Spur von dem Gift geben, das Tante Julia getötet hatte. Joyce unterbrach seine Überlegungen.

»Sie haben sie nicht gekannt, oder?« fragte sie. »Das alles sind Photographien von ihr selbst.« Sie zeigte auf eine Reihe von Zierrahmen auf dem Kaminsims. Sie alle zeigten Porträts derselben Frau in verschiedenen Stadien des Lebens, beginnend mit einem ziemlich dicken Mädchen, das in ungünstige Kleidung eingezwängt war, bis zu der korpulenten Frau in mittleren Jahren. Das letzte Porträt zeigte eine grauhaarige Frau mit verschlossenem Gesicht, deren Bosheitsfalten von der Nase zum Mund so tief und ausgeprägt waren, daß nicht einmal der gnädigste Photograph sie hätte kaschieren können.

»In letzter Zeit war sie wesentlich magerer«, sagte Joyce. »Und ich glaube, ihre Laune ist noch schlechter geworden. Vielleicht war sie krank. Vielleicht – ja, vielleicht war es eben doch Selbstmord.«

»Möglich«, pflichtete ihr Mr. Campion bei. »Das müssen wir herausfinden, bevor wir diesen Raum wieder verlassen. An diesem Punkt ist ein wenig elementare Gehirnarbeit angezeigt. Das ist nicht so schwer, denn bei einer Deduktion zählt man ja nur zwei und zwei zusammen. Wie hört sich das in Ihren Ohren an? Tante Julia war nicht der Typ von Frau, die sich das Leben nehmen würde. Soweit wir wissen, wurde sie durch Conium vergiftet, einem der ältesten und am leichtesten zugänglichen Gifte der Menschheit, denn Conium ist nichts weiter als ein anderes Wort für Schierling. Es ist außerdem in Tee völlig geschmacklos und auch farblich nicht zu erkennen.« Er hielt inne und schaute das Mädchen fest an. »Nun scheint Tante Julia die Gewohnheit gehabt zu haben, jeden Morgen irgend etwas in ihren Tee zu tun«, fuhr er fort. »Das wissen wir, weil Alice in den letzten sechs Monaten regelmäßig jeden Morgen beim Spülen der Tasse eine Ablagerung festgestellt hat. Daher ist es durchaus plausibel, davon auszugehen, daß Tante Julia das Gift, das sie getötet hat, an diesem Morgen selbst in ihre Tasse gab, in der Meinung, es sei die übliche Dosis von diesem oder jenem. Wir werden früher oder später daraufkommen, ob sie dabei einem Irrtum zum Opfer gefallen ist, oder ob jemand es so geplant hatte, daß sie diesen Fehler machen mußte.«

Joyce nickte. »Ich verstehe«, sagte sie.

»Ich persönlich«, sagte Mr. Campion und nahm seine Brille ab, »kann mir nicht vorstellen, wie sie sich ohne fremde Einwirkung geirrt haben könnte, falls es sich bei dem Gift tatsächlich um Schierling handelt. Man kommt zwar sehr einfach an Schierling heran, aber die Pflanze muß erst behandelt werden. Der erste Schritt also besteht darin, herauszufinden, was Tante Julia jeden Morgen in ihren Tee gegeben hat. Vermutlich handelt es sich um eine Art von Patentmedizin. Das ist auch die Idee von Inspector Oates, nehme ich an. Aber was es war und wo es jetzt ist, bleibt vorläufig ein Geheimnis. Denn, sehen Sie, es gibt auch davon keine Spur. Weder Tante Kitty noch Alice wußten, daß sie regelmäßig irgend etwas einnahm. Wußten Sie es vielleicht?«

Joyce schüttelte den Kopf. »Nein. Nebenbei, Großtante Caroline teilte die Medizin für die ganze Familie aus. In ihrem Zimmer ist ein Arzneischrank, und daneben gibt es nur noch einen Erste-Hilfe-Kasten in der oberen Diele. An was für eine Patentmedizin haben Sie denn gedacht?«

Campion überlegte. »Na, vielleicht an ein Gesundheitssalz. Sie kennen das ja: ›Nehmen Sie davon so viel, wie Sie wagen, und Sie springen elastisch über alle Zäune und Gatter‹ ... Siehe die Anzeigen in den Zeitungen. Das einzige, was gegen diese Theorie spricht, ist die Tatsache, daß hier keine Gesundheitssalze zu finden sind, weder leere Dosen noch Fläschchen oder irgendwelche andere Verpackungen. Der Inspector hat diesen Raum durchsuchen lassen, und das heißt, daß es hier keine Stelle gibt, die groß genug wäre, um Raum zu bieten für eine noch so kleine Dose, und die nicht durchsucht worden ist. Wenn es uns nicht gelingt, das, wonach wir suchen, zu finden, fangen sie wahrscheinlich morgen mit einer Durchsuchung des gesamten Hauses an.«

Das Mädchen schaute sich hilflos um. »Es scheint eine hoffnungslose Angelegenheit zu sein«, sagte sie. »Wir wissen ja nicht einmal, wonach wir suchen sollen.« Dann warf sie einen neugierigen Blick auf Campion. Ohne seine Brille hatte sein Ausdruck mindestens fünfzig Prozent an Intelligenz dazugewonnen.

Er begegnete ihrem Blick. »Sie glauben doch nicht«, sagte er langsam, »daß Alice etwas hereingebracht haben könnte, oder? Immerhin war sie die einzige andere Person in diesem Stockwerk und zu dieser frühen Morgenstunde.«

Joyce schüttelte entschieden den Kopf. »O nein. Sie ist eine so gute Seele. Sie ist der letzte Mensch, dem ich so etwas zutrauen würde. Sie ist seit dreißig Jahren hier in Diensten.«

»Alice weiß etwas«, sagte Mr. Campion. »Das lasse ich mir nicht nehmen. Sie riecht geradezu nach Geheimnis. Aber ich glaube nicht, daß es etwas hiermit zu tun hat.«

»Das stimmt.« Joyce war es herausgerutscht, ohne daß sie

darüber nachdenken konnte, und jetzt lief sie hochrot an, weil sie merkte, daß sie sich veraten hatte. Nur eine Sekunde ruhte der Blick aus Mr. Campions blassen Augen auf ihrem Gesicht – dann kehrte er zu seiner Deduktion zurück.

»Wir suchen nach dieser Patentmedizin«, sagte er. »Da niemand sie gesehen hat, muß Tante Julia selbst sie versteckt gehalten haben. Das weist uns immerhin die Richtung. Versetzen wir uns in ihre Situation. Nehmen wir einmal an, ich sei eine übergewichtige, faule Frau, die im Bett liegt. Jemand bringt mir eine Tasse mit heißem Tee. Ich möchte etwas aus einem Versteck nehmen, eine Dosis davon in meinen Tee geben und die Packung danach so schnell wie möglich und mit dem geringsten Aufwand wieder verschwinden lassen. Das führt uns zunächst einmal direkt zum Bett.«

Er setzte sich auf den Stuhl, der daneben stand. »Rekonstruktion eines Verbrechens nach französischer Manier«, murmelte er. »Das Zeug kann hier überall sein. Nicht in den Kissen und nicht in den Matratzen: die werden täglich aufgeschüttelt und bewegt. Wenn es klein genug wäre, könnte es im Saum von einem dieser Volants versteckt werden.«

Er bückte sich und überprüfte die Volants, die das Bett einhüllten, schüttelte dann aber bedauernd den Kopf.

»Leider nein«, sagte er. »Kein nennenswerter Saum.« Er packte den dicken Messingknopf, um sich hochzuziehen, und als sich seine Finger um den ungewöhnlich dicken Knauf schlossen, stieß er einen Laut der Überraschung aus. »Natürlich!« rief er. »Das Versteck meiner Kinderzeit. Das Eichhörnchennest meiner frühesten Jahre.«

Er zeigte mit dramatischer Geste auf den großen Messingknopf am Fußende des Betts. Das Mädchen stieß ein kurzes, hysterisches Lachen aus.

»Natürlich«, sagte sie auch. »Ich hatte vier kleine an meinem Kinderbett. Sie sind hohl, und man kann sie abschrauben, nicht wahr? Ich hatte in meinen Bleistiftminen versteckt.«

Mr. Campion war bereits dabei, einen der vier riesigen Zierknöpfe abzuschrauben.

»Das ist der wahrscheinlichste«, sagte er. »Auf der Seite des Nachttischchens, verstehen Sie?«

Der Knauf hatte annähernd die Größe einer Kokosnuß, und die Metallstange, auf die er aufgeschraubt war, war so dick wie zwei Finger eines Mannes. Er ließ sich leicht drehen. Nach zwei oder drei Umdrehungen konnte man ihn abnehmen, und die beiden beugten sich gespannt darüber.

»Schütteln!« Das Mädchen erkannte kaum seine eigene Stimme. »Wenn etwas drinnen ist, muß es klappern.«

Er folgte ihrem Vorschlag, und man hörte ein hohles, metallisches Klopfen. »Ich weiß nicht, wie wir es rausbekommen können«, begann er. »Es sei denn – oh, ich sehe.« Er steckte einen Finger hinein und erwischte das Ende eines roten Fadens. In der nächsten Sekunde hatte er ein etwa acht Zentimeter langes Röhrchen herausgezogen. In den Schraubdeckel war ein kleines Loch gebohrt, der rote Faden lief hindurch, und auf beiden Seiten war eine bunte Perle befestigt, damit der Faden nicht durchrutschen konnte. Mr. Campion schraubte den Messingknopf wieder auf den Pfosten und hielt dann seinen Fund am Faden hoch.

»Nicht berühren«, warnte er Joyce. »Das hier könnte jetzt Beweismaterial der Polizei sein. Selbst Inspector Oates kann sehr unangenehm werden, wenn andere an seinem Beweismaterial herumfummeln.« Er trug das Röhrchen unter das Licht der Frisierkommode. Der blaue Aufkleber war mit einer kleinen Schrift ausgefüllt, und sie strengten die Augen an, um sie zu lesen. Tante Julias Geheimnis war enthüllt.

Thyro-Schlankheitspillen. Eine Pille pro Tag, und die Waage stimmt. Eine Thyro-Schlankheitspille jeden Morgen, in Tee eingenommen, reduziert überflüssiges Fleisch und Fett. Garantiert praktisch in der Anwendung und harmlos. Tausende Dankschreiben.

Campion und das Mädchen schauten sich mit vielsagender Miene an. »Sie haben recht gehabt«, sagte das Mädchen. »War es also ein Irrtum?«

»Ich glaube jedenfalls nicht, daß es ein Selbstmord war«, sagte Mr. Campion. »Ich finde, nachdem wir es entdeckt haben, können wir das Röhrchen auch aufmachen.« Er nahm ein Taschentuch und hielt das Röhrchen damit, während er den Verschluß abschraubte. Im Inneren des Röhrchens wartete eine weitere Erklärung auf sie. Es enthielt ein Röllchen Zellophanpapier, das im Zickzack gefaltet war, wobei in jeder Falte eine weiße Pille gelegen hatte. Etwa die Hälfte der Pillen war aufgebraucht.

Campion betrachtete die restlichen Pillen durch das transparente Papier. Schließlich steckte er das Röllchen wieder in das Röhrchen und schraubte den Deckel zu.

»Das ist es«, sagte er. »Man muß es einer chemischen Analyse unterziehen, obwohl ich nicht annehme, daß der Rest der Pillen nicht so harmlos ist, wie es auf dem Etikett heißt. Dennoch muß die Dosis von heute früh mit dem Schierling imprägniert gewesen sein – oder was auch immer den Tod von Tante Julia verursacht hat.«

Das Mädchen schaute ihn mit Angst und Entsetzen in den Augen an. »Dann haben wir also unsere Entdeckung gemacht?« fragte sie. »Es war also Mord?«

Mr. Campion setzte sich die Brille wieder auf, wickelte das Röhrchen vorsichtig in sein Taschentuch und steckte es ein. »Ja, ich fürchte«, sagte er. »Und dieser Mord wurde von jemandem begangen, der etwas wußte, das zu wissen niemand im Haus bisher eingestanden hat: nämlich, daß Tante Julia versucht hatte, ihr Übergewicht loszuwerden.«

10

Onkel Williams schlechtes Gewissen

Nach einer fünfzehnminütigen Audienz im Salon allein mit Großtante Caroline kehrte Mr. Campion zu Joyce zurück, die sich im Morgenzimmer in einen Lehnsessel vor dem Kaminfeuer gekuschelt hatte und dort auf ihn wartete. Sie blickte auf, als er hereinkam, und er stellte fest, daß sie blaß und besorgt aussah. Er reichte ihr seine Zigaretten und zündete sich auch selbst eine an.

»Glauben Sie, daß ich mit vierundachtzig auch einmal so sein werde wie Mrs. Faraday?« fragte er. »Nein, sagen Sie es nicht. Sie ist die bemerkenswerteste Person, der ich je begegnet bin. Ich hatte das Gefühl, daß es meine Loyalität zum Haus erforderlich machte, sie von unserer Entdeckung in Kenntnis zu setzen, bevor ich Oates davon unterrichte. Sie hat den Schock fabelhaft verkraftet. Eine wirklich großartige alte Lady. Stanislaus hat recht. Sie ist genau wie ein Richter beim Obersten Justizgericht. Ich habe Sie doch nicht unnötig erschreckt?« fuhr er fort, während er sich dem Mädchen zuwandte. »Aber ich wollte, daß Sie sozusagen eingeweiht sind. Immerhin ist eine Erklärung, so unangenehm sie auch sein mag, immer noch besser als ein ungelöstes Geheimnis.«

Sie nickte entschieden. »Das meine ich auch. Nein, ich bin sehr dankbar, ehrlich. Ich fürchtete schon, Sie seien einer von diesen besonders Schlauen, wie man sie aus den Kriminalromanen kennt, die von Anfang an alles wissen, ihre Erklärungen aber erst aus dem Zylinder ziehen, wenn sie die Kette der Ereignisse zusammengefügt haben wie ein Zauberer die bunten Tücher bei einer Kindergeburtstagsparty.«

Mr. Campion schüttelte ernst den Kopf. »Ich bin nicht der Zauberer bei dieser Party«, sagte er und setzte sich ans Feuer.

»Hören Sie«, fuhr er dann unvermittelt fort, »als ein Detektiv zum anderen: Was ist mit diesem Geheimnis von Alice? Ich will Sie nicht ausquetschen, kann Ihnen dabei nur meine mütterlich-helfende Hand geben. Aber soviel darf ich doch fragen: Ist Alices kleines Geheimnis Ihrer Meinung nach eine wirklich bedeutsame Sache, oder geht es dabei um jene kleinen, schrecklichen, privaten Probleme, die gar nichts mit unserem Fall zu tun haben?«

Ein paar Augenblicke lang schwieg das Mädchen und starrte vor sich auf den Boden, die Stirn in Falten gezogen, die Augen sorgenvoll.

»Ich weiß es nicht«, antwortete sie dann freimütig. »Vielleicht ist es besser, wenn Sie darüber Bescheid wissen. Es ist eigentlich eine alberne kleine Sache und hat womöglich gar nichts zu bedeuten. Alice hat es mir heute morgen verraten, als sie das warme Wasser heraufbrachte, und ich weiß, daß sie es gegenüber der Polizei nicht erwähnt hat. Es geht um folgendes: Die Schnur, mit der man das Oberlichtfenster im ehemaligen Kinderzimmer öffnen und schließen kann, ist verschwunden, genauer gesagt, ein größerer Teil davon. Eine Klemmöse ist herausgezogen und ein großes Stück von der Schnur abgeschnitten worden. Alice ist es neulich aufgefallen, als sie hineinschaute, um festzustellen, ob der Raum wieder einmal gelüftet werden muß. Natürlich hat sie sich damals nichts dabei gedacht, aber als sie hörte, daß man Andrew mit einer Schnur gefesselt aufgefunden hatte, fiel ihr wieder das fehlende Stück Schnur vom Oberlicht im Kinderzimmer ein. Sie wollte allerdings nicht, daß ich es der Polizei mitteile, weil sie fürchtete, das könnte den Verdacht erneut auf das Haus lenken. Das ist alles.«

Mr. Campion reagierte sehr ernst darauf. »Sie sagen aber, es ist noch ein Stück von der Schnur da?« fragte er. »Das ist wichtig. Ich meine, man kann, wenn nötig, die beiden Schnüre miteinander vergleichen. Hören Sie, da es kein Telephon im Haus gibt, glaube ich, daß es das beste ist, wenn ich hinausgehe zu einem der Beamten in Zivil, die sich im Garten aufhalten. Der weiß vermutlich, wo es eine Rufbox der Polizei gibt, denn ich möchte unbedingt noch mit Stanislaus darüber sprechen. Es ist ja erst halb elf.«

Das Mädchen erhob sich von dem Sessel. »Also gut«, sagte sie. »Ich hoffe doch, daß Alice keinen Ärger bekommt, weil sie es verschwiegen hat?«

»Wohl kaum. Ich jedenfalls werde die Quelle der Information für mich behalten, das verspreche ich Ihnen.«

Das Mädchen lächelte ihn an. »Ich bin froh, daß Sie hier sind«, sagte sie. »Ich wüßte nicht, was wir ohne Sie tun würden. Ich glaube, jetzt muß ich nach oben. Tante geht meistens um halb elf zu Bett, und es gehört zu meinen Aufgaben, ihre Spitzen aufzuräumen und für morgen andere bereitzulegen. Also wünsche ich Ihnen jetzt eine gute Nacht.«

»Gute Nacht«, sagte Mr. Campion. »Und – Sie brauchen keine Angst zu haben.«

Sie hielt in der Mitte des Raums inne und drehte sich zu ihm um. »Wieso erraten Sie eigentlich immer, was die anderen denken?« fragte sie.

Mr. Campion rückte seine Brille zurecht. »Ich war jahrelang beim Finanzamt beschäftigt«, murmelte er. »Weitere Einzelheiten aus meiner düsteren Vergangenheit folgen in der kommenden Woche.«

Gegen ihren Willen breitete sich ein Lächeln auf ihrem Gesicht aus. »Entschuldigen Sie, wenn ich das sage«, erklärte sie dann, »aber ist Ihr Verhalten nicht manchmal – ich würde sagen, hinderlich in Ihrem Beruf?«

Er schaute sie verletzt an. »Kann ein Leopard seine Tupfen ändern?« protestierte er. »Ich bin so, wie ich bin.«

Joyce lachte. »Gute Nacht, Getupfter«, sagte sie und ging hinaus.

Campion wartete, bis er hörte, wie sich die Salontür schloß und Großtante Caroline und ihre Nichte oben im ersten Stock waren. Dann trat er sachte hinaus in die Halle, auf dem Weg in den Garten.

Er hatte eben die Haustür erreicht, als sie aufging, und Marcus, gefolgt von Onkel William, dessen Gesicht nicht mehr rosa war, sondern inzwischen ein delikates Blauviolett angenommen hatte, das Haus betraten. Die beiden Männer blieben abrupt stehen, als sie Campion sahen, und Marcus drehte sich mit bedeutsamem Blick zu seinem Begleiter um. Unter dem kalten und ein wenig unfreundlichen Blick des jüngeren Mannes schien sich Onkel William zusammenzureißen.

»Oh – ach ja, Campion«, sagte er. »Ich freue mich sehr, Sie zu sehen. Wissen Sie, ob meine Mutter schon zu Bett gegangen ist?« Es war deutlich zu merken, daß etwas geschehen sein mußte. Zwischen den beiden Neuangekommenen herrschte eine sehr gespannte Atmosphäre. Campions Neugier war erwacht. Es sah so aus, als ob Marcus den älteren Mann zwinge, die Initiative zu übernehmen, und als ob Onkel William nur sehr ungern dazu bereit wäre.

»Mrs. Faraday ist eben nach oben gegangen«, sagte Campion. »Wollten Sie sie noch sprechen?«

»Großer Gott, nein!« erwiderte Onkel William heftig, schloß dann deutlich hörbar den Mund und bedachte seinen Begleiter mit einem verstohlenen Blick aus den kleinen blauen Augen.

Marcus wandte sich an Campion, woraus man erkennen konnte, daß er die Absicht aufgegeben hatte, Onkel William mit der Berichterstattung zu betrauen.

»Hör zu«, sagte er, »wir möchten ein paar Minuten allein mit dir reden. Ist jemand drüben im Morgenzimmer?« Während er sprach, zog er seinen Mantel aus, und Onkel William folgte seinem Beispiel, wenn auch etwas zögernd. Campion ging voraus in den hellen Raum, und Onkel William kam hinterdrein, wobei er angesichts der Lichter die Augen zusammenkniff.

Nachdem auch Marcus hereingekommen war, schloß er die Tür hinter sich. Sein Gesicht wirkte ungewöhnlich ernst, und in Campion erwachte eine böse Vorahnung, als ihm klar wurde, daß Marcus aussah wie jemand, der einen Schock erlitten hat. Auch mit Onkel William war eine entscheidende Veränderung vor sich gegangen. Sein aufgeplustertes Wesen war fast völlig von ihm abgefallen. Er sah älter und schlaffer aus, und obwohl er noch Spuren von Trotz zeigte, so war es eher der Trotz von jemandem, dem man bereits auf die Schliche gekommen ist, als von jemandem, der sich vor der Entdeckung fürchtet.

Marcus räusperte sich nervös. »Campion«, sagte er, »als sein Anwalt habe ich Mr. Faraday den dringenden Rat gegeben, dir seine Geschichte vorzutragen. Ich habe ihm klargemacht, daß ich das, worum er mich gebeten hat, nicht tun kann, aber ich habe das Gefühl, du in deiner Position als Mrs. Faradays Berater in dieser Angelegenheit könntest ihm eher helfen als jeder andere.«

»So ist's recht«, beschwerte sich Onkel William. »Sie haben mich regelrecht dazu gezwungen, das ist Ihnen doch klar.«

Marcus wandte sich ihm zu, einen Ausdruck der Verzweiflung auf dem Gesicht, aber er sprach ruhig mit ihm wie mit einem Kind.

»Wie ich Ihnen schon zuvor einmal klargemacht habe, Mr. Faraday«, sagte er, »ist Campion kein Angehöriger der Polizei, und da er seine detektivischen Tätigkeiten professionell versieht, ist ein jedes Ihrer Geheimnisse bei ihm in sicherer Obhut.«

Onkel William breitete seine fetten Hände aus. »Na schön«, sagte er. »Aber ich habe keine Lust, freiwillig den Kopf in die Schlinge zu legen. Ich wüßte nicht, daß ich jemals im Leben in einer so scheußlichen Lage gewesen wäre. Sie scheinen nicht zu begreifen, daß ich trotz allem, was ich getan habe, unschuldig bin wie ein neugeborenes Kind. Es ist nichts als mein Gebrechen – und das ist nicht anders, als wenn jemand ein lahmes Bein hat. Zum Teufel, Sie brauchen nur zu tun, worum ich Sie gebeten habe, das dürfte Ihnen doch keine allzu große Mühe bereiten.«

Marcus schüttelte den Kopf. »Sie sind sich noch immer nicht über Ihre Situation im klaren«, sagte er, »wenn Sie mir erlauben, das einmal so deutlich auszudrücken. Sie sehen nicht den rechtlichen Aspekt der Sache. Was immer Ihre persönlichen Ansichten über Verbrechen und Bestrafung sind, das Gesetz drückt sich in diesem Punkt sehr deutlich aus. Ich muß meinen Wunsch noch einmal wiederholen und Sie daran erinnern, daß Sie sich in einer äußerst prekären Situation befinden, Mr. Faraday.«

»Na schön«, sagte Onkel William noch immer etwas skeptisch. »Meinetwegen. Sagen Sie es ihm. Ich finde es bedauerlich, daß die Gebrechen eines anständigen Menschen auf diese Weise von Mund zu Mund verbreitet werden. Dennoch nehme ich an, daß Sie es am besten wissen. Na los, fangen Sie schon an damit«, wiederholte er, und die kleinen blauen Augen verrieten seine Angst. »Lassen Sie mich hören, wie Sie die Sache sehen. Für mich ist es das Natürlichste auf der Welt.«

Der junge Mann nahm ein zusammengefaltetes Blatt Papier aus der Brusttasche, faltete es auseinander und schaute Campion fest in die Augen. »Mr. Faraday hat mir diese schriftliche Erklärung gebracht, die er als eidesstattliche Versicherung zu unterzeichnen wünscht«, sagte er.

›Ich, William Robert Faraday, erkläre hiermit, daß ich seit etwa achtzehn Monaten an gewissen Nervenstörungen leide. Dabei geschieht es, daß ich für bestimmte, kürzere Zeitabschnitte mein Erinnerungsvermögen vollkommen verliere, wobei diese Zeit meines Wissens nicht über eine halbe Stunde hinausgeht. Während dieser Perioden weiß ich nicht, wo ich bin und wer ich bin und sehe mich daher nicht als verantwort-

lich an für alle Handlungen, die ich zu diesen Zeiten ohne mein Wissen und meinen Willen begehe.‹

Onkel William blickte auf. »Das Wort ›begehe‹ paßt mir nicht«, sagte er. »Schreiben Sie lieber ›was ich tue‹.«

»Also gut, ›was ich tue‹«, antwortete Marcus und änderte die Stelle mit Bleistift. »Es handelt sich ja ohnehin nicht um eine gesetzlich vorgeschriebene Form der eidesstattlichen Erklärung.«

›Ich schwöre, daß das Vorangegangene die Wahrheit ist und nichts als die Wahrheit.

Unterzeichnet und beglaubigt.

William R. Faraday.‹

»Na schön, da haben Sie's«, sagte Onkel William triumphierend. »Das ist doch klar und deutlich, oder? Sie brauchen es nun nur noch als Zeuge zu bestätigen, Marcus, und so zu datieren, wie ich es Ihnen sagte. Es ist nichts Unehrenhaftes dabei. Ich wollte es ohnehin schon seit Monaten hinter mich bringen. Datieren Sie es auf Februar; das käme zeitlich ungefähr hin.«

Marcus errötete. »Aber Mr. Faraday«, sagte er ein wenig hilflos, »Sie müssen sich über die verheerende Bedeutung eines solchen Schritts zu einem Zeitpunkt wie diesem im klaren sein. Ich kann Ihnen durchaus sagen, wenn jemand anderes mit einem solchen Ansinnen zu mir gekommen wäre, hätte ich es für meine Pflicht gehalten, ihn aus meinem Büro hinauszuwerfen, und nur weil Sie mich davon überzeugt haben, daß die von Ihnen genannten Tatsachen weitgehend der Wahrheit entsprechen, bin ich heute abend mit Ihnen hierhergekommen.«

Campion, der während des ganzen Gesprächs schweigend neben einem der hochlehnigen Stühle gestanden hatte, wobei sich die Unentschlossenheit, die er verbreitete, noch stärker zeigte als sonst, setzte sich jetzt hin, lehnte sich zurück und verschränkte die Arme.

»Können Sie diese – Anfälle etwas näher beschreiben, Mr. Faraday?« fragte er.

Onkel William schaute ihn herausfordernd an. »Natürlich kann ich das«, antwortete er. »Da gibt es nicht viel zu beschreiben. Ich vergesse einfach alles, und nach einer Weile erinnere ich mich wieder. Ein solcher Anfall dauert, soweit ich das sagen kann, meistens zwischen fünf und zehn Minuten. Es gibt einen Namen dafür. Man nennt es Amnesie oder so ähnlich. Wenn ich müde werde oder mich überanstrengt habe, besteht die Möglichkeit, daß es zu einer solchen Erscheinung kommt.« Mr. Campion schien völlig überzeugt zu sein. »Ich verstehe«, sagte er. »Das ist natürlich sehr unangenehm. Hatten Sie schon viele von diesen Anfällen?«

»Nein, viele nicht«, antwortete Onkel William vorsichtig. »Nicht viele. Aber es wird schlimmer. Das erste Mal war im vergangenen Juni. Ach ja, ich glaube, Sie sollten das in meiner eidesstattlichen Erklärung ändern. Vom Juni bis jetzt sind es keine achtzehn Monate, oder?«

»Nein«, sagte Marcus scharf. »Es sind neun.«

»Ach, du meine Güte...« Onkel William machte eine wegwerfende Handbewegung. »Ihr Anwälte seid immer so genau. Also, ich ging im letzten Juni an einem verdammt heißen Tag die Petty Cury hinunter. Auf einmal war mein Gedächtnis weg, und das nächste, was ich weiß, war, daß ich vor der römisch-katholischen Kirche stand und ein Glas in der Hand hatte. Ich kam mir absolut albern vor, und außerdem war ich natürlich sehr beunruhigt. Ich weiß nicht, was ich mit dem Glas machen sollte, und dabei stellte ich fest, daß mich ein paar Leute neugierig beobachteten. Das Glas selbst sagte mir nichts; ein ganz gewöhnliches Becherglas, wie man es in einer Bar bekommt. Schließlich steckte ich es ein, und als ich aus der Stadt kam, warf ich es in ein Feld. Ein sehr unangenehmes Erlebnis, kann ich Ihnen sagen.«

»Zweifellos«, sagte Campion ernst. »Und seitdem hat es sich wiederholt?«

»Zweimal«, räumte Onkel William nach längerem Zögern ein. »Einmal letztes Jahr zu Weihnachten, gerade als ich zu glauben begann, daß an der Sache gar nichts dran ist. Wir hatten eine Dinnerparty, und als alle nach Hause gegangen waren, bin ich noch mit Andrew hinunter bis ans Tor spaziert, um etwas Luft zu schnappen. Das nächste, woran ich mich erinnere, ist, daß ich in einem kalten Bad gelegen und gefroren habe. Es hätte mich umbringen können. Ich nehme keine kalten Bäder mehr. In meinem Alter muß man auf sich achtgeben. Das ist die späte Strafe, wenn man in jungen Jahren ein guter Sportler gewesen ist.«

Marcus, der genau wußte, daß die Summe von Onkel Williams sportlichen Heldentaten in einem Silberpokal gipfelte, den er 1881 auf der Schule erworben hatte, zog die Stirn in Falten wegen dieser überzogenen Behauptung, aber der ältere Mann redete unbeirrt weiter.

»Ich habe Andrew später gefragt – behutsam, Sie verstehen –, ob ihm irgend etwas an mir aufgefallen sei. Er fragte mich, was ich meinte. Er war damals betrunken wie eine Feldhaubitze, daher nahm ich nicht an, daß ihm irgend etwas aufgefallen war.«

»Und das dritte Mal?« fragte Mr. Campion neugierig.

»Das dritte Mal«, wiederholte Onkel William mißmutig, »ja, das war noch unangenehmer. Das dritte Mal ereignete es sich nämlich an dem Sonntag, als Andrew verschwand – genauer gesagt, ausgerechnet zu dem Zeitpunkt, als er verschwunden ist. Das macht es ja so unangenehm.«

»Mr. Faraday!« rief Marcus heftig. »Das haben Sie mir bisher verschwiegen!«

»Ich rede nicht gern über meine Beschwerden«, sagte Onkel William, wobei seine Stimme etwas schwer und schleppend klang, was schon während des ganzen Gesprächs festzustellen gewesen war. »Na ja, da sind wir also soweit. Jetzt sollen Sie es hören. Ich erinnere mich noch, daß ich an der Straße gestanden habe, die zu den Grantchester-Wiesen führt, wobei ich mit Andrew über den besten Weg nach Hause gestritten habe – ein idiotischer Streit, da es gar keinen Zweifel darüber gab, welcher der beste war. Ich erinnere mich noch, wie ich mich von ihm getrennt habe. Ich war sehr durcheinander, wissen Sie, sehr verärgert, weil ich es nicht für möglich gehalten hatte, daß sich ein Mensch so zum Narren machen könnte. Und da habe ich mein Gedächtnis verloren. Als ich wieder zu mir kam, ging ich gerade durch das Tor zum Haus, und der Lunch war praktisch vorüber.«

»Das war fünfundzwanzig Minuten später, als Sie in Ihrer Erklärung bei der Polizei angegeben haben«, bemerkte Mr. Campion überraschenderweise.

Onkel Williams Wangen liefen dunkelrot an. »Das kann schon sein«, murmelte er. »Ich finde alle diese peniblen Zeitangaben sehr verwirrend. Na ja, nun wissen Sie alles.«

Marcus versuchte erfolglos, Mr. Campions Blick einzufangen, doch der junge Mann blieb höflich, sein Ausdruck irrelevant, und seine Augen waren hinter der großen Brille verborgen.

»Hoffentlich halten Sie mich nicht für unangemessen neugierig, Mr. Faraday«, sagte er, »aber warum haben Sie keinem der Familienmitglieder von dieser Krankheit erzählt? Ich meine, damit gingen Sie doch ein großes Risiko ein. Sie hätten zum Beispiel überfahren werden können.«

Onkel William, der gebückt auf seinem Sessel saß, wich den Blicken der beiden jüngeren Männer aus.

»Ich möchte nicht vor Außenstehenden über familiäre Geheimnisse sprechen«, murmelte er, »aber es ist nun einmal nicht zu übersehen, daß meine Mutter alt wird.« Er hielt inne, nahm ein großes Taschentuch heraus und schneuzte sich heftig. »Sie setzt sich alles mögliche in den Kopf«, fuhr er dann fort. »Seit einiger Zeit leidet sie unter der irrigen Vorstellung, daß – nun ja, um es geradeheraus zu sagen, daß ich trinke. Ich bin natürlich kein Anti-Alkoholiker«, setzte er hinzu und erhob dazu seine Stimme, »und zu seiner Zeit... Ja, es gab eine Periode, die noch nicht allzu lange zurückliegt, in der ich wütend darüber war, daß ich mit einem Pack von bösartigen Idioten leben mußte... Wen wundert es, daß ich gelegentlich meinen Zorn und meine Sorgen im Alkohol ertränkt habe?« Onkel William gelang es, die Vorstellung zu vermitteln, daß er sich als einen Mann betrachtete, der in tadelloser Haltung eine kleine Verfehlung aus der Vergangenheit gestand. »Nun«, fuhr er fort, nachdem sich sein Selbstvertrauen gestärkt hatte, »ich bin mir darüber im klaren gewesen, daß ich, wenn ich meiner Familie von meinen Beschwerden berichtet hätte, von dieser als Alkoholiker angesehen worden wäre, der wieder einmal ein Glas zuviel getrunken hatte. Jetzt erkennen Sie vielleicht, wie unangenehm meine Situation war.«

Mr. Campion nickte, doch es war Marcus, der sich zu Wort meldete.

»Aber mein lieber Sir«, protestierte er hilflos, »erkennen Sie denn noch immer nicht die Gefahr, in die Sie sich begeben haben? Haben Sie wirklich niemandem etwas davon gesagt? Gibt es keinen, der Ihre Geschichte bestätigen könnte?«

Onkel William erhob sich würdevoll. »Junger Mann«, sagte er streng, »zweifeln Sie etwa an meinem Wort?«

Marcus schien darauf hinweisen zu wollen, daß das nur menschlich sei, als ihm Mr. Campion zu Hilfe kam.

»Ihr Gesundheitszustand muß Sie doch beunruhigt haben, Mr. Faraday?« sagte er. »Hatten Sie nicht das Bedürfnis, sich medizinischen Rat zu holen?«

Onkel William wandte sich ihm zu. Seine zusammengekniffenen Augen spiegelten das Durcheinander von Gedanken wider, die ihm durch den Kopf rasten.

»Natürlich«, sagte er vorsichtig. »Aber ich wollte nicht zum alten Lavrock gehen und ihm alles sagen, was mich bedrückte. Ich will Lavrocks Diskretion nicht in Frage stellen, und er ist zweifellos ein guter Kerl, Aber ich wollte damit auf keinen Fall zum Familiendoktor gehen.«

»Es ist höchst bedauerlich, daß Sie zu niemandem gegangen sind«, sagte Marcus, dessen präziser, ordentlicher Verstand sich gegen Onkel Williams Zurschaustellung chaotisch verwirrter Gedankengänge wehrte.

»Aber ich bin natürlich zum Arzt gegangen«, sagte der ältere Mann verdrießlich und gereizt.

Die beiden jungen Männer erstarrten. »Zu wem?«

Onkel William schien es nicht verraten zu wollen.

»Um Himmels willen, Mann!« Marcus sprach in drängendem Ton. »Sehen Sie denn nicht, wie wichtig das ist?«

Onkel William zuckte mit den Schultern. »Also schön«, sagte er. »Es macht die Angelegenheit noch unangenehmer, aber wenn Sie darauf bestehen: Ich war bei Sir Gordon Woodthorpe, dem Nervenspezialisten in der Harley Street.«

Marcus seufzte, ein Ausdruck, bei dem Skepsis und Erleichterung miteinander kämpften.

»Das läßt es wenigstens wahrscheinlich aussehen«, sagte er. »Wann haben Sie ihn besucht?«

»Ende Juni«, sagte Onkel William noch immer mürrisch und gereizt. »Ich werde nicht mit Ihnen über das diskutieren, was er sagte. Ich war nie der Meinung, daß diese Nervenärzte so viel von ihrem Beruf verstehen, wie man allgemein annimmt. Jetzt kennen Sie die ganze Wahrheit, aber ich wüßte nicht, wieso das irgendeinen Unterschied machen sollte. Und ich kann Sir Gordon nicht bitten, meinen Besuch bei ihm zu bestätigen.«

»Warum nicht?« Für Marcus kehrten die Zweifel zurück.

Onkel William antwortete mit großer Würde, und er wählte seine Worte mit umständlicher Sorgfalt. »Weil ich es für geraten hielt, meinen Namen anläßlich dieses Arztbesuches zu ändern. Ich konnte ihn auch nicht bezahlen – wenn Sie schon über alle meine Privatangelegenheiten Bescheid wissen wollen. Sicher, ich nehme an, daß er sich an meinen Fall erinnert«, fuhr er fort, als Marcus den Mund öffnete, um etwas zu erwidern. »Aber wenn Sie glauben, ich würde Ihnen gestatten, mich einer Serie von Drohbriefen seines Anwalts auszusetzen, haben Sie sich getäuscht. Ich habe alles gesagt, was ich sagen wollte.« Und damit schloß er eigensinnig den Mund und wandte sich ab.

»Aber Mr. Faraday, es geht um Mord!« Marcus pflanzte sich vor dem älteren Mann auf und wiederholte das Wort mit wilder Betonung. »Mord! Verstehen Sie nicht? Es gibt kein schlimmeres Verbrechen als einen Mord. Wenn Sie so weitermachen, Sir«, fuhr er mit wachsendem Ernst fort, »müssen Sie sich darauf gefaßt machen, verhaftet zu werden.«

»Unterschreiben Sie das Papier«, sagte Onkel William. »Dann ist alles in Ordnung. Ich war schon öfters in meinem Leben in prekären Situationen, und ich bin immer heil davongekommen. Das wird auch diesmal so sein. Niemand kann William Faraday einen Feigling heißen.«

»Aber vielleicht einen Narren«, sagte Marcus leise.

Onkel William blickte zu ihm hoch. »Sprechen Sie lauter, wenn Sie mit mir reden, Sir«, sagte er. »Sprechen Sie laut und deutlich wie ein Mann.«

Marcus wandte sich an Campion. »Kannst du vielleicht Mr. Faraday den Ernst seiner Lage klarmachen?« fragte er. »Ich kann es nicht.«

»Zum Teufel! Ich weiß, daß es ernst ist«, bellte Onkel William mit überraschender Heftigkeit. »Habe ich nicht einen Vetter und eine Schwester verloren? Sie scheinen die Trauer der Familie völlig außer acht zu lassen und kommen hierher, um mich mit Doktoren zu ärgern. Morgen bei der Voruntersuchung werde ich einen Toten identifizieren müssen, der mein Vetter war, und das wird ein höchst schmerzliches, nervenaufreibendes und tragisches Erlebnis sein. Was soll ich mich in dieser Situation um lächerliche Arztrechnungen kümmern?«

»Inspector Oates wird allen diesen Behauptungen nachgehen müssen, Marcus«, sagte Mr. Campion unbarmherzig.

Onkel William schaute erst auf den einen, dann auf den anderen der jungen Männer, öffnete den Mund, um etwas zu sagen, überlegte es sich aber anders. Er saß da, starrte sie an und brummelte dazu vor sich hin wie ein sachte brodelnder Wasserkessel. Dann, ganz plötzlich, gab er nach.

»Ich bin unter dem Namen meines alten Freundes Harrison Gregory bei ihm gewesen. Ich nannte meine Klubadresse, und ich besuchte ihn am siebenundzwanzigsten Juni«, sagte er. »So, jetzt wissen Sie alles, und ich hoffe, Sie geben jetzt Ruhe. Wenn ich das sage, komme ich mir ziemlich blöd vor, aber ich hatte nicht das Geld, um Sir Gordon zu bezahlen. Mutter hält uns so knapp. Sie scheint nicht zu wissen, daß ein Mann in seinem Alter auch einmal ein paar Pfund für sich braucht.«

Marcus kritzelte den Namen auf den Rücken eines Umschlags. »Der ›Levett's Club‹, nicht wahr?« fragte er.

Onkel William brummte. »Brook Street«, murmelte er dann. »Ich bin ein Country Member. Der alte Gregory wird ziemlich ärgerlich sein. Vermutlich hat sich dieser Doktor an ihn gewendet.« Er schüttelte bedauernd den Kopf. »Damals habe ich keine andere Möglichkeit gesehen.«

Marcus warf Campion einen entsetzten Blick zu, doch der schien von Onkel Williams Worten völlig ungerührt.

»Ich werde tun, was ich kann, Sir.« Marcus steckte den Briefumschlag wieder ein. »Wenn ich Sie wäre«, sagte er dann und tippte mit dem Zeigefinger auf das Blatt Papier, das auf dem Tisch lag, »würde ich das hier vernichten. Unter den derzeitigen Umständen könnte es zu falschen Folgerungen verleiten. Campion, ich komme gleich morgen früh zu dir, wenn ich darf. Bevor es uns nicht gelungen ist, das Gespräch mit Sir Gordon Woodthorpe zu bestätigen, sollte die Sache vor der Polizei geheimgehalten werden, obwohl mir klar ist, daß sie ohnehin früher oder später ans Licht kommen wird.

Ich nehme an, das ist auch Mr. Faraday klar«, fügte er hinzu und schaute in die Richtung von Onkel William.

Der würdigte ihn keiner Antwort, erwiderte auch nicht den Gutenachtgruß von Marcus, sondern blieb mürrisch sitzen, bis Mr. Campion aus der Halle zurückkehrte, wohin er seinen Freund begleitet hatte. Dann stand er auf und nahm die eidesstattliche Erklärung, die Marcus auf dem Tisch hatte liegenlassen.

»Verdammt ungefälliger junger Kerl«, bemerkte er. »Ich dachte, sein Vater sei ein unzugänglicher alter Narr, aber der Junge ist genauso schwierig! Na schön, soll er diese alberne Sache mit dem Doktor überprüfen. Es macht mir eigentlich nichts aus; ich dachte nur, daß dies die einfachere Methode gewesen wäre.« Er warf das Blatt in die Flammen und drehte sich dann abrupt zu Campion um. »Dieser Polizist, Inspector Oates, ist heute abend noch einmal hiergewesen«, sagte er. »Als er dabei auf dem genauen Zeitablauf des Lunchs vom vergangenen Sonntag herumhackte, ist mir klargeworden, daß ich, wenn überhaupt, jetzt gleich etwas unternehmen mußte. Deshalb bin ich danach noch zu Marcus gegangen. Wie hätte ich ahnen können, daß er sich so hartnäckig zeigen würde?«

Er hielt inne, und Mr. Campion gab keinen Kommentar dazu. Plötzlich sank Onkel William müde in seinen Sessel zurück, und in dem Blick, mit dem er den anderen bedachte, lag etwas rührend Jämmerliches.

»Sind Sie denn auch der Meinung, daß ich in einem verteufelten Schlamassel stecke?« fragte er.

Es rührte Mr. Campions Herz.« Sicher stecken Sie in der Klemme«, sagte er dann langsam, »aber ich glaube nicht, daß es so schlimm ist, wie es momentan aussieht. Allerdings weiß ich es noch nicht genau. Entschuldigen Sie, wenn ich Sie frage, aber darf ich davon ausgehen, daß diese Geschichte mit Sir Gordon Woodthorpe – nun ja, *bona fide* ist?«

»O ja, das ist die Wahrheit, bedauerlicherweise«, sagte

Onkel William, der offenbar noch immer nicht imstande war, die Bedeutung eines so hilfreichen Zeugen zu erkennen. »Natürlich wäre ich nicht imstande gewesen, so etwas zu tun«, fuhr er dann unvermittelt und mit umwerfender Offenheit fort. »Ich hätte Andrew gar nicht umbringen können. Ich hatte auch keine Rolle Strick bei mir, das weiß ich mit Sicherheit.«

Seine kleinen blauen Augen blinkten nachdenklich. »Da meine Figur nicht mehr das ist, was sie einmal war, trage ich einen sehr engsitzenden Mantel. Sehr schick, übrigens. Aber ich kann kein Gebetbuch mehr in die Tasche stecken, ohne daß es sich wie eine Taschenflasche abdrückt. Geschweige denn eine größere Rolle Strick! Die hätte jeder sehen können. Ich bin vielleicht ein bißchen vergeßlich, aber nicht schwachsinnig.«

Kein Zweifel, daß sich das meiste, was Onkel William sagte, auf diese Sache mit der Amnesie bezog.

»Es gibt natürlich nur sehr wenige Beweise dafür«, sagte Mr. Campion geistesabwesend, »daß Ihr Vetter zu dieser Zeit und an diesem Sonntag getötet worden ist.«

»Nun«, entgegnete Onkel William mit deutlicher Erleichterung, »dann kann ich es erst recht nicht gewesen sein. Ich kann genau nachweisen, wo ich seitdem gewesen bin. Ich hatte seit diesem Tag keinen meiner Anfälle mehr, Gott sei Dank, und außerdem war das Wetter so verdammt schlecht, daß ich kein dutzendmal außer Haus gewesen bin. Unter uns gesagt, es ist so friedlich ohne Andrew, daß ich gar nicht die Neigung hatte, vom Kamin wegzugehen.«

»Und dann ist da noch die Sache mit der Schußwaffe«, sagte Mr. Campion langsam. »Haben Sie jemals einen Revolver besessen?«

Der alte Mann überlegte. »Als ich gedient habe, natürlich, im Krieg«, sagte er. »ich war in Montreuil-sur-Mer stationiert – nicht, daß das wirklich am Meer gelegen hätte. Unlogische Menschen, diese Ausländer. Ich – ich hatte einen Stabsauftrag.«

Dazu bedachte er Campion mit wilden Blicken, als warne er ihn davor, nach weiteren Einzelheiten zu fragen.

»Ja, damals hatte ich einen Revolver. Ich habe ihn seitdem nicht mehr gesehen. Zum Teufel, ein Revolver gehört nicht zu den Dingen, die ein Gentleman im Privatleben braucht.«

»Stimmt«, antwortete Mr. Campion. »Was ist mit dem Ihren geworden?«

»Er liegt wahrscheinlich bei meiner Ausrüstung. Ich erinnere mich, daß ich das ganze Zeug in einen großen Koffer gepackt habe, der jetzt im ehemaligen Kinderzimmer steht. Ja, dort muß er wohl sein.«

»Dann sehen wir doch nach«, sagte Mr. Campion, den das Wort ›Kinderzimmer‹ wieder daran erinnerte, was ihm Joyce vor einer halben Stunde erzählt hatte.

»Was – jetzt?« Onkel William schien sich am liebsten gar nicht mehr bewegen zu wollen. »Dem Inspector habe ich gesagt, daß wir keine Schußwaffe im Hause haben und auch nie eine hatten«, erklärte er. »Ich hasse es, wenn einen die Polizei so mit Fragen bestürmt.«

Aber Mr. Campion ließ sich nicht so leicht abweisen. »Früher oder später werden sie ihn doch finden«, sagte er. »Ich glaube, es ist besser, wenn wir nachsehen. Ich fürchte nämlich, daß sie morgen das ganze Haus durchsuchen.«

»Das Haus durchsuchen?« wiederholte Onkel William entsetzt. »Das können sie nicht. Oder ist das jetzt unter dieser Labour-Regierung möglich? Ich erinnere mich noch, wie Andrew sagte: ›Wenn diese Schurken an die Macht kommen, sind nicht einmal mehr Haus und Heim eines Gentlemans vor ihnen sicher.‹«

»Wenn man erst einmal die Polizei ins Haus gerufen hat – und in einem schwerwiegenden Fall wie diesem war das nicht zu vermeiden –, dann stellt man bald fest, wie groß die Macht der Polizei ist. Im Kinderzimmer, sagten Sie?«

Immer noch knurrend erhob sich Onkel William. »Na schön«, stöhnte er. »Aber wir müssen leise sein. Die Frauen schlafen schon, sollten es jedenfalls. Ich weiß nicht, warum wir nicht bis morgen früh warten können. Es ist verdammt kalt dort oben. Nur wenn jemand krank ist, wird im Schlafzimmer ein Feuer gemacht. Das ist das spartanische Regime der alten Schule.« Er hielt hoffnungsvoll inne, doch Mr. Campion blieb hart. Daraufhin bediente er sich mit dem restlichen Whisky und der Sodaflasche, die noch auf der Anrichte standen, kippte den Drink hinunter und ging dann voraus nach oben.

Campion folgte der rundlichen, keuchenden Gestalt über die Treppe in die Dunkelheit der oberen Diele. Alles war still, und es roch ein wenig muffig. Onkel William bog um eine Ecke des Korridors und stieg über die nächste, schmalere Treppe in das zweite, weniger geräumige Obergeschoß des Hauses.

»Das Personal schläft auf dieser Seite«, flüsterte Onkel William und zeigte auf den Teil des Hauses, der sich über Großtante Faradays Zimmer und der unteren großen Halle befand. »Das Kinderzimmer ist auf der anderen Seite. Es ist jetzt eigentlich ein Speicherraum.« Er schaltete das Licht an, das einen Gang wie den im unteren Stockwerk erhellte, mit drei Fenstern auf der einen und drei Türen auf der anderen Seite. Hier waren die Teppiche abgetreten, die Farbe war abgeschabt, das Holz nicht poliert, und Campion nahm an, daß es wahrscheinlich noch genauso aussah wie in den Tagen, als der junge William und die kleine Julia sich hier gejagt hatten bis zu dem niedrigen, aus dünnen Holzlamellen geflochtenen Türchen, das die hintere Treppe vor den Kindern sicherte.

Onkel William öffnete die erste der drei Türen. »Da sind wir«, sagte er. »Diese zwei Zimmer sind zu einem einzigen gemacht worden. Es gab außerdem am Ende des Korridors einen Raum für die Kinderschwester, der jetzt als Rumpelkammer benützt wird.«

Als er das Licht anschaltete, wurde ein großer staubiger

Raum sichtbar. Er war noch mit den düsteren Relikten eines viktorianischen Kinderzimmers ausgestattet. Ein abgetretener roter Teppich bedeckte den Boden, und braun bemalte Schränke und eine Kommode standen steif vor der abscheulichen, blau und grün gemusterten Tapete. Vor dem offenen Kamin gab es ein Sicherheitsgitter aus engmaschigem Draht, und große Stahlstiche von streng religiösem Charakter wechselten mit bunt kolorierten Bibelsprüchen an den Wänden. Es war ein deprimierender Raum. Die Eisengitter vor den Fenstern waren vielleicht nützlich, aber alles andere als schön. Instinktiv warf Campion einen Blick auf das Oberlicht. Alles war genau so, wie Joyce es beschrieben hatte. Ein Stück Schnur hing verloren vom staubigen Fenster herunter, und es war klar, daß die Klemmöse, die sich am anderen Ende befunden hatte, entfernt worden war. Die übriggebliebene Schnur war einer Wäscheleine nicht unähnlich und dicker und rauher als die üblichen Vorhangseile.

William schien nicht zu bemerken, daß damit etwas nicht in Ordnung war. Er stand da und schaute sich um.

»Da ist der Koffer«, sagte er und deutete auf ein uraltes, komisches Lederungetüm, das schräg in einer Ecke stand, unter einem Globus und einem Stapel Bücher. Er ging darauf zu und trat dabei so vorsichtig wie möglich auf. Campion folgte ihm, dann räumten sie gemeinsam die Hindernisse aus dem Weg, und Onkel William klappte den Deckel auf.

Campion warf sehr interessiert einen Blick hinein. Ein schwach modriger Geruch schlug ihnen entgegen, und eine Motte flog heraus. Nach näherer Untersuchung fanden sie ein Paar Stiefel, eine Khakiuniform, ein Paar Reit-Breeches, zwei Uniformhosen, einen Sam Browne-Gürtel und einen Offiziershelm. Onkel William nahm die einzelnen Stücke heraus und legte sie auf den Boden.

»Ah«, sagte er, als schon der Boden des Koffers sichtbar wurde.

Campion kam ihm zuvor. Er hatte schon das Revolverhalfter in der Hand, knöpfte ihn auf. Drinnen steckten ein paar ölige Lappen, und das war alles.

»Gott steh mir bei!« sagte Onkel William.

11

Und dann zu Bett

Als sie wieder im Morgenzimmer waren, begann Onkel William erst nach einiger Zeit, zusammenhängende Gedanken von sich zu geben. Das Kunterbunt der Äderchen in seinem Gesicht hatte sich vervielfacht, und er schien an einem Punkt totaler Erschöpfung angelangt zu sein.

»Keine Spur von dem Revolver, Campion«, sagte er mit rauher Stimme. »Da geht etwas sehr Übles vor sich.«

Sein Begleiter enthielt sich taktvoll der Bemerkung, daß das ja eigentlich schon einige Zeit klar war, und der ältere Mann fuhr fort.

»Es muß auch Patronen gegeben haben«, sagte er. »Jetzt erinnere ich mich wieder genau. Sie lagen lose auf dem Boden des Koffers. Wenn die Polizei davon erfährt, steht mir wahrscheinlich das Wasser bis zum Hals.« Er senkte die Stimme und schaute zu Campion hinüber; dabei wurden seine kleinen blauen Augen wäßrig, als er endlich zu begreifen begann. »Weiß man denn, mit was für einer Kugel Andrew getötet worden ist?« fragte er. »Haben Sie da nichts gehört? Das ist schrecklich – wirklich schrecklich.«

Er setzte sich in den grünen Ledersessel und warf einen hoffnungslosen Blick auf die Whiskykaraffe. Seine schlimmsten Ahnungen wurden bestätigt, und er wandte sich wieder ab.

»Ich wollte, ich wüßte, wo dieser Schuft sich noch überall herumgetrieben hat«, bellte er plötzlich. »Ich dachte immer, Scotland Yard könne jeden Gesuchten innerhalb eines Tages finden?« Er richtete sich wieder auf. »Trotzdem, ich sollte vermutlich nicht von George reden. Nur weil ich seinen Namen gegenüber diesem Polizisten erwähnte, hat mir die alte Lady schon eine halbe Stunde lang Vorhaltungen gemacht. Es ist zum Verrücktwerden«, fuhr er fort, und sein Gesicht überzog sich wieder mit Zornesröte. »Warum soll ich eigentlich all diese Sorgen und Ängste ertragen, nur um einen erpresserischen Gauner zu schützen, der in seinem ganzen Leben keinen Tag lang sein Geld mit anständiger Arbeit verdient hat? Er ist wahrscheinlich ins Haus gekommen, hat den Revolver geladen und dann auf Andrew gewartet. Vorausgesetzt natürlich, daß Andrew mit meiner Waffe erschossen worden ist. Das steht ja noch nicht fest, oder?«

»Man kann es nicht aus den bisherigen Ermittlungen folgern«, sagte Campion milde. »Und selbst wenn er mit einem Armeerevolver erschossen worden ist – es gibt vermutlich mehrere hunderttausend Armeerevolver nebst Munition im ganzen Land.«

Onkel Williams Miene hellte sich auf. »Ja, das ist wahr«, sagte er. »Trotzdem möchte ich wetten, daß es George gewesen ist. Möchte wissen, wie er am Samstagabend zum Dinner gekommen ist. Niemand hatte ihn hereingelassen, müssen Sie wissen. Vielleicht hat er sich zuvor schon stundenlang durch das Haus geschlichen. Das wäre typisch für einen wie ihn. Tut so, als ob ihm das alles gehörte, wenn er hier ist, obwohl Mutter ihn immer wieder los wird, das muß man ihr lassen. Die alte Lady hat noch immer etwas von einer Amazone an sich, trotz ihres Alters.«

Er hielt einen Moment inne und schaute sein Gegenüber abwägend an. Dann fuhr er unvermittelt fort.

»Mir hat sich der Magen umgedreht, als er hereinkam, kurz nachdem das Uhrgewicht heruntergefallen ist. Wie eine Erscheinung. Sein schreckliches Aussehen, wie einer vom Südufer der Themse! Erinnerte mich an die Melodramen, die ich als Junge gesehen habe. Und die alte Lady versucht, ihn auch noch zu schützen, das ist es, was mich besonders empört.«

Mr. Campion, der über eine ungewöhnliche Gabe der

Zurückhaltung verfügte, stand gelassen gegen den Kaminsims gelehnt, während der Alte fortfuhr.

»Sie lebt zu sehr in der Vergangenheit«, behauptete Onkel William. »Die Skandale vergangener Zeiten bedeuten ihr mehr als jede Katastrophe, die sich heute und jetzt ereignen kann. Ich kann mir zwar nicht vorstellen, daß dieser George etwas sehr Wichtiges gegen sie in der Hand hat, aber man kann nie wissen. Denken Sie an den Anlaß, weshalb sie Andrew aus ihrem Testament ausgeschlossen hat.«

Mr. Campion gab sich interessiert. »Ein geringfügiger Anlaß?« fragte er.

»Das war damals meine Meinung«, gestand Onkel William. »Immerhin kann das alles meinen Vater, Gott segne ihn, jetzt nicht mehr ärgern. Aber es war dieses Buch von Andrew, das sie dazu getrieben hat, Andrew zu enterben. *Heuchler, oder: Die Maske des Lernens.* Ein verheerender Titel, ich erklärte es ihm schon damals.«

»Ich habe nie von dem Buch gehört«, sagte Mr. Campion.

»Kann ich mir denken«, erwiderte Onkel William grob. »Ich glaube kaum, daß davon mehr als ein halbes Dutzend Exemplare verkauft worden sind. Zu Mutter habe ich damals gesagt, es sei nicht wert, daß man sich darüber Gedanken macht, aber sie achtet grundsätzlich nicht auf das, was ich sage. Es zeigte freilich Andrews Unverschämtheit«, fügte er heftig hinzu, »und es geschah ihm recht, daß sie ihn enterbte. Können Sie sich vorstellen, daß einer von der Gnade seiner Tante lebt und zugleich ein Buch schreibt, das einen schamlosen, schurkischen Angriff auf seinen toten Onkel darstellt?«

»Einen Angriff auf Doktor Faraday?« fragte Mr. Campion.

William nickte. »Genau. Der gute Andrew stellte fest, daß derzeit die Memoirenliteratur sehr beliebt ist – alte Kammerdiener, die ihre Klubgeschichten auspacken und nach einiger Zeit die eigenen wiedererzählt bekommen –, und dabei kam er wohl auf die Idee, daß er sich ein paar Pfund verdienen könnte, wenn er Vater in die Pfanne haute. Er hat das Buch jedenfalls geschrieben – albernstes Geschmier, das ich je gelesen habe, und ich bin kein literarisch anspruchsvoller Mensch.«

»Wurde es denn verlegt?« fragte Mr. Campion.

»O ja. Irgendein Waschküchenverlag hat es herausgebracht. Glaubte, daß mit dem Namen meines Vaters ein gutes Geschäft zu machen wäre, nehme ich an. Andrew selbst erhielt sechs Freiexemplare und sonst nichts; ich vermute, der Verleger hat ihm ein bißchen was in bar ausgezahlt. Doch das war jetzt nicht mehr so wichtig für ihn«, fuhr er mit wachsendem Ärger fort, »denn sobald er seine sechs Exemplare hatte, schrieb der gute Andrew eine Widmung auf jedes der Vorsatzblätter und präsentierte jedem von uns eines der Bücher. Eines blieb übrig für das freie Zimmer. Mutter ließ sich das Buch von Joyce vorlesen. Nettes Mädchen, diese Joyce, ganz nebenbei«, bemerkte er. »Die einzige takt- und verständnisvolle Frau im ganzen Haus. Ja, also, und damit war Polen offen. Ich habe Mutter nie so wütend gesehen seit – seit langen Jahren. Sicher, unter normalen Umständen hätten wir klagen können wegen Verletzung der Familienehre oder so, aber von einem Verwandten, der vom Geld der Familie lebt, bekommt man schließlich keine Wiedergutmachung. Sehr scheußliche Situation. Mutter wählte die einzige Waffe, die ihr geblieben war. Sie ließ den alten Featherstone kommen und hat ihr Testament geändert. Ich habe, glaube ich, zu der Zeit ein Buch über einen Italiener gelesen, der in Amerika Bier verkauft, und aus dem habe ich mir einen Satz gemerkt. Ich sagte ihn zu Andrew, und der Satz lautete: ›Tu das doch mit einem Lachen ab, wenn du kannst.‹ Er hat in dem Sessel da drüben gesessen. Ich höre ihn jetzt noch fluchen.«

»Das Buch hätte ich gern einmal gesehen«, sagte Mr. Campion.

»Ach ja?« Onkel William bemühte sich, es dem jungen Mann recht zu machen, da er inzwischen herausgefunden hatte, daß er der einzige Mensch von Bedeutung war, der sich ihm gegenüber einigermaßen freundlich verhielt. »Ich habe ein Exemplar davon. Die alte Lady hat alle vernichtet, die sie in die Hände bekam, aber ich habe meines aufgehoben.« Er senkte die Stimme. »Ganz unter uns, ich glaube, es war zumindest zur Hälfte wahr. Wir Faradays sind keine Heiligen. Auch der alte Herr war nur ein Mensch, genau wie wir alle.« Er stand auf. »Ich nehme an, Sie gehen jetzt zu Bett?« fragte er. »Dann bringe ich Ihnen zuvor noch das Buch. Sie können es ja in Ihrem Koffer verstecken. Es steht mein Name drin.«

Die beiden Männer gingen gemeinsam nach oben, und Campion blieb an der offenen Tür von Onkel Williams Zimmer stehen, während der ältere Mann zwischen den Büchern kramte, die auf dem Regal neben dem Bett standen. Campion hatte den Eindruck eines ziemlich unaufgeräumten Zimmers, so unordentlich und chaotisch wie die Gedanken seines Bewohners. Er hatte allerdings nicht viel Zeit für Beobachtungen, denn Onkel William kam gleich darauf zurück mit einem schmalen Bändchen, das in braunes Papier eingebunden war.

»Ich habe ›Omar Khayyam‹ daraufgeschrieben, für den Fall, daß es jemand auf dem Regal entdeckt«, flüsterte er. »Also dann, gute Nacht, und – äh – na ja, das habe ich schon vorhin gesagt.« Er legte eine schwere Hand auf die Schulter des jungen Mannes, schaute ihm dann in die Augen und sprach mit großem Ernst. »Ich sage Ihnen das von Mann zu Mann: Es ist meine feste Absicht, das Trinken sein zu lassen. Kein Glas mehr, bevor diese Geschichte vorüber ist.« Dazu nickte er gewichtig, verschwand dann in sein Zimmer und zog die Tür hinter sich zu.

Angesichts der leeren Karaffe unten im Morgenzimmer fand Mr. Campion diese Erklärung ziemlich überflüssig. Aber er sagte nichts und zog sich in sein eigenes Zimmer zwei Türen weiter auf demselben Korridor zurück.

Es war jetzt fast Mitternacht, und aus einem Grund, den er

nur höchst ungern zugegeben hätte, war ihm nicht danach zumute, das Haus vor dem kommenden Morgen zu verlassen. Stanislaus hätte, das war seine Überzeugung, in dieser Nacht ohnehin nicht mehr viel unternehmen können.

Das Gästezimmer auf Socrates Close war ein großer, bequemer Raum, ausgestattet mit Möbeln, wie sie kein Mensch je zu seinem eigenen Gebrauch gekauft hätte. Eine Sitzgarnitur aus Rosenholz, ein eher unschöner Lehnsessel, bemerkenswerte Blumentapeten, bei denen wieder der Botaniker an der Arbeit gewesen sein konnte, und eine Ansammlung von Bildern, die, wie Mr. Campion bemerkte, allzu vertrauensvoll die Religiosität des Gastes voraussetzten, und das Ergebnis war ein Raum, der zwar bequem sein mochte für das Fleisch, aber etwas verwirrend für den Geist.

Campion zog sich aus, ging zu Bett, schaltete die Leselampe ein und machte sich an Onkel Andrews Skandalschrift. Die Widmung auf dem Schmutzblatt verriet einen höchst zweifelhaften Geschmack im Hinblick auf das Thema des Buches.

Für meinen Vetter William Faraday, einen wahren Sohn seines Vaters; durch die genaue Beobachtung seiner Anlagen habe ich viel Verständnis gewonnen für den komplizierten Charakter, der Gegenstand dieses Buches ist. Mit dem besten Dank des Verfassers!

Es gab auch ein Frontispiz und die Reproduktion einer altmodischen Photographie von Dr. John Faraday. Kein sympathisches Gesicht, sehr ernst und ohne jeden Humor. Lange, löffelförmige Koteletten unterstrichen den schmalen Kiefer, und der Mund war zusammengezogen und faltig wie die zugezogene Öffnung eines Einkaufsbeutels.

Mr. Campion begann zu lesen. Onkel Andrews Stil zeichnete sich nicht gerade durch besondere Feinheit aus, hatte aber gewisse Qualitäten, was die Bösartigkeit betraf. Andrew

Seeley schrieb mit einem Eifer und einer Gehässigkeit, die das Ganze doch noch lesenswert machten. Campion wunderte sich allerdings, daß ein Verlag bereit gewesen war, die Veröffentlichung einer so bösartigen Attacke zu riskieren, und nahm an, daß Andrew seinen Einfluß durch seine Position in der Familie vermutlich höher angesetzt hatte, als er tatsächlich war. Dr. Faraday, seiner akademischen Ehren beraubt, erschien als ein kleinlicher, engstirniger, egozentrischer Mensch, der scinc Mängel hinter einem heuchlerischen Mäntelchen aus Scheinheiligkeit und dem Charme seiner Frau zu verbergen verstand. Einige etwas peinliche Geschichten aus seiner Jugend waren vom fleißigen Andrew entweder ausgegraben oder erfunden worden, und der berühmte Doktor kam einem danach vor wie ein aufgeblasener, viktorianischer Popanz mit überraschenden Charakterzügen, für die die moderne Psychologie lange und unangenehme Namen erfunden hat. Andrew kannte die meisten dieser Begriffe und benützte sie hemmungslos.

Als Mr. Campion die ersten drei Kapitel gelesen und einen kurzen Blick auf den Schluß geworfen hatte, schlug er das Buch zu und bedauerte den dahingegangenen Wissenschaftler und Würdenträger, ganz gleich, wie er als Privatmann gewesen sein mochte.

Er schaltete das Licht aus und versuchte zu schlafen, mit dem Vorsatz, so früh wie möglich am kommenden Morgen den Inspector anzurufen.

Einige Zeit später wachte er plötzlich auf, fuhr im Bett hoch und lauschte. Die schweren Vorhänge vor den Fenstern schlossen alles Licht aus, so daß die Dunkelheit fast greifbar war und das Haus wie schwarze Baumwolle füllte. Campion gehörte zu denen, die voll im Besitz ihrer geistigen und körperlichen Fähigkeiten sind, sobald sie die Augen geöffnet haben, und er empfand sofort eine erdrückende Vorahnung. Einen Moment lang hatte er den Eindruck, als sei das Haus ein krankes Lebewesen mit vielen raschelnden Petticoats, das verängstigt in der gnadenlosen Finsternis kauerte. Jetzt war alles still, aber er wußte, daß ihn irgendein Geräusch geweckt haben mußte. Er hatte die vage Ahnung, daß es das behutsame Schließen einer Tür gewesen war.

Eine Weile blieb er, wo er war, die Augen geschlossen, die Ohren gespitzt, um auch das geringste Geräusch, die leiseste Bewegung wahrzunehmen. Schließlich hörte er in einiger Entfernung, wie Holz leise gegen Holz knirschte.

Er sprang aus dem Bett, schlich zur Tür und ging dann ohne ein Geräusch hinaus auf den Korridor.

Das Mondlicht strömte durch die Fenster auf den Gang, und selbst dieses gespenstisch-fahle Licht war angenehmer als die erschreckende Dunkelheit in seinem Zimmer. Einen Augenblick lang stand er wie gelähmt da. Dann bewegte sich etwas am anderen Ende des Korridors, und er vernahm flüchtiges Rascheln.

Er ging darauf zu, und seine Füße machten kein Geräusch auf dem dicken Teppich. Einen Augenblick lang wurde ihm bewußt, daß sein Benehmen ziemlich fragwürdig war für einen Gast, der die erste Nacht in diesem Haus verbrachte, aber am Ende des Korridors blieb er abrupt stehen.

In der Mitte der oberen Diele, im vollen Licht des Mondes, das durch die Fenster hereinfiel, stand die in einen Pyjama gekleidete Gestalt von Onkel William. Die Augen traten ihm aus den Höhlen, und sein Gesicht war von Angst und Entsetzen verzerrt. Er hielt den rechten Arm steif vom Körper ab, und als Campion ihn sah, merkte er, daß sich Onkel William im Zustand eines schweren Schocks befand.

Ein Fleck, schwarz im Mondlicht, überzog Hand und Handgelenk, und von den Fingerspitzen tropfte es erschrekkend zu Boden. In dem Augenblick, den Campion benötigte, um die Gestalt genauer ins Auge zu fassen, wurde die Tür zu Tante Kittys Zimmer auf der anderen Seite der Diele aufgerissen, und eine kleine, zerzauste Gestalt erschien auf der Schwelle. Sie richtete die Augen auf William, und gleich danach hallte ein schriller Entsetzensschrei durch das im Schlaf liegende Haus.

Der ältere Mann fuhr herum und versteckte hastig die Hand hinter seinem Rücken. Dazu fluchte er heftig und vergaß völlig, daß er sich bis dahin bemüht hatte, so leise wie möglich zu sein. Das ganze Haus dröhnte von seiner Stimme. Türen öffneten sich im oberen Stockwerk, und Joyce erschien aus ihrem Zimmer auf der anderen Seite der Diele. Sie war schlaftrunken; das Haar fiel ihr über die Schultern und über ihren Morgenmantel.

»Was ist? Was ist los? Tante Kitty, was machst du denn?«

Die kleine Gestalt in dem wuscheligen Flanellnachthemd schwankte heraus ins Mondlicht.

»Seine Hand! Seine Hand!« rief Tante Kitty atemlos. »Schaut doch seine Hand an! Sicher ist schon wieder jemand ermordet worden!« Und dann brach erneut ein dünner hysterischer Schrei über ihre Lippen.

In diesem Augenblick öffnete sich die Tür zu Großtante Carolines Zimmer, und eine Gestalt, winzig klein ohne die vielen Unterröcke, trat heraus zu ihnen. Großtante Carolines Nachtbekleidung war so erlesen wie alle ihre anderen Kleidungsstücke. Sie war eingehüllt in hauchdünne Schals aus Shetlandwolle, und ihr kleines, dunkles Gesicht schaute aus einer riesigen, spitzenbesetzten Nachthaube hervor, deren Seidenbänder sie unterm Kinn zusammengebunden hatte. Selbst in einem solchen Augenblick beherrschte sie mühelos die Szene.

»Was ist das für eine Unruhe?«

Der Klang ihrer Stimme brachte Tante Kitty wirkungsvoll zum Schweigen, obwohl sie dicht vor einem weiteren hysterischen Ausbruch gestanden hatte.

»William, was machst du hier? Joyce, geh wieder in dein Zimmer.«

Onkel William sagte nichts. Er stand da, die Augen groß und rund, den Mund weit aufgerissen, die Hand noch immer auf dem Rücken versteckt, eine unter diesen Umständen groteske und absurde Geste.

»Antworte mir, William!« Großtante Faradays Stimme klang so befehlend wie eh und je.

Mr. Campion trat ins Licht, und William, der jemanden hinter sich gehört hatte, fuhr herum und verbarg seine Hand vor dem Rest der Gruppe. Campion hörte, wie Joyce rasch und heftig die Luft einsog, und die alte Mrs. Faraday kam weiter heraus auf die Diele. Campion fing Onkel William gerade noch auf, bevor er zu Boden stürzte.

»Jemand soll das Licht einschalten«, sagte Mr. Campion.

Es war Joyce, die seinem Befehl nachkam. Das Licht erhellte die Szene, und Campion beugte sich mit einem Seufzer der Erleichterung über den älteren Mann. Onkel William war nicht ernsthaft verletzt; er unternahm sogar einen freilich vergeblichen Versuch, sich ohne fremde Hilfe aufzurichten.

»Es ist nichts passiert«, sagte er mit belegter Stimme. Er hob den Arm bei dem Versuch, sich hochzudrücken, und dabei sah man wieder seine Hand. Sofort erklärte sich das, was sie alle so entsetzt hatte. Er hatte zwar eine tiefe gezackte Wunde, die von den Knöcheln bis zum Gelenk reichte, aber die entsetzlichen Tropfen an den Fingern waren kein Blut, sondern Jodtinktur, und er schien sich die ganze Flasche auf seine Verletzung gekippt zu haben.

In diesem Augenblick ereignete sich der zweite bemerkenswerte Vorfall.

»Ich dulde das nicht! Madame, Sie holen sich in der Kälte den Tod!«

Eine scharfe Stimme vom oberen Ende der Treppe hatte zur Folge, daß sich alle nach ihr umdrehten. Zugleich kam eine mächtige Gestalt in einem langen, weißen Kattunnachthemd die Treppe herunter. Campion erkannte erst zuletzt in dieser kommandierenden Gestalt die freundliche Alice mit dem gutmütigen Gesicht, die er zuletzt gesehen hatte, als sie Onkel

William den Whisky ins Morgenzimmer brachte. Ihr Haar, streng aus dem Gesicht gekämmt, war zu einem festen Zopf geflochten, und Sorge und Ärger hatten ihr Gesicht völlig verändert. Sie wandte sich der Gruppe zu, als hätte sie es mit lauter Geistesgestörten zu tun.

»Ihr bringt sie um«, sagte sie heftig. »Ihr bringt sie um, wenn ihr sie mit eurem Geschrei und Lärmen herauslockt auf die kalte Diele. Hat sie nicht schon genug Kummer mit euch, ohne daß man sie mitten in der Nacht aus dem Schlaf reißt? Sie ist die einzige Person hier, um die ich mir wirklich Sorgen mache.«

»Alice!« Großtante Carolines Stimme erhob sich protestierend, aber sie ging unter in dem zyklonischen Ausbruch.

Alice ging an Onkel William vorbei, ohne auch nur einen Blick an ihn zu verschwenden, und beugte sich jetzt über ihre Herrin.

»Kommen Sie wieder ins Bett, Madam?« fragte sie, und es war ein Befehl.

Großtante Faraday antwortete nicht, rührte sich auch nicht von der Stelle, und die andere Frau, die noch größer und gewaltiger geworden zu sein schien, als sie unter ihnen stand, nahm ihre Herrin, als sei sie eine Puppe oder ein kleines Kind, und trug sie in die Dunkelheit ihres Schlafzimmers zurück.

Das geschah so mühelos, daß es Campion als eine erstaunliche Zurschaustellung weiblicher Kraft vorkam. Ja, es war so, als habe Alice ganz nebenbei ein ungehorsames Kätzchen wieder in sein Körbchen gelegt.

Als die Tür von Tante Faradays Zimmer mit Nachdruck geschlossen worden war, richtete sich das allgemeine Interesse wieder auf Onkel William. Campion half ihm auf die Beine, und dann stand er da mit offenem Mund und zitterte heftig. Der junge Mann wandte sich an Joyce.

»Bringen Sie Ihre Tante wieder zu Bett«, murmelte er. »Ich kümmere mich um Mr. Faraday.«

Das Mädchen nickte und ging hinüber zu Tante Kitty, die hilflos mitten auf der Diele stand und die Hände rang, wobei ihr die Tränen über das faltige alte Gesicht liefen.

Campion stützte Onkel William auf dem Weg in sein Zimmer, wo er sich auf die Bettkante setzte, vor und zurück schwankte und Unverständliches murmelte. Wäre der Alte eine Frau gewesen, dann hätte Mr. Campion eine Ohnmacht infolge eines Schocks diagnostiziert. Aber so schob er die kurze Bewußtlosigkeit auf ein bisher unerkanntes Herzleiden.

Er betrachtete eingehend die Verletzung an der Hand, und sein Interesse richtete sich wieder ganz darauf. Es war kein gewöhnlicher Kratzer, sondern eine tiefe Riß- oder Schnittwunde, wie ein Messerstich, der sein eigentliches Ziel verfehlt und die abwehrende Hand getroffen hatte. Das Jod hatte ihr scheußliches Aussehen verstärkt, aber die Blutung gestillt. Je länger Mr. Campion die Wunde betrachtete, desto mehr bestärkte sich in ihm der höchst unangenehme Gedanke, daß die Serie der ungeheuerlichen Ereignisse hier auf Socrates Close noch nicht zu Ende war.

»Wie sind Sie dazu gekommen?« fragte er und zeigte dazu auf die Wunde.

Onkel William nahm die Hand wieder auf den Rücken. In seinen wäßrig blauen Augen schimmerte ein eigensinniger Funke.

»Kümmern Sie sich verdammt um Ihre eigenen Angelegenheiten«, erwiderte er und sprach mit einer Bösartigkeit, die offensichtlich durch seine Angst noch verstärkt wurde.

»Entschuldigen Sie«, sagte Campion. »Ich nehme an, jetzt geht es Ihnen wieder einigermaßen gut.«

Als er sich der Tür zuwandte, streckte ihm Onkel William flehend die linke, unverletzte Hand entgegen.

»Gehen Sie nicht, um Himmels willen, bleiben Sie da, guter Freund«, sagte er. »Ich brauche einen Drink. Ich bin gleich wieder der alte, wenn ich einen Schluck zu trinken bekomme. Unter uns gesagt, ich hab' einen ganz schönen Schreck erlebt. Bitten Sie Joyce – ja, ganz richtig, Sie müssen Joyce fragen. Sie besorgt mir sicher einen Schluck Weinbrand. Die alte Lady hat ihr die Schlüssel anvertraut.«

Mr. Campion hatte Glück: Er traf Joyce auf der Diele. Sie war blaß und verschreckt, aber trotzdem ein äußerst tüchtiges und praktisches Mädchen.

»Na schön«, flüsterte sie in Antwort auf seine Bitte. »Gehen Sie nur wieder zu ihm hinein, ich bringe die Flasche und das Glas. Haben Sie erfahren, von wem er angegriffen worden ist?«

Die abrupte und unvermittelte Frage, die so gut zu Campions eigenen, hastig formulierten Theorien paßte, erschreckte den jungen Mann.

»Er wird, fürchte ich, gar nichts darüber verraten«, flüsterte er zurück.

Sie hielt inne und schien etwas sagen zu wollen, änderte jedoch ihre Absicht und eilte ohne ein weiteres Wort die Treppe hinunter. Campion ging wieder hinein zu Onkel William.

Er saß noch immer auf der Bettkante, und seine nackten Füße standen auf dem dicken Wollteppich. Er sah elend und merkwürdig verschreckt aus, aber als er Campion sah, riß er sich zusammen und zwang sich zu einem Lächeln.

»Ich glaube, ich hab mich ein bißchen zum Narren gemacht«, sagte er in dem aussichtslosen Versuch, es leicht klingen zu lassen. »Aber ich hab' schon immer große Stücke auf Jodtinktur gehalten – das kommt vermutlich von der Ausbildung beim Militär. Wenn man sich verletzt hat, drückt man am besten einen mit Jod getränkten Wattebausch darauf. Es brennt zwar furchtbar, aber es hilft. Spart einem viel Ärger danach. Leider war meine Hand ein bißchen unsicher – ich war halb im Schlaf, wissen Sie –, und ich hab die Flasche über die Hand ausgekippt. Ach, wahrscheinlich werde ich alt – ich weiß nicht.«

Campion betrachtete wieder die Wunde. »Sie sollten sie bandagieren«, bemerkte er. »Es ist doch ein recht tiefer Riß. Gibt es so etwas hier im Haus?«

»Im Erste-Hilfe-Kasten auf der Diele, wo ich auch das Jod besorgt habe.« Onkel William betrachtete seine verletzte Hand, und aus der Wunde trat wieder ein wenig Blut. »In dem Eichenholzschrank vorne auf der oberen Diele. Aber gehen Sie nicht, sonst wecken Sie das Haus noch eimal auf, wie ich zuvor. Hier, in der obersten Schublade, ist ein großes Taschentuch, das genügt auch. Was bin ich bloß für ein Pechvogel! Das Mädchen braucht aber lange mit dem Drink. Bei meinem Pech ist vielleicht gar nichts mehr im Haus. Ach, was nützt es einem schon, in einem Land zu leben, wo es keine Prohibition gibt, wenn man nichts Alkoholisches im Haus hat? Sobald ich meine Erbschaft in der Tasche habe, gehe ich nach Amerika. Zu blöd, ausgerechnet nach Amerika gehen zu müssen, um einen Drink zu bekommen!«

Mr. Campion kam zurück mit dem Taschentuch und betrachtete noch immer skeptisch die Wunde, die so aussah, als sollte sie eigentlich mit ein paar Stichen genäht werden. Aber in diesem Moment kam Joyce herein, in der einen Hand ein Glas, in der anderen eine Karaffe. Bei ihrem Anblick erhob sich Onkel William augenblicklich.

»Ein gutes Mädchen«, sagte er. »Die einzige Medizin, die mir jemals geholfen hat. Schenken Sie mir ein, meine Liebe, sind Sie so nett? Ich fürchte, ich kann meiner Hand nicht trauen.«

Als sie ihm das Glas reichte, sah sie zum erstenmal das Ausmaß der Verletzung und stieß einen unterdrückten Schrei aus.

»Oh, wie konnte das passieren? Wer hat das getan?« platzte es aus ihr heraus.

Onkel William trank das Glas in einem Zug aus und setzte sich wieder auf die Bettkante. Der hastig geschluckte Alkohol brachte ihn zum Husten, und sein Gesicht bekam wieder eine gesündere Farbe. Als Joyce ihre Frage wiederholte, blinzelte er sie an.

»Ja«, echote er, »wie konnte das passieren? Ganz verteufelte Geschichte. Ich hab Katzen noch nie leiden können. Böse, gefährliche Biester. Eine große schwarze Katze war hier in meinem Zimmer. Ich wollte sie rauslassen, und sie hat mich gekratzt.«

Nachdem er das von sich gegeben hatte, was er für den entscheidenden, zentralen Teil seiner Geschichte hielt, lieferte er mit wiederkehrendem Selbstvertrauen noch ein paar ergänzende Details.

»Muß irgendwie von draußen reingekommen sein. Weiß auch nicht, wie sie das geschafft hat. Aber jetzt ist sie weg.«

Er schaute sich um, als wollte er sich noch einmal vergewissern. Das Mädchen warf einen skeptischen Blick auf Campion, dessen Gesicht weder Glauben noch Zweifel ausdrückte.

»Ich hab mir gesagt«, fuhr Onkel William jetzt mit geradezu erschreckender Begeisterung fort, »ein Kratzer einer Katze kann gefährlich sein. Also bin ich hinaus zum Erste-Hilfe-Kasten in der Diele, und den Rest kennen Sie.«

Er schien zu glauben, daß die Angelegenheit damit erledigt sei, doch Joyce gab sich keineswegs zufrieden.

»Eine Katze?« fragte sie. »Sind Sie sicher?«

Trotz seiner zitternden Hand schenkte sich Onkel William noch einen Weinbrand ein.

»Ich sagte, es war eine Katze, und ich meine auch, daß es eine Katze war«, erklärte er in dem Versuch, sich würdevoll aus der Affäre zu ziehen.

»Aber Onkel William, Sie können doch nicht von uns verlangen, daß wir Ihnen so etwas glauben!« protestierte Joyce. »Wie könnte eine Katze hier hereingekommen sein?«

»Das weiß ich auch nicht.« Während er sprach, hatte ihr der Alte den Rücken zugekehrt. »Ich sage nur, was ich gesehen habe. Ich hatte mein Fenster unten einen Spalt offen, wie

Sie selbst noch sehen können. Ich wachte auf, als ich das – das Ding hörte. Und ich hasse diese Kreaturen. In der Hinsicht bin ich wie der alte Roberts. Er konnte sie nicht leiden, und ich kann sie auch nicht leiden. Ich habe das Biest also gepackt, und als ich es zum Fenster hinausstoßen wollte, hat es mich gekratzt. Das ist alles – ist das denn nicht klar und deutlich? Ich verstehe nicht, wieso ihr ein solches Theater macht.«

Das Mädchen errötete. »Na schön. Geben Sie mir das Taschentuch, Mr. Campion, dann verbinde ich ihm die Hand. Aber Sie müssen morgen zum Arzt, Onkel William.«

»Lassen Sie nur, meine Liebe. Das wird schon wieder. Ich habe schon viele Wunden gehabt, und sie sind alle verheilt.«

Onkel William bemühte sich noch immer um Würde, aber in seinen Augen war ein verstohlenes Unwohlsein zu erkennen. Nachdem die Bandage fertig war, entstand eine kurze und peinliche Diskussion darüber, ob die Karaffe hierbleiben sollte oder nicht. Man kam zu einem Kompromiß, und die beiden jungen Leute ließen den alten Mann im Bett zurück, wobei sie ihm noch ein Schlückchen Weinbrand auf den Nachttisch stellten. Draußen auf dem Korridor wandte sich Joyce an Campion.

»Was ist denn da passiert?« flüsterte sie.

Der junge Mann schien besorgt zu sein. »Ich bitte Sie«, sagte er, »bringen Sie das Zeug nicht mehr nach unten. Nehmen Sie es mit in Ihr Zimmer, lassen Sie die Flasche in der Diele stehen, oder was auch immer. Und wenn Sie die Tür Ihres Zimmers zugemacht haben, drehen Sie den Schlüssel um.«

Sie schaute ihn fragend an, aber er sagte nichts mehr, und sie ging, wobei sie auf dem Weg in ihr Zimmer das Licht in der Diele ausschaltete.

Campion blieb noch einen Moment stehen, ehe er sich umdrehte und zurückging in sein Bett. Als er dabei an der Tür von Onkel Williams Zimmer vorbeikam, hörte er ein leises Geräusch von drinnen und blieb stehen, um zu lauschen. Ein paar Sekunden später ging er weiter zu seinem Zimmer; sein Gesicht war sehr ernst, und seine blassen Augen waren zu schmalen Schlitzen zusammengekniffen.

Das Geräusch, das er gehört hatte, stammte daher, daß auch Onkel Williams Tür sachte von innen zugesperrt wurde.

12

Im Stadium der Beratung

Mr. Campion zündete sich eine Zigarette an und ließ sich in einen protestierenden Korbsessel vor dem offenen Kaminfeuer in dem kleinen Zimmer von ›The Three Keys‹ sinken, das Inspector Oates gemietet hatte, um sich gelegentlich ein wenig zurückziehen zu können – ein Luxus, den er angesichts des Aufsehens, welches der Fall in Cambridge erregte, für gerechtfertigt hielt.

Wie alle Gästezimmer, die von einfallslosen Hoteliers ausgestattet worden sind, verbreitete es eine Atmosphäre von herablassender, wenn nicht gar widerwilliger Gastfreundschaft. Selbst das Feuer hielt sich zu sehr zurück hinter den schmalen Stangen des Funkengitters.

Campion warf einen Blick auf die kleine Uhr mit der lauten Stimme, die auf dem Kaminsims stand. Mr. Oates mußte jeden Moment von der gerichtlichen Voruntersuchung im Todesfall Andrew Seeley zurückkommen. Es war vermutlich die formellste aller formellen Angelegenheiten, wahrscheinlich nicht viel mehr als die Bekanntgabe der Vertagung. Zum erstenmal seit seiner Ankunft in Cambridge fühlte sich Campion wirklich allein, und er gestattete sich, in Muße darüber nachzudenken, daß aktive Erlebnisse, so anstrengend sie auch sein mochten, letzten Endes viel weniger an den Nerven zerrten als die quälende Beobachtung einer langsamen, aber unerbittlichen Nemesis, die zweifellos Socrates Close und seine Bewohner in ihrem Griff hatte.

Er war froh, hier in dieser neutralen Umgebung sitzen und die Angelegenheiten mit kühlem Abstand betrachten zu können; die Atmosphäre in dem großen alten Haus hatte bedrückend auf ihn gewirkt, eine unparteiische Sicht weitgehend verhindert und ihn derart vereinnahmt, daß er das Leben nur noch innerhalb der engen Grenzen dieses Hauses zu sehen vermochte.

Zwei Morde waren also begangen worden, zu zwei verschiedenen Zeitpunkten: die einzigen Tatsachen, die klar und deutlich herausragten aus dem Mischmasch von unbestätigten Ereignissen, Tendenzen und Motiven, in den man ihn gestoßen hatte. Onkel William, der zunächst offensichtlich als Täter in Frage kam, kam als solcher immer weniger in Frage, je mehr sich Campion mit ihm befaßte.

Der Zwischenfall der vergangenen Nacht stand deutlich vor ihm. Ganz offensichtlich war Onkel William das Opfer eines Überfalls geworden. Außerdem war er betrunken gewesen. Die Tatsache, daß er sich so hartnäckig geweigert hatte, auch nur ein Wort über seinen Angreifer zu verlieren, war gar nicht typisch für ihn. William war nicht der Mann, der einen anderen schützte, und man konnte sich auch kaum vorstellen, daß er einen so dramatischen und raffinierten Zwischenfall samt Selbstverstümmelung inszenieren würde. Mr. Campion schauderte beim Gedanken an das Theater, das von Onkel William veranstaltet worden wäre, wenn er tatsächlich die Idee gehabt hätte, auf diese Weise den Verdacht von sich abzulenken. Aber zweifellos wäre er unverletzt daraus hervorgegangen, ohne die tiefe Wunde, die Doktor Lavrock an diesem Vormittag mit drei Stichen genäht hatte.

Konnte man also Onkel William von der Liste der Schuldigen streichen, so blieben immerhin seine Angst, seine versperrte Tür und dieses Element des Heimlichen, Verstohlenen, das in dem alten Haus herrschte – und das Campion einerseits dazu veranlaßt hatte, Joyce zu raten, ihre Tür abzusperren, ihn selbst andererseits dazu, seine eigene Tür halb offen zu lassen, wachzubleiben und auf eventuelle leise Schritte draußen im Korridor zu lauschen.

Aber wenn man Onkel William als Verdächtigen ausschließen konnte – wer war dann derjenige, der hinter diesen aberwitzigen Verbrechen stand? War es der gleiche Geist, der auf die absurde Idee gekommen war, einem Mann Hände und Füße zu fesseln, ehe er ihn mit einem Kopfschuß ins Jenseits beförderte?

An diesem Punkt seiner Meditationen kehrte der Gedanke, der den ganzen Vormittag in seinem Unterbewußtsein geschlummert hatte, mit Macht zurück. War Alice nicht die rotäugige Frau mit dem freundlichen Gesicht, die der Polizei die Tür geöffnet hatte, sondern dieses mit herkulischen Kräften ausgestattete Elementarwesen im weißen Kattunnachthemd, dessen fanatische Liebe zu seiner Herrin bei der Szene auf dem Treppenabsatz in der vergangenen Nacht sich so überzeugend gezeigt hatte? Sie verfügte sicherlich über genügend Kraft, daß es ihr gelungen wäre, auch Andrew zu überwältigen. Sie kannte den Haushalt so gut, wie es für den Täter nötig gewesen war, und außerdem, und davon war Campion in beunruhigender Weise überzeugt, besaß sie auch den Mut, den man zu einer solchen Tat brauchte. Aber – und an diesem Punkt stockten seine Gedanken – ihr fehlte zweifellos die Verrücktheit, die hinter den Taten steckte, und die intellektuelle Raffinesse. Dafür hätte es einen Komplicen geben müssen, oder besser, einen Anstifter.

In der schützenden Neutralität von Inspector Oates' Hotelzimmer dachte er über Mrs. Caroline Faraday nach.

Hier hatte er die bemerkenswerte Persönlichkeit mit intellektueller Raffinesse, eine Frau, die sich auf ihre alten Tage einen scharfen Verstand bewahrt hatte, während ihr dabei sämtliche Emotionen verlorengegangen waren.

Aus einem rein altruistischen Blickpunkt gab es mehrere Gründe, weshalb die Menschen aus Socrates Close, dieser kleinen Welt, die sie so vollkommen beherrschte, ohne Andrew Seeley besser zurechtkommen würden. Als er über bestimmte Charakterzüge des Toten nachdachte, wie sie sich ihm gezeigt hatten, war Campion davon überzeugt, daß es noch viele andere Gründe geben mußte, auch wenn sie nicht so offen auf der Hand lagen. Das Motiv für den Mord an Julia mußte erst noch gefunden werden. Doch auch sie schien alles andere als eine angenehme Frau gewesen zu sein. Sie war engstirnig gewesen, mürrisch und dogmatisch – lauter entscheidende Verstöße in einer kleinen und abgeschlossenen Gruppe von Menschen.

Wenn man dem Tod so nahe ist, verliert das Leben viel von seiner Bedeutung. Mrs. Faraday hatte es erst am Tag zuvor selbst gesagt. War es denkbar, daß sie diese Taten veranlaßt hatte und die Kraft, den Mut und das blinde Vertrauen von Alice in ihre Herrin als Mittel benützte?

Campion stand auf und warf seine Zigarette ins Feuer. Jetzt war nicht die Zeit für Spekulationen, sagte er sich. Mutmaßungen bringen dich nicht weiter, dachte er, und drehte sich daher mit großer Erleichterung um, als der Inspector den Raum betrat.

»Hallo, Campion.« Mr. Oates' üblicher düsterer Blick hellte sich vorübergehend auf. Er faltete seinen Regenmantel ordentlich zusammen und legte ihn auf den Tisch, dann den Hut obendrauf. »Vertagt bis Dienstag«, sagte er. »Der alte William Faraday hat den Toten identifiziert. Ich sah, daß er einen Arm in der Schlinge trug. Ist etwas passiert?«

»Ja und nein, wie man es nimmt«, sagte Mr. Campion. »Aber machen Sie es sich doch in einem Ihrer Sessel bequem. Der aus Korbgeflecht ist eine knarrende Enttäuschung. Nehmen Sie lieber den mit den Messingknöpfen.«

Der Inspector setzte sich und holte seine Pfeife heraus. »Hoffentlich halten Sie mich nicht lange auf – es sei denn, Sie hätten mir etwas Wichtiges zu berichten«, sagte er. »Ich möchte noch einmal hinunter an den Fluß und mir diese Stelle genau anschauen. Gestern hatte ich nur Zeit für eine kurze Inspektion. Es ist mir völlig klar, daß wir die Tatwaffe brauchen, wenn wir etwas aus der Sache machen wollen. Die Vorverhandlung für die Frau ist auf Montag anberaumt. Ich verstehe nicht, wieso diese Coroner nicht zwei Sitzungen an einem Tag abwickeln können. Aber ich glaube kaum, daß sie diesen Fall länger als bis Mittwoch vertagen, es sei denn, wir können ihnen eine Hauptverhandlung und eine Verurteilung in Aussicht stellen. Wie ich sehe, halten sich die Zeitungen einigermaßen zurück. Vermutlich riechen sie, daß es sich um einen für sie unergiebigen Fall handelt.«

»Ich habe einem Bekannten beim *Comet* im Vertrauen mitgeteilt, daß ich nicht an irgendwelche weiteren Entwicklungen glaube«, sagte Campion.

Stanislaus schaute ihm scharf in die Augen. »Sie haben also etwas gefunden!« sagte er.

»Seien Sie nicht unfair«, antwortete Mr. Campion. »Sie wissen genau, wie ich zu der Sache stehe. Ich bin nicht der schlaue Amateur, der dem bedeutenden Kriminalisten zur Seite steht. Ich bin nur wegen des ersten Mordes hergebeten worden. Und wenn es nicht um Joyce und Marcus ginge, vielleicht auch noch um Onkel William, würde ich noch heute nach Hause fahren.«

Stanislaus legte seine Pfeife auf den Tisch. »Zeigen Sie her, was Sie haben«, sagte er.

Mr. Campion steckte eine Hand in die Tasche und zog eine kleine Papiertüte heraus. Aus dieser nahm er ein Taschentuch, das er auf den Tisch legte. Stanislaus stand auf, trat neben ihn und bückte sich über den Tisch, als Campion das feine weiße Baumwolltuch auseinanderfaltete und das kleine Metallröhrchen enthüllte.

»Ich habe es geöffnet«, sagte er, »aber ich habe das Taschentuch dabei benützt. Etwaige Fingerabdrücke sind also noch intakt, obwohl ich fürchte, daß selbst in diesem Haus jeder schon etwas von Handschuhen gehört hat. Wenn Sie sehen wollen, was es ist, ohne es zu berühren«, fuhr er fort, »hier ist ein identisches Exemplar. Ich ging zu dem Apotheker, dessen Name und Adresse auf dem Aufkleber steht, und habe selbst eine Packung Thyro-Abmagerungspillen gekauft, wobei mich der Apotheker anschaute, als ob ich verrückt sei. Ich habe mich nicht nach früheren Käufern dieses Produkts erkundigt, wollte nicht in Ihrem Revier wildern, aber ich habe etwas anderes gefragt und weiß nun, daß das Zeug nach Meinung des Apothekers ein Abführmittel ist mit einem hohen Stärkeanteil, der die Masse entsprechend verdünnt und die Pillengrundlage darstellt.«

Während er sprach, zog er ein zweites Röhrchen aus der Tasche, das dem ersten völlig glich.

Der Inspector öffnete es und nahm den zusammengerollten Zellophanstreifen mit den Pillen heraus.

»Und wo haben Sie das gefunden?« fragte er und zeigte dabei auf das Röhrchen, das auf dem Taschentuch lag.

Mit angemessener Bescheidenheit berichtete ihm Mr. Campion von seinen Abenteuern der vergangenen Nacht. Der Inspector zog die Stirn in Falten, als er hörte, daß Joyce an der Entdeckung teilgenommen hatte, war aber ehrlich überrascht und auch amüsiert, nachdem ihm Campion berichtet hatte, wo das Röhrchen versteckt gewesen war.

»Keine Fingerabdrücke auf dem Messingknauf?« fragte er. »Nein, das weiß ich ja; das haben wir schon gestern überprüft. Das Zimmer war auf Hochglanz poliert wie ein neues Auto. Aber wie sind Sie draufgekommen? Hat Ihnen das Mädchen einen Tip gegeben?«

Campion schüttelte den Kopf. »Nein, da sind Sie auf dem falschen Gleis. Es war meine eigene Idee. Der Messingknauf war die einzige Stelle, die ich mir denken konnte und wo Sie vielleicht noch nicht nachgesehen hatten.«

Stanislaus betrachtete ihn mit mildem Staunen. »Verstekken Sie öfters etwas in den Zierknäufen von Bettgestellen?« fragte er.

»Zuletzt habe ich es als Kind getan«, antwortete Mr. Campion würdevoll. »An meinem Kinderbett gab es solche Messingknöpfe. Ich weiß sogar noch, wie sie schmeckten.«

Der Inspector knurrte. »Mein Kinderbett hatte überhaupt keine Knäufe oder Knöpfe zum Herunterschrauben«, sagte er. »Da sieht man es wieder: Sie hatten wirklich alle denkbaren Vorteile. Na, aber jetzt kommen wir wenigstens einen Schritt voran. Ich dachte mir doch gleich, daß da jemand ein bißchen was dazwischengemischt haben mußte bei irgendeiner Wundermedizin, die die alte Miß Faraday regelmäßig eingenommen hat. Es heißt, jede Frau über vierzig habe da ihr eigenes Patentrezept. Deshalb setzen diese Burschen ja ständig Anzeigen in die Zeitungen. Sie glauben nicht, was man mir für Angebote macht, damit ich sage, ich bekomme meine genialen Ideen durch Pillen und Medikamente und was weiß ich. Nein, aber jetzt kommen wir wirklich ein Stück voran«, wiederholte er, und seine Laune hellte sich sichtbar auf. »Trotzdem glaube ich, es ist besser, wenn ich mir das Beweisstück jetzt gleich noch genauer anschaue. Natürlich sind die Fingerabdrücke der Verblichenen überall drauf.«

Er hielt das Röhrchen vorsichtig mit Campions Taschentuch fest und schraubte den Verschluß ab, wobei er die andere Hand mit seinem eigenen Taschentuch schützte; dann schaute er hinein in das Röhrchen.

»Ungefähr die Hälfte der Pillen fehlt«, stellte er fest. »Und sie hat das leere Papier nicht abgerissen. Das ist ein Glück. Wenn die letzten Pillen in der Reihe durch Schierlingsgift ersetzt worden sind, gibt es bestimmt Spuren, die wir untersuchen können. Früher waren die Leute vom Labor des Innenministeriums lahme Enten, aber inzwischen sind dort scharfe Burschen am Werk. Sie würden sich wundern, was die alles rausbringen. Ich nehme das hier mit, wenn Sie gestatten.«

Er schraubte das Röhrchen zu, nahm dann die vier Ecken des Taschentuchs, faltete es zu einem kleinen Paket zusammen und steckte alles wieder in die kleine Papiertüte.

»Sonst noch was?« fragte er und blickte hoch.

Bevor er weitersprach, kehrte Campion zu seinem Sessel zurück, wo er sich mit einem freundlichen Blinzeln hinter den großen Brillengläsern wieder niederließ.

»Ich schlage vor, wir machen einen fairen Tausch«, murmelte er. »Was war es für ein Geschoß?«

»Kaliber Nullkommafünfundvierzig«, sagte Stanislaus knurrend. »Dazu wünsche ich Ihnen viel Vergnügen. Die Zahl der unregistrierten Armeerevolver vom Typ Webley muß in diesem Land kolossal hoch sein. Wenn wir die Tatwaffe finden, können wir vielleicht irgendeine kleine Unregelmäßigkeit an ihrem Lauf entdecken, die sich auf dem Geschoß abgezeichnet hat – aber was für eine Hoffnung! Sobald ich von diesem Zufall am Donnerstag hörte, wußte ich, daß ich Ärger bekommen würde. Wenn ich in diesem Fall ein Urteil erreiche«, fügte er in bitterem Ton hinzu, »dann freß ich meinen Hut. Sie wissen schon, den alten, braunen, den ich anhatte, als ich Summers verhaftet habe.«

Campion gab dazu keinen Kommentar, und der Inspector kehrte wieder zu seinem Fall zurück.

»Was ist mit der Hand vom alten Faraday?« fragte er. »Was ist da passiert? Ich weiß ja nicht, ob Ihnen das klar ist, mein Freund, aber der Bursche hatte fünfundzwanzig Minuten zur Verfügung, über die er uns Rechenschaft ablegen muß, womöglich fünfundzwanzig sehr entscheidende Minuten. Nicht alle Angaben über die Zeit, zu der dieser Lunch am Sonntag stattfand, stimmen nämlich überein.«

Mr. Campion lehnte sich zurück in seinem Korbsessel und überlegte sich Onkel Williams Position und in diesem Zusammenhang auch die seine. Schließlich erklärte er die Sache mit Onkel William einfach, ohne Übertreibung und ohne etwas wegzulassen. Als er damit fertig war, schaute ihn der Inspector an.

»Nicht schlecht«, sagte er. »Gar nicht schlecht. Aber es reicht nicht aus für die Geschworenen, glaube ich.«

»O nein, sicher nicht«, bestätigte ihm Mr. Campion voller Entsetzen. »Mein lieber Freund, bedenken Sie doch die Situation! Da ist die Aussage von Sir Gordon Woodthorpe. Er erinnert sich bestimmt an den Mann, der unter falschem

Namen zu ihm gekommen ist. Dann ist da die Tatwaffe: Sie müssen sie finden, das ist Ihnen klar. Schließlich die Frage mit der Schnur. Ich nehme an, Sie werden die Oberlicht-Schnur vergleichen mit der, die man bei dem Toten gefunden hat.«

»Worauf Sie sich verlassen können.« Die Stimme des Inspectors klang wieder grimmig. »Es ist wirklich eine fabelhafte Idee gewesen, daß Sie in diesem Haus wohnen«, fuhr er nachdenklich fort, »trotz der etwas komischen Position, die Sie dort einnehmen. Aber kommen wir zu diesem William Faraday zurück. Ich habe Ihre Geschichte noch nicht überprüfen können, doch der Eindruck, den sie hinterläßt, ist nicht gerade günstig für den Mann. Aber wir werden ja sehen. Sie wissen mehr über ihn als ich. Und abgesehen davon«, fuhr er betrübt fort, »wenn es jemals einen Fall gegeben hat, bei dem einer wie ich die großartigste Chance erhält, sich zum Gespött zu machen, dann ist es dieser.«

»Da ist noch etwas«, sagte Campion. Er sprach jetzt sehr langsam und wählte seine Worte sorgfältig. »Ich sagte Ihnen, ich sah, wie er die Jodtinktur auf seine Hand schüttete. Danach wurde er ohnmächtig, brach zusammen, oder was auch immer. Ich hielt das für sehr bemerkenswert. Diese Bewußtlosigkeit dauerte nur eine Minute, und ich ging davon aus, daß sein Herz nicht in bestem Zustand sein müsse. Aber als ich mich heute morgen bei dem Arzt, der seine Wunde nähte, taktvoll erkundigte, erfuhr ich, daß Onkel Williams Herz gesund ist wie das eines jungen Mannes. Bleibt also die Frage, warum er ohnmächtig geworden ist.«

»Das kann von allem möglichen kommen«, sagte der Inspector, den dieser Gedankengang offenbar nicht sonderlich beeindruckte. »Wenn er das alles nur gespielt hat, kann das ein Teil seiner Rolle gewesen sein.«

Der jüngere Mann schüttelte den Kopf. »Ich habe mich vermutlich nicht deutlich genug ausgedrückt«, sagte er. »Es ist mir bewußt, daß das, was ich Ihnen sagen kann, nicht die Aussagekraft eines Beweises hat, aber es ist ein starker Eindruck, und der könnte Ihnen helfen. Ich glaube, der alte Junge war gestern abend völlig verschreckt, und außerdem bin ich der Meinung, daß er unter der leichten – der sehr leichten Einwirkung irgendeines Gifts stand.«

Nachdem er ihn ein paar Sekunden lang erstaunt angeschaut hatte, begann Stanislaus zu lachen.

»Eine Hand im Dunkeln, mit einem vergifteten Dolch?« fragte er. »Wir haben es hier mit Polizeiarbeit zu tun, mein Freund, und nicht mit den aristokratischen Fehden, die Sie gewohnt sein mögen.«

Mr. Campion ließ sich nicht aus der Ruhe bringen. »Na schön«, sagte er, »mißachten Sie meinetwegen die Warnung der Zigeunerin. Aber dennoch, in Fortsetzung meiner Verteidigung von Mr. Faraday – oder Onkel William, wie ich ihn stets in Gedanken nenne – könnte ich mir denken, daß es nicht ganz sinnlos wäre, wenn Sie in jedem Pub auf der direkten Route von Grantchester Meadows bis Socrates Close nachfragen ließen, ob Onkel William am fraglichen Sonntag einen dieser Erfrischungsorte betreten und dort vielleicht einen Drink genommen hat, wobei man annehmen kann, daß er sich etwas eigenartig verhielt. Ich bin sicher, daß man sich an ihn erinnern würde; er ist in der Gegend bekannt.«

Der Inspector war nicht beeindruckt. »Wenn er allerdings für diese zwanzig Minuten ein hieb- und stichfestes Alibi hat, fällt alles flach, was wir in diesem windigen Fall gegen ihn anzuführen haben«, antwortete er. »Und wenn sich auch nur die leiseste Gefahr für ihn erkennen läßt, wird die Familie zweifellos einen hervorragenden Verteidiger für die Voruntersuchung aufbringen. Wissen Sie, Campion, genau das ist meiner Meinung nach der Punkt, an dem unser juristisches System entwertet wird. In einem Fall wie diesem, wo viel Geld im Hintergrund steht, braucht man nur anzudeuten, daß es Schwierigkeiten geben könnte, und schon steht man als Ermittler einem ausgezeichneten King's Counsel gegenüber.

Geht es dagegen um Leute, die nicht vermögend sind, dann nimmt das Gesetz seinen Lauf, wie es ihm gefällt, mit einem netten, jungen Barrister, der den Angeklagten beim Prozeß verteidigt, und sich dann einem guten und erfahrenen Ankläger gegenübersieht. Mir gefällt das nicht. Ich wollte, ich wäre in meinem eigenen Amtsbereich. Sicher, meine Kollegen hier sind alle erstklassige Leute, aber man sieht, daß sie den Skandal in der Stadt ebenso vermeiden möchten wie Ihr junger Freund, der Anwalt. Wie kommen Sie zu der Vermutung, daß William Faraday auf dem Nachhauseweg ein Pub besucht haben könnte, vorausgesetzt, diese unglaubliche Amnesie-Geschichte entspricht der Wahrheit?«

»Als Onkel William zum erstenmal dieses beunruhigende Phänomen an sich feststellte«, sagte Mr. Campion und überging absichtlich den letzten Teil der Bemerkung des Inspectors, »kam er vor der römisch-katholischen Kirche wieder zu sich, und er hatte ein Glas in der Hand. Mit anderen Worten, er war in ein Pub gegangen, hatte sich einen Drink bestellt und war mit dem Glas in der Hand nach draußen spaziert. Immerhin ist die Amnesie eine entfernt mit der Ohnmacht verwandte Erscheinung, nicht wahr? Der Geist verweigert die Erinnerung, und zwar nicht selten deshalb, weil es sich um eine unangenehme Erinnerung handelt. Erinnerung ist gleichbedeutend mit der Einschränkung der Freiheit. Onkel William verliert die Fähigkeit der Erinnerung, und damit verliert er die Einschränkungen, die ihm die Erinnerung auferlegt. Also befriedigt er sein natürliches Verlangen. Er beschafft sich einen Drink.«

»Das ist alles gut und schön«, entgegnete der Inspector. »Aber Sie werden einige Mühe haben, wenn Sie diese Geschichte mit dem kalten Bad damit in Einklang bringen wollen.«

Mr. Campion schwieg ein paar Sekunden lang. »Ich hätte gern gewußt, in welchem Umfang der verblichene Onkel Andrew damit zu tun hatte«, sagte er. »Ich glaube, wir haben beide großes Glück, daß uns die Bekanntschaft mit diesem Andrew erspart geblieben ist, Stanislaus.«

Der Inspector knurrte. »Wenn Sie mich fragen, wir sind schon genügend vom Pech verfolgt, weil wir überhaupt an diesen steifen, vornehmen Ort kommen mußten«, sagte er. »Ich wollte, wir hätten es mit einem guten, ehrlichen Einbruch zu tun. Es ist wahr, Sie haben mir eine Menge brauchbarer und interessanter Informationen vermittelt, und dann haben Sie alles verpatzt, weil sie dem Ganzen den Geschmack genommen haben. Wohin wir auch schauen, immer stoßen wir auf diesen verflixten Zauberer. Jemand führt uns da seine teuflischsten, gemeinsten Tricks vor.«

Mr. Campion nickte. »In dem Haus ist einiges sehr sonderbar«, sagte er. »Sehr, sehr sonderbar.«

»Wahnsinn«, erklärte der Inspector kurz und bündig. »Wahnsinn, mit irgendeinem ›-ismus‹, ich weiß auch nicht, mit welchem. Das ist ein Fall für einen Psychologen, davon bin ich überzeugt. Und das ist unser Problem. Was ein Chemiker uns sagt, ist ein Beweis. Was ein Psychologe sagt, ist keiner. Als man Palmer den Prozeß machte, scheinen chemische Fakten noch weitgehend Ansichtssache gewesen zu sein; heute steht die Psychologie an diesem Punkt.«

»Um zu unserem fairen Tauschgeschäft zurückzukommen«, bemerkte Mr. Campion. »Haben Sie inzwischen Vetter George gefunden?«

»Das ist auch eine von diesen unmöglichen Aufgaben«, knurrte der Inspector. »Wir haben eine Beschreibung durchgegeben und ihn aufgefordert, sich zu melden – natürlich ohne Erfolg. Niemand kennt eine Adresse, niemand hier in der Gegend weiß etwas von ihm, und er scheint auch nicht in der Stadt übernachtet zu haben. Wir wissen nur, daß er am vergangenen Donnerstag in London war. Kein Wunder, daß er davongesaust ist wie der Blitz, nachdem er das Mädchen gesehen hat. Sie hat sich freilich ziemlich komisch benommen. Ich persönlich bin der Meinung, daß sie sich die ganze

Zeit über sehr komisch benimmt. Ach ja, und ich habe etwas über den angeblichen Skandal gehört«, fuhr er hastig fort, bevor Campion etwas einwenden konnte, »und es ist mir klar, daß das in diesem Haus wohl mehr bedeutet als zum Beispiel in meiner Familie.«

Danach schwiegen die beiden Männer eine Weile, während sich der Inspector seine Pfeife neu anzündete.

»Wissen Sie, dieses lockere Herumreden verstößt gegen alle Regeln«, sagte er und grinste Campion plötzlich an. »Wir sollten uns auf die Tatwaffe konzentrieren. Immerhin haben wir zwei Zeugen ausfindig gemacht, die den Schuß gehört haben. Ein Mann und eine Frau, die in einem kleinen Häuschen an der Grantchester Road wohnen, haben ausgesagt, sie hätten einen Schuß gehört, und zwar an dem betreffenden Sonntag, etwa um fünf Minuten vor eins. Der Mann sagt, daß er zur Hintertür gegangen ist, aber die Wiesen lagen unter dichtem Bodennebel, und er konnte nichts erkennen. Er meinte, es sei ein ›dicker Tag‹ gewesen, was immer er damit sagen wollte. Vielleicht ein örtlicher Begriff für eine bestimmte Art von Frühlingswetter. Was für eine Zeit für einen Mord, nicht wahr? Sonntagmittag: jeder zu Hause, beim Sonntagslunch.«

»Kommen wir auf Vetter George zurück«, beharrte Mr. Campion. »Kann ich annehmen, daß Sie ihn nicht für wichtig halten?«

Stanislaus Oates gab sich wieder knurrig. »Nicht sehr«, sagte er. »Und wenn wir ihn finden? Wenn er uns zufällig in die Arme läuft, was dann? Wir können ihn nicht festnehmen. Wir können ihn lediglich fragen, wo er sich am Sonntag zur Zeit des Verbrechens aufgehalten hat. Und wenn er nicht ein kompletter Trottel ist, hat er darauf eine befriedigende Antwort parat. Außerdem, warum sollte er irgend etwas mit der Sache zu tun haben? Er hegte, soviel man weiß, keinen Groll gegen Andrew. Er war am Abend vor dem ersten Mord etwa eine Stunde im Haus, scheint ihm und seinen Bewohnern aber danach nicht mehr nahegekommen zu sein. Nur weil er die Gewohnheit hatte, seine Tante von Zeit zu Zeit um ein paar Pfund anzuschnorren, kann man noch nicht daraus folgern, daß er ein potentieller Mörder ist. Nein, Campion, über eines kommen Sie nicht hinweg: Das war zweifellos die Tat eines Insiders. Weder der eine noch der andere Mord ist zufällig erfolgt. Es handelt sich in beiden Fällen um sorgfältig geplante Verbrechen. Jemand hatte einen guten Grund, die beiden aus dem Weg zu räumen. Ich kann mich irren, aber ich habe das Gefühl, diese Person ist mit ihrem Plan noch nicht am Ende. Passen Sie auf sich auf. Der Geist, der für diese beiden Morde verantwortlich ist, läßt sich nicht stören von einem netten jungen Herrn aus gutem Hause mit einer großen Hornbrille. Das ist die Warnung der Zigeunerin für Sie.«

Mr. Campion blieb ein paar Sekunden lang stumm. Die Worte des Inspectors brachten ihn gegen seinen Willen zurück zu der Theorie, die er selbst früher entwickelt hatte.

»Ich komme mit Ihnen hinunter an den Fluß und mache mir ein Bild vom Tatort, wenn Sie nichts dagegen haben«, sagte er zuletzt und stand auf. »Außerdem möchte ich mir keinesfalls die Gelegenheit entgehen lassen, das alte, erfahrene Schlachtroß in Aktion zu beobachten.«

Aber obwohl sie eine beträchtliche Strecke nebeneinander hergingen, kam Mr. Campion nicht auf die Frage zu sprechen, die seine Gedanken belastete. Hatte Mrs. Faraday ihre diktatorische Macht in ihrem eigenen Herrschaftsbereich überschätzt und die Exekution von Andrew Seeley angeordnet, als Vergeltung für eines oder mehrere Verbrechen, die bis jetzt unbekannt geblieben waren?

13
Der Mann Freitag

»Es ist gegen alle Regeln, daß Sie einfach mitkommen«, knurrte der Inspector. Sie waren von der neuen Straße abgebogen, hatten ein Labyrinth kleinerer Straßen hinter sich gelassen und schlugen jetzt den Fußweg ein, der über die Wiesen zum Fluß führte. »Gegen alle Regeln«, wiederholte er düster. »Ich will ja nicht undankbar erscheinen, alter Freund«, fügte er rasch hinzu, »also kommen Sie meinetwegen mit. Ich sage es nur, weil Bowditch dort unten sein wird, und vielleicht noch ein paar andere von meinen Leuten.«

Mr. Campion lächelte. »Schon gut«, sagte er. »Ich halte mich so weit wie möglich im Hintergrund. Tun Sie, was Sie vorhaben, und verhalten Sie sich so, als wäre ich gar nicht da. Wenn Sie das gut genug machen, werden die anderen denken, sie bilden es sich nur ein, und das gibt der Sache ein bißchen zusätzliches Vergnügen.«

Es stellte sich heraus, daß mehrere Kriminalbeamte in Zivil an den Ufern des Granta herumspazierten, dazu hatte sich ein Uniformierter an der Brücke postiert, ganz zu schweigen von ein paar hoffnungsvollen Zuschauern. Die Umgebung war düster, die Luft war kalt, und das verstärkte die melancholische Sinnlosigkeit aller weiteren Aufklärungsversuche im Hinblick auf das tragische Ende des unglücklichen Andrew Seeley.

Während sie sich ihnen näherten, kam eine der Gestalten im Regenmantel auf sie zugeeilt. Es war Detective-Sergeant Bowditch, der Kollege des Inspectors vom Yard. Es gab eine Legende bei der Londoner Polizei, wonach Bowditch schon mit dem Bobbyhelm auf dem Kopf geboren worden sei, und er erinnerte auch in Zivilkleidung mehr an einen Polizeibeamten als jeder andere, den Mr. Campion bis dahin gesehen hatte. Er war groß, etwas vierschrötig, mit rötlichem Gesicht und einem dichten, weichen, schwarzen Schnauzbart. Seine kleinen Augen wurden von Fältchen eingerahmt, und seine ganze Erscheinung strömte eine gerade bei Mordfällen völlig ungerechtfertigte Fröhlichkeit aus.

»Hallo, Sir«, sagte er und lächelte, wobei sein Gesicht eine Begeisterung zeigte, für die es keinen erkennbaren Anlaß gab. Er warf einen fragenden Blick auf Campion, erhielt aber keine Erklärung für die Anwesenheit des jungen Mannes und bedachte ihn daraufhin ebenfalls mit seinem freundlichen Begrüßungslächeln. Stanislaus beäugte seinen Kollegen mit düsterem Blick.

»Etwas gefunden?« fragte er.

»Nein«, antwortete Mr. Bowditch und fügte noch etwas fröhlicher hinzu: »Nein. Wollen Sie runterkommen und nachsehen?«

Er schien keine Antwort zu erwarten und fuhr fort: »Wir haben beide Ufer des Flusses von den Weiden bis zur Straße durchgekämmt und nichts finden können. Natürlich ist seit der Tat einige Zeit vergangen.«

Stanislaus nickte säuerlich. »Ich weiß«, sagte er. »Hallo, was ist das?«

Die drei Männer schauten den Fußweg entlang und sahen einen vierten, der auf sie zugeeilt kam und etwas in der Hand hatte. Der Neuankömmling erwies sich als ein graugesichtiger Sergeant der Ortspolizei, und er hatte einen ziemlich ramponierten Gegenstand aus grünem Filz in der Hand. »Den habe ich unter einem Haufen Laub in dem kleinen Gehölz dort oben gefunden«, sagte er und zeigte auf eine Ansammlung von Bäumen direkt unterhalb der Brücke auf der Südseite des Flusses. »Ich weiß nicht, ob es von Bedeutung ist, aber er lag unter einem Haufen Laub, und er scheint noch nicht lange dort gelegen zu haben.«

Stanislaus nahm das Beweisstück mit Interesse entgegen.

Es war der zerbeulte und durchnäßte Rest eines grünen, weichen Filzhutes. Futter und Hutband fehlten, und die Einfassung der Krempe war zerfetzt.

»Nicht der Hut, den der Verstorbene am fraglichen Sonntag zum Kirchgang getragen haben dürfte«, sagte Mr. Bowditch jovial. »Abgesehen davon, daß er angeblich eine Melone trug, schließt der Zustand dieses Huts eine solche Vermutung von vornherein aus.«

Der vernichtende Blick des Inspectors ließ seinen Untergebenen auf der Stelle verstummen, ohne daß es ihm freilich gelang, dessen gute Laune zu zerstören.

»Sonst etwas von Interesse?« fragte Stanislaus den Finder des Huts. »Was ist denn in der Hütte dort drüben?« Er zeigte auf einen kleinen Schuppen, der im Gehölz stand.

»Nichts, Sir, bis auf ein paar alte Säcke, Laub und so weiter.« Der Mann war wenig begeistert. »Scheint früher einmal ein Werkzeug- und Geräteschuppen gewesen zu sein und ein Dach für die Arbeiter, die von Zeit zu Zeit den Wald säubern. Soll ich es überprüfen, Sir?«

»O nein, nicht nötig. Ich schaue mir den Schuppen nachher selber an. Vielen Dank, Davidson.«

Als der Mann sich entfernte, gab Stanislaus den ramponierten Hut an Bowditch weiter.

»Darum können Sie sich kümmern«, sagte er. »Ich glaube kaum, daß er irgend etwas mit unserer Angelegenheit zu tun hat. Aber ich werde mir die Stelle ansehen, wo er gefunden wurde. Sie sagen, es gibt absolut keine Spur von der Straße bis zu den Weiden, wo der Tote möglicherweise ins Wasser gestoßen wurde? Natürlich kann er ein paar Meilen weit den Fluß herabgetrieben sein, aber die Leute in dem Häuschen meinen, den Schuß aus dieser Richtung gehört zu haben.«

»Das stimmt«, bestätigte ihm Mr. Bowditch mit glücklicher Miene. »Aber wenn Sie ein paar Schritte weitergehen und sich den Fluß näher betrachten, Sir, dann werden Sie sehen, was ich mir denke.«

Sie gingen über den Fußweg weiter zu der kleinen, buckeligen Steinbrücke, und Bowditch fuhr fort: »Sehen Sie, die Strömung ist an den Seiten sehr langsam, aber in der Mitte ziemlich stark. Außerdem ist der Fluß dort verhältnismäßig tief. Nun«, fuhr er noch immer lächelnd fort, »verstehen Sie, was ich damit sagen will? Um einen Leichnam treiben zu lassen, müßte man ihn in die Mitte des Flusses bringen. Mit anderen Worten, wenn ich ihn loswerden wollte, würde ich ihn von der Brücke aus ins Wasser werfen. *Wenn* ich so etwas vorhätte!« sagte er und brach in schallendes Gelächter aus, das er nach einem deprimierten Blick von Inspector Oates rasch unterdrückte.

Es lag zweifellos ein gewisser logischer Sinn in Mr. Bowditchs Beobachtung. Mr. Campion, der die Szene betrachtet hatte, kam selbst zu derselben Schlußfolgerung. Außerdem erinnerte er sich an Mr. Cheetoos Auslassungen zu demselben Thema. Es gab, wie der aufmerksame Student beobachtet hatte, einen starken Wirbel direkt unterhalb der Brücke, der alles, was schwimmen konnte, zumindest für einige Zeit festhalten würde, falls das Objekt nicht an den Rand geschwemmt würde. Man sah, daß der Inspector Mr. Bowditchs Überlegung ernst nahm, denn er richtete einige Zeit lang seine Aufmerksamkeit ganz auf die Brücke.

Es war eine Bogenbrücke aus Stein, gerade hoch genug, daß ein kleines Boot darunter hindurchfahren konnte, falls der Flußpegel sich auf normaler Höhe befand. Zu beiden Seiten hatte die Brücke breite, niedrige Geländer, und der Inspector betrachtete sie eingehend. Nach ein paar Augenblicken ernster Betrachtung wandte er sich bedauernd ab.

»Da ist nichts zu erkennen«, sagte er. »Kein Wunder. Was könnte man schon erwarten? Ich nehme an, diese Brücke wird ziemlich häufig benützt. Vielleicht balancieren die Kinder über das Geländer. Nirgends ist Moos zu sehen, und wenn es Spuren von Dreck, Blut oder Staub gegeben hat, sind die bei dem heftigen Regen der letzten zehn Tage weggewaschen worden. Kommen Sie, schauen wir uns diese Hütte an.«

Die Hütte, die etwa fünfzehn Meter vom Fußweg und an die dreißig Meter vom Flußufer entfernt war, schien eine von jenen provisorischen Bauten zu sein, wie sie die Waldarbeiter für gewöhnlich hinterlassen. Sie bestand hauptsächlich aus dünnen Holzstangen, Reisig und einem Dach aus abgesägten Ästen, über das ein paar Säcke gebreitet worden waren. Dennoch war sie ziemlich massiv gebaut, und der Boden im Inneren war trocken und hart. Der Inspector blieb am Eingang stehen und schaute hinein.

In einer Ecke lagen ein paar schmutzstarrende Säcke, ansonsten war der Innenraum leer. Es gab kein Zeichen dafür, daß irgend jemand hiergewesen war, seit die Erbauer die Hütte verlassen hatten.

»Keine Spuren irgendwelcher Art?« fragte der Inspector.

»Keine Fußabdrücke«, antwortete Mr. Bowditch hocherfreut. »Aber das war bei dem trockenen Boden auch gar nicht zu erwarten. Es gibt keinen Grund für die Annahme, daß der Verblichene hierhergekommen ist, oder?«

Auch das steife Gestrüpp vor der Hütte verriet nichts. Es zeigte nicht einmal Spuren davon, daß sie selbst es eben erst durchdrungen hatten, und auf dem Boden waren trotz der Feuchtigkeit keine Fußspuren geblieben. Der düstere Blick des Inspectors verdüsterte sich weiter.

»Dieser Hut«, sagte er. »Wo wurde der gefunden? Ich weiß, Bowditch, das ist natürlich alles Zeitverschwendung.«

»Richtig, Sir«, antwortete der rotgesichtige Kriminalbeamte. »Trotzdem darf man nichts versäumen. Nie etwas übersehen, dann entgeht einem auch das nicht, wonach man sucht. Das ist doch die Idee, oder? Der zauberhafte Hut, den unser Kollege entdeckt hat, hat irgendwo dort drüben gelegen. Jemand hat ihn unter einem Haufen Laub begraben, und ich muß sagen, er hat gut daran getan.« Jetzt warf er einen fröhlichen Blick auf das Relikt in seiner Hand.

Sie kehrten zum Fußweg zurück und gingen ungefähr zehn Meter weiter, ehe sie vor einer Stelle mit frisch umgewühltem Laub stehenblieben, das naß war und scharf nach pflanzlicher Verwesung roch in dem feinen Regen, der inzwischen eingesetzt hatte.

»Hier ist die Stelle«, sagte er. »Ich glaube, Davidson hat recht. Der Hut kann noch nicht lange hier gelegen haben. Er ist unter dem Laub begraben worden. Was sagt Ihnen das, Sir?«

Er zwinkerte zwar ein wenig, als er das sagte, aber es wirkte keineswegs respektlos.

»Ich kann mir nicht denken, warum jemand seinen Hut vergraben sollte – es sei denn, er wollte ihn verstecken«, erklärte der Inspector. »Doch das besagt nicht viel. Ich bin noch nie an einem Tatort im Freien gewesen, wo nicht irgendwelche alten Kleidungsstücke herumgelegen hätten. Dennoch haben Sie recht, wenn Sie sagen, es ist komisch, daß sich jemand die Mühe gemacht hat, den Hut zu begraben. Das heißt, von einem Hut kann ja kaum noch die Rede sein.«

»Das ist richtig.« Mr. Bowditch schien das Ganze lustig zu finden. »Irgend etwas, das eben herumliegt – genau das ist es wohl. Der Besitz eines Landstreichers, wenn ich diesen Widerspruch in sich selbst benützen darf.«

Der Inspector brachte ihn mit einem Blick zum Schweigen. »Der Revolver«, sagte er. »Ich muß den Revolver haben. Wenn er weggeworfen wurde, kann man ihn auch wiederfinden. Und dann noch den Hut. Ich meine den, den der Verstorbene getragen hat, als er die Kirche verließ. Der ist zwar nicht ganz so wichtig, aber ich finde es merkwürdig, daß er nicht aufgetaucht ist. Größe siebendreiviertel, neu und mit dem Aufkleber von Henry Heath an der Innenseite. Ich gehe jetzt nach Socrates Close, falls mich jemand sucht, es sei denn, es sind die Zeitungsleute – die können ruhig selbst nach mir suchen. Und – ich will nicht, daß man überall herumschreit, dieser Hut sei ein wichtiger Hinweis. Geben Sie sich meinetwegen geheimnisvoll.«

Mr. Bowditch blinzelte Campion unverschämt an. »Den Hut nehm' ich auf meine Kappe«, sagte er. »Na dann, guten Tag, Sir. Wenn die Schußwaffe hier ist, dann finden wir sie auch. Wir haben schon eine Tonne Schlamm aus dem Fluß umgewühlt, und wir wühlen, wenn nötig, auch noch eine zweite um. Aber ich kann Ihnen sagen, es ist eine höchst unbefriedigende Aufgabe, mit dem Schleppnetz einen Fluß abzusuchen, der voll Wasserpflanzen ist.«

»Werfen denn Mörder ihre Tatwaffen meistens in der Nähe des Tatorts weg?« fragte Mr. Campion milde, als er und der Inspector gemeinsam den Weg fortsetzten.

Mr. Oates blieb stehen, um seine Pfeife an der Schuhsohle auszuklopfen, ehe er ihm antwortete.

»Sehr oft«, sagte er. »Das ist das Komische bei einem Mord. Da hat einer die ganze Sache mit bemerkenswerter Raffinesse durchgeführt, und dann verrät er sich gleich danach, als hätte er das Interesse an seinem Verbrechen verloren. Es ist besonders merkwürdig im Hinblick auf Schußwaffen. Wenn einer nicht gewohnheitsmäßig eine Schußwaffe trägt, und das trifft meines Erachtens höchstens auf jeden tausendsten Bewohner Englands zu, dann neigt er dazu, sie wegzuwerfen, sobald er sie benützt hat. Er ist sich im klaren darüber, daß die Waffe ihn verrät, wenn man sie bei ihm findet, vergißt aber, daß man sie in fast allen Fällen bis zu ihm zurückverfolgen kann. Ich wette, der Revolver, nach dem wir hier suchen, liegt irgendwo in diesem Fluß. Aber, wie der alte Bowditch zu Recht bemerkte, es ist eine Schweinearbeit, das Flußbett mit einem Schleppnetz abzusuchen.«

Mr. Campion schien zufrieden zu sein, jedenfalls was diesen Punkt betraf. »Der Hut-Trick – wenn ich ihn so bezeichnen darf – weckt meine Neugier«, fügte er nach einer Pause hinzu. »Sie suchen nach einer Melone und finden einen ramponierten alten Filzhut. In meinen unschuldigen Gedanken würde das bedeuten, daß er ausgetauscht wurde. Aber ein Mörder würde wohl kaum seine Tollkühnheit so weit treiben, daß er mit dem Hut seines Opfers nach Hause käme, es sei denn, er bezöge sich auf einen alten Brauch, bei dem man den Kopf des Feindes nach Hause trägt – oder doch zumindest etwas, was dem sehr nahe kommt. Andererseits: Wenn, was ich für wahrscheinlicher halte, ein unbeteiligter Dritter Andrew Seeleys neuen Hut fand und ihn seinem eigenen vorzog, so daß er den einen mit dem anderen vertauschte – warum sollte der dann seinen eigenen, alten Hut eingraben oder verstecken? Meine Erfahrung mit Landstreichern, wie Ihr fröhlicher Freund Mr. Bowditch sie so treffend bezeichnet hat, lehrt mich, daß ihre Ordnungsliebe nicht allzu ausgeprägt ist, ja, daß sie bereit sind, alle unerwünschten Stücke ihrer Garderobe an der Stelle liegenzulassen, wo sie sich von ihnen getrennt haben.«

Der Inspector knurrte. »Landstreicher sind eine Sache für sich«, sagte er. »Man weiß nie, was sie vorhaben. Nein, dieser Hut ist ein zu dürftiger Hinweis, als daß man sich darüber bereits jetzt Gedanken machen sollte. Natürlich muß man ihn bedenken, aber wir können es uns momentan nicht leisten, allzu viele Gedanken darauf zu verschwenden. Nur so glückliche Außenseiter wie Sie können sich den Luxus wilder Vermutungen leisten. Es *muß* eine Melone sein«, fuhr er fort und widersprach damit seinem eigenen, eben geäußerten Grundsatz. »Der einzige Hut auf der Welt – ausgenommen vielleicht ein Zylinder –, der schon nach fünf Sekunden alt und gebraucht aussehen kann. Ein paar Staubflecken und eine Delle lassen ihn völlig verkommen wirken. Ein guter Filz ist immer ein guter Filz, ganz gleich, was man damit anstellt, aber ein Landstreicher kann ohne weiteres mit Andrew Seeleys Melone auf dem Kopf davonspaziert sein, ohne auch nur im mindesten ungewöhnlich auszusehen.« Er seufzte. »Das ist das Schlimmste an diesem verdammten Fall. Für jede Einzelheit, auf die wir stoßen, gibt es ein halbes Dutzend Erklärungen. Heute morgen erhielt ich einen Bericht über den Einschußwinkel des Geschosses. Die Experten wurden ein wenig behindert dadurch, daß der Kopf schon an die zehn Tage unter Wasser gelegen hat, aber schlaue Burschen, die sie sind, haben sie doch noch einiges Interessantes herausgefunden. Hastings wird bei der Voruntersuchung als Zeuge auftreten, also kann ich es Ihnen ruhig sagen. Das Geschoß ist genau in der Mitte der Stirn in den Schädel eingedrungen. Es beschrieb einen leicht nach oben gerichteten Kurs, wobei es praktisch die Schädeldecke hochgehoben hat. Man findet Schmauchspuren und Verbrennungen an der Stirn, und sie müssen ziemlich deutlich gewesen sein, sonst könnte man sie nicht mehr erkennen. Das bedeutet, daß der Revolver aus allernächster Nähe abgefeuert worden sein muß, und es bedeutet auch, daß der Schütze wahrscheinlich ein wenig kleiner war als Seeley, vorausgesetzt, das Opfer stand, als es erschossen wurde. Da jedoch seine Füße gefesselt waren, erscheint das nicht sehr plausibel, also bringt uns das auch nicht weiter. Der wirklich fragwürdige Punkt besteht darin, daß eine Menge Blut vergossen worden ist. Falls er liegend erschossen wurde, hätte das eine Blutlache ergeben müssen, und falls er stand, muß sich der Mörder damit befleckt haben, sobald er den Leichnam berührte. Doch es gibt keine Anzeichen von Blut, keine Spur davon, in der gesamten Umgebung. Wenn er zu der Brücke getragen oder geschleppt wurde, wie der gute Bowditch andeutete und wie es durchaus plausibel erscheint, muß es eine Blutspur gegeben haben. Sicher dürfen wir den Regen nicht vergessen, und trotz der Tatsache, daß sich dieser Fußweg praktisch am Stadtrand befindet, scheint er zu dieser Jahreszeit nicht allzu häufig benützt zu werden. Dennoch, es hätte irgendwelche Spuren geben müssen. Jemand hätte irgend etwas bemerken müssen. Ich werde eine Annonce in die Zeitung setzen und Zeugen suchen. Natürlich kann der Leichnam auch von einer Stelle weiter oben hierher getrieben worden sein. Also werden wir dem Fluß folgen, notfalls bis hinauf zum Byron's Pool.« Er schüttelte den Kopf. »Wie gesagt, es nützt nichts, wenn man Vermutungen anstellt. Wir müssen erst einmal unsere Routinearbeiten erledigen. Ich hole den kleinen Wagen, den ich gemietet habe, und fahre hinauf zum Haus.«

»Wenn die Frage nicht unhöflich erscheint – in welche Richtung treibt Sie jetzt Ihre Pflicht?« fragte Mr. Campion.

Diese Frage schien den Inspector zu überraschen. »Mir geht es jetzt natürlich um diesen William Faraday und seine Handverletzung«, sagte er. »Alle neuen Entwicklungen müssen sorgfältig beobachtet werden. Ich glaube, das ist so ungefähr die erste Regel im Lehrbuch. Wir müssen herausfinden, wie er sich diese Verletzung zugezogen hat. Es gibt ja auch die Möglichkeit, daß er angegriffen wurde, und wenn das der Fall ist, müssen wir ihn dazu bringen, daß er auspackt.«

»Ich würde davon abraten, Onkel William allzu sehr unter Druck zu setzen«, sagte Campion in leiser Beunruhigung.

»Unter Druck setzen?« Die Miene des Inspectors war bitter. »Heutzutage dürfen wir gerade noch mit den Zeugen reden. Aber wenn er mir Ammenmärchen erzählt, kann er in den Zeugenstand treten und sie dem Coroner bei der Verhandlung aufbinden – und der Presse.«

»Oho!« sagte Mr. Campion.

»Äh?«

»Ich sagte ›Oho‹«, wiederholte der junge Mann. »Ein Vulgärausdruck mit der Bedeutung ›Tatsächlich?‹ Entschuldigen Sie, ich hab's nicht so gemeint. Ich komme mit Ihnen. Übrigens, ich habe Joyce das Versprechen abgenommen, über das, was sie erfahren hat, zu schweigen.«

»Gut«, sagte der Inspector mit Befriedigung. »Tut mir leid, daß das Mädchen überhaupt mit hineingezogen wurde. Aber ich verstehe schon, daß Sie nicht allein und auf eigene Faust in dem Haus herumschleichen konnten. Ich habe das Päckchen den Analytikern und Photographen überlassen. Wenn wir Glück haben, erhalten wir in vierundzwanzig Stunden einen

Bericht.« Dann fuhr er fort: »Natürlich ist dieser William der gerade Kurs, dem wir folgen werden. Er war das einzige Mitglied des ganzes Haushalts, das zum Zeitpunkt des ersten Mordes außerhalb des Hauses gewesen ist, abgesehen von einer Angestellten. Darüber kommen auch Sie nicht hinweg.«

»Welche von den Angestellten?« fragte Campion und war sich bewußt, daß ihn eine ungewöhnliche Aufregung erfaßt hatte.

»Die große Frau mit dem roten Gesicht«, antwortete der Inspector. »Ihren Namen habe ich irgendwo aufgeschrieben. Die Haushälterin. Ist seit dreißig Jahren bei den Faradays, ganz wie es im Buche steht. Sie hatte den Tag über frei, um zu ihrer verheirateten Schwester zu gehen, die in der Gegend von Waterbeach lebt, ein paar Meilen von hier. Moment mal, ich hab's. Nuddington. Sie heißt Alice Nuddington, sie hat das Haus um neun Uhr morgens verlassen und ist um zehn Uhr abends zurückgekehrt. Wir können ihre Aussage ohne weiteres überprüfen. Das sind alles Dinge, um die wir uns jetzt noch kümmern müssen.«

Mr. Campion sagte ein paar Sekunden lang gar nichts. Der Regen fiel ihm ins Gesicht und auf die nassen Straßen mit ihrer kleinstädtischen Langweiligkeit, die noch unterstrichen wurde dadurch, daß sie so gut wie menschenleer waren. Sie verbreiteten eine geradezu tragische Düsterkeit, die ihnen im Grunde keineswegs zukam. Der Gedanke an Onkel William, den verwirrten und so schnell ins Schwimmen geratenden alten Sünder, weckte in ihm ein Gefühl des Mitleids, während er neben dem Inspector hertrottete.

»Ich muß die Kleidung sehen, die William beim Kirchgang angehabt hat«, erklärte der Inspector mehr zu sich selbst als zu seinem Freund. »Eine langweilige Angelegenheit, dieses Ausforschen von Kriminellen. Bei Mördern macht die Arbeit am wenigsten Spaß. In neun von zehn Fällen sind sie zuvor nie straffällig geworden. Was nützt einem da das wunderbare System einer Verbrecherkartei? Was nützt einem die ganze

Organisation? Es wird wieder einmal ein verdammt erfolgloses Unternehmen werden, darauf gebe ich Ihnen mein Wort.«

Die grimmige Laune des Inspectors, die sich noch verstärkte, als sie in den zweisitzigen Rover kletterten, stand in so direktem Gegensatz zu Mr. Bowditchs homerischem Frohsinn, daß sich Mr. Campion veranlaßt fühlte, eine Bemerkung dazu zu machen.

»Ich mag Ihren Freund Bowditch«, sagte er. »Ein glücklicher Mann, wie ich annehme.«

Mr. Oates stieß einen Laut der Mißbilligung aus. »Bowditch!« sagte er. »Ein netter Kerl, ja, und ein guter Mann. Aber sein Grinsen geht mir furchtbar auf die Nerven. Neben ihm komme ich mir vor wie eine wandelnde Werbung für saure Drops. Ich habe ihm klarzumachen versucht, daß es um einen Mord geht und nicht um eine Show in einer Music Hall, und er hat sich halb totgelacht. Ich kann mit so einem Kerl nichts anfangen.«

Er verfiel wieder in Nachdenken, und erst als sie sich dem Haus näherten, begann er wieder zu sprechen.

»Da haben Sie's«, sagte er und machte eine Kopfbewegung in Richtung auf das efeuüberwucherte Gebäude, »da liegen unsere Lösungen. Jemand unter diesem Dach muß der Täter sein. Sie wissen alle mehr, als sie gesagt haben, und William Faraday kommt meines Erachtens noch immer am ehesten in Betracht. So, da sind wir.«

Doch die steife Düsterkeit von Socrates Close, die sich auf sie zu legen schien, sobald sie aus dem Wagen stiegen, verflog diesmal rasch. Sie traten unter das säulengetragene Vordach, der Inspector zog an der Glocke, und als der hohle Ton in den Tiefen des Dienstbotentrakts ertönte, drang ein lautes weibliches Kreischen zu ihnen heraus, gefolgt von einem Ausbruch hysterischen Gelächters, das beides deutlich aus der Gegend des Morgenzimmers stammte.

Fast im gleichen Augenblick wurde die Haustür aufgerissen, von Marcus Featherstone, der beträchtlich blasser war als gewöhnlich, während ihm das rötliche Haar zu Berge stand. Hinter ihm in der Halle, nahe dem Korridor zu den Dienstbotenräumen, stand eine kleine Gruppe von Hausangestellten beisammen, während weiter diese erschreckenden Laute aus dem Morgenzimmer zu hören waren.

Marcus trat auf sie zu. »Kommen Sie rein«, sagte er. »Ich habe schon versucht, Sie anzurufen.«

Stanislaus Oates war überrascht, was nur sehr selten in seinem Leben geschah. Er trat mit schweren Schritten in die Halle, und Campion folgte ihm.

»Was ist denn geschehen?« fragte er.

Marcus warf gehetzte Blicke um sich. »Dieses schreckliche Geräusch, das ist Kitty«, murmelte er. »Joyce ist bei ihr, aber ich fürchte, diesmal ist es ziemlich schlimm. Gehen Sie bitte wieder in die Küche«, wandte er sich an die Angestellten. »Sie brauchen keine Angst zu haben – nicht die geringste. Hören Sie, Inspector, sind Sie so nett und kommen mit mir in die Bibliothek? Du natürlich auch, Campion. Dieses Haus ist verständlicherweise ein bißchen nervös geworden.«

Die Angestellten verschwanden über den Korridor, der in ihren Trakt des Hauses führte, und Campion und der Inspector folgten Marcus in den großen, von Büchern eingefaßten Raum, in dem der arme Onkel William seinen Vater nie bei bester Laune erlebt hatte.

Es war ebenfalls ein düsterer, aber beeindruckender Raum, der in erster Linie von dem riesigen, mit Schnitzereien verzierten Schreibtisch aus Eichenholz beherrscht wurde sowie von einem mit gelbem Brokat bezogenen, thronartigen Stuhl mit hoher Lehne dahinter. Das Schnapprollo war heruntergezogen, und nachdem die drei Männer den Raum betreten hatten, schaltete Marcus das Licht ein.

Als er sich zu ihnen umdrehte, schien er sich gefaßt zu haben, und er war wohl auch ein wenig beschämt über seine vorherige Erregung. Er lachte etwas gezwungen.

»Jetzt zeige ich Ihnen, was das ganze Haus so erschreckt

und die arme Kitty in einen Anfall von Hysterie getrieben hat – ehrlich gesagt, ich komme mir dabei wie ein Idiot vor«, sagte er. »Aber es zeigt, wie nervös inzwischen alle Bewohner dieses Hauses geworden sind. Ich habe nur das Rollo heruntergezogen, weil die Hausmädchen hereinkamen, um es anzustarren. Es scheint übrigens keinen Schlüssel für diese Tür zu geben.«

Während er sprach, ging er zu dem langen, schmalen Fenster direkt hinter dem gelben Stuhl und ließ das Rollo nach oben schnappen, das im Bruchteil von Sekunden oben an der Rolle war und einen Teil der Rasenfläche enthüllte – und das, was offensichtlich wie eine Bombe in den zerrütteten Haushalt eingeschlagen war.

Im Mittelpunkt der mittleren Fensterscheibe war eine große Zeichnung in Scharlachrot zu sehen, einfach und völlig unerklärbar, eine zweifellos etwas erschreckende Erscheinung. Die Zeichnung bestand aus einem senkrechten Strich, gefolgt von zwei kleineren Kreisen übereinander, und das Ganze war von einem äußeren Kreis umgeben, also so:

Der Inspector starrte darauf. »Wann hat man das entdeckt?« fragte er.

»Ich weiß es nicht«, antwortete Marcus. »Aber sie behaupten, daß es gestern noch nicht dagewesen sei, und es wurde vor einer Viertelstunde von Kitty entdeckt, die Julias Pflicht übernommen hat, das Zimmer ihres Vaters abzustauben. Das Rollo in diesem Raum wurde erst zugezogen, nachdem Sie gestern abend gegangen sind, Inspector, und soweit sich alle erinnern, wurde dieser Raum auch heute vormittag nicht betreten. Kitty kam gerade vorhin mit ihrem Staubwedel herein; sie hatte vorher keine Zeit gehabt. Sie öffnete das Rollo und entdeckte das Zeichen. Der unerwartete Anblick erschreckte sie – sie scheint ohnehin am Rand ihrer nervlichen Belastbarkeit zu sein. Ihre Schreie riefen das ganze Haus zusammen – und auch mich. Ich war mit William von der Vorverhandlung hierher zum Lunch gekommen, und – na ja, das ist alles. Jeder hat jetzt Angst. Es ist wirklich ein sonderbares Ereignis, und ich fürchte, daß alle sehr nervös sind, wie ich schon sagte.«

Der Inspector ging vorsichtig um den gelben Brokatstuhl herum und schaute sich das Fenster an.

»Kreide, von außen«, verkündete er. »Der Wind stand in die andere Richtung, so daß der Regen die Zeichnung nicht abwaschen konnte. Wirklich, eine unglaubliche Sache. Jemand versucht offenbar, den Bewohnern dieses Hauses einen Streich zu spielen. Gibt es Abdrücke unter dem Fenster? Ich nehme an, es ist ein Blumenbeet darunter.«

Er schob den unteren Teil des Fensters hoch und beugte sich hinaus. Sie hörten ihn leise brummen; gleich danach war sein Oberkörper wieder im Raum, und er drehte sich herum, einen ungläubigen Ausdruck auf dem Gesicht.

»Was sagt man dazu?« fragte er. »Schauen Sie sich das an!«

Campion und Marcus folgten der Aufforderung. Zwischen dem Pfad, der den Rasen abschloß, und der Hauswand war ein schmales Blumenbeet angelegt, und in dessen Mitte sah man, tief und deutlich wie in Gips gegossen, den Abdruck eines einzigen, riesengroßen, nackten Fußes.

Das Ganze wirkte irgendwie unheimlich. Es war die Karikatur eines Fußabdrucks mit weit gespreizten Zehen und von beeindruckender Größe.

Die Blicke von Campion und Marcus begegneten sich; offenbar war ihnen der gleiche Gedanke gekommen. Solche Füße konnte man nicht verstecken. Campion grinste den Inspector an.

»Sieht wie der Abdruck von einem Ihrer Leute aus«, sagte er. »Ich würde sagen, sie übertreiben die Anweisung, in Zivil Wache zu halten.«

Aber Inspector Stanislaus Oates erwiderte sein Lächeln nicht.

14

Die Katze im Sack

»Es ist absurd, wenn es in einem Haus dieser Größe kein Telephon gibt«, sagte der Inspector, als er die Auffahrt heraufkam, nachdem er von einem Nachbarhaus aus telephoniert hatte. »Natürlich sind das Zeichen und der Fußabdruck ziemlich geschmacklose Scherze, oder ich hoffe es wenigstens. Solche Dinge entsprechen im großen und ganzen anonymen Briefen. Aber es paßt mir nicht, wenn irgendwelche Leute um das Haus herumschleichen. Ich lasse den Fußabdruck photographieren und vermessen und hole einen von meinen Leuten, der nach weiteren Abdrücken suchen soll. Das ist natürlich Routinearbeit, Mr. Featherstone, und vermutlich vergeuden wir damit nur wertvolle Zeit.«

»Und wenn es kein Scherz war?« sagte Mr. Campion langsam, wobei er seinen langen, schlanken Körper leicht nach vorn beugte. »Angenommen, es war mehr als eine Demonstration schlechten Geschmacks? Haben Sie je zuvor ein solches Zeichen gesehen, Stanislaus? Sagt es Ihnen irgend etwas?«

Der Inspector schaute ihn scharf an. Er kannte den jungen Mann lange genug, um sicher zu sein, daß diese beiläufigen Bemerkungen, die Mr. Campion gelegentlich fallenließ, nie so oberflächlich waren wie es den Anschein hatte. Daher ging er auch ernsthaft auf seine Frage ein.

»Ich kann es nicht behaupten«, erwiderte er. »Auf den ersten Blick kommt es mir wie ein Landstreicherzeichen vor, aber ein solches habe ich noch nie gesehen. Ein herkömmlicher Landstreicher benützt zweierlei Kreide, eine rote und eine weiße«, erklärte er Marcus. »Sie malen Zeichen an die Türen der Häuser, um sich gegenseitig Hinweise und Warnungen zu geben. Es ist eine Art Geheimschrift. Natürlich könnte es die Zahl achtzehn sein, doch das ergäbe keinen Sinn. Sagt es Ihnen nichts, Campion? Sie sind doch ein wandelndes Nachschlagewerk für allerlei Informationen.«

Der junge Mann zögerte. »Ich bin vielleicht ein bißchen verrückt«, sagte er, »aber ich habe das Gefühl, daß damit der Buchstabe B gemeint ist. Ich habe ihn schon einmal gesehen, gemalt von einem Kind. Ein kleines Mädchen; es hat das ganze Alphabet so gemalt, als ob es sich nur das Innere, das Weiße der Buchstaben eingeprägt hätte. Das A war ein Dreieck mit einer Art Krokettschlägerblatt darunter, ungefähr so.« Er nahm einen Briefumschlag heraus und zeichnete die Figur auf die Rückseite, dann hielt er den Umschlag hoch, damit alle es sehen konnten.

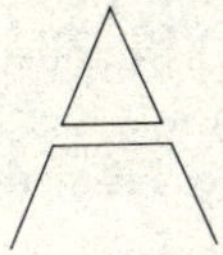

Marcus war skeptisch, aber der Inspector, der ein abgöttisch in seine Kinder vernarrter Vater war, zeigte sich augenblicklich interessiert.

»Ja, das könnte es sein«, sagte er. »Jetzt, wo Sie es sagen, fällt mir ein, daß ich schon mal von so etwas gehört habe. Nur, daß es in diesem Fall sicher nicht von einem Kind gemalt wurde. Haben Sie schon mal einen solchen Fußabdruck gesehen? Ich lasse mir eine Gipskopie davon machen, und sei es nur als Souvenir.«

In allgemeiner Übereinstimmung gingen sie dann zur Rückseite des Hauses, um sich das Blumenbeet noch einmal genauer anzusehen. Stanislaus hatte zuvor den Fußabdruck mit ein paar Lagen Zeitungspapier abgedeckt und an den Ecken mit Steinen beschwert.

»Ein Mann«, sagte er, während er den Abdruck betrachtete. »Und ungewöhnlich schwergewichtig, meine ich, obwohl er natürlich sein ganzes Gewicht auf diesen Fuß verlagern mußte, um ans Fenster zu gelangen.«

»Das Ungewöhnliche daran ist, daß er barfuß war«, platzte Marcus fast wütend heraus. Wie viele Männer seines Berufs ärgerte ihn Unlogisches mehr als es ihn fesselte.

Der Inspector hockte sich am Rand des Kieswegs auf die Fersen und schaute auf das Beet. Dann begann er zum erstenmal an diesem Nachmittag zu grinsen.

»Er hatte Socken an«, sagte er, »doch die scheinen nur bis zum Spann gereicht zu haben, wie eine Art Autofahrerhandschuh, der die Finger freiläßt. Denn hier sieht man ein paar Wollfäden, die im Lehm hängengeblieben sind. Ich decke das lieber wieder zu, wenn Sie nichts dagegenhaben.« Er legte das Papier wieder darüber und richtete sich dann auf. »Sieht verdächtig nach Bowditchs Landstreicher aus«, sagte er.

»Aha!« rief Mr. Campion. »Der Besitzer des grünen Huts. Geheimnisvolle Signale des Nomaden an einen Komplicen im Haus der Geheimnisse.«

Der Inspector hielt mitten im Aufstehen inne, als er die Bedeutung dieser neuen Erklärung mit all ihren Möglichkeiten ganz erfaßte. Einen Moment lang richteten sich seine Augen fragend auf die von Mr. Campion. Dann schüttelte er den Kopf. »Nein«, sagte er. »Das ist keinen Schuß Pulver wert. Wir haben es hier mit einer ganz anderen Show zu tun. Keine Sorge«, fügte er hinzu, während er sich an Marcus wandte. »Wir werden keinen einzigen Hinweis außer acht lassen. Wir gehen allen nach. Das ist die Routinearbeit, und die geht nur langsam und mühsam voran. Die phantasievollen Schlüsse und Folgerungen überlasse ich Ihnen, Campion«, fuhr er fort und grinste ein wenig boshaft. »Sie können soviel denken wie Sie wollen, mein Junge. Ich habe meine Leute gestern um Mitternacht zurückgerufen, aber ich schicke sie in der kommenden Nacht wieder her. Wir können es uns nicht leisten, daß sich derartige Streiche wiederholen, und ich möchte vor allem vermeiden, daß die Bewohner dieses Hauses noch mehr verunsichert werden. Wir sind inzwischen alle sehr dünnhäutig geworden, wissen Sie.«

Sie betraten das Haus durch eine Seitentür und kamen in einen kleinen Gang, der parallel zur Treppe verlief.

»Eigentlich bin ich hergekommen, um mit Mr. William Faraday zu sprechen«, bemerkte der Inspector und sah zu, wie sich die anderen die nassen Regenmäntel auszogen. »Ist er hier?«

Marcus zeigte einen etwas peinlich berührten Ausdruck. »Mr. Faraday fühlt sich nicht wohl. Er hat sich oben in seinem Zimmer hingelegt. Ist es wichtig?«

Der Inspector lächelte, wich aber keinen Millimeter zurück. »Wenn Sie nichts dagegenhaben, möchte ich gern mit ihm sprechen«, sagte er und fügte nachdrücklich hinzu: »Es macht nichts, wenn Sie beide bei diesem Gespräch anwesend sind. Ein Mann kann heutzutage beim Verhör jederzeit seinen Anwalt hinzuziehen.«

Campion warf einen Blick auf Marcus. »Wie wir heute vormittag vor der Verhandlung besprochen haben«, sagte er, »teilte ich dem Inspector alle jene Informationen mit, die Mr. Faraday bei seiner ersten Befragung zunächst nicht für wichtig gehalten hatte. Ich meine, es liegt in seinem eigenen Interesse, mit dem Inspector zu sprechen.«

Aber der besorgte Ausdruck wich nicht vom Gesicht des Anwalts. »Er ist oben in seinem Zimmer«, wiederholte er. »Ich gehe hinauf und bringe es ihm bei. Ziehen Sie sich doch den Mantel aus, Inspector. Sie sind ja ganz naß.«

Er eilte nach oben, und als Campion dem Inspector aus dem Mantel half, begann der ältere Mann zu kichern.

»Sie geraten da ganz schön in die Bredouille«, bemerkte er. »Mir kommt es so vor, als ob Sie gleichzeitig mit dem Hasen fliehen und mit den Hunden hetzen wollten, doch Sie haben vermutlich Ihre Gründe dafür.«

»Die besten auf der Welt«, sagte Campion. »Sie beruhen auf der von der Zeit geprüften Theorie, daß ein Mann um so mehr redet, je unschuldiger er ist. Mein lieber Freund, dieser alte Knabe hat zwei Kriege hinter sich, einschließlich dem Weltkrieg, ohne auch nur einen Hasen erschossen zu haben. Ich kann mir kaum vorstellen, daß er auf seine alten Tage noch damit angefangen hätte. Ich gebe zu, daß er vielleicht etwas weiß, aber er ist genauso unschuldig in dieser Affäre wie ich es bin.«

Der Inspector knurrte, gab aber keinen weiteren Kommentar, und gleich danach kehrte Marcus zurück.

»Mr. Faraday ist in seinem Zimmer«, berichtete er, »und sitzt im Hausmantel am Kamin. Er sagt mir, daß er sich noch immer ziemlich schlecht fühlt, und obwohl ich ihm geraten habe, trotzdem mit Ihnen zu reden, und ihm versicherte, Sie seien so gütig, auch Campion und mich bei diesem Gespräch zuzulassen, sieht er sich nicht in der Lage, herunterzukommen. Macht es Ihnen etwas aus, wenn Sie ihn in seinem Zimmer sprechen?«

»Keineswegs«, sagte der Inspector, froh darüber, daß es nichts Schlimmeres war. »Ich komme gleich zu ihm hinauf.«

Onkel William saß in einem sehr bunten Hausmantel vor dem offenen Feuer in seinem Zimmer. Sein weißes Haar stand ihm zu Berge, und sein Schnauzbart hing mutlos herab. Er hob den Kopf, als sie eintraten, unternahm aber nicht den Versuch aufzustehen. Er wirkte älter und jämmerlicher als gewöhnlich, die Zehen in seinen Filzpantoffeln waren nach innen gedreht, eine seiner pummeligen Hände lag auf einem Knie, die andere hing bandagiert in einer Schlinge aus schwarzer Seide. Er sah eindeutig krank aus. Seine Haut war fleckig, die Augen leicht blutunterlaufen. Mr. Campion beobachtete, wie der Inspector einen flüchtigen Blick auf die Füße des alten Mannes warf, und konnte ein Grinsen nicht unterdrücken. Onkel Williams kleine, fette Füße konnten auf keinen Fall Urheber des riesigen Abdrucks auf dem Blumenbeet sein.

Der Invalide schenkte Mr. Campion ein schwaches Lächeln und nickte dann dem Inspector kurz zu.

»Was ist denn nun schon wieder?« fragte er. »Ich bin ein kranker Mann, und ich lasse mich nicht mehr belästigen in einer Sache, bei der ich nicht mehr helfen kann, als ich es getan habe. Aber bitte, besorgen Sie sich Sitzgelegenheiten. Ich habe nichts gegen dieses Eindringen, aber ich möchte die Sache so schnell wie möglich hinter mich bringen.«

Sie fanden Stühle, und der Inspector besprach mit Onkel William die Dinge, die ihm Mr. Campion am Morgen mitgeteilt hatte. Im großen und ganzen hielt sich Onkel William bemerkenswert gut. Er gestand die Sache mit der Amnesie und den Besuch bei Sir Gordon Woodthorpe. Beim Thema der Schußwaffe schien er etwas empfindlicher zu reagieren, aber der Inspector zeigte Geduld und sogar Verständnis, und Onkel William, der merkte, daß er ein gutes Publikum hatte, vergaß seine Angst und begann frei zu sprechen.

Das Gespräch entwickelte sich außerordentlich günstig; Marcus geleitete seinen Mandanten mit großem Geschick über die peinlicheren Stellen seiner Geschichte, und erst als sich der Inspector räusperte und seiner Frage ein Wort der Entschuldigung vorausschickte, ehe er auf den Vorfall der vergangenen Nacht zu sprechen kam, trat wieder Onkel Williams bekannter Eigensinn zutage.

»Sprechen wir von Ihrer Hand, Sir«, begann der Inspector unschuldig. »Ich habe gehört, daß es hier in der vergangenen Nacht eine gewisse Unruhe gegeben hat. Können Sie mir mit Ihren eigenen Worten schildern, wie es zu dieser Verletzung gekommen ist?«

Zum erstenmal zeigte sich ein etwas bösartiger Ausdruck in Onkel Williams kleinen, trüben Augen.

»Eine völlig triviale Angelegenheit«, sagte er gereizt. »Aber ich glaube, auch die albernsten Dinge werden ungeheuer wichtig, wenn sich einer von Ihren Leuten damit befaßt. Es war wirklich das Einfachste und Harmloseste auf der

Welt. Ich habe es Campion gesagt, und ich habe es meiner jungen Nichte gesagt.« Er räusperte sich und betrachtete dann den Inspector mit ernstem Blick. »Ich schlafe immer mit offenem Fenster, wissen Sie, und in der vergangenen Nacht bin ich aufgewacht, weil eine riesige Katze in meinem Zimmer gewesen ist. Ich hasse Katzen, also bin ich aus dem Bett gesprungen, habe das Biest gepackt und durch das Fenster geschubst. Dabei hat es sich gewehrt und mich gekratzt. Ich bin hinuntergegangen, um etwas Jodtinktur auf die Verletzung zu geben, und habe dabei bedauerlicherweise das ganze Haus geweckt. Das ist alles, was ich dazu sagen kann.«

Marcus wirkte besorgt, und Campion schien die Sache zu bedauern, während der Inspector keinerlei Ausdruck zeigte. Er notierte sich ein paar Hieroglyphen in sein privates Notizbuch, dann blickte er hoch.

»Kann ich Ihre Hand sehen, Sir?« fragte er.

Onkel William blies die Backen auf. »Das ist – völlig irregulär, Wachtmeister – ich – äh – ich muß das doch nicht, oder?« fragte er.

Der Inspector überging die unverdiente Beleidigung, und Campion fühlte, wie seine Bewunderung zurückkehrte für diesen stillen, ernsten Mann mit den durchdringenden grauen Augen.

»Ich möchte sie gern sehen, Sir.« Der Ton des Inspectors war zugleich respektvoll und kommandierend.

Einen Augenblick lang sah es so aus, als würde Onkel William die Bitte schlichtweg abschlagen, aber dann warf sich Marcus taktvoll in die Bresche.

»Vielleicht kann ich mit der Bandage helfen?«

Der ältere Mann bedachte ihn mit einem haßerfüllten Blick. »Na schön«, sagte er dann. »Wenn Sie es unbedingt wollen. Aber wenn Sie sich dabei Ärger mit dem alten Lavrock einhandeln, geht mich das nichts an. Er hat gesagt, es war Glück, daß keine größere Arterie erwischt worden ist, und ich hatte keine Ahnung«, fügte er hinzu, wobei er die

Worte nur halblaut vor sich hin murmelte, »daß es zur Etikette eines Anwalts zählt, der Polizei beizustehen, wenn diese entschlossen ist, seinen unglücklichen Mandanten inmitten eines doppelten Trauerfalls derartig zu belästigen.«

»Es ist die Pflicht eines Anwalts, alles zu tun, um die Interessen seines Mandanten zu wahren, Sir«, sagte Marcus etwas schroff.

»Ha!« erwiderte Onkel William ungnädig.

Inzwischen waren die äußeren Bandagen entfernt, und Marcus nahm mit äußerster Vorsicht den Streifen geölter Seide weg, der darunterlag. Als er zur Watte des eigentlichen Verbands kam, wurde die Sache noch schwieriger, und erst nachdem man warmes Wasser geholt und damit sachte die Wunde von der Watte befreit hatte, lag sie offen da.

Stanislaus Oates erhob sich, um sie zu besichtigen, und sein Verhalten war merklich ernster und strenger geworden.

»Mit drei Stichen genäht, wie ich sehe«, sagte er. »Ein einziger, tiefer Schnitt. Danke, Mr. Faraday. Mehr wollte ich nicht sehen, Mr. Featherstone.«

Onkel William war trotz seines schlechten Gesundheitszustands durchaus in der Lage zu erkennen, daß das Vorweisen seiner Wunde die Erklärung, die er dazu vorgebracht hatte, nicht gerade bekräftigte. Er widmete sich vorläufig ausschließlich dem Wiederanlegen des Verbands, und es dauerte einige Zeit, bis die Binden zu seiner Zufriedenheit arrangiert waren.

Während dieser ganzen Zeit wartete der Inspector geduldig und höflich. Doch dann war sein Augenblick gekommen.

»Würden Sie mir nun noch einmal sagen, Sir, wie Sie sich diese Verletzung zugezogen haben?«

Daraufhin entwich Onkel Williams Kehle ein hohes Quieken der Verzweiflung. »Soll ich denn den Rest meines Lebens damit verbringen, den Bericht über einen so alltäglichen Vorfall zu wiederholen?« fragte er in bitterem Ton. »Sind Sie noch im Vollbesitz Ihrer Sinne, Sir? Ich sagte es Ihnen, eine

Katze ist in der vergangenen Nacht in mein Zimmer gekommen, und sie hat mich gekratzt. Ich weiß nicht, was mit diesem Land noch werden soll. Überall nichts als Inkompetenz, wohin man auch schaut.«

Der Inspector ließ sich davon nicht beeindrucken. »Beschreiben Sie die Katze«, sagte er entschieden.

Onkel William plusterte sich wieder auf, aber da keiner der drei Männer ihn anschaute, blieb ihm nichts anderes übrig als zu antworten.

»Eine ziemlich große Katze«, sagte er. »Dunkles Fell. Ich habe sie nicht genau angesehen. Mir ging es nur darum, sie hinauszubefördern, ich wollte sie nicht zu meinem Haustier machen.«

Als noch immer niemand sprach, fuhr er fort und geriet mehr und mehr in die Bereiche der Phantasie.

»Ich habe solche Katzen in Südafrika erlebt. Sehr wild und riesengroß.«

»Kannten Sie sie?« Der Ton des Inspectors klang unpersönlich.

Onkel William lief dunkelrot an, aber er blieb bei seiner Geschichte.

»Wie meinen Sie das – kannte ich sie?« fragte er angriffslustig. »Ich pflege keine Bekanntschaften mit streunenden Katzen zu schließen. Nein, soviel ich weiß, habe ich diese Bestie nie zuvor gesehen. Sind Sie jetzt zufrieden?«

»Brannte das Licht in diesem Zimmer, oder war es aus, als Sie die Katze anfaßten?« fragte der Inspector und notierte sich alles in sein Buch.

»Es war aus«, erwiderte Onkel William triumphierend.

»Wieso haben Sie dann gewußt, daß es eine Katze war?« fragte der Inspector unerschütterlich.

Jetzt blies sich Onkel William wieder auf. Einem länger andauernden unterirdischen Grollen folgte ein Ausbruch mit einer viel höheren Stimme, als er selbst und alle anderen erwartet hatten.

»Weil sie miaut hat!« schrie er. »Sie hat ›Miau, miau‹ gemacht. Ich weiß ja nicht, was Sie sich dabei denken, aber ich finde es ungeheuerlich. Kommen einfach daher und stellen mir derart idiotische Fragen! Featherstone, Sie sind ein miserabler Anwalt, wenn es Ihnen nicht gelingt, mich vor solchen Dingen zu schützen. Ich bin ein kranker Mann und nicht in der Verfassung, mich von einem Pack von Idioten schikanieren zu lassen.«

Marcus räusperte sich. »Mr. Faraday«, begann er leise, »in meiner offiziellen Eigenschaft muß ich Ihnen raten, dem Inspector alles zu sagen, was Sie wissen. Es ist in Ihrem eigenen Interesse von größter Bedeutung, daß die Polizei die volle Wahrheit erfährt.«

Diese wenigen Sätze wirkten sich beruhigend auf Onkel William aus, ohne freilich seine hartnäckige Position im geringsten zu verändern. Er brummelte weiter.

»Ich weiß nicht, warum Sie nicht eine klare und deutliche Erklärung hinnehmen wollen«, sagte er. »Das Ganze hat doch nichts mit Ihren Ermittlungen zu tun. Ich weiß, daß es eine Katze war, weil sie miaut hat und weil ich ihr Fell gefühlt habe. Vielleicht war es ja auch keine Katze. Es hätte auch ein junger Tiger sein können, meinetwegen.« Er lachte in bitterem Ton über seinen Scherz.

»Sie sind also nicht sicher, ob es eine Katze war«, sagte der Inspector einigermaßen befriedigt und machte sich wieder Notizen in seinem Buch. »Sind Sie sicher, daß es sich um ein Tier handelte?«

Onkel William schien nach der Eruption von vorhin seine Kraftreserven weitgehend erschöpft zu haben.

»Was immer es war, ich hab' es aus dem Fenster geschmissen«, sagte er kurz und bündig.

Der Inspector erhob sich, ging zum Fenster und schaute hinaus. Es ging ziemlich tief hinunter auf das Blumenbeet. Er sagte nichts und kehrte zu seinem Platz zurück.

Onkel William begann wieder zu brummen. »Wissen Sie,

Inspector«, sagte er, »ich habe den Eindruck, daß Sie mir kein Wort glauben. Aber das ist meine Geschichte, und ich bleibe dabei. Sehr beleidigend, wenn einem Mann in seinem eigenen Hause nicht mehr geglaubt wird.«

Mr. Oates ignorierte diese Bemerkung. »Können Sie mir die Adresse Ihres Arztes nennen, Sir?« fragte er.

»Wozu das denn, zum Teufel?« fuhr Onkel William auf und riß dazu seine kleinen Augen weit auf. »Er wird Ihnen nicht viel sagen. Wie Sie wissen, sind Ärzte durch die Schweigepflicht gebunden. Aber ich sage Ihnen etwas, um es ihm zu ersparen, daß er auch noch von Ihnen belästigt wird. Er ist, was die Katze betrifft, genau so borniert wie Sie. Er hat mich gefragt, ob es eine Katze mit nur einer Kralle gewesen sei, der alberne Kerl. Er heißt Lavrock, wenn Sie unbedingt mein ganzes Privatleben auskundschaften wollen. Mehr habe ich dazu nicht zu sagen.«

Der Inspector stand auf. »Also schön, Sir«, sagte er. »Ich mache Sie darauf aufmerksam, daß Sie das alles auch dem Coroner sagen müssen, bei der Vorverhandlung. Ich könnte mir denken, daß er der Meinung ist, daß es für den Fall einige Bedeutung hat.«

Auch Marcus hatte sich erhoben. »Inspector«, sagte er, »Sie bleiben doch noch einen Augenblick, ja? Ich möchte nur ein paar Worte mit meinem Mandanten reden und wäre dankbar, Sie danach noch hier zu erreichen.«

Zum erstenmal während des ganzen Gesprächs erschien ein Lächeln auf dem Gesicht von Mr. Oates.

»Ich bin noch eine Weile im Haus, Mr. Featherstone«, sagte er.

Er und Campion ließen Marcus bei seinem verstockten Mandanten zurück, und als sie draußen auf dem Korridor standen, hielt der Inspector inne.

»Eigentlich möchte ich jetzt hinauf auf den Speicher«, sagte er. »Ich möchte diese Schnur sehen und das Revolverhalfter.«

»Es tut mir leid mit Onkel William«, sagte Mr. Campion leise. »Sie haben ihn nicht in Bestform erlebt.«

Der Inspector stieß einen mißbilligenden Laut aus. »Bei Zeugen wie ihm habe ich die Neigung, bösartig zu werden«, sagte er. »Wenn ich nicht wüßte, daß meine Beweise gegen ihn nicht ausreichen, hätte ich gute Lust, ihn einzubuchten dafür, daß er mir die Lügen gleich bündelweise auftischt. Das ist eine Messerwunde, wahrscheinlich eine Verletzung mit einem scharfen Federmesser, wie es aussieht. Natürlich deckt er jemanden, aber das heißt dann wohl auch, daß er weiß, wer hinter dem allen steckt.«

Campion schüttelte den Kopf. »Ich glaube nicht, daß er es weiß«, sagte er. »Vielleicht glaubt er es zu wissen.«

»Bringen Sie mich in diesen Speicherraum«, sagte der Inspector entschieden. »Routine – nur damit kommen wir hier noch weiter. Zuletzt läuft es doch immer wieder darauf hinaus.«

15

Ein Außenseiter-Job

Es war fast drei Uhr, als der Inspector, der die Bibliothek zu seinem Hauptquartier gemacht hatte, sich anschickte, seine Untersuchungen auf Socrates Close für diesen Tag abzuschließen. Mr. Bowditch und ein Polizeiphotograph hatten ihre Arbeit an dem Fußabdruck hinter sich gebracht, und nun hatten sie sich neben dem Inspector aufgebaut und betrachteten eine Reihe von Schuhen, die vor ihnen auf dem Boden standen. Stanislaus hatte sich ein Paar von jedem Haushaltsmitglied besorgt, einschließlich Vater und Sohn Christmas, die in einem kleinen Häuschen am Rand des Besitzes wohnten.

Momentan waren die Ermittlungen festgefahren. Der Inspector war bedrückt, der Photograph verwirrt, und der unverwüstliche Bowditch konnte trotz allem seine Belustigung kaum zurückhalten.

»Nun gut«, sagte er, »wir haben die Maße, wir haben die Photographie und wir haben einen Gipsabdruck. Aber es sieht nicht so aus, als ob unser Aschenbrödel unter denen hier zu finden wäre.« Er zeigte auf die Reihe von Schuhen vor ihnen. »Es gibt nicht einen einzigen, dem nicht wenigstens drei Zentimeter in beiden Dimensionen fehlen.«

Stanislaus knurrte. »Wahrscheinlich sollten wir eine Barfuß-Parade veranstalten«, sagte er, »und ich würde es auch tun, wenn sich die Diskrepanz in die andere Richtung bewegte. Aber es ist ausgeschlossen, daß jemand so große Füße hat, ohne daß es auffiele.«

Bowditch lachte geräuschvoll. »Das ist nicht zu leugnen«, sagte er. »Selbst bei Tubby Lane in der Bow Street gibt es keine so großen Treter. Ehrlich gesagt, mir kommt der Abdruck vor wie ein Exponat aus dem Museum für Naturgeschichte.«

Stanislaus zog die Stirn in Falten. »Es gibt aber doch keinen Zweifel darüber, daß der Abdruck echt ist, oder?« fragte er.

Was das betraf, war Bowditch völlig überzeugt. »Nein, nein, das ist alles echt«, sagte er. »Man kann sogar den Abdruck des Nagels sehen, und außerdem findet man in der Ferse ein paar blaue Wollfasern. Das ist ein echter Fuß, auch wenn man es kaum glauben möchte. Und was für ein Fuß! In meinem ganzen Berufsleben als Polizist hab' ich nichts so Komisches gesehen.«

Wieder zog der Inspector die Augenbrauen hoch. Er betrachtete immer noch die Schuhe. »Diese da drüben kommen in der Größe am nächsten«, bemerkte er. »Sie gehören dem jungen Christmas. Schauen Sie sich mal seine Füße an, Bowditch. Vermessen Sie sie. Nein, lachen Sie nicht, benehmen Sie sich einmal im Leben wie ein Kriminalpolizist.«

Die Aussicht, möglicherweise das Original des Abdrucks in Fleisch und Blut zu sehen, war zuviel für Mr. Bowditch. Sein Gesicht lief noch röter an, und die kleinen blauen Augen füllten sich mit Lachtränen.

»Ich bin schon fast dort«, sagte er. »Und Sie kommen besser mit«, fügte er, zum Photographen gewandt, hinzu. »Das wollen wir im Bild festhalten und einrahmen.«

»Ein vollendeter Trottel«, sagte der Inspector zu Campion, als sich die Tür hinter dem hoffnungsvollen Bowditch und seinem Assistenten geschlossen hatte. »Ich habe ja nichts gegen humorvolle Menschen, aber der Kerl benimmt sich ständig wie der dumme August auf dem Jahrmarkt.«

Mr. Campion gab keinen direkten Kommentar dazu. »Glauben Sie immer noch, daß das Ganze ein Scherz gewesen ist?« fragte er nach einer Pause.

»Nein, das glaube ich nicht«, sagte der Inspector in bitterem Ton. »Das habe ich aufgegeben, als ich daraufgekommen bin, in welchen Schlamassel uns dieser Spaßvogel gebracht hat. Als ob wir nicht genügend Ärger hätten ohne einen plattfüßigen Trottel, der alles damit kompliziert, daß er kindische Symbole auf die Fenster schmiert! Die Schuhe können jetzt zurückgeschickt werden an ihren Besitzer. Kommen Sie rein.«

Die letzte Bemerkung galt einem leisen Klopfen an der Tür. Marcus betrat den Raum. Der junge Mann sah müde aus und wirkte erschüttert. Er warf einen Blick auf die Reihe von Schuhen, zog die Augenbrauen hoch, machte aber keine Bemerkung darüber, was ihn im Ansehen des Inspectors steigen ließ.

»Es tut mir außerordentlich leid«, sagte er, »aber Mr. Faraday bleibt dabei, es sei eine Katze gewesen.«

Der Inspector knurrte. »Haben Sie ihm klar gemacht, daß er bei der Verhandlung vor dem Coroner darüber vereidigt werden wird?« fragte er.

»Ja«, räumte Marcus ein. »Aber er scheint selbst daran zu glauben. Dieser Zwischenfall hat doch wohl kaum etwas mit Ihrer Ermittlung zu tun, oder?«

Oates antwortete nicht gleich. Er hatte begriffen, was der andere damit sagen wollte.

»Sie brauchen Mr. Faraday nicht vor mir zu schützen, Mr. Featherstone«, bemerkte er. »Wenn überhaupt, müßte man ihn vor sich selbst schützen.«

Mr. Campion dagegen nahm sich die Starrsinnigkeit von Onkel William sehr zu Herzen.

»Ich sehe schon, ich werde eine Rundreise durch die Pubs in der Nähe machen müssen, um Onkel William zu helfen«, sagte er mit einem bedeutungsvollen Blick auf den Inspector. »Marcus, das ist ein Job für uns beide. Du hast inzwischen natürlich an Sir Gordon Woodthorpe geschrieben, ja?«

Marcus, der diese Frage schon einmal beantwortet hatte, schaute seinen Freund überrascht an, sah zugleich den interessierten Ausdruck auf dem Gesicht des Inspectors und antwortete ohne Zögern.

»Natürlich«, sagte er.

Die Niedergeschlagenheit des Inspectors verstärkte sich. »Ich lasse die Schrift vorläufig an der Fensterscheibe«, sagte er. »Sie können die Mitglieder des Haushalts beruhigen. In der kommenden Nacht werden ein paar Beamte in Zivil draußen im Garten wachen.«

»Dann sind Sie also der Meinung, daß diese Sache nicht nur ein schlechter Scherz ist, Inspector?« fragte Marcus, der jeden Strohhalm ergriff, welcher von dem unangenehmen Thema Onkel William ablenkte.

Trotz der Abneigung eines jeden Polizeibeamten, die Fragen von Laien zu beantworten, fuhr ihm Mr. Oates nicht über den Mund. Im Gegenteil, er antwortete ihm freundlich, wenn auch unverbindlich.

»Ich bin ganz froh, daß der Fuß, der den Abdruck da draußen verursacht hat, nicht einen von diesen Schuhen hier tragen kann«, sagte er. »Mehr kann ich dazu vorläufig nicht sagen.«

Mr. Campion, der ans Fenster getreten war und jetzt nachdenklich das mit roter Kreide geschriebene Zeichen betrachtete, sprach, ohne sich umzudrehen.

»Und wenn wir rein theoretisch davon ausgehen, daß das alles völlig echt ist?« sagte er. »Tun wir doch einmal so, als sei es tatsächlich eine Nachricht von draußen für jemanden hier im Haus. Wenn wir dem Gedanken folgen – wohin führt uns das? Dazu, daß der Verfasser der Nachricht erstens die Verhältnisse im Haus nicht gut genug kannte, weil dieser Raum, wie wir wissen, nur selten benützt wird, und daß er zweitens nur mit einem Mitglied des Haushalts auf gutem Fuß steht, denn sonst hätte er ja in der gewöhnlichen Weise vorsprechen können.«

Er drehte sich rasch herum und schaute den Inspector an, eine schlanke, gelassene Gestalt in der Silhouette des Fensters.

»Eine derartige Nachricht muß notgedrungen sehr einfach

sein«, sagte er, »und ich meine, Stanislaus, daß sie nur eines von drei Dingen bedeuten kann. Erstens: Komm, wir treffen uns am üblichen Ort. Zweitens: Es muß etwas geschehen, und drittens, noch einfacher: Ich bin wieder da.«

»Aber keiner von den Hausbewohnern gibt zu, jemals ein solches Zeichen gesehen zu haben, und es gibt meines Wissens nur einen einzigen Schwindler hier«, sagte der Inspector giftig.

Die weitere Konversation wurde unterbrochen durch die Rückkehr von Bowditch. Er wirkte ein wenig geknickt.

»Aussichtslos«, sagte er. »Ich habe seinen rechten Fuß gemessen. Länge zweiunddreißig Komma drei, Breite an der breitesten Stelle, den Zehenballen, etwa zwölf Zentimeter. Dieser Abdruck dagegen ist, wie Sie wissen, vierunddreißig Komma fünfundsechzig lang und fünfzehn Zentimeter breit.« Er nannte stolz die genauen Zahlen. »Harrison schaut sich im Garten nach weiteren Spuren um«, fügte er hinzu. »Aber das Gras ist gepflegt und kurz geschnitten, außerdem hat es in der Nacht geregnet, so daß nicht viel zu finden sein dürfte. Nur der Windschatten des Hauses hat diesen einen Abdruck so gut erhalten.«

Mr. Oates nickte. »Na schön«, sagte er resignierend. »Ich glaube, ich muß zurück.«

Campion begleitete den Inspector und seinen jovialen Helfer zum Wagen; Marcus blieb taktvollerweise in der Bibliothek.

»Haben Sie alle Ihre Sachen?« fragte Campion, als er dem Kriminalbeamten draußen in der Halle in den Regenmantel half. »Das Seil, und was weiß ich noch?«

»Hab ich«, sagte Stanislaus kurz. »Und Sie sind doch nicht so schlau, wie Sie immer glauben, mein Freund. Da ist etwas, das Sie eigentlich hätten herausfinden müssen.« Er zog einen Schlüssel aus der Tasche und legte ihn dem jungen Mann in die Hand. »Das ist der Schlüssel zu Ihrer Tür«, sagte er. »Er paßt aber auch in alle anderen Türschlösser im ersten Stock.

Alle Schlösser sind gleich, die Schlüssel austauschbar. Gestern ist es mir nicht aufgefallen, aber ich hätte es mir denken können. So etwas ist in vielen Häusern üblich. Leben Sie wohl.«

Mr. Campion steckte den Schlüssel ein und war keineswegs peinlich berührt. »Ich komme morgen zu Ihnen«, sagte er, »um zu hören, was es Neues gibt – vorausgesetzt, irgendein großes, plattfüßiges Monster hat mich nicht bis dahin verschlungen.«

Der Inspector stieß ein Knurren aus und ließ den Motor an. »Ihr seid alle gleich, ihr ungeübten Amateure«, sagte er. »Ihr interessiert euch nur für das Auffällige. Aber das hier ist ein dummer Streich, da wette ich.«

»Ich nehme Sie beim Wort«, sagte Campion. »Was setzen Sie?«

»Ich gehe bis an mein Limit – fünf Shilling.«

»Topp«, sagte der jüngere Mann. Dann kehrte er ins Haus zurück, und Marcus traf ihn in der Halle. Er war besorgt und noch immer betrübt über die Wendung, die die Ereignisse genommen hatten.

»Diese Schrift auf dem Fenster, Campion«, sagte er. »Was bedeutet sie wirklich? Gibt es eine Erklärung dafür?«

Sie gingen zurück in die Bibliothek. »Nun, es gibt eigentlich nur eine naheliegende Schlußfolgerung, nicht wahr?« sagte Mr. Campion, während er die Rollos herunterzog. »Und zwar, daß noch jemand zu unserem Szenarium gehört. Der Fußabdruck bedeutet das, was ein Fußabdruck für Robinson Crusoe bedeutet hat: Es muß ein Freitag in der Nähe sein.«

Auf einmal hellte sich das Gesicht von Marcus auf. »Wenn du mich fragst, das ist etwas, wofür wir nur dankbar sein können«, sagte er. »Williams Haltung beunruhigt mich. Ich kann mir nicht erklären, warum ausgerechnet er versuchen sollte, uns die Sache möglichst schwer zu machen.«

»Onkel William ist ein ziemlich netter, aber sturer alter

Schwerenöter«, sagte Mr. Campion. »Und Stanislaus nimmt diese Haltung ein, weil es die orthodoxe Haltung der Polizei ist. Sie greifen immer nach der nächstliegenden Spur, halten sie fest und folgen ihr. Wenn sie nicht weiterführt, lassen sie sie los und nehmen die am nächsten wahrscheinliche. Deshalb kommen sie zuletzt fast immer unweigerlich auf die richtige.«

»Aber du«, bohrte Marcus weiter, »was glaubst du?«

Mr. Campion schwieg. Seine eigene Theorie war teilweise in der Aufregung der letzten zwei Stunden untergegangen. Jetzt jedoch wurde seine Miene ernst, als die Möglichkeiten dieses Falles wieder in sein Bewußtsein zurückkehrten. Marcus wartete noch auf eine Antwort, und Campion wurde nur deshalb aus einer unangenehmen Situation gerettet, weil jemand an die Tür der Bibliothek klopfte.

»Mr. Campion, darf ich Sie um Ihren Arm bitten?«

Es war Großtante Caroline, zerbrechlich und lebhaft wie immer, mit einer großartigen Malteserkappe und einem spitzenbesetzten Schultertuch. Sie lächelte Marcus an.

»Sie werden Joyce im Morgenzimmer finden«, sagte sie. »Gehen Sie doch zu ihr und reden Sie mit ihr. Ich fürchte, sie hat einen ziemlich anstrengenden Nachmittag mit der armen Catherine hinter sich.«

Sie gab ihre Anweisungen mit bewunderungswürdiger Grazie und königlicher Herablassung. Gleich danach sah sich Mr. Campion im Begriff, die alte Lady in ihren Salon zu begleiten. Er mußte sich ein wenig bücken, damit sie ihre kleine Hand bequem auf seinen Unterarm legen konnte.

Großtante Caroline begann erst zu sprechen, als sie sicher auf ihrem Stuhl aus Nußbaumholz mit der hohen geraden Lehne thronte, während Campion vor dem Kamin vor ihr auf dem Teppich stand. Sie betrachtete ihn wohlwollend, und ihre kleinen, leuchtenden Augen waren auf sein Gesicht gerichtet, wobei sie ein leicht amüsiertes Lächeln auf den Lippen hatte.

»Emily hat ganz recht«, sagte sie. »Sie sind ein kluger

junger Mann. Ich bin sehr zufrieden mit Ihnen. Sie behandeln diese aufregende Sache sehr gut – namentlich den armen William. Der arme William ist ein sehr schwieriger Mensch – auch ein sehr törichter –, doch manche Brüder meines Mannes waren genauso töricht wie er. Die Polizei verdächtigt ihn natürlich noch immer.« Sie schaute den jungen Mann scharf an, und Mr. Campion hielt ihrem Blick stand.

»Ja, ich glaube«, sagte er und zögerte.

Sie lächelte ihn an. »Mein lieber junger Freund«, sagte sie, »ich werde nichts verraten, ganz gleich, was Sie mir berichten.«

Mr. Campion nahm seine Brille ab, und zum erstenmal erkannte man einen Hauch von Müdigkeit auf seinem Gesicht. Er erwiderte ihr Lächeln.

»Ich werde es mir merken«, sagte er und fügte leise hinzu: »Meine Position hier ist recht unpopulär, wie Sie wissen, und die Situation erscheint derzeit etwas prekär. Aber heute morgen habe ich etwas erfahren, wovon ich sicher bin, daß es sich als positive Bestätigung für Mr. Faradays Unschuld erweisen wird. Ich habe noch mit niemandem darüber gesprochen, da ich dachte, es sei für alle Beteiligten am besten, wenn die Polizei den Fall vorläufig auf ihre Weise aufzuklären versucht.«

Der Ausdruck der alten Lady war unergründlich. »Das ist eine sehr gute Nachricht«, sagte sie. »Ich werde Ihnen keine weiteren Fragen dazu stellen. Außerdem glaube ich, daß ich mich einer Verfehlung schuldig gemacht habe. Ich habe ein Beweismittel zurückgehalten.«

Ihr Lächeln vertiefte sich, als sie seine Miene sah, und sie fuhr mit ihrer weichen, leisen Stimme fort.

»Ich habe hier einen Brief an Andrew, der zwei oder drei Tage nach seinem Verschwinden hier eingetroffen ist. Ich weiß, ich hätte ihn der Polizei aushändigen sollen, aber glücklicherweise habe ich ihn zuerst einmal gelesen, und da die Verfasserin ihre Position in dieser Welt zu behaupten hat und der Brief mir nicht allzu bedeutsam erschien, hielt ich es für bedauerlich, wenn sie auf diese Weise in die Affäre hineingezogen würde. Also habe ich ihn bei mir behalten, aber er lag schwer auf meinem Gewissen. Hier ist er.«

Sie sperrte eine kleine Schublade ihres Sekretärs auf und nahm einen dicken weißen Umschlag heraus, der an ›Andrew Seeley, Esq.‹ adressiert war. Die Handschrift war klar und feminin. Großtante Caroline nahm das Blatt, das er enthielt, heraus und faltete es auseinander mit Fingern, die fast so weiß waren wie das Papier.

»Ich weiß nicht, ob Sie mit der akademischen Welt vertraut sind«, sagte sie, »aber die Absenderin dieses Briefes ist Miss Margaret Lisle-Chevreuse, die Leiterin des Templeton College für Mädchen in York, eines der besten derartigen Institute in unserem Land. Sie werden verstehen, daß es für ihre Position verderblich wäre, wenn sie in irgendwelche Dinge auch nur gerüchteweise hineingezogen würde. Sie ist natürlich unverheiratet, und da ich sie seit etwa fünfundzwanzig Jahren kenne, muß sie jetzt um die fünfzig sein. Ich hatte keine Ahnung, daß sie Andrew so gut kannte.«

Mr. Campion nahm das Blatt mit beträchtlicher Verlegenheit und begann zu lesen.

Mein lieber Andy,

ich bin richtig erschrocken, als ich Deine Handschrift heute morgen unter meiner Korrespondenz entdeckte. Mein Lieber, Du hast Dich ja auf sehr nette Weise entschuldigt, auch wenn ich mir nicht denken kann, wieso das nach fünfzehn Jahren noch nötig sein sollte. Es freut mich zu hören, daß Du zu uns in den Norden kommst, und besonders, daß ich Dich nun bald wiedersehen werde. Du schreibst, ich würde Dich sehr verändert vorfinden: Ich selbst mag gar nicht an die Veränderungen denken, die Du an mir erkennen wirst. Nein, ich schlinge mir das Haar nicht mehr wie damals in einem Kranz über den Ohren um den Kopf! Meine Mädchen würden denken, ich hätte den Verstand verloren, wenn ich plötzlich zu dieser Frisur zurückkehren würde.

Und zum Rest Deines Briefes – was kann ich dazu sagen? Es gab eine Zeit, als ich dachte, Du hättest mir das Herz gebrochen, aber wenn man älter wird, verblassen solche Dinge glücklicherweise.

Warte, bis Du mich wiedersiehst.

Ich kann Dir nicht sagen, wie glücklich ich war, Deinen Brief bekommen zu haben. Ich hatte Dich nicht vergessen.

Es tut mir leid, zu hören, daß Dein Leben in Gesellschaft Deiner Vettern und Kusinen nicht glücklich ist. Aber mit Verwandten ist es immer schwierig.

Immerhin ist ja, wie Du selbst sagst, noch ein schönes Stück unseres Lebens übrig. Komm zu mir, sobald Du eingetroffen bist, mein bester Freund.

In Liebe

Deine Margaret.

Als er den Brief zu Ende gelesen hatte, faltete Mr. Campion ihn wieder zusammen und hielt ihn nachdenklich zwischen den Fingern. Großtante Caroline kam ihm zu Hilfe und nahm ihn ihm ab.

»Sie wird in den Zeitungen von seinem Tod erfahren haben, das arme Ding«, sagte sie. »Armer, unglücklicher Andrew! Da scheint er einmal in seinem Leben im Begriff gewesen zu sein, sich wie ein Gentleman zu benehmen ... Es sei denn, er hat dabei an seine Zukunft gedacht. Aber wir dürfen nicht ungerecht sein. Hoffentlich werfen Sie mir nun nicht vor, daß ich diesen Brief vor der Polizei verheimlicht habe, Mr. Campion. Was machen wir jetzt damit?«

Der junge Mann warf einen bedeutungsvollen Blick auf die tanzenden Flammen im offenen Kamin. Die alte Lady nickte.

»Ja, das finde ich auch«, sagte sie.

Als der letzte Rest des Umschlags und seines Inhalts vom Feuer verschlungen war, seufzte Mrs. Faraday.

»Wenn Sie erst einmal älter sind, junger Mann«, sagte sie, »dann werden Sie mit nicht geringer Überraschung feststellen, daß jeder Mann, so wertlos er auch sein mag, imstande ist, einen unsterblichen Funken der Zuneigung im Herzen einer ganz und gar nicht zu ihm passenden Frau zu wecken. So, das war alles, was ich Ihnen zu gestehen hatte. Ich bin sehr erleichtert über das, was Sie mir im Hinblick auf den armen William sagten. Denn, wissen Sie, ich weiß ohne irgendeinen Zweifel, daß er unschuldig ist.«

Die letzten Worte sprach sie mit so großer Überzeugung, daß Mr. Campion geradezu erschrak. Die kleine alte Lady saß da, schaute ihn an, und ihre Augen wirkten sehr schlau.

»Also dann, bis zum Dinner«, sagte sie. »Würden Sie so freundlich sein und mir Alice hereinschicken? Ich glaube, die Glocke funktioniert nicht. Ich wüßte wirklich nicht, was ich ohne Alice tun würde.«

16

Schwarzer Sonntag

Großtante Carolines unbezähmbarer Geist trieb sie am folgenden Morgen in die Kirche, trotz der ihr zweifellos bewußten Tatsache, daß sie damit das unwillkommene Interesse des gaffenden Pöbels wecken würde. Onkel William und Tante Kitty blieben beide im Bett, um sich dieser Prüfung zu entziehen, und Campion und Joyce hatten daher keine andere Wahl, als die alte Lady zu begleiten.

Als Campion der alles dominierenden Gestalt durch den Mittelgang zu ihrem Kirchengestühl folgte, vernahm er eine leise Bewegung in der versammelten Gemeinde, das papierene Rascheln der Gebetbücher, das weiche Rauschen der Röcke. Aber Großtante Caroline ging unbeirrt langsam und steif durch das Kirchenschiff, ohne irgendeinen Ausdruck zu zeigen, und ihr schwarzer Stock kratzte auf den Steinfliesen.

Für Joyce war es ein Alptraum, und sie war sehr froh, daß sie Campion neben sich wußte. Er selbst paßte sich der Situation vorzüglich an und fand die betreffenden Stellen in Großtante Carolines Gebetbuch, als ob ihm der sonntägliche Kirchgang mit ihr angeboren wäre. Das war umso erstaunlicher, als er den Vorgängen bei der Messe in dieser großen, unpersönlichen Kirche kaum Aufmerksamkeit schenkte. Er beschäftigte sich statt dessen in Gedanken mit einer Theorie, die so erschreckend und furchtbar war, daß er kaum daran zu denken wagte. Seit jenem Augenblick in der Nacht, als er aufgewacht war mit dieser Idee, die in seinen Gedanken fertig vor ihm lag, und erst recht, als er danach die einzelnen Puzzleteile zusammengesetzt hatte, war er davon fasziniert gewesen. Im Moment war alles noch zu unscharf und nebelhaftverschwommen, als daß er darüber hätte sprechen können.

Er stellte sich den Ausdruck schockierten Nichtglaubenwollens auf dem Gesicht von Stanislaus Oates vor, wenn er ihm diese Theorie vorführte. Und doch, falls sie der Wahrheit entsprach, falls dieser ungeheuerliche Gedanke mehr war als eine nächtliche Idee, dann schauderte ihn beim Bewußtsein der Gefahr, in welcher sich alle unter dem verwünschten Dach von Socrates Close befanden.

Marcus Featherstone erwartete sie im Haus, als sie zurückkamen. Auch Onkel William hatte sich genügend erholt, um sich unten blicken zu lassen. Die beiden Männer saßen vor dem offenen Feuer im Morgenzimmer, als Joyce und Campion hereinkamen. Man merkte, daß es bei ihrem Gespräch nicht um angenehme Dinge gegangen war. Onkel William war mürrisch, saß gebückt auf seinem Stuhl und sog deprimiert an einer leeren Pfeife, während Marcus' Gesicht, auf dem sich die Strapazen der letzten drei Tage deutlich abzeichneten, noch immer vom Ärger gerötet war.

Er stand pflichtschuldig auf, als sie hereinkamen, ging dann auf Joyce zu und gab ihr einen Kuß – eine unwillkürliche Liebkosung, welche die beiden fast ebenso überraschte, wie sie Onkel William schockierte. Joyce war entzückt, und Campion notierte sich in Gedanken, daß die häusliche Katastrophe, so schrecklich sie sein mochte, immerhin imstande war, Marcus aus seiner herablassenden Lethargie zu reißen, die noch in seinem Brief an ihn, Campion, so deutlich zum Ausdruck gekommen war. Onkel William, der das Gefühl hatte, er könne daraus seinen Vorteil ziehen, nutzte die Gelegenheit.

»Müssen Sie uns alle unbedingt in Verlegenheit bringen?« fragte er. »Küssen vor dem Lunch ist, wie Trinken vor dem Frühstück, eine verdammt schlechte Angewohnheit. Die ganze Moral dieses Hauses scheint in Gefahr geraten zu sein. Wenn es mit so alten Familien wie der unsrigen erst einmal bergab geht, dann gleich sehr schnell. Na, ich hoffe wenigstens, Mutter hat heute morgen in der Kirche das Aufsehen erregt, das sie sich wünschte. Ich wollte daran nicht teilhaben. Ich bin im Bett geblieben, um dieser Szene auszuweichen. Hätte übrigens gute Lust, wieder ins Bett zu gehen und dort zu bleiben, bis diese ganze Sache geklärt ist.«

Campion stellte fest, daß er seine Schlinge abgenommen und den Verband auf ein Minimum beschränkt hatte, wobei er die verletzte Hand möglichst hinter dem Rücken oder in der Tasche versteckte.

»Dieser junge Narr«, fuhr der ältere Mann fort und zeigte mit einer Bewegung seines störrischen Kopfes auf Marcus, »hat versucht, mich zu irgendeiner wilden Geschichte von einem Überfall auf mich oder etwas ähnlichem zu veranlassen. Er sagt, daß er mit Lavrock gesprochen hat. Es steht also fest, daß Julia vergiftet worden ist. Weiß Gott, wieviel Schierlingsgift man in dem armen Ding gefunden hat! Wenn Lavrock ein anständiger Kerl wäre, würde er so etwas für sich behalten.«

»Mr. Faraday«, – das Gesicht von Marcus lief wieder hochrot an –, »ich sagte Ihnen das im Vertrauen, und es war ein ernster und, wie ich fürchte, fruchtloser Versuch, Sie von der Gefahr zu überzeugen, in der Sie sich befinden. Die Information wurde mir unter dem Siegel der Verschwiegenheit gegeben, und ich habe Sie ausdrücklich gebeten, das zu berücksichtigen.«

»Das ist erst recht töricht«, entgegnete Onkel William unversöhnlich. »Wenn ein Mann von argwöhnischen Narren umgeben ist, dann ist er selbst ein Narr, wenn er das Vertrauen der anderen respektiert. Die ganze Handhabung dieser Sache ist doch ein einziger Skandal. Wenn alles vorüber ist, mein Junge, werden Sie sich in einer sehr peinlichen Lage befinden. Ihr guter Ruf als Anwalt wird ganz ohne jeden Zweifel darunter leiden.«

Marcus öffnete den Mund, um etwas zu antworten, überlegte es sich dann aber anders und ließ sich von Joyce hinausbegleiten.

Onkel William kicherte. »Das hat ihn auf den Boden der Tatsachen zurückgeholt«, sagte er. »Er ist doch unser Anwalt und kein Ankläger, der vor Gericht gegen uns auftritt. Nun, Campion«, fuhr er fort, und sein plötzlicher Mut schien bereits wieder zu schwinden, »wie steht es um mich?«

Mr. Campion schaute ihn vorwurfsvoll an. »Diese Katzengeschichte«, sagte er. »Die schadet Ihnen sehr, wissen Sie.«

»Das beste, was mir in der kurzen Zeit eingefallen ist, mein Freund«, entgegnete Onkel William überraschenderweise.

»Nun, noch ist es nicht zu spät«, bemerkte Campion.

Onkel William zögerte. Dann kniff er ein Auge zu, während er den jungen Mann anschaute.

»Aber verdammt will ich sein, wenn ich weiß, was es gewesen ist«, sagte er langsam. »Ich war zu dem Zeitpunkt vielleicht ein bißchen beschwipst, das gebe ich zu. Und in dem Zustand ist etwas auf mich zugekommen. Ich glaube, es ist trotzdem gut, wenn ich bei der Katze bleibe. Ich würde es Ihnen ja sagen, wenn ich wüßte, was es wirklich war«, fügte er kindlich-unbefangen hinzu, »aber ich weiß es nicht. Wie gesagt, es gibt seltsame Dinge, die hier vor sich gehen. Ich habe mich lange genug zum Narren machen lassen. Und ich habe eines dabei gelernt: Wenn man erst einmal eine Erklärung gegeben hat, muß man auch dabei bleiben. Zum Teufel mit diesem Spezialisten, von dem der Inspector gesprochen hat. Wenn ich gesagt habe, daß es eine Katze war, dann war es eine Katze. Das ist mein letztes Wort. O Gott, da kommt Kitty«, fuhr er halblaut fort, als die Tür aufging. »Ich kann heulende Frauen nicht ertragen.« Und mit seltsam plumpen Bewegungen stand er auf und ging hinaus, vorbei an seiner kleinen, scheinbar noch geschrumpften Schwester, die sich umdrehte und ihm mit entrüstetem Blick nachschaute.

Mr. Campion blieb beim Kamin stehen, und Tante Kitty kam zögernd ein paar Schritte herein, war offenbar dabei, sich zu entscheiden, ob sie den unbekannten Teufel herausfordern oder dem folgen sollte, den sie bereits kannte. Sie trug dasselbe flachbrüstige schwarze Kleid, in dem Campion sie beim erstenmal gesehen hatte. Ihre Augen waren rot gerändert und wäßrig, und die dünnen Locken um ihren Schädel waren feucht und schlapp. Zuletzt entschloß sie sich hereinzukommen.

Sie zog die Tür hinter sich zu, richtete den Blick bescheiden zu Boden, ging zum offenen Kamin und bückte sich, um nach den glühenden Kohlen zu stochern.

Von seinem Platz aus konnte Campion ihr Gesicht deutlich sehen. Sie bewegte ihre Lippen, als wolle sie sich zum Sprechen zwingen. Dann richtete sie sich plötzlich auf und wandte sich an ihn mit jenem Sinn für Dramatik, den er schon einmal an ihr beobachtet hatte. Sie stand da und zitterte, eine seltsame kleine Gestalt in ihrem schwarzen Kleid, die faltigen Wangen hochrot und den Feuerhaken fest in der Hand.

»Mr. Campion«, sagte sie, »Mr. Campion, Sie sind doch nicht die Polizei, oder?«

Er lächelte nicht. Die Augen hinter der Brille mit den großen Gläsern beobachteten jede Veränderung in ihrem Gesicht.

»Nein«, sagte er dann würdevoll. »Ich bin auf Wunsch von Mrs. Faraday hier. Kann ich irgend etwas für Sie tun?«

Tante Kittys Mut schien bereits wieder am Schwinden zu sein, aber sie riß sich zusammen.

»Sie dürfen William kein Wort glauben«, sagte sie atemlos. »Ich weiß, ich sollte das nicht sagen. Ich weiß, er ist mein Bruder, aber man darf ihm einfach nichts glauben.«

Sie hielt inne und feuerte dann eine unerwartete Frage ab.

»Glauben Sie an das Übernatürliche, Mr. Campion? Ich meine«, fuhr sie fort, kam einen Schritt näher und sprach mit erschreckender Intensität, »glauben Sie an die Macht des Bösen?«

»Ja«, sagte Mr. Campion.

Tante Kitty schien zufrieden zu sein, denn sie nickte bestätigend.

»Eigentlich müßten Sie Angst haben davor, sich hier aufzuhalten«, bemerkte sie dann. »Ich habe keine Angst, keine wirkliche, weil ich eine religiöse Frau bin und über die Rüstung des Glaubens verfüge, die mich schützt und mir hilft. Aber die anderen haben das nicht, und es gibt keine Rettung für die Gottlosen. Sie werden zugrundegehen, genau wie Andrew zugrundegegangen ist. Denn«, fuhr sie fort, und der Feuerhaken zitterte in ihrer Hand, »das Böse wird nicht vergehen. Der aktive Geist des Bösen ist überall. Er ist auch in diesem Haus.« Sie senkte die Stimme. »Haben Sie das Zeichen am Fenster in der Bibliothek gesehen? Das ist erst der Anfang. Ich habe es sofort erkannt, als ich es sah. Andrew hat mir einmal gesagt, wenn er früher stürbe als wir, würde er zurückkommen und uns heimsuchen. Nun«, endete sie triumphierend, »genau das tut er jetzt.«

Mr. Campion, der schon viele Prüfungen in seinem Leben über sich hatte ergehen lassen müssen, wischte sich die Stirn mit dem Taschentuch, doch Tante Kittys Zunge war nun gelöst.

»Ich konnte heute morgen nicht zur Kirche gehen«, sagte sie, »weil ich fühlte, daß sich, sobald ich einen Fuß in dieses heilige Haus setzte, die Unreinheit, der ich hier ausgesetzt war, sich in schwarzer Farbe auf meinem Gesicht zeigen würde. Dieses Haus ist das Böse an sich. William behauptet, er sei von einer Katze angegriffen worden. Das war keine Katze, Mr. Campion. William ist im Schlaf überfallen worden. In der Dunkelheit streckte Luzifer die Hand aus und zeichnete ihn, als Warnung.«

Sie war jetzt ziemlich erschöpft, aber das prophetische Licht flackerte noch in ihren Augen.

»Wenn William es über sich brächte, zu gestehen, daß die Macht des Bösen ihn im Dunkeln verletzt hat, könnte er noch gerettet werden«, sagte sie. »Aber das wird er nicht tun. Er redet sich ein, daß es etwas Greifbares, etwas aus dieser Welt war. Er glaubt, es war ein Tier, ein armes, dummes Tier.

Andrew war ein gottloser Mensch, Mr. Campion. Manchmal glaube ich«, fügte sie hinzu, und ihre Stimme wurde zu einem heiseren Flüstern, »daß Andrew besessen war. Nein, wir brauchen nicht die Polizei hier in diesem Haus, wir brauchen einen Vertreter des Klerus. Dieses Haus der Sünden sollte exorziert werden. Wenn ein Mensch an Fieber stirbt, räuchert man das Haus aus. Wenn der Zorn Gottes Andrew dahinrafft, rufen wir die Polizei, um herauszufinden, wer Gottes Instrument gewesen ist. Ich weiß, ich bin eine törichte alte Frau, aber ich warne Sie, junger Mann. Halten Sie sich fern von hier. Andrew hat das Böse in dieses Haus gebracht, und seine schwarzen Flügel sind noch immer über uns ausgebreitet.«

Sie hielt inne, und erst jetzt bemerkte sie den Feuerhaken in ihrer Hand. Das schien sie peinlich zu berühren, und sie warf ihn auf die Einfassung des Kamins, daß es klirrte. Das scharfe Geräusch brachte sie auf die Erde zurück.

»Oh«, sagte sie mit einem schuldbewußten Blick in Richtung Tür, »das hätte ich nicht tun dürfen. Mutter haßt solche Geräusche.«

Jetzt nahm sie das Taschentuch heraus und tupfte sich damit die Augen ab. Die Metamorphose war erstaunlich. Von der Seherin in prophetischer Ekstase hatte sie sich wieder in die getretene, arme Verwandte verwandelt.

Mr. Campion konnte sich rückblickend seine nächste Bemerkung nie verzeihen.

»Und Ihre Schwester?« murmelte er.

Tante Kitty brach augenblicklich in Tränen aus. »Die arme, irregeführte Julia«, flüsterte sie. »Sie war nur egoistisch.« Und sie fügte mit erschreckendem Mangel an Logik hinzu: »Gott ist ein eifersüchtiger Gott.«

Der Gong zum Abendessen verscheuchte die Spannung, und nach einer höchst mühsamen Mahlzeit besuchte Mr. Campion wieder einmal Großtante Caroline.

Sie empfing ihn wie üblich in ihrem kleinen Salon und hörte sich seine Bitte mit amüsiertem Schweigen an.

»Wollen Sie wirklich, daß ich mein Haus verlasse?« fragte sie zuletzt, nachdem er zu Ende gesprochen hatte. »Ich denke nicht daran. Mein lieber junger Freund, in meinem Alter ist die körperliche Gefahr, das heißt, die Gefahr des Todes, überall gegenwärtig, ganz gleich, wo ich mich aufhalte. Ich habe schon vor langer Zeit aufgehört, mir darüber Gedanken zu machen.« Und nach kurzer Pause fuhr sie unerwartet fort: »Ich komme mir vor wie jemand, der auf einem Bahnsteig steht und auf einen Zug wartet, der schon lange überfällig ist. Nein, was immer Sie mir sagen, ich werde bleiben, wo ich bin.«

Campion nahm seine Niederlage mit Gelassenheit auf. Er sah sehr jung aus, wie er so auf dem Kaminvorleger vor ihr stand. Er hatte die Brille abgenommen, und von seiner üblicherweise lässigen und desinteressierten Haltung war keine Spur mehr zu erkennen.

»Wenn ich es mit Sicherheit wüßte«, sagte er, »wäre es etwas anderes. Ich würde darauf bestehen. Aber ich bin nicht sicher. Es gibt eine Deutung all dieser Dinge, die mich erschreckt. Wenn sie der Wahrheit entspricht, ist keiner in diesem Haus sicher. Sie werden verstehen, daß ich im derzeitigen Stadium keine Anklagen erheben kann, aber ich bitte Sie dennoch, das Haus für ein paar Tage zu verlassen.«

Großtante Caroline lehnte sich zurück, die Hände gefaltet.

»Niemand in diesem Haus ist sicher«, wiederholte sie. »Das habe ich fast wörtlich zu Ihnen gesagt, junger Mann, wenn Sie sich erinnern. Aber ich rühre mich nicht von der Stelle, und was die anderen betrifft, können Sie tun, was Ihnen geeignet erscheint. Ich an Ihrer Stelle würde nichts in der Hinsicht unternehmen, bevor Sie Sicherheit gewonnen haben. Wenn die Nemesis sich ihrer bemächtigen will, dann wird sie es tun. Nur bei Joyce bin ich anderer Ansicht. Schließt Ihre Vermutung auch sie mit ein?«

»Sicherlich«, sagte Campion mit Nachdruck.

»Dann soll Joyce weggehen«, erklärte die alte Lady entschieden. »Wenn Sie sie zu mir schicken, werde ich mich darum kümmern, daß sie keinen Widerstand leistet. Ich nehme an, sie wird bei Miss Held wohnen wollen – ein charmantes Mädchen, ganz ungewöhnlich intelligent. Und Sie, *Mr. Campion* – was für ein sonderbarer Name; ich frage mich, warum Sie ihn sich ausgesucht haben –, was haben Sie vor?«

Campion bedachte sie mit einem leidenden Blick. »Ich bleibe, wo ich bin – wenn ich darf«, sagte er. »Aber ich wäre sehr froh, wenn Sie weggingen. Hat es keinen Sinn, diese Frage noch einmal zu besprechen?«

Ihr kleiner Mund bildete eine gerade, hartnäckige Linie. »Gar keinen«, sagte sie kurz.

Mr. Campion wußte, daß daran nicht zu rütteln war.

17

Ein offener Schuldspruch

Die Fröhlichkeit und Wärme von Ann Helds unakademischem Studio kam nicht recht zur Wirkung, als seine Besitzerin und Mr. Campion am Montag um halb sechs Uhr abends neben dem Kamin saßen und darauf warteten, daß Marcus und Joyce von der Voruntersuchung zum Todesfall von Tante Julia zurückkämen. Ann, die Joyce mindestens die Hälfte ihrer Sorgen abgenommen hatte, lächelte den jungen Mann mit der Brille an, der ihr gegenübersaß.

»Natürlich freut es mich, daß Sie hier sind«, sagte sie, »aber warum sind Sie nicht bis zum Urteil geblieben?«

Campion wandte ihr ein betrübtes Gesicht zu. »Ich konnte die kalte und unchristliche Haltung von Stanislaus Oates nicht mehr ertragen«, sagte er. »Er ist wirklich seit langem mit mir befreundet, und im Gegensatz zu den Traditionen des Amateurdetektivs habe ich ihn weitgehend unterstützt. Es ist auch sehr unfair mir gegenüber«, fuhr er fort. »Ich habe ihm mehr als genügend Hinweise geliefert, habe ihm sogar gesagt, daß er ein hieb- und stichfestes Alibi für Onkel William finden könnte, wenn er sich in sämtlichen Pubs zwischen dem Fußweg zu den Grantchester-Wiesen und Socrates Close danach erkundigte. Nur weil ich es versäumt habe, ihm mitzuteilen, daß ich selbst bereits mit Mrs. Finch, der respekteinflößenden Wirtin des ›Red Bull‹, gesprochen hatte, die mir versicherte, sie könne jederzeit beschwören, daß Mr. William Faraday ihr Etablissement an dem bewußten Sonntag um Viertel vor eins in einem etwas benommenen Zustand betreten und eine halbe Stunde danach in unsicherer und zielloser Weise wieder verlassen habe, ist er wütend auf mich, was ich lächerlich finde. Ja, ich habe das Gefühl, als trete man mich mit Füßen. Haben Sie jemals ein Buch mit dem Titel *Mißverstanden* gelesen?«

Ann Held begann zu lachen. »Ich war immer der Meinung, das Kind in dem Buch habe all das bekommen, was es verdiente«, bemerkte sie.

»Hat es auch«, sagte Mr. Campion. »Genau wie ich. Und das ist der Punkt, an dem die Tragödie beginnt... Sie lassen sich Zeit«, fuhr er dann fort. »Die Geschworenen scheinen länger zu brauchen, um sich ein Urteil zu bilden, als ich dachte. Der Coroner ist ein erstklassiger Mann. Er weiß, worum es geht, und er scheint schneller schreiben zu können als die meisten seines Stammes.«

»Ich verstehe nicht, was das damit zu tun haben soll«, sagte Miss Held.

Er klärte sie auf. »Alles, was vor Gericht gesprochen wird, muß der Coroner aufschreiben, und zwar in Langschrift. Deshalb ermuntert man die Zeugen, kurz und knapp zu antworten. Wir haben großes Glück, daß wir diese Untersuchung in einem Tag über die Bühne bekommen«, fügte er hinzu, »obwohl natürlich alle möglichen kleinen Hinweise genannt werden mußten.«

Ann kuschelte sich in ihren Sessel. »Es ist ein erstaunliches Verfahren«, sagte sie, »und da ich mich im englischen Rechtswesen nicht so gut auskenne, kann ich mich leicht lächerlich machen. Aber ich meine, daß es sich hier in erster Linie um eine Sache für einen – nun, einen medizinischen Psychologen handelt, oder wie man ihn nennen will.«

Mr. Campion streckte seine langen Beine aus, und das Licht der Flammen wurde von seinen Brillengläsern reflektiert.

»Und was sollte der in diesem Verfahren nützen?« fragte er. »Das Problem mit der Psychologie besteht darin, daß es dabei keine Regeln gibt. Ich meine, wenn sich eine Person den Geisteszustand vorstellen kann, in dem eine andere bestimmte Taten vollbringt, dann sind diese Akte psychologisch gesund. Mit anderen Worten, wenn jemand erst verrückt genug ist, gibt es nichts, was er oder sie nicht tun könnte. Und weiter scheint man im Moment nicht gekommen zu sein.«

»Verrückt«, sagte Ann Held. »Das ist es. Ich nehme an, das wird es sein; sie werden auf einen Mord durch einen Verrückten befinden.«

»O nein«, entgegnete Mr. Campion. »Das heißt, das hoffe ich jedenfalls nicht. Wenn das geschieht, wird keiner überraschter sein als mein Exfreund Inspector Oates. Natürlich kann bei der Verhandlung alles mögliche herauskommen. Da haben Sie Ihr psychologisches Problem: Warum entscheidet das Kollektivgehirn von zwölf Männern irrationaler und voreingenommener als das Gehirn eines jeden dieser zwölf Männer, für sich allein betrachtet? Ach, da kommen sie.«

Er schwang sich herum in seinem Sessel und stand auf, als Marcus und Joyce den Raum betraten. Joyce sah erschöpft aus und ließ sich müde in einen Sessel sinken. Campion schaute Marcus fragend an.

»Ein offener Schuldspruch?« fragte er.

Der junge Mann nickte. »Ja. ›Die Verstorbene kam durch eine Schierlings-Vergiftung zu Tode, aber es gibt nicht genügend Beweise, um feststellen zu können, ob sie sich das Gift selbst eingeflößt hat oder nicht.‹ Sie haben sich ziemlich lange zur Beratung zurückgezogen. Ich nehme an, die meisten plädierten für einen Selbstmord. Ann, Sie sind wirklich fabelhaft, daß Sie das alles über sich ergehen lassen.«

»Setzen Sie sich erst einmal hin«, entgegnete seine Gastgeberin. »Ich mache Tee. Joyce, du siehst aus, als ob du völlig fertig wärst.«

Danach entstand eine willkommene Pause, während man den kleinen Messingkessel im Kamineinsatz zum Kochen überredete und, als es so weit war, der Tee aufgebrüht wurde. Joyce nahm ihren Hut ab und strich sich mit der Hand übers Haar.

»Es ist wundervoll, hier zu sein, nach den Stunden in diesem schrecklichen Raum«, sagte sie. »Ich hatte keine Ahnung, daß es eine öffentliche Verhandlung sein würde, und ich war wütend auf die vielen Gaffer. Was geht das die eigentlich an, frage ich mich? Im Haus hat man mir gesagt, daß ich morgen nicht gebraucht werde. Ich bin wirklich froh... Ann, ich wüßte nicht, was ich ohne dich tun würde.«

Miss Held schenkte ihr über die Teetassen hinweg ein warmes Lächeln. »Mr. Campion meint, sie hätten Glück gehabt, so schnell damit fertigzuwerden.«

»Das ist wahr«, bestätigte Marcus. »Übrigens, ich finde, der Coroner war fabelhaft. Er ist ein erstklassiger Mann.« Er hielt inne und rief die Szene in sein Gedächtnis zurück. »Onkel William ist unerwartet günstig davongekommen«, bemerkte er dann. »Hoffentlich hat er morgen auch so viel Glück, wenn die vertagte Vorverhandlung zu Andrew Seeleys Tod wieder aufgenommen wird.«

»Es ist erstaunlich«, sagte Joyce nachdenklich, »wie anders Onkel William in der Öffentlichkeit auftritt. Es ist, als könne er den Eindruck, den er zu Hause zu erwecken versucht, einfach vergessen und sich normal benehmen.«

Marcus lächelte säuerlich. »Er hat es Campion zu danken, wenn er morgen nicht einen äußerst unangenehmen Eindruck hinterläßt«, sagte er. »Aber ich bin sicher, dieses Alibi wird ihm aus dem Schlamassel helfen. Übrigens habe ich heute morgen eine Nachricht von Sir Gordon Woodthorpe erhalten«, fügte er hinzu. »Was ihn angeht, behandelt er die Angelegenheit mit äußerster Zurückhaltung. Onkel William hat sich wirklich wie ein vollkommen Verrückter benommen. Aber es kommt ja in erster Linie auf das Alibi an. Es ist eine Ironie des Schicksals, wie sich die Polizei, die sich auf den genauen Zeitpunkt des Mordes an Seeley konzentrierte, damit alles entwertet hat, was sie gegen Onkel William zusammengetragen hatte. Warum hast du eigentlich bis heute gewartet, um es dem Inspector zu sagen, Campion?«

»Das sagt Stanislaus«, antwortete der junge Mann bedauernd. »Er ist sogar sehr unhöflich gewesen, was das betrifft. Dabei habe ich ihm jeden erdenklichen Hinweis gegeben. Weißt du«, fügte er langsam hinzu, »ich wollte, daß er sich auf Onkel William konzentriert, weil ich glaube, daß der trotz allem den Schlüssel zu unserem Problem in den Händen hält – nur weiß er es bedauerlicherweise nicht.«

Die drei schauten ihn fragend an, doch er bot ihnen keine weiteren Erläuterungen, und etwas an seiner Haltung ließ es nicht ratsam erscheinen, weiter in dieser Richtung zu bohren. Joyce lief ein Schauer über den Rücken.

»Als dieser Sachverständige aussagte, daß in Tante Julias Tasse Spuren von Schierlingsgift gefunden wurden, habe ich darauf gewartet, daß sie auf Mord befinden«, sagte sie. »Dann aber kam diese längere Geschichte mit dem Abmagerungsmittel zur Sprache, das wir gefunden hatten. Damit war Tante Kitty entlastet. Aber der Sachverständige erklärte nicht, ob er Spuren des Schierlings auch auf dem Papier entdeckt hatte, in das die Pillen verpackt gewesen waren.«

»Nein«, sagte Marcus. »Deshalb konnte man auch nicht zu dem Urteil kommen, es habe sich um Mord gehandelt. Es gab keine entsprechenden Spuren. Aber man braucht nicht viel Phantasie, um sich vorzustellen, daß das Gift so in ihre Tasse gelangt ist. Vielleicht hat man das Gift in eine der Pillen gegeben und sie danach mit einer neuen Zuckerhülle versehen. Sie muß jedenfalls genauso ausgesehen haben wie die anderen.«

Joyce nickte. Ihre braunen Augen waren in die Ferne gerichtet.

»Albert«, sagte sie, »wir sind eigentlich alle sehr indiskret, aber zum Glück macht das hier in diesen vier Wänden nichts aus. Haben Sie festgestellt, wie das mit dem Strick war?«

Er nickte. »Identisch mit dem im Kinderzimmer«, sagte er. »Doch das sollte natürlich noch nicht allgemein bekannt werden, obwohl es morgen ohnehin zur Sprache kommen wird. Ja, es war offensichtlich ein Stück von dieser Schnur. Womit wieder einmal alles auf das Haus deutet. Für das fehlende Uhrgewicht haben wir auch noch keine Erklärung.«

Das Mädchen lehnte sich zurück und schloß die Augen. »Ich schäme mich, es zu sagen«, begann sie, »aber als Großtante Faraday gestern darauf bestand, daß ich das Haus verlasse, war ich sehr froh. Ich hätte nie gedacht, daß ich einmal ein Feigling sein könnte, aber jetzt bin ich einer. Dieser unheimliche Fußabdruck, der Überfall auf Onkel William, die schreckliche Atmosphäre von etwas Dunklem, Schrecklichem, das da direkt vor unserer Nase geschieht, das alles hat mich völlig fertiggemacht. Arme Tante Kitty! Wie es ihr wohl geht? Sie hat so klein und hilflos ausgesehen auf dem Zeugenstand.«

»Ich glaube«, sagte Mr. Campion wohlüberlegt, »von allen Personen in diesem Haus ist die Position von Tante Kitty wohl die allersicherste. Aber ich bin auch froh, daß Sie da raus sind.«

Wieder schaute sie ihn fragend an, aber es war Ann Held, die ihm die Frage stellte.

»Wann?« sagte sie nur. »Wann werden Sie es wissen?«

Zu ihrer aller Erstaunen stand er auf und ging ruhelos in dem Zimmer auf und ab. Weder Marcus noch Joyce hatten ihn je zuvor so aufgeregt erlebt.

»Ich weiß es nicht«, sagte er. »Meine Theorie ist nur eine Theorie. Ich kann sie nicht beweisen. Es ist eigentlich nur eine Idee, die mir in der Nacht gekommen ist. Hört zu, ich muß wieder hinauf in das Haus. Wir sehen uns alle morgen früh.«

Marcus folgte ihm zur Tür. »Ich gebe normalerweise keine derartigen Ratschläge«, sagte er, »aber wenn du einen Revolver brauchst...«

Campion schüttelte den Kopf.

»Danke, alter Junge, ich habe einen«, antwortete er. »Um

die Wahrheit zu sagen, es gibt nur eins, was meine Sicherheit gewährleisten würde.«

»Und das wäre?« fragte Marcus rasch.

»Eine Rüstung und Einzelhaft für vier Personen«, sagte Mr. Campion.

18

Protokoll

Protokoll des stellvertretenden Coroners Mr. W. T. Thomas im provisorischen Untersuchungsgericht von Cambridge als Vorsitzender der Geschworenen bei der Untersuchung des Todesfalls von Andrew Seeley, wohnhaft auf Socrates Close, Trumpington Road, Cambridge, von der Beschlußfassung am dritten Tag der Anhörung, die am Freitag, dem 18. April erfolgte.

»Meine Damen und Herren Geschworenen, wir sind hier, um die Umstände beim Tod von Andrew Seeley, einundsechzig Jahre alt, wohnhaft auf Socrates Close an der Trumpington Road in Cambridge, zu untersuchen, dessen Leichnam am 10. April dieses Jahres aus dem Fluß Granta geborgen worden ist.

Wir haben die Aussagen verschiedener Zeugen gehört, die dieses Gericht vorgeladen hat, und ich glaube, wir müssen Inspector Oates von Scotland Yard Glauben schenken, wenn er uns erklärt, daß uns damit alle bislang vorhandenen Beweise und Zeugenaussagen bekanntgemacht worden sind, die dazu dienen, Sie bei Ihrer Entscheidung zu unterstützen.

Wir wissen, daß Andrew Seeley seit Sonntag, dem 29. März in seinem Heim vermißt wurde. An diesem Tag nahm er in Begleitung seiner Tante, Mrs. Faraday, seiner angeheirateten Nichte, Miss Blount, seiner Kusinen, Mrs. Berry und Miss Julia Faraday, sowie seines Vetters, Mr. William Faraday, alle unter gleicher Adresse, am Sonntagsgottesdienst teil.

Der unvollendete Brief, der Ihnen vorgelesen wurde, deutet darauf hin, daß der Verstorbene die Absicht und die

Erwartung hatte, ihn nach Rückkehr von der Messe zu Ende zu schreiben. Im Hinblick auf diesen Brief gibt es einen Punkt, der dem einen oder anderen von Ihnen aufgefallen sein mag. Der Empfänger oder die Empfängerin dieses Briefes konnte nicht ausfindig gemacht werden. Doch ich bitte Sie zu bedenken, daß Mr. Seeley nicht der Mann war, der viel über seine Freunde und seine persönlichen Beziehungen gesprochen hat, und daher ist es durchaus vorstellbar, daß er in Korrespondenz stand mit Personen, von denen die übrigen Bewohner des Hauses nichts wußten. Ich gestehe allerdings, es überrascht mich ein wenig zu hören, daß diese Person, die doch, falls sie sich nicht gerade im Ausland aufhält oder sonstwie verhindert ist, die Zeitungen zu lesen, sich als diejenige erkannt haben müßte, an die dieser Brief gerichtet war – denn der Brief ist von der Presse ausführlich besprochen und sogar in Auszügen abgedruckt worden –, daß sich also diese Person trotz der Aufrufe der Polizei bisher nicht gemeldet hat. Dies jedoch ist ein eher nebensächlicher Punkt, und wir sollten uns dadurch nicht von unseren eigentlichen Fragen ablenken lassen.

Aus den von uns gehörten Zeugenaussagen geht hervor, daß Andrew Seeley nicht mit den beiden Kusinen und seinem Vetter nach Hause gefahren ist, wie er das noch vor Betreten der Kirche beabsichtigt hatte. Sie haben die Ausführungen von John Christmas gehört, der erklärte, der Verstorbene habe ihm die Anweisung gegeben, die beiden Frauen, Mrs. Berry und Miss Julia Faraday, mit dem Wagen nach Hause zu fahren, während er und sein Vetter William Faraday sich entschlossen hätten, den Weg zu Fuß zurückzulegen. Er hat ferner ausgeführt, daß diese Anweisungen ihn überraschten, da sie nicht dem Brauch bei den sonntäglichen Kirchenbesuchen entsprachen. Sie haben ferner gehört, daß das Automobil in der Regel nicht direkt nach Hause zu fahren pflegte, sondern einen kleinen Umweg nahm, um möglichst zur gleichen Zeit einzutreffen wie die langsamere Pferdekutsche, in der Mrs. Caroline Faraday, diesmal in Begleitung ihrer Großnichte, Miss Joyce

Blount, zur Kirche zu fahren pflegte. Sie ersehen daraus auch, daß die beiden Männer, falls sie sich entschlossen hätten, direkt nach Hause zu gehen, auch nicht wesentlich später hätten eintreffen müssen als die übrigen mit den beiden Wagen.

Kommen wir jetzt zur Aussage von William Faraday, dem Vetter des Verstorbenen, und ich bitte Sie, gerade diese besonders sorgfältig abzuwägen.

Wir wissen, daß die Messe um halb eins zu Ende war. William Faraday sagte, er habe seinen Vetter bis zur Coe Fen Lane begleitet, die nach Sheep's Meadows führt. Hier, berichtete er uns, habe starker Bodennebel geherrscht, eine Tatsache, die von anderen Zeugen bestätigt wurde. Mr. Faraday sagte aus, er habe seinem Vetter vorgeschlagen umzukehren, weil dieser Weg ein zu großer Umweg sei. Das wollte, behauptet er, sein Vetter nicht zugeben, und es kam zum Streit zwischen den beiden Männern.

Mr. Faraday berichtete uns, er sei daraufhin allein umgekehrt und erinnerte sich, in der Gegend der Leys-Schule wieder auf die Straße gestoßen zu sein. Dort, gibt er an, sei er von einer Art Amnesie-Anfall betroffen worden, eine Beschwerde, an der er schon seit einiger Zeit gelegentlich litt. Sie haben die Aussage des Sachverständigen zu dieser Erklärung gehört, obwohl sich niemand gemeldet hat, der Mr. Faraday vor dem betreffenden Sonntag während einem dieser Anfälle erlebt hat. Dies an sich macht seine Aussage jedoch noch nicht unwahr. Tatsächlich wissen wir, daß er bereits im Juni letzten Jahres einen auf diesem Gebiet sehr berühmten Arzt aufgesucht und ihm den Fall beschrieben hat. An Mr. Faradays Aussage gibt es einige wichtige Punkte zu bemerken. Bedenken Sie vor allem die Zeitangaben. Mr. Faraday behauptet, sich an nichts mehr zu erinnern von dem Augenblick an, als dieser Anfall einsetzte, bis danach, als er durch das Tor seines Heims in der Trumpington Road schritt, was, wie der Rest der Familie bezeugte, um 13.35 Uhr der Fall war.

An dieser Stelle möchte ich die Aussage von Mr. Faraday für einen Moment unterbrechen.

Der nächste Abschnitt in dieser tragischen Geschichte, die wir zu beurteilen haben, ist die Entdeckung des Leichnams von Andrew Seeley durch zwei Studenten, deren Aussage wir gehört haben. Wir haben außerdem die gerichtsärztliche Feststellung gehört, daß der Verstorbene durch eine Schußverletzung am Kopf zu Tode gekommen ist. Sachverständige haben berichtet, daß der Schuß ihrer Meinung nach aus geringem Abstand abgefeuert worden ist. Das Geschoß, das dem Körper des Toten entnommen wurde, ist aus einem Revolver vom Kaliber .45 abgefeuert worden, eine Waffe, wie sie im letzten Krieg von der britischen Armee verwendet wurde und von der zweifellos unzählige unregistrierte Exemplare im ganzen Land zu finden sind.

Die gerichtsmedizinische Untersuchung hat ferner ergeben, daß der Leichnam wahrscheinlich längere Zeit im Wasser gelegen hat. Doktor Hastings vom Innenministerium hat uns mitgeteilt, daß seiner Meinung nach der Tod eingetreten war, bevor der Körper ins Wasser gestoßen wurde; man könne ferner davon ausgehen, daß der Leichnam nicht weniger als elf und nicht mehr als vierzehn Tage im Wasser gelegen habe. Nun ist Andrew Seeley, wie wir wissen, zuletzt am Sonntag, dem 30. März gesehen worden. Zwölf Tage danach wurde sein Leichnam im Fluß entdeckt.

Kommen wir jetzt zu der Aussage von Stanley Waybridge, wohnhaft in Ladysmith Cottage an der Grantchester Road, der uns berichtete, daß er am Sonntag, dem 30. März dieses Jahres gerade dabei war, sich zum Mittagessen hinzusetzen, das seine Frau auf den Tisch gestellt hatte, und dabei feststellte, daß sie fünf Minuten zu früh fertig war, was die Zeit in seiner Erinnerung auf 12.55 Uhr festlegte, als er aus der Richtung des Flusses einen Schuß hörte. Da er natürlich neugierig war und überrascht, ein solches Geräusch ausgerechnet an einem Sonntag zu vernehmen, ging er zur Hintertür seines

Häuschens, um festzustellen, ob er den Schützen sehen und möglicherweise erkennen konnte. Aber das sei nicht möglich gewesen, wie er uns berichtete, und seine Aussage stimmt in diesem Punkt mit der von William Faraday überein, da im Flußtal an die zwei oder drei Meter hoher dichter Bodennebel herrschte, so daß man gar nichts sehen konnte. Daraufhin rief seine Frau, er solle hereinkommen, weil sein Essen sonst kalt würde, und er kehrte ins Haus zurück und vergaß verständlicherweise den Vorfall, bis man zwei Wochen später den Leichnam entdeckte.

Ich muß Sie allerdings darauf hinweisen, daß der Schuß, den Stanley Waybridge und seine Frau gehört haben, nicht unbedingt identisch sein muß mit dem Schuß, der Andrew Seeley getötet hat, aber Sie müssen zugleich bedenken, daß die Polizei, die umfangreiche Ermittlungen angestellt hat, keinen Zeugen ausfindig machen konnte, der in dieser Umgebung am fraglichen Sonntag noch einen anderen Schuß gehört hätte, auch nicht an den drei darauffolgenden Tagen. Doktor Hastings erklärt, der Zustand des Leichnams schließe einen Tod nach diesem Zeitpunkt aus. Daher können wir, glaube ich, davon ausgehen, daß der Schuß, den Stanley Weybridge am Sonntag um fünf Minuten vor eins gehört hat, mit großer Wahrscheinlichkeit der tödliche Schuß gewesen sein dürfte.

Das führt uns zu der Folgerung, daß Andrew Seeley, falls unsere Voraussetzungen stimmen, in der näheren Umgebung des Flusses getötet wurde, und zwar innerhalb von zehn Minuten nach seinem Eintreffen in der Gegend, vorausgesetzt, er ging nach Verlassen der Kirche direkt dorthin. Mr. Faraday hat Ihnen gesagt, seiner Meinung nach habe er sich etwa zehn bis zwölf Minuten nach Verlassen der Kirche von seinem Vetter getrennt. Meine Damen und Herren Geschworenen, Sie haben Zeugen gehört, die aussagten, diese beiden Männer, William Faraday und den Verstorbenen, gesehen zu haben, wie sie zusammen in die Coe Lane einbogen, und zwar zu der angegebenen Zeit, aber niemand scheint beide oder einen von beiden auf dem einsamen Fußweg zwischen der Straße und dem Fluß gesehen zu haben. Als Bürger von Cambridge werden Sie das freilich nicht sonderlich bemerkenswert finden. Die Stadt ist zu dieser Jahreszeit ziemlich ruhig, und wer am Vormittag unterwegs gewesen war, eilte vermutlich nach Hause zum Lunch und ging sicherlich nicht in den Wiesen spazieren, namentlich, da das Wetter feucht und neblig war.

Dennoch gibt es keinen Zweifel daran, daß Andrew Seeley jemanden getroffen haben muß, denn an diesem Punkt kommen wir zum möglicherweise bemerkenswertesten Umstand dieser seltsamen und schrecklichen Geschichte. Als man den Leichnam von Andrew Seeley fand, war er nicht nur durch einen Kopfschuß getötet worden, meine Damen und Herren Geschworenen, er war auch noch gefesselt. Die Zeugen der Polizei haben ihnen vorgeführt, wie. Und diese Fesselung schließt eindeutig die Möglichkeit aus, daß Mr. Seeley sich selbst das Leben genommen haben könnte, wenn nicht der nur halb zu Ende geschriebene Brief bereits ausgereicht hätte, uns an dieser Folgerung zweifeln zu lassen.

Wer auch immer Andrew Seeley traf oder begleitete an diesem Sonntagnachmittag, er hat ihn gefesselt und danach brutal erschossen. Das ist kein Verbrechen im Affekt, aus Leidenschaft. Wer auch immer Andrew Seeley getötet hat, er tat es vorsätzlich. Sie haben das Seil, mit dem er gefesselt war, gesehen; Sie hatten Gelegenheit, es mit einem anderen Stück Seil zu vergleichen, das die Polizei von einem Oberlicht in einem Speicherraum auf Socrates Close hierhergebracht hat – ein Seil, das jedem im Hause leicht zugänglich war. Wir haben die Sachverständigengutachten zu diesem Thema gehört und haben auch selbst die beiden Stücke des Seils miteinander verglichen. Ich glaube, man kann davon ausgehen, daß es keinen Unterschied gibt, was das Material oder die Dicke der beiden Seilstücke betrifft, wenn wir berücksichtigen, daß das eine Stück beträchtliche Zeit im Wasser gelegen hat.

Bei dieser langen und schwierigen Ermittlung sind wir immer und immer wieder auf Beweise gestoßen, die ganz deutlich in eine Richtung zeigten. Aber wir dürfen uns nicht vor der Tatsache verschließen, daß es sich bei all diesen Beweisen um reine Indizienbeweise handelte, und wenn wir die direkten und erwiesenen Tatsachen prüfen, stellen wir fest, daß sich zwischen diesen und der Erklärung, welche die Indizienbeweise nahelegen, eine große, ja, entscheidende Kluft auftut.

Ich fahre an dieser Stelle fort mit weiteren Zeugenaussagen, die Mr. Featherstone, der Anwalt der Familie Faraday, von sich aus und durchaus berechtigt in diese Anhörung eingebracht hat.

Mrs. Finch, die Besitzerin des ›Red Bull‹ in der Knox Street, hat Ihnen freimütig und unter Eid vorgetragen, daß William Faraday an dem fraglichen Sonntag ihr Etablissement betreten hat, wobei er alle Anzeichen des von ihm beschriebenen Leidens aufwies, und zwar – das ist von entscheidender Bedeutung, meine Damen und Herren Geschworenen! – etwa um fünfzehn Minuten vor eins, und daß er es eine halbe Stunde danach, also um Viertel nach eins, wieder verlassen hat. Dabei hat er sich in einer Weise verhalten, die sie uns als geistesabwesend beschrieben hat. Ich habe diese Zeugin hier vor Ihnen sehr sorgfältig verhört, und ich glaube, wir müssen davon ausgehen, daß sie weder etwas sagte noch sich so verhielt, daß wir ihre Aussage in Zweifel ziehen dürften. Alfred Robins, der Schankkellner im ›Red Bull‹, ist ein weiterer Zeuge, der die Aussage seiner Arbeitgeberin in vollem Umfang bestätigt hat. Und wir müssen auch noch die Aussagen von Frederick Shepherd, einem Bauführer aus der Grey Street, berücksichtigen, der uns berichtete, er habe die Bar des ›Red Bull‹ um zehn Minuten vor eins an jenem Sonntag betreten und dort habe ein Mann am Tresen gestanden, den er für beschwipst gehalten und mit dem er ein Glas getrunken habe. Als man ihn fragte, ob er einen der Anwesenden vor

Gericht als diesen Mann identifizieren könne, deutete er, wie Sie sich wohl erinnern, ohne Umschweife auf William Faraday.

Ich glaube, es ist gerechtfertigt, an dieser Stelle eine weitere logische Folgerung einzuschalten, die sich mir aus den bekannten Fakten ergeben hat und die Sie vielleicht ebenso sehen. Es ist eine mühsame Sache, einen Mann, auch wenn er vielleicht schon betäubt oder gar erschossen sein sollte, zu fesseln, es ist nicht leicht, den Körper oder den Leichnam hochzuheben, und man könnte davon ausgehen, daß sich danach bei demjenigen, der das getan hat, Spuren an der Kleidung oder auch an den Händen finden, die auf eine solche Tat hinweisen. Außerdem war die Schußverletzung, die der Verstorbene erlitten hat, sehr schwerwiegend, und man muß davon ausgehen, daß in der Nähe des Toten eine beträchtliche Menge Blut zu finden gewesen sein mußte. Ich frage mich, ob es einem Menschen gelingen konnte, einen solchen blutigen Leichnam hochzuheben, ohne sich dabei mit Blut zu beflekken? Ein jeder der drei Zeugen, die Ihnen Mr. Featherstone vorgeführt hat, konnte unter Eid bestätigen, daß Mr. Faraday an dem bewußten Sonntag makellos gekleidet war, und daß er so aussah, wie Mrs. Finch es beschrieb – als ob er gerade aus der Kirche gekommen sei.

Bleibt noch die Frage nach der Tatwaffe. Mr. Faraday hat die Polizei durch seinen Anwalt wissen lassen, daß er einmal Besitzer eines Revolvers des gleichen Kalibers gewesen ist wie desjenigen, aus dem der tödliche Schuß abgefeuert wurde. William Faradays Revolver war zusammen mit seiner alten Uniform aus der Militärzeit in einem großen, unversperrten Koffer in demselben Speicherraum aufbewahrt, von dessen Oberlicht die Polizei die schon erwähnte Zugschnur besorgt hat. Die Polizei hat nach diesem Revolver gesucht und festgestellt, daß er sich nicht mehr in diesem Koffer oder in dem Speicherraum befindet. Ich möchte betonen, daß Mr. Faraday diese Erklärungen zu seiner ehemaligen Dienstwaffe freiwillig abgegeben hat. Der Koffer war, wie gesagt, unversperrt. Er befand sich praktisch in Reichweite sämtlicher Hausbewohner, und dennoch konnte die Person, die ihn entfernte, davon ausgehen, daß der Verlust monate-, wenn nicht jahrelang unbemerkt bleiben würde.

Es wurde keine Tatwaffe gefunden. Inspector Oates hat Ihnen geschildert, welchen Mühen sich die Polizei unterzogen hat, um sie zu finden – ohne Erfolg. Es ist also keiner der beiden Revolver – denn man weiß noch keineswegs, ob sie identisch sind – bei den Untersuchungen aufgetaucht.

Meine Damen und Herren Geschworenen, ich bitte Sie nun, Ihr Urteil zu bilden. Aber bevor Sie sich zur Beratung zurückziehen, möchte ich Sie an eines erinnern. Das hier ist kein Strafgericht. Wir können hier lediglich darüber befinden, auf welche Weise dieser unglückliche Mann zu Tode gekommen ist. Das heißt, unsere Entscheidung betrifft lediglich die Todesursache. Wenn Sie aus den Aussagen und Beweisen schließen, daß es sich um einen Mord handelt, dann müssen Sie auf Mord plädieren. Wenn Sie meinen, nicht genügend gehört zu haben, um eine solche Entscheidung zu treffen, und wenn Sie nicht erkennen können, durch wessen Hand das Opfer zu Tode gekommen ist, müssen Sie das in ihrer Entscheidung zum Ausdruck bringen. Wenn Sie dagegen der Meinung sind, daß die Aussagen klar und deutlich auf den Mann oder die Frau hinweisen, der oder die verantwortlich ist für dieses grausame und, soviel uns bekannt ist, unmotivierte Verbrechen, dann ist es Ihre feierliche Pflicht, durch Ihren Spruch auf ihn oder sie hinzuweisen. Meine Damen und Herren Geschworenen, Sie mögen sich jetzt zur Urteilsfindung zurückziehen.«

Nach einer Beratung von nur zwanzig Minuten kehrten die Geschworenen zurück und befanden auf ›vorsätzlichen Mord durch eine oder mehrere unbekannte Personen‹.

19

Unter den schwarzen Flügeln

Der Coroner hatte sich zurückgezogen, und die Geschworenen waren hinter ihm aus dem Gerichtssaal geschlurft, nachdem sie ihren Spruch verkündet hatten. Unerschütterliche Gerichtsdiener trieben die Zuschauer durch den öffentlichen Eingang ins Freie, aber die Hauptpersonen standen noch in der Mitte des stickigen Raums und warteten darauf, durch einen Seitenausgang entkommen zu können, wo Mr. Campions Wagen für sie bereitstand. Das Auto der Faradays hielt vor dem öffentlichen Eingang, so daß die müßigen Gaffer, die sich stets bei solchen Gelegenheiten einfanden, getäuscht wurden und vergebens auf die Opfer ihrer unstillbaren Neugier warteten.

Und während Onkel William, rosig und mit verhaltenem Triumph, noch von den ihn beglückwünschenden Bekannten umringt war, bemerkten Joyce und Mr. Campion, die sich gerade mit Marcus unterhielten, im selben Augenblick, wie völlig unerwartet das gerötete Gesicht von Vetter George verstohlen zu ihnen herüberschaute, über die Köpfe der sich langsam nach draußen bewegenden Zuschauer im hinteren Teil des Saales hinweg. In diesem Augenblick schüttelte Mr. Fred Shepherd, der Bauleiter aus der Grey Street, Onkel William heftig die Hand, wobei der ältere Mann versuchte, dankbar zu erscheinen, ohne unangemessene Freundlichkeit zu zeigen – und auch er bemerkte den Kopf und den verstohlenen Blick seines Vetters George. Onkel William öffnete seine kleinen blauen Augen weit, blies die Backen auf, trennte sich sehr abrupt von dem befremdeten Mr. Shepherd und bahnte sich einen Weg hinüber zu Marcus.

Die unerwartete Dauer und die nervliche Anspannung der

Anhörung machten sich bei allen Anwesenden bemerkbar, besonders bei Onkel William, der im Mittelpunkt der umfassenden Fragen des Coroners gestanden hatte. Auch wenn man einer Lösung dieses Falles keinen Schritt nähergekommen war, fühlten alle Betroffenen jetzt, da die Vorverhandlung zu Ende war, ein Nachlassen der Spannung, die sie in der vergangenen Woche erfaßt hatte, und die Dankbarkeit darüber hatte einen Augenblick vor dem Auftauchen von George Faraday bei der kleinen Gruppe fast das Ausmaß von freudiger Erleichterung angenommen. Selbst der Inspector schien erleichtert. Er hatte schon am zweiten Tag der Anhörung mit Mr. Campion Frieden geschlossen und ging jetzt zu ihm hinüber. Dabei bemerkte er den erschreckten Ausdruck auf dem Gesicht von Joyce und folgte der Richtung ihres Blicks, bis auch er das gerötete Gesicht und die kleinen dunklen Augen von George Makepeace Faraday erkannte.

Der Mann erwiderte den Blick des Inspectors einen Moment lang, dann drehte er sich abrupt um und verschwand in der nach draußen drängenden Menge.

Der Inspector versuchte ihm nachzulaufen, aber die Stühle und Bänke hinderten ihn daran, und als er hinauskam in die Abendsonne, war der Mann bereits verschwunden, genau wie er aus dem kleinen Innenhof in London verschwunden war. Bedrängt von der Menge, gab der Inspector den Gedanken an eine Verfolgung rasch auf und kehrte zu den anderen zurück.

Als er wieder auf sie stieß, stand die Familie in einer Gruppe am Seiteneingang und wartete darauf, Campions ehrwürdigen alten Bentley zu besteigen. Campion trennte sich von den anderen, um mit dem Inspector ein paar Worte unter vier Augen sprechen zu können.

»Haben Sie den Kerl gesehen?« fragte er schon beim Näherkommen.

»Ja, das habe ich«, erwiderte der Inspector in bitterem Ton. »Aber er war wieder mal zu schlau für mich. Mit dem

Kunden hätte ich sehr gern ein Wort gesprochen – und das werde ich auch tun, glauben Sie mir. Wenn er wieder in der Stadt ist, dürfte es nicht allzu schwer sein, ihn zu finden.«

Campion nickte, sagte aber nichts, und der Inspector fuhr in bedauerndem Ton fort.

»Diese Voruntersuchung hat uns nicht weitergebracht, wie Ihnen sicher auch klargeworden ist«, sagte er. »Wenn wir uns nicht ranhalten, wird das wieder ein Fall für die Schwarze Liste der Polizei. Es ist wirklich furchtbar.«

Er sprach leise, obgleich kaum die Gefahr bestand, von Umstehenden gehört zu werden. Dazu schaute er düster und mutlos drein, und wenn Mr. Campion nicht genügend eigene Sorgen gehabt hätte, dann hätte er den Inspector bedauert.

»Was haben die jetzt vor?« fragte der Inspector und nickte mit dem Kopf in Richtung der drei anderen.

»Mrs. Faraday hat uns den Befehl erteilt, zum Dinner im Haus zu erscheinen«, antwortete Campion. »Auch Miss Blount kehrt heute abend dorthin zurück, sehr gegen meinen Rat. Und Sie? Verlassen Sie Cambridge?«

»Sie nicht?« fragte Stanislaus.

Der junge Mann schüttelte müde den Kopf. »Nein«, sagte er. »Noch nicht gleich. Um die Wahrheit zu sagen, ich wage es nicht. Ich habe das Gefühl, daß der wichtigste Teil dieser Affäre erst jetzt, und zwar jeden Moment, beginnt.« Er hielt inne und schaute den anderen durch seine großen Brillengläser forschend an.

Etwas knurrig und zögernd gab ihm daraufhin der Inspector die Informationen, auf die Mr. Campion anspielte.

»Ich gehe heute nicht zum Dinner von Mrs. Faraday«, sagte er. »Und wenn Sie auf irgend etwas stoßen, was uns weiterführen könnte, lassen Sie es mich um Himmels willen wissen. Also keine Tricks mehr hinter meinem Rücken – egal, ob mit oder ohne Hinweis.«

»In Ordnung«, sagte Campion. »Und Sie informieren

mich, falls Sie Gelegenheit haben sollten zu einer Konversation mit Vetter George.«

Oates zog die Stirn in Falten. »Er wird uns kaum helfen«, sagte er und seufzte dazu. »Was ist das bloß für ein verdammter, unbefriedigender Fall! Ich habe es vom ersten Augenblick an gewußt, nach diesem vermaledeiten Zufall gleich zu Beginn. Ich bin nicht abergläubisch, aber es entgeht einem nicht, wenn so seltsame Dinge sich immer und immer wieder ereignen. Wenn es nach mir ginge, würde ich in diesem Fall auf den Aktenordner ›Höhere Gewalt‹ schreiben und ihn in eine Schublade sperren.« Er brach ab, beunruhigt durch den Gesichtsausdruck seines Freundes. »Was ist?« fragte er.

»Ach, nur einer *meiner* kleinen Anfälle von Aberglauben«, sagte Mr. Campion. »Wann sehen wir uns? Ich hoffe doch, morgen vormittag?«

»Ich bin hier«, sagte der Inspector. »Wollte, Sie würden endlich herausrücken mit Ihrer sogenannten Theorie. Was macht Sie denn so nervös?«

Mr. Campions Antwort kam völlig unerwartet. »Ich frage Sie, Stanislaus«, sagte er, »wie hoch ist eigentlich die Strafe für Brandstiftung?«

Der Inspector antwortete nicht, und Campion wandte sich ab. Er schien völlig erledigt und zudem sehr besorgt zu sein. Der Inspector jedoch ließ sich nicht beirren.

»Woran denken Sie?« fragte er beharrlich.

Campion seufzte. »Ich weiß nicht, ob ich jemals imstande sein werde, Sie davon zu überzeugen«, sagte er, »aber ich würde diese Wagenladung von Leuten lieber an einem Samstagabend in die East Lane fahren als zurück in dieses Haus. Ich habe jetzt fünf Tage gewartet, aber ich fühle, daß es kommt, und wenn mich nicht alles täuscht, noch heute nacht.«

»Ich kann Ihnen da nicht folgen«, sagte der Inspector mürrisch. »Falls Sie allerdings eine weitere Attacke desselben Angreifers erwarten, dann sind Sie auf der falschen Fährte. Wer auch immer für diese Taten verantwortlich ist, er wird jetzt erst einmal ein halbes Jahr Pause machen, glauben Sie mir das.«

»Wir haben es da mit etwas zu tun«, entgegnete Mr. Campion, »das Ihnen nicht einmal im Traum einfallen würde. Also dann, bis morgen.« Und er ging hinaus zum Wagen, wo die anderen ihn ungeduldig erwarteten.

Marcus und Onkel William saßen hinten. Sie waren beide müde und ein wenig besorgt. Joyce, mit roten Flecken auf den Wangen, saß vorn neben Campion. Langsam fuhren sie durch die Stadt. Die Universität hatte tags zuvor wieder den Lehrbetrieb aufgenommen, und Cambridge war zum Leben erwacht. Junge Männer mit erstaunlichen Motorfahrzeugen füllten die Straßen, die Fahrräder waren bereits wieder zur Plage geworden, und überall sah man die viereckigen Barette und die abgeschabten Talare der Dozenten und Doktoranden. Als sie auf die lange, breite Trumpington Road kamen, seufzte Joyce erleichtert auf und begann zu sprechen.

»Mein Gott, bin ich froh, daß wir das hinter uns haben«, sagte sie. »Habt ihr Vetter George gesehen? Ich fürchte, er ist zu Hause, wenn wir dort ankommen. Es wäre typisch für ihn, jetzt aufzukreuzen und Großtante Caroline in einem solchen Augenblick um Geld anzubetteln. Er wird kommen, was meinen Sie?«

Mr. Campion schaute sie skeptisch an. »Halten Sie es, von Vetter George einmal abgesehen, für klug, jetzt schon in das Haus zurückzukehren? Warum bleiben Sie nicht noch ein, zwei Tage bei Ann?«

Das Mädchen schüttelte den Kopf. »Nein, jetzt macht es mir nichts mehr aus. Und ich möchte Ann nicht mehr als unbedingt nötig zur Last fallen. Sie war wirklich sehr nett und hat mich die ganze Woche bei sich wohnen lassen. Außerdem habe ich meine Sachen schon zurückbringen lassen. Von heute abend an wohne ich wieder auf Socrates Close.«

Sie sah, daß er enttäuscht war, und beeilte sich, etwas zu ihrer Verteidigung vorzubringen.

»Ich war immerhin fünf Tage weg«, sagte sie. »Ich bin gleich gegangen, nachdem Sie es mir geraten haben, und was ist geschehen? Nichts. Außerdem, wenn Vetter George wirklich kommen sollte, bin ich eine große Hilfe für Großtante Caroline, und sie braucht jemanden, die Arme.«

Mr. Campion gab keine Antwort, und sie fuhren schweigend bis zum Haus.

Alice ließ sie ein. Sie lächelte, und ihr gerötetes Gesicht leuchtete über dem strengen schwarzen Kleid mit der steifen weißen Schürze. Man konnte sehen, daß die Nachricht über die Entscheidung des Gerichts, die Mr. Featherstone senior eben ins Haus gebracht hatte, sich bereits bis zu den Angestellten verbreitet hatte.

»Mrs. Faraday ist im Salon«, sagte Alice. »Mr. Featherstone und Mrs. Kitty sind bei ihr. Sie hat gesagt, Sie alle sollen gleich hineingehen.«

Der große Salon, der die letzten Strahlen der Abendsonne einfing, war wesentlich heller als Campion erwartet hatte. Großtante Faraday saß kerzengerade auf ihrem Stuhl am Kamin, ein zerbrechliches Luxusgeschöpf in ihren großartigen Spitzen. Tante Kitty saß neben ihr, eine unbedeutende, bemitleidenswerte graue Maus. Die Anstrengung ihrer Zeugenaussage hatte sie erschöpft, und ihre faltigen Lider flatterten nervös.

Featherstone senior, der älter aussah als die beiden Frauen und dessen natürliche Ausstrahlung einer monumentalen Ruine noch ähnlicher war als sonst, saß ihnen gegenüber in einer Entfernung, daß die Frauen in seinen kurzsichtigen Augen nur noch verwischte Flecken sein konnten. Er erhob sich unsicher, als Joyce den Raum betrat, während ihr die anderen folgten.

Tante Kitty, bei der man immer auf irgendwelche Peinlichkeiten gefaßt sein mußte, sprang mit aufgeregtem Quieken auf, trippelte durch den Salon, schlang ihre Arme um die Schultern des höchst beklommenen Onkel William und platzte dann hysterisch heraus: »Lieber, lieber Willie. Endlich in Sicherheit. Endlich!«

Onkel William, der schon am Rand eines Ausbruchs war, machte sich von ihr frei und trat einen Schritt zurück.

»Sei nicht albern, Kitty«, murmelte er gereizt. »Ich weiß, man hat versucht, mich in dieser Affäre zum Sündenbock zu machen, aber ich lasse mir das nicht den Rest meines Lebens gefallen, vielen Dank.« Dann ging er an ihr vorbei und setzte sich.

Tante Kitty sah verletzt und ein wenig verängstigt aus, wie sie nun allein mitten in dem großen Raum stand. Sie blieb stehen, bis Joyce einen Arm um sie legte und sie zu einem kleinen Sofa führte, das gegenüber von Großtante Caroline auf der anderen Seite des Kamins stand.

Der alte Featherstone räusperte sich. »Nun«, begann er mit seiner tiefen und etwas zu wohlklingenden Stimme, »wie ich schon Mrs. Faraday mitgeteilt habe, bin ich der Meinung, daß wir uns alle gegenseitig beglückwünschen können. Natürlich schulden wir dieser Mrs. Finch und ihrem Angestellten besonderen Dank. Es war ein glücklicher Umstand, daß wir auf sie gestoßen sind, ganz besonders, da wir aus dieser Richtung keine Hilfe von Ihnen, Mr. Faraday, erhalten hatten.«

Onkel William schaute ihn mit düsterer Miene an. »Ich sage Ihnen doch, ich war krank. Kein Mensch scheint das zu berücksichtigen. Ich war sehr krank, bin es noch immer. Diese Affäre hätte mich das Leben kosten können. Doch das scheint keiner von euch zu kapieren.«

»Aber sicher, Willie. Das war es ja, was uns solche Sorgen gemacht hat.« Tante Kitty hatte gesprochen, bevor Joyce sie daran hindern konnte, und es war nur zu klar, was sie damit meinte.

Onkel William explodierte. »So ist es recht!« schnaubte er. »Zwölf völlig fremde Männer haben der Welt klar und deutlich verkündet, daß ich so unschuldig bin wie ein Neugeborenes, und ich komme in dieses Haus zurück und werde schon wieder von meiner eigenen Schwester beschuldigt! Keiner hier hat auch nur eine Spur von Mitleid gezeigt mit mir – ausgenommen Campion. Und ich weiß auch nicht, warum Sie sich gratulieren, Featherstone. Es war nämlich Campion, der Ihnen alle Ihre Zeugen besorgt hat. Sehr bemerkenswert! Er hat herausgefunden, wo ich gewesen bin, als ich einen meiner Anfälle hatte.«

»William.« Großtante Caroline, die während dieses Vorspiels sehr ruhig dagesessen und mit ihren scharfen schwarzen Augen die verschiedenen Gesichter der kleinen Gruppe studiert hatte, schaltete sich jetzt mit leiser Stimme ein. »William«, wiederholte sie, »das ist jetzt nicht der geeignete Moment, um Undankbarkeit zu bekunden. Wenn du nicht froh und dankbar bist über deinen Freispruch – ich bin es jedenfalls. Komm und setz dich zu mir, wenn ich bitten darf.«

Onkel William folgte dem Befehl. Er sprach dabei leise vor sich hin, und die Worte ›Sündenbock‹ und ›ekelhaftes Verhalten‹ waren gut zu verstehen, aber schließlich setzte er sich.

Großtante Caroline lächelte den alten Featherstone an. »Ich bin Ihnen natürlich sehr dankbar«, sagte sie. »Sie haben sich wieder einmal als guter alter Freund erwiesen. Jetzt bitte ich euch alle, Platz zu nehmen, weil ich etwas zu sagen habe, bevor wir hineingehen zum Dinner.«

Marcus warf Campion einen scharfen Blick zu. Die beiden dachten vermutlich dasselbe: Großtante Caroline sollte darüber informiert werden, daß sich Vetter George in der Stadt aufhielt. Doch es bot sich dazu keine Gelegenheit, da die alte Lady bereits wieder zu sprechen begonnen hatte.

»Ich bin sehr froh, daß diese Voruntersuchung so geendet hat«, erklärte sie, »und ich bin allen, die uns dabei geholfen haben, sehr zu Dank verpflichtet. Aber es gibt noch einen Punkt, den wir nicht außer acht lassen sollten. Diese schreckliche Affäre ist damit nicht zu Ende, und das Odium, welches sie auf dieses Haus geworfen hat, ist noch fast genauso stark, als ob einer von uns verhaftet worden wäre.«

»Aber Mama, wie kannst du ... Wie kannst du nur ...?« Tante Kitty brach in Tränen aus.

Großtante Caroline wandte sich ihr mit vorwurfsvollem Blick zu. »Sei nicht blöd, Catherine«, sagte sie. »Empfindsamkeit kann etwas sehr Charmantes sein, aber hier und zu dieser Zeit ist sie fehl am Platze. Es geht um Fakten, und wir müssen sie ins Auge fassen. Was Andrew betrifft, so ist immerhin eine Mordanklage gegen Unbekannt erhoben worden. Daher bleibt dieses Haus solange unter dem Schatten dieser dunklen Wolke, bis der Mörder gefunden und der Gerechtigkeit zugeführt worden ist. Ich habe das bereits Mr. Featherstone zu bedenken gegeben, und er ist ganz meiner Meinung. – Das Dinner wird heute abend informell serviert und früher als üblich. Wenn jemand mit mir zu sprechen wünscht, ich bin in meinem Schreibzimmer. Mr. Featherstone, Ihren Arm, wenn ich bitten darf.«

Der alte Mann erhob sich umständlich und bot Mrs. Faraday im vollen Bewußtsein, daß er ein Sinnbild altmodischer Galanterie darstellte, das nur der Ergänzung durch die alte Mrs. Faraday bedurfte, seinen Arm.

Sie waren etwa drei Schritte weit gekommen, als es über sie hereinbrach. Aus der Halle waren schrille, protestierende Schreie zu hören, gefolgt von den wütenden Lauten einer Männerstimme. Im nächsten Augenblick wurde die weiße Tür des geheiligten Salons auf Socrates Close aufgerissen, und Vetter George, gefolgt von der hochroten und völlig aufgelösten Alice, spazierte in den vornehmen Raum.

Der alte Featherstone, der das Gesicht des Eindringlings nicht sehen konnte, war vermutlich der einzige der Gruppe, der diesen Auftritt nicht als einen körperlichen Schock erlebte.

Vetter George, seinerzeit in dem kleinen Innenhof in London seiner selbst nicht sehr sicher, hatte sich damals nicht als sonderlich attraktive Persönlichkeit präsentiert, doch Vetter George mit Oberwasser, Vetter George, grausam und mit einem trunkenen Schimmer in den kleinen Augen, war ein empörendes, abstoßendes Exemplar der Gattung Mensch. Selbst Großtante Caroline hielt inne und schaute ihn stumm und mit bebenden Lippen an. Tante Kitty schrie auf. Vetter George winkte ihr zu, dann kam er ganz herein und schlug Alice die Tür vor der Nase zu.

»Hallo, Kitty, der Teufel selbst ist wieder da«, sagte er mit überraschend tiefer Stimme und durchaus gebildetem Akzent. Er schaute sich um und betrachtete die Anwesenden. Keiner sprach, keiner rührte sich von der Stelle. Der Mann war in gehobener Stimmung, und er wirkte höchst unangenehm in seinem fleckigen blauen Anzug, mit dem groben, roten Gesicht, den hängenden Mundwinkeln und seiner Ausstrahlung von spöttischer Genugtuung.

»Hinsetzen, alle«, befahl er. »Holt das gemästete Kalb aus dem Stall. Der verlorene Sohn ist zurück.«

Großtante Caroline versteifte sich bei der Bemühung, zu sprechen. »George«, sagte sie, »du wirst in mein Schreibzimmer kommen und dort mit mir sprechen, wenn es dir beliebt.«

Vetter George lachte laut und unangenehm. »Tut mir leid, Tante«, sagte er, während er sich mit beträchtlich theatralischem Effekt gegen die geschlossene Tür des Salons lehnte, »tut mir leid, aber genau an dieser Stelle müssen wir die Formel von nun an verändern. Ich lasse mich nicht mehr unauffällig in ein Hinterzimmer scheuchen. George ist in seiner vollen Kraft und Größe zurückgekommen. Und um George wird von nun an großes Aufhebens gemacht werden. Damit ihr's wißt: George wird bleiben.«

Es gab ein Schnauben und Rascheln im hinteren Teil des Raums, als sich Onkel William, der, wie man ihm zugute halten mußte, kein völliger Feigling war, in die Schlacht warf. Er pflanzte sich vor dem Eindringling auf, dem das alles ungeheuren Spaß zu bereiten schien, und näherte sein rosiges Gesicht dem des anderen Mannes.

»Du infernalischer Schurke!« sagte er, und dabei geriet ihm die Stimme außer Kontrolle. »Wir haben genug von dir. Mach, daß du aus diesem Haus verschwindest. Und wenn du der Polizei die Mühe ersparen willst, kannst du dich unterwegs bei der Station melden. Dort wirst du nämlich seit einiger Zeit gesucht, was ich dir nicht verschweigen möchte.«

Vetter Georges Vergnügen schien sich noch zu steigern. Er legte den Kopf in den Nacken, bis er das Holz der Tür berührte, grinste dazu dem älteren Mann unverschämt ins Gesicht, öffnete den Mund und benützte dann ein einziges Wort von einer Sorte, wie es wohl noch nie innerhalb der ehrwürdigen Mauern von Socrates Close benützt worden war, und dann, während das eisige Schweigen noch in der Luft hing, hob er den Arm und schlug mit dem Handrücken in das rosige Gesicht, das dem seinen so nahe war, daß Onkel William zurücktaumelte, errötet vor Überraschung und dem plötzlichen Schmerz.

Campion und Marcus waren gleichzeitig nach vorn gesprungen, und Vetter George befand sich zwischen ihnen, bevor ihm klar war, was da geschah. Der Mann war kräftig wie ein Bulle, aber die beiden anderen waren jung und, zumindest was Mr. Campion betraf, nicht ungeübt. Als er merkte, daß er hilflos zwischen ihnen eingekeilt war, begann der Eindringling zu lachen.

»Na schön«, sagte er. »Schmeißt mich ruhig raus. Ihr werdet es bereuen bis zu eurem letzten Tag.«

Der alte Featherstone, der erst jetzt kapiert hatte, wer der Neuankömmling war, und nicht nur um seine Würde, sondern um sein Gleichgewicht fürchtete, schaute sich etwas hilflos um. Schließlich räusperte er sich.

»Marcus, mein Junge«, sagte er, »geh von der Tür weg, sei so gut. Mrs. Faraday und ich wollen hinausgehen.«

Onkel William, der wild vor sich hingrummelte, begab sich

in die Mitte des Salons und war sich noch nicht sicher, ob er den Angriff verbal oder körperlich beginnen sollte, als Vetter George wieder zu sprechen begann.

»Du wirst es bereuen, wenn du mich nicht reden läßt«, sagte er. »Ich hab' dich nämlich am Schlafittchen. Und du, Tante, schick deinen Anwalt weg und hör mir zu.«

Zur größten Überraschung fast aller Anwesenden schien ihm Großtante Caroline nachzugeben.

»Mr. Campion, Marcus«, sagte sie, »laßt ihn los und kommt hier herüber. George, setz dich. Was hast du zu sagen?«

Der Triumph des Mannes war unerträglich, und obwohl die beiden jungen Männer der alten Lady gehorchten, konnte man erkennen, daß sie ihrem Wunsch nur zögernd nachkamen. Als er frei war, schüttelte sich Vetter George.

»Danke«, sagte er gedehnt. »Und jetzt setzt euch, alle. Meinetwegen kannst du den alten Fuchs hierbehalten, Tante, aber es ist allein deine Schuld, wenn du dann feststellst, daß das, was ich jetzt sage, nicht für seine Ohren bestimmt ist.«

Großtante Carolines Haltung überraschte jeden im Raum. Sie kehrte fast demütig zu ihrem Stuhl am Kamin zurück. Der alte Featherstone kam hinter ihr her und pflanzte sich dann würdevoll neben ihr auf. Obwohl er sehr wenig von den Vorgängen sehen konnte, konnte er doch alles hören, und außerdem hatte er die Genugtuung zu wissen, daß er großartig aussah.

Vetter George warf sich in den bequemsten Sessel im Raum und begann dann mit angeregter und theatralischer Arroganz zu sprechen.

»Es ist sehr komisch«, sagte er. »Ihr wißt überhaupt nicht, wie komisch ihr alle seid. Jetzt bin ich derjenige, der über euch lacht. Das ist der Punkt, wo ich ins Bild komme; von nun an werde ich es mir für den Rest meines Lebens gemütlich machen. Jetzt kannst du mich nicht mehr mit ein paar Pfund abspeisen, Tante. Diesmal bin ich gekommen, um zu bleiben.

Ihr werdet alle von nun an nach meiner Pfeife tanzen. Und du«, fügte er hinzu und zeigte mit einem nicht allzu sauberen Zeigefinger auf Onkel William, »du aufgeblasener, alter Trottel wirst um mich herumhüpfen wie ein Spaniel, wenn ich es so will.«

Er nahm eine Zigarette aus der Tasche und zündete sie an, wohl wissend, welche Sensation er damit bewirkte, und entschlossen, sie voll und ganz auszukosten. Onkel William und Tante Kitty, die wußten, daß noch nie zuvor hier im Salon Tabaksgeruch wahrzunehmen gewesen war, waren entsetzt über die Entweihung und wandten sich flehentlich an ihre Mutter.

Großtante Caroline saß ganz still da; kein Muskel in ihrem Gesicht bewegte sich, und nur ihre schwarzen Augen, die sich keine Sekunde lang vom Gesicht ihres Neffen abwandten, wirkten noch lebendig an ihr.

»Was habe ich mich darauf gefreut«, sagte er. »Jetzt endlich ist der Tag gekommen. Jetzt hab' ich euch genau da, wo ich euch haben wollte. Läßt du die Anwälte hier, Tante?«

»Ja.« Großtante Carolines Stimme war völlig gelassen, aber ihr eisiger Ton konnte Vetter George nicht beeindrukken, der nicht nur ein bißchen betrunken war, sowohl vom Alkohol als auch von seiner eigenen Hochstimmung. Er schniefte.

»Also dann, fangen wir an. Die Polizei hat mich gesucht, nicht wahr? Wenn ich das gewußt hätte, wäre ich schon früher hergekommen, aber ich wußte es nicht. Warum? Weil ich im Bau war. Ich bin erst heute früh rausgekommen und habe den Bericht über die Voruntersuchung gelesen. Und auch über Julia. Sie ist hinüber, ja? Ein Glückszufall, den ich nicht erwartet habe. Wer ist dieser Mann?« Er zeigte auf Campion. »Ich habe ihn schon früher einmal gesehen. Wenn er etwas mit der Polizei zu tun hat, um so schlimmer für dich, Tante. Soll ich fortfahren?«

»Ja«, sagte Großtante Caroline wieder.

Vetter George zuckte mit den Schultern. »Nun, hier bin ich, und hier bleibe ich – *j'y suis, j'y reste*. Keiner von euch wird einen Finger heben, um mich aus diesem Haus zu treiben. Denn wenn«, fügte er hinzu und senkte dabei die Stimme, »dann sage ich alles, was ich weiß, und ihr habt einen Mordprozeß mitten in der Familie, bevor ihr auch nur bis drei zählen könnt. Ein bißchen Publicity habt ihr ja schon bekommen, aber das ist gar nichts im Vergleich zu dem Gestank, den ich dann aufrühre. Ihr müßt wissen, ich bin nämlich am Sonntag, dem dreizehnten März, Andrew von der Kirche aus gefolgt. Es wäre also kein Indizienbeweis, sondern die Aussage eines Augenzeugen.«

Er hielt inne und schaute sich um. Im ganzen Raum herrschte tödliche Stille. Seine Worte hatten alle Anwesenden elektrisiert. Nur Großtante Caroline schien ruhig zu bleiben.

»Das mußt du näher erklären, George«, sagte sie.

Vetter George schüttelte den Kopf. »O nein, so leicht kriegt ihr mich nicht. Ihr wißt und ich weiß, daß ich euch so in der Hand habe.« Er streckte eine Hand aus, die Finger gespreizt, dann ballte er sie langsam zur Faust. »Solange es mir gutgeht, sage ich nichts«, fuhr er fort, und die Genugtuung schwang deutlich in seiner Stimme mit. »Ich weiß schon, was mir paßt. Denn eines steht fest«, fügte er hinzu, »der Mörder ist einer von euch. Das wißt ihr genau, nicht wahr? Und ich weiß sogar, wer es getan hat. Jetzt seid ihr dran, mit eurem affektierten Getue. William, klingle und sag dem Mädchen, es soll mir Whisky bringen.«

Alle Augen waren auf Onkel William gerichtet, und er warf einen flehenden Blick auf seine Mutter, aber Großtante Caroline nickte, und Onkel William erhob sich folgsam und zog an der Klingelschnur.

Es war eine Kapitulation.

Vetter George lachte geräuschvoll. »So ist's recht«, sagte er. »Das wirst du in Zukunft oft tun.«

Als die erschreckte Alice auftauchte, gab er ihr die Anweisung.

»Whisky und Soda«, sagte er, bevor jemand anderes etwas sagen konnte, »und ein bißchen dalli.«

Die Frau warf ihrer Herrin einen entsetzten Blick zu, sah aber, daß Großtante Caroline nickte, und lief rasch wieder hinaus.

Vetter George lehnte sich zurück. »Mordprozesse wecken das öffentliche Interesse an Leuten wie euch, nicht wahr, Tante?« sagte er wieder spöttisch-gedehnt. »Ich bin sicher, ich könnte meine Biographie an mehrere große Zeitungen verkaufen, wenn ich gezwungen wäre, alles über den alten Andrew zu sagen. Glaubst du nicht?«

Das Ergebnis dieser vergleichsweise harmlosen Bemerkung war erstaunlich. Großtante Caroline versteifte sich.

»Mr. Featherstone«, sagte sie, »es wäre mir lieb, wenn Sie sich heute abend von meiner Tafel entschuldigen würden. Da Sie ein so guter Freund der Familie sind, glaube ich, daß ich Ihnen diese Bitte stellen kann.«

Der alte Featherstone verbeugte sich, und obwohl er die Stimme gesenkt hatte, dröhnte sie noch sehr deutlich durch den Raum.

»Meine liebste Lady«, sagte er, »Sie wissen, daß das Erpressung ist. Auf Erpressung stehen sehr strenge Strafen.«

»Ja«, sagte Vetter George lässig aus den Tiefen des Sessels. »Aber nur wenige Fälle werden verfolgt, nicht wahr, alter Fuchs? Die Familie wird mir in der Hinsicht bestimmt nichts anhängen, darauf können Sie sich verlassen. Gehen Sie jetzt, und tun Sie, was man Ihnen befohlen hat.«

Der alte Mann wollte etwas erwidern, aber Großtante Caroline legte eine Hand auf seinen Arm, so daß er es sich anders überlegte und mit einer Verbeugung zu den Mitgliedern des Haushalts und einem eisigen, kurzsichtigen Blick auf Vetter George zur Tür hinausging. Alice, die mit einem Tablett zurückkam, mußte zur Seite treten, um ihn vorbeizulassen.

Vetter Georges Kommentar wurde durch die Ankunft des Getränks abgeschnitten, das er sich auf den Boden vor seinem Sessel stellen ließ. Als die Frau wieder hinausgegangen war, saß er mit einem Glas in der Hand da und hatte beide Beine von sich gestreckt.

»Bleiben diese beiden Schoßhündchen?« fragte er und zeigte auf Campion und Marcus.

Marcus war hochrot im Gesicht, und man sah, daß die Muskeln an seinen Wangen heftig arbeiteten. Mr. Campion dagegen erschien fast wie ein Idiot; die Maske liebenswürdiger Blödheit überdeckte vollkommen seine Persönlichkeit.

»Wenn es dir lieber ist, sollen sie gehen«, sagte Großtante Caroline.

Vetter George betrachtete die beiden jungen Männer mit einem unverschämten Blick.

»Es ist mir egal, wer zu hören bekommt, was ich zu sagen habe«, erklärte er. »Ich weiß, was ich weiß, und ich habe einen Zeugen, der es bestätigen kann. Ich habe euch also in der Hand. Und man muß mich bestechen, damit ich das, was ich weiß, nicht an die Polizei weitergebe. Ich hätte schon früher herkommen sollen, aber, wie gesagt, ich war ein bißchen betrunken und habe letzten Donnerstag einen Polizisten verprügelt, also haben sie mich eine Woche in den Knast gesteckt. Ein Faraday von Socrates Close betrunken und tätlich gegen die Polizei – das wäre ein hübscher Artikel für die hiesige Zeitung. Vielleicht schreibst du ihn für mich, William. Aber vielleicht ist es noch besser, wenn du deine Kräfte sparst. In Zukunft wirst du einiges für mich tun. Ja, Tante, ich glaube, es ist besser, wenn du diese zwei Salonlöwen hinausschickst in den Garten. Die Familie und ich, wir müssen uns erst einmal näher kennenlernen. Ein kleines Gespräch unter uns wird uns zeigen, wo wir stehen. Ach, und macht euch bloß nicht die Mühe, die Polizei herzuschicken. Ich war schon dort, gleich nach meiner Ankunft in Cambridge. Sie waren ganz zufrieden mit dem, was ich vorhatte.

Und wenn es hier zu keiner befriedigenden Lösung kommt, werde ich dort einen zweiten Besuch abstatten. Ich sagte es schon: Ich habe alle Trümpfe in der Hand.«

Er schenkte sich noch einmal ein und hob dann herausfordernd das Glas in Richtung auf Onkel William.

»Bei der Vorverhandlung haben sie alle Beweise gegen dich ans Licht gezerrt, und du bist davongekommen«, sagte er. »Aber das heißt noch nicht, daß nun alle zufrieden sind. Es liegt auf der Hand, daß einer von euch es getan haben muß, und ich bin in der glücklichen Lage zu wissen, wer es war. Aber da ihr mein eigen Fleisch und Blut seid, schaffe ich hier lieber selbst Ordnung, statt euch der Polizei vorzuwerfen.«

Großtante Caroline, deren Fassung fast eine Art von Trance war, wandte sich an Campion und Marcus.

»Ich bitte Sie beide«, sagte sie, »daß Sie Joyce ins Morgenzimmer begleiten und dort eine Weile warten. Joyce, Liebes, sagen Sie bitte Alice, sie soll noch ein Gedeck für das Dinner vorbereiten. Sie wird gesehen haben, daß Mr. Featherstone gegangen ist, und weiß vermutlich nicht, daß Vetter George zum Essen bei uns bleibt.«

»Sie kann auch gleich ein Zimmer für mich vorbereiten«, sagte Vetter George. »Ich nehme das von Andrew. Wette, er hat gewußt, wie man es sich bequem macht. Ich will ein Feuer im Kamin und eine Flasche Whisky auf dem Kaminsims. Das sind die beiden einzigen Dinge, auf denen ich bestehe. Also dann, macht, daß ihr rauskommt. Ich habe meinen geliebten Verwandten etwas mitzuteilen.«

Aber Tante Kitty, deren schwache Nerven angesichts dieser Prüfung bis dahin so mutig standgehalten hatten, ließ sich nun vollkommen gehen. Sie schoß in die Mitte des Salons wie ein kleiner, erschreckter Hase.

»Der Geist des Bösen!« schrie sie hysterisch. »Der Geist des Bösen ist um uns. Man hat einen neuen Satan geschickt, daß er uns quält! Oh! Oh! Oh!«

Und jeder der drei Ausrufe war einen Ton höher und

durchdringender als der vorausgegangene. Sie schwankte ein paar Sekunden lang unsicher hin und her, dann brach sie auf dem Boden zusammen, schluchzte und stieß um sich wie eine Wahnsinnige. Der Anblick war scheußlich und auch ein wenig erschreckend.

Zum erstenmal seit seiner Ankunft schien Vetter George sich unwohl zu fühlen. Er zog die Füße zurück, die er in Richtung auf die am Boden liegende Gestalt ausgestreckt hatte, nahm sein Glas vom Boden und klemmte sich den Siphon unter den Arm. Mit der Karaffe in der anderen Hand ging er zur Tür.

»Ich kann das nicht ertragen«, sagte er. »Ich bin in der Bibliothek, bis ihr euch so weit zusammengerissen habt, daß ihr mir in intelligenter Weise zuhören könnt. Außerdem verlange ich, daß mir das Abendessen *pronto* auf dem Schreibtisch von Onkel John serviert wird. Und von nun an ist die Bibliothek mein Aufenthaltsraum. Ich bin jetzt der Herr dieses Hauses.«

Mr. Campion öffnete ihm die Tür, und als Vetter George ihn anschaute, verbeugte er sich und sagte leise:

»Ziehen Sie die Rollos hoch, wenn Sie in die Bibliothek kommen. Auf einer der Fensterscheiben steht eine Nachricht für Sie.«

Der Mann starrte ihn an, aber Campion sagte nichts weiter, und schließlich stolperte Vetter George hinaus auf den Gang.

20

Der Teufel im Haus

»Wenn es nicht wegen des alten Harrison Gregory wäre, verdammt! Ich würde auf der Stelle das Haus verlassen und im Klub schlafen«, sagte Onkel William.

Er ging im Morgenzimmer auf und ab, die dicken Hände hinter dem Rücken verschränkt, wobei ihm das weiße Haar auf einer Seite des Schädels in die Höhe stand und sein Schnauzbart sich sträubte.

Auch die beiden andern, die sich im Raum befanden, waren auf den Beinen. Mr. Campion lehnte so gelassen und ausdruckslos am Kaminsims, daß er kaum noch lebendig wirkte. Marcus stand an dem Fenster, das am weitesten vom Feuer entfernt war, das Kinn auf die Brust gesenkt, die Hände tief in den Taschen vergraben. Die nackten Glühbirnen in den Wasserlilien aus Messing warfen ein unfreundliches Licht in den Raum, und das ganze Haus verbreitete eine Atmosphäre der Spannung, die beinahe unerträglich war. Die Tür war zu, aber selbst das dicke Holz konnte die Geräusche nicht völlig ausschließen, die von der Bibliothek herüberdrangen, wo Vetter George im Sessel des ehemaligen Rektors des Ignatius-Colleges thronte, Alkohol und Sodawasser über den geheiligten Schreibtisch spritzte und von Zeit zu Zeit Kommandos bellte.

Er hatte darauf bestanden, daß die Tür zur Bibliothek offen blieb, und seine beleidigenden Bemerkungen verfolgte eine jede der Gestalten, die auf dem Weg zur Treppe oder zur Haustür an der Bibliothek vorbeikamen.

In dem stillen, alten Haus brodelte es. Regeln, die fünfzig Jahre lang gültig gewesen waren, waren skrupellos beiseitegewischt worden, die Gewohnheiten eines ganzen Lebens gestört, und es schien, als ob selbst die alten Möbel gegen diese Ruhestörung protestierten.

Onkel William, der einen der heftigsten Schocks seines Lebens am Ende einer langen Zeit schwerer Belastungen ertragen mußte, war außer sich. Er hatte den Punkt erreicht, wo er nicht mehr stillhalten konnte. Eine alle Werte umkehrende Revolution im ganzen Land hätte ungefähr dieselbe Wirkung auf ihn gehabt.

Das Dinner war ein Fiasko gewesen. Tante Kitty war nicht erschienen und statt dessen in ihrem Zimmer geblieben, wo Joyce sich um sie kümmerte und versuchte, sie zum Schlafen zu bringen. Vetter George hatte sich gnädig entschieden, in der Bibliothek zu bleiben, wo er lauthals das Essen kritisierte, das man ihm brachte. Auch Großtante Caroline war nicht zum Dinner erschienen, und das hatte vielleicht die Moral des gesamten Haushalts mehr erschüttert als alles andere. Außer in Tagen der Krankheit hatte Mrs. Faraday ihren Platz am Kopfende der Tafel seit dem Begräbnis ihres Mannes im Jahre 1896 stets eingenommen.

Onkel William platzte wieder heraus: »Ich kann Mutter nicht verstehen. Wenn sie uns nicht erlaubt, daß wir ihn hinauswerfen, warum läßt sie dann nicht wenigstens die Polizei rufen? Der Kerl kommt hierher, erzählt eine wilde Geschichte, und sie nimmt sie ernst. Man könnte fast denken, sie glaubt auch noch daran.«

Marcus zuckte mit den Schultern. »Der Mann hat sich da offenbar eine sehr überzeugenden Geschichte zurechtgelegt«, bemerkte er.

Onkel William blieb abrupt stehen, und seine kleinen blauen Augen drohten aus den Höhlen zu springen.

»Wollen Sie damit vielleicht sagen ...?« begann er, dann verstummte er und wandte sich an Campion. »Glauben Sie, daß George etwas weiß?« fragte er ihn. »Großer Gott, wollen Sie damit sagen, daß jemand in diesem Haus – einer von uns – den alten Andrew aus dem Weg geräumt hat, und Julia dazu? Ich meine, nach allem, was diese Voruntersuchung ergeben hat?« Er setzte sich geistesabwesend auf einen der kleinen Stühle, die am Tisch standen. »Gott sei mir gnädig!«

Marcus richtete sich auf und ging einmal durch das Zimmer.

»Ich bedaure sehr, daß uns Mrs. Faraday nicht gestattet, die Polizei kommen zu lassen«, sagte er. »Es ist wirklich bedauerlich und zudem sehr ungewöhnlich.«

»Mutter ist alt«, erklärte Onkel William und stand wieder auf. »Ich glaube, ich gehe jetzt hinaus und rufe selbst die Polizei. Das wird glühende Kohle auf ihren Häuptern sein, nach der Art und Weise, wie sie mich behandelt haben. Ich sage Ihnen, George ist gemeingefährlich«, fuhr er fort und hob dabei die Stimme. »Kommt hierher und benimmt sich wie – wie ein betrunkener Anarchist. Überfällt uns alle, schlägt mir ins Gesicht«, fügte er hinzu und rieb sich wütend die Wange. »Wenn Mutter nicht dabeigewesen wäre, hätte er die Hundepeitsche von mir zu spüren bekommen, der Kerl – dazu bin ich nicht zu alt. Ja, ich gehe zur Polizei. Ich will sehen, wie dieser Schurke in Handschellen abgeführt wird, egal, ob er den Namen Faraday nun trägt oder nicht«, fügte er rachsüchtig hinzu. »Ja, ich habe mich entschieden. Ich gehe.«

»Nein«, sagte Mr. Campion leise.

Onkel William wandte sich ihm zu und schaute ihn vorwurfsvoll an. »Was haben Sie gesagt, Sir?«

»Nein«, wiederholte Mr. Campion. »Tun Sie das nicht. Erst muß dieses Geheimnis aufgedeckt sein. Lassen Sie ihn ruhig hier.«

Onkel William warf sich wieder auf den kleinen Stuhl. »Ja, schön«, sagte er. »Maßregeln Sie mich nur auch noch. Ein jeder hier hat anscheinend nichts Besseres zu tun als mich zu maßregeln. – He, was ist das?«

Seine letzte Bemerkung galt einer besonders lauten Bemerkung aus der Bibliothek. Marcus ging zur Tür und riß sie auf, gerade als Joyce mit flammenden Wangen darauf zukam. Von der anderen Seite der Halle war die Stimme von Vetter George, schleppend und unaussprechlich vulgär, deutlich zu verstehen.

»Sei doch nicht so starrköpfig. Komm wieder her, laß mich dich ansehen. Tut mir leid, ich kann nicht aufstehen. Du bist das einzige, was wert ist, angeschaut zu werden in diesem – diesem Haushalt . . .«

Marcus, dessen sorgfältig gepflegte Kultiviertheit und Blasiertheit in den letzten Tagen einem gnadenlosen Ansturm ausgesetzt gewesen waren, empfing damit seinen letzten Schlag. Seine Schultern versteiften sich, und er senkte den Kopf. Joyce, die sein Gesicht sah, riß einen Arm hoch, womit sie seinen hechtsprungartigen Start um den Bruchteil einer Sekunde verzögerte, und in dieser Zeit gelang es Campion, zu seinem Freund hinüberzueilen und ihn festzuhalten.

»Noch nicht«, flehte er ihn an. »Jetzt noch nicht.«

Joyce schloß die Tür und lehnte sich dagegen. Marcus, wie alle Männer, die nur sehr selten aus der Haut fahren, war starrköpfig in seinem Zorn. Sein Gesicht war dunkelrot geworden, und er kniff die Lider zusammen.

»Entschuldige«, sagte er mit belegter Stimme. »Ich kann diesen Kerl nicht mehr ertragen. Ich drehe ihm den Hals um. Geht mir aus dem Weg.«

Joyce begann zu weinen. Sie schien es nicht zu bemerken, denn die Tränen rollten ihr über die Wangen, und sie unternahm nicht den Versuch, es zu verbergen.

»Nicht«, sagte sie. »Mach uns nicht noch mehr Ärger. Tu's nicht!«

Onkel William, der den Vorgang mit Interesse beobachtet hatte, was für seine Gedanken eine Erleichterung in ihrem eigenen, chaotischen Zustand bedeutete, erhob sich jetzt in menschliche Höhen, die ihm keiner zugetraut hätte. Er zog ein riesiges, gestärktes weißes Taschentuch heraus, ging an den zwei Männern vorbei und tupfte dem Mädchen das Gesicht damit ab.

»Da, da, meine Liebe«, sagte er. »Kommen Sie, kommen Sie. Bald haben wir den Schurken hinter Schloß und Riegel, und danach wird er gehängt. Ruhig, ruhig.«

Diese Intervention rettete die Lage. Onkel Williams felsenfeste Überzeugung, daß die Verhaftung von Vetter George alle ihre Schwierigkeiten beseitigen würde, trug ein komisches Element in sich, das sogar in diesem Stadium der Ereignisse fast unwiderstehlich wirkte. Marcus legte dem Mädchen einen Arm um die Schultern und führte sie hinüber zum Kamin.

Mr. Campion und Onkel William blieben in der Nähe der Tür. »Armes, kleines Ding«, sagte Onkel William mit rauher Stimme. »Wirklich, eine Schande. Wenn der Kerl nicht unseren Namen trüge, würde ich ihn mit Vergnügen hängen sehen.«

Mr. Campion sagte nichts dazu, denn in diesem Moment wurde die Tür wieder geöffnet, und Alice kam herein. Sie schloß erst die Tür hinter sich, atmete dann tief ein und begann mit ihrer Klage.

»Es ist nicht recht, Sir. Sie müssen dem ein Ende machen. Sie ist da drin«, sagte sie.

Die drei schauten sie verständnislos an, und Joyce kam rasch auf sie zu.

»Wer ist wo, Alice? Was ist denn geschehen?«

»Die Herrin, Miss.« Die Haushälterin war den Tränen nahe. »Sie ist hineingegangen zu diesem Unmenschen – allein, und er ist nicht mehr bei Sinnen, Miss. Das kann man deutlich sehen. Er – er könnte sie töten.« Sie öffnete die Tür und zeigte quer über die Halle. »Da, schauen Sie, sie ist hinein und hat die Tür zugemacht.«

Onkel William folgte ihrer Aufforderung. Er ging einen Schritt hinaus und schaute durch die Halle. Die Tür zur Bibliothek war von der Schwelle des Morgenzimmers aus zu sehen, und Onkel William stellte fest, daß sie jetzt tatsächlich geschlossen war. Er kehrte in den Raum zurück.

»Es stimmt«, sagte er. »Und was sollen wir jetzt tun? Ich nehme an, sie weiß, was sie tut. Wie ich sie kenne, wird sie uns nicht dankbar sein, wenn wir sie stören. Aber ich weiß nicht...«

»Ich habe gelauscht«, sagte Alice ohne sich zu genieren. »Ich habe mein Ohr an die Tür gelegt. Man kann hören, daß sie ganz ruhig mit ihm redet. Ich habe auch gehört, daß er geflucht hat. Ich bin ganz sicher, daß es ein Fluch war, obwohl ich die Worte nicht verstehen konnte. Ich würde ja selbst hineingehen, aber Sie wissen, wie eigensinnig die Mistress ist.« Sie hielt fragend inne.

Instinktiv wandten sich alle an Campion. »Warten«, sagte er. »Das ist alles, was wir tun können. Ich nehme an, das ist auch die Idee von Mrs. Faraday. Wenn sie nicht mit Vetter George fertig wird – wer denn dann?«

»Beim Zeus, da haben Sie recht«, sagte Onkel William, und seine Miene hellte sich auf. »Überlassen wir ihn Mutter. Und denken Sie an meine Worte: Er kommt herausgeschlichen aus der Bibliothek wie ein begossener Pudel, den Schwanz eingezogen, Straßenköter, der er ist.«

Alice schien sich damit nicht zufriedengeben zu wollen, erhielt aber keine Unterstützung von den anderen, also ließ sie ihre Idee, das Gespräch zu stören, notgedrungen fallen. Statt dessen baute sie sich auf der Schwelle auf.

»Wenn Sie mich entschuldigen, Miss«, murmelte sie, »ich möchte hier warten. Wenn sie dann ruft, oder es passiert sonst etwas, bin ich gleich bei ihr. Und wenn sie herauskommt, kann ich mich davonstehlen, ohne daß sie es merkt.«

Fünfzehn schreckliche Minuten waren vergangen. Jedes Gespräch war versiegt, und im Morgenzimmer war es kalt und still. Onkel William streckte sich in einem grünen Lehnsessel aus, Joyce kuschelte sich in den anderen, Marcus hatte sich auf die Armlehne gehockt. Mr. Campion lehnte am Bücherschrank, und Alice stand unter der offenen Tür.

Nach einer scheinbaren Ewigkeit machte sich Onkel William wieder bemerkbar. »Wird allmählich Zeit, daß dieser Rowdy sich davonschleicht«, sagte er. »Noch fünf Minuten, und ich lasse wirklich die Polizei holen. Wozu zahlen wir Steuern, wenn ein solcher Kerl einfach ins Haus kommen und sich wie ein Tier benehmen kann?«

Alice trat leise von der Tür weg. »Es kommt jemand«, murmelte sie.

Sie lauschten angespannt. Von der anderen Seite der Halle hörte man das Klicken des Schlosses an der Tür zur Bibliothek. Die Frage, die sie alle beschäftigte, würde in wenigen Sekunden beantwortet sein. Wer würde aus der Bibliothek kommen, wer würde dortbleiben und die Stellung halten? Wer hatte triumphiert?

Und dann hörte man, alle ihre Hoffnungen zerschmetternd, die Stimme von Vetter George, schleppender und schwerer verständlich als zuvor, die herausbrüllte in die Halle: »Und damit habe ich dich! Damit sitzt du fest, und du kriegst mich nicht weg, wie du es auch drehst und wendest.« Und dann, sich über die Steinfliesen nähernd, hörten sie das scharfe Klicken des Stocks von Großtante Faraday.

Mit großer Geistesgegenwart nahm Alice eine Blumenvase von der Anrichte und trat dann zurück, um Platz zu machen für ihre Herrin. Anschließend verschwand sie schweigend und zog die Tür hinter sich zu.

Großtante Faraday blieb hinter der Tür stehen und schaute die Anwesenden an, die sich erhoben hatten. Sie zeigte noch immer eine großartige Haltung, obwohl die Hand, mit der sie den Stock hielt, ein wenig zitterte. Und sie hatte sich offenbar vor diesem Gespräch umgezogen: Jetzt trug sie das steife schwarze Kleid, das sie üblicherweise abends anhatte, und ihre Kopfbedeckung und das Fichu waren Arbeiten aus feinster Spitze. Sie stieß mit dem Stock auf den Boden.

»Ich will hier einen Stuhl haben, Marcus«, sagte sie. »Einfach hier. Ich kann nicht mehr stehen.«

Als sie sich niedergelassen hatte an der etwas merkwürdigen Stelle, nur ein paar Meter hinter der Tür, überblickte sie die Anwesenden und nickte ihnen zu, was bedeutete, daß sie sich ebenfalls setzen sollten.

»William«, sagte sie, »könntest du so gut sein, in mein Schreibzimmer zu gehen und dort auf mich zu warten? Ich möchte vor dem Zubettgehen noch ein Wort mit dir reden.«

Onkel William erhob sich in Anbetracht der Umstände so würdevoll wie möglich und ging hinaus, wobei er sich seinen unterdrückten Protest aufsparte, bis er den Raum verlassen hatte. Nachdem er gegangen war, räusperte sich die alte Lady.

«George wird heute nacht hierbleiben«, sagte sie. »Und da ich meine, daß ich Ihnen eine Erklärung schuldig bin, halte ich es für angebracht, mit Ihnen zu sprechen, bevor ich mich zurückziehe. George ist, wie Sie gehört haben, mit einer außergewöhnlichen Geschichte hierhergekommen. Ich habe ihm gestattet, zu bleiben, weil ich ihn gut genug kenne, um zu wissen, daß er zwar widerlich, aber keineswegs ein kompletter Narr ist, und ich nahm an, daß er sich auf eine so gefährliche Sache nur dann einlassen würde, wenn er über gewisse Informationen verfügte, die seinen Drohungen Gewicht verleihen konnten. Ich habe eben mit ihm gesprochen«, fuhr sie fort. »Ich habe auf diesen Zeitpunkt gewartet, weil ich annahm, er würde umso mehr verraten, je betrunkener er sei. Unglücklicherweise habe ich festgestellt, daß seine Willenskraft stärker ist als ich es ihm zugetraut hätte. Er ist sicherlich sehr betrunken, aber abgesehen davon, daß ich vergebens irgend etwas aus ihm herauszubekommen versuchte, hat mich dieses Gespräch leider nur davon überzeugt, daß diese Kreatur eine Menge weiß.«

Joyce sprang auf. »Sie meinen doch nicht, daß er wirklich gesehen hat, wie und durch wen Onkel Andrew umgebracht worden ist?« fragte sie.

Großtante Caroline nickte. »Doch, meine Liebe«, sagte sie einfach. »Genau das meine ich.«

Die Wirkung dieser leisen Erklärung war überaus erschreckend.

»Nun, dann müssen wir zur Polizei gehen«, sagte Marcus. »Die bringen ihn schon zum Sprechen, wenn er wirklich etwas weiß.«

Die alte Lady schüttelte den Kopf. »Mein lieber Junge«, sagte sie, und ihre zarte Stimme klang erstaunlich ruhig nach der Erregung, die in der Stimme des jungen Anwalts gelegen hatte, »das sollten wir nicht tun. Noch nicht. Die Polizei kann George nicht festhalten, und ich meine, wir sind es uns schuldig, als erste zu hören, was er weiß – bevor die Behörde sich seiner bemächtigt.«

»Dann glauben Sie also...?« Die Stimme von Joyce verstummte.

Die alte Lady warf ihr einen schnellen, vogelähnlichen Blick zu.

»George bleibt heute nacht in diesem Haus, meine Liebe«, sagte sie. »Morgen, wenn er nüchtern ist, werde ich noch einmal mit ihm reden. Bis dahin braucht die Polizei nicht einmal zu wissen, daß er hier ist.« Und dann fuhr sie mit Nachdruck in der Stimme fort: »Denn wenn das Undenkbare sich als wahr erweisen sollte, und wir wirklich in einen Mordprozeß hineingezogen werden, können wir nicht verhindern, daß er soviel Kapital wie möglich aus dem Skandal schlägt, und das liegt dann leider wirklich in seiner Macht.«

»Aber, Mrs. Faraday –« Marcus sprach in empörtem Ton, »nichts ist doch schlimmer als der Mord selbst, oder?«

Auf dem alten Gesicht von Mrs. Faraday machte sich ein grimmiger Ausdruck breit. »Das ist eine Frage des Standpunkts, Marcus«, sagte sie. »Aber es gibt ein paar Dinge, die Sie für mich tun können. Vor allem würden Sie mir einen großen Gefallen erweisen, wenn Sie einverstanden wären, die Nacht in diesem Haus zu verbringen.«

Marcus war überrascht. »Sicher, wenn Sie es wünschen, Mrs. Faraday«, sagte er.

Großtante Caroline nickte ihm zu. Sie schien zufrieden zu sein.

»Joyce, meine Liebe«, fuhr sie dann fort, »ich möchte, daß Sie in meinem Zimmer schlafen. Das Bett im Alkoven ist dazu vorbereitet worden. Marcus, Sie nehmen das Zimmer von Joyce. William kann Ihnen sicherlich alles borgen, was Sie für die Übernachtung benötigen. Und dann«, sagte sie weiter, »wäre ich Ihnen sehr dankbar, wenn Sie und Mr. Campion gemeinsam George hinaufbringen würden in sein Zimmer – das heißt, in das ehemalige Zimmer von Andrew. Ich werde jetzt zu Bett gehen. Joyce, kommen Sie mit mir? Aber gehen Sie zuvor noch zu William hinüber und sagen Sie ihm, ich will ihn nicht mehr heute abend, sondern gleich morgen früh sprechen. Und bitten Sie Alice, daß sie Ihr Zimmer für Marcus bereitmacht.«

Als Joyce hinausgegangen war, wandte sich die alte Lady noch einmal an die beiden jungen Männer.

»Selbst inmitten einer derartigen bedauerlichen und verwirrenden Situation ist der Mensch zu allgemein philosophischen Gedanken fähig«, sagte sie zur Überraschung der beiden. »Wenn einer von Ihnen gezwungen sein sollte, einem jener fehlgeleiteten Enthusiasten zuhören zu müssen, die die Vorteile unseres konventionellen Gesellschaftssystems in Zweifel stellen – denken Sie an George. Es gibt sicherlich viele Menschen auf der Welt, die ebenso gemein und niederträchtig sind wie er, aber ein Rest an Erziehung, und sei er noch so gering, hindert sie daran, sich so abscheulich bloßzustellen. Ich fürchte, ich habe Sie mit einer höchst unangenehmen Aufgabe betraut, aber ich glaube, daß es Ihnen beiden, ungehindert von William, gelingen wird, George in sein Zimmer zu bringen, wobei die Methode Ihnen überlassen bleibt. Außer Ihnen ist niemand im Haus, der das bewerkstelligen könnte. Ich gehe jetzt in mein Schlafzimmer, und vielleicht ist es günstig, wenn Sie Ihr Unternehmen noch um fünfzehn Minuten verschieben. Gute Nacht.«

Mr. Campion hielt ihr die Tür auf und wurde belohnt dafür. Mrs. Faraday blieb stehen und lächelte ihn an.

»Keine Sorge«, sagte sie. »Das ist der einzige Schock, vor dem Sie mich nicht bewahren konnten. Ich bin Ihnen für Ihre Anwesenheit sehr dankbar.«

»Meine Güte«, sagte Marcus, als Campion die Tür schloß, »mir jucken die Hände, wenn ich an den Kerl denke. Könnten wir ihn nicht versehentlich über das Treppengeländer stoßen? Er weiß doch nichts, oder glaubst du, er weiß etwas?«

Mr. Campion nahm seine Brille ab. »Wenn er etwas weiß, dann ist das das beste, was in der Sache bisher geschehen ist«, antwortete er. »Heute abend werden wir nicht mehr viel mit ihm anfangen können, aber morgen früh sollten wir einen Versuch unternehmen. Ich fürchte, der alte Stanislaus bekommt schon wieder einen Anlaß, wütend auf mich zu sein. Und – ich bin froh, daß du heute nacht hierbleibst. Ich habe das Gefühl, daß irgend etwas passiert.«

»Noch etwas?« sagte Marcus.

Campion nickte, sagte aber nichts, denn in diesem Augenblick öffnete sich die Tür, und Onkel William kam herein. Wenn Großtante Caroline gehofft hatte, er würde gleich zu Bett gehen, hatte sie ihn unterschätzt. Er kehrte zurück und war zum Kampf bereit.

»Jetzt, wo Mutter zu Bett gegangen ist, sollten wir uns ein bißchen mit diesem Kerl befassen«, sagte er, nachdem er die Tür hinter sich geschlossen hatte, und sein rosiges Gesicht glänzte. »Ich weiß nicht, was sich die alte Lady dabei denkt, wenn sie ständig versucht, mich aus dem Weg zu schaffen. Ich bin zwar nicht mehr ganz jung, aber ich wäre nicht der alte Haudegen aus dem Kampf um Johannesburg, wenn es mir nicht gelänge, einen solchen Schurken unter den Tisch zu schlagen. *In vino veritas*, wie es heißt. Jetzt, wo er besoffen ist, könnten wir die Wahrheit aus ihm herauslocken.«

Marcus schaute Campion an, und dessen Miene war so

komisch, daß er beinahe lachen mußte. Onkel William fuhr fort. »Ich habe es mir genau überlegt«, sagte er. »Wenigstens haben wir jetzt etwas, womit wir uns befassen können, etwas Greifbares, statt ständig im Dunkeln stochern zu müssen. Soll ich hineingehen und mit ihm reden?«

Mr. Campion wechselte rasch das Thema. »Da fällt mir ein, ich habe nur einen Pyjama bei mir. Könnten Sie Marcus einen von den Ihren borgen? Er bleibt über Nacht.«

Dieses Problem war nun allerdings ein wesentlich einfacheres als die Vertreibung von Vetter George, und Onkel William fühlte sich deutlich erleichtert.

»Aber klar, mein Junge«, sagte er. »Kommen Sie rauf, und ich besorge Ihnen alles, was Sie brauchen.«

»Bitte, seien Sie so nett und legen Sie es ihm zurecht«, schlug Campion vor. »Er schläft im Zimmer von Joyce. Sie übernachtet bei Mrs. Faraday.«

»Ich besorge Ihnen alles«, wiederholte Onkel William. »Einen Pyjama, einen Morgenmantel, Rasierzeug. Mit Vergnügen.«

Sobald seine rundliche Gestalt auf der Treppe nach oben verschwunden war, wandte sich Campion an Marcus.

»Komm«, sagte er. »Jetzt oder nie.« Und gemeinsam machten sie sich daran, die ihnen gestellte Aufgabe zu bewältigen.

Es ist nur gut, dachte Mr. Campion, als sie das Arbeitszimmer des Rektors von Ignatius betraten, um Vetter George in sein Zimmer zu befördern, daß die Toten sich nicht in ihren Gräbern umdrehen können, wie die Redensart sagt.

Vetter George, Kragen und Krawatte gelockert, das aufgedunsene Gesicht purpurrot und schlaff, wälzte sich mit dem Oberkörper auf dem Schreibtisch, dessen Platte aussah wie die Theke einer Kneipe an einem Samstagabend. Er hob kaum ein Lid, als sie eintraten, aber als sie sich ihm näherten, riß er die Hand hoch in einer etwas unbeholfenen Geste, mit der er den Siphon auf den Boden wischte.

»Was ist?« fuhr er sie an.

»Bettgehen«, sagte ihm Campion deutlich ins Ohr und nickte Marcus zu, während er den Mann unter dem Arm packte und hochzog.

Vetter George wehrte sich, und die Kraft des wesentlich älteren Mannes überraschte die beiden. Aber sie ließen sich nicht beirren, und gleich danach wurde er von ihnen zur Tür geschleppt. Er begann zu fluchen und brachte dabei ein Vokabular zutage, welches darauf hinwies, daß er ein weitgereister Mann war.

»Maul halten«, sagte Marcus, der jetzt die Initiative übernommen hatte. Mit einer Brutalität, die ihm Mr. Campion nicht zugetraut hätte, packte er die beiden Enden der Krawatte von Vetter George, riß sie nach hinten auf den Rücken des Mannes und wand sich den Seidenstreifen um die Hand, so daß er sein Opfer kräftig am Schlawittchen halten konnte. Die Stimme von Vetter George wurde leiser, und er begann schmerzvoll zu husten und zu keuchen.

»Bring ihn nicht um«, protestierte Campion.

»Dem passiert schon nichts«, sagte Marcus. »Los jetzt.«

Die Treppe wurde mit vergleichsweise geringer Mühe überwunden, und schließlich blieb die sich miteinander abmühende Gruppe vor der Tür zu Andrews Zimmer stehen. Marcus lockerte seinen Griff am Hals des Mannes und öffnete die Tür.

»So, da wären wir«, sagte er. »Hinein mit ihm.«

Vetter George wurde ohne große Feierlichkeiten in den Raum gestoßen; Campion schaltete das Licht ein, dann schlossen sie die Tür von außen. Der Schlüssel, den die aufmerksame Alice zurückgelassen hatte, steckte außen im Schloß. Marcus drehte ihn um und steckte ihn in die Tasche, gerade als ein wütendes Pochen von innen durch das Haus dröhnte.

Onkel William, einen überraschend bunten Pyjama über dem Arm, streckte den Kopf aus der Tür.

»Oh, da ist mir etwas entgangen«, sagte er. »Na ja, macht nichts. Morgen ist auch noch ein Tag.«

Mr. Campion richtete sich auf. »Kann sein, daß er noch eine halbe Stunde tobt«, sagte er und mußte die Stimme heben, um sich in dem Pandämonium verständlich zu machen. »Wir gehen jetzt besser alle zu Bett. Vor morgen früh können wir nichts unternehmen.«

Onkel William nickte. »Das Vernünftigste, was mir in dieser Situation einfällt«, stimmte er zu. »Kommen Sie, Marcus, ich zeige Ihnen Ihr Zimmer.«

In diesem Augenblick kam Vetter George auf die Idee, aus vollem Hals die obszöneren Strophen eines sehr bekannten Seemannslieds zu singen...

21

Der Besitzer des grünen Hutes

Mr. Campion saß am Fußende seines Betts und sah zu, wie das Mondlicht durch das geöffnete Fenster immer weiter in sein Zimmer kam. Das Haus lag endlich in Dunkelheit und Stille. Vetter George hatte noch eine Stunde getobt, nachdem er in sein Zimmer eingeschlossen worden war, und die ohnehin erschütterten Hausbewohner hatten wachgelegen und sich in ihren Betten hin- und hergeworfen, während unzensierte Versionen von Seemanns- und Soldatenliedern, unterbrochen durch das Krachen von Mobiliar und das Klirren von Porzellan, durch das Haus dröhnten.

Aber nach und nach war Vetter George des Singens müde geworden und dazu übergegangen, lauthals gemeinste Schmähreden an die Adresse seiner Verwandten zu brüllen. Schließlich schien ihm auch das keinen Spaß mehr zu machen, und nach einigem Getrampel und einem letzten, ungeheuren Krach hatte sich Stille auf den erhabenen Besitz von Socrates Close gesenkt, eine tiefe und erholsame Stille. Nach und nach waren auch die Hausbewohner in Schlaf gefallen, und nur Mr. Campion saß im Bett und wachte.

Die Polizeibeamten in Zivil waren vor zwei oder drei Tagen aus dem Garten zurückgezogen worden. Das Vertrauen von Mr. Oates in die Intuition seines Freundes war nicht stark genug gewesen, um eine so kostspielige Bewachung zu rechtfertigen.

Mr. Campion saß schweigend im Mondlicht. Er hatte seine Brille abgenommen und Jacke und Weste ausgezogen. Er trug noch einen dünnen Pullover, den er sich in die von einem Gürtel gehaltene Hose gesteckt hatte. Die Ärmel hatte er hochgeschoben und seine Armbanduhr und den Siegelring abgenommen. So hatte er es sich vor etwa zwei Stunden am Fußende seines Betts bequem gemacht. Durch das offene Fenster konnte er deutlich die Glockenschläge der katholischen Kirche hören.

Die Kirchturmuhr hatte gerade Viertel vor drei geschlagen, und das Licht des Mondes wurde schwächer, als er ein Geräusch vernahm, das ihn veranlaßte, vom Bett aufzustehen und ans Fenster zu schleichen. Er blieb neben dem Vorhang stehen, wartete, lauschte. Da war es wieder, dieses Geräusch: ein rauhes Flüstern.

Es war jetzt näher unter dem Fenster und konnte schließlich auch Worte ausmachen, einfache, absurde Worte, die aber in der Stille der Nacht erschreckend wirkten.

»Der alte Bee... Der alte Bee... Der alte Bee...«

Campion streckte eine Hand aus, hielt sich am Fensterbrett fest, beugte sich hinaus aus dem Fenster und schaute nach unten.

Der Garten wurde noch immer ein wenig vom Mondlicht erhellt, und der Grasstreifen unterhalb seines Fensters war deutlich zu erkennen. Campion bemerkte, daß in Georges Zimmer noch Licht brannte, aber von dort drang kein Geräusch heraus. Während er wartete und die Ohren spitzte, hörte er wieder das Flüstern, diesmal wesentlich näher.

»Der alte Bee... Der alte Bee...«

Dann, während er hinunterschaute, trat eine dunkle Gestalt aus dem Schatten unter Georges Fenster, und der junge Mann sah einen Augenblick lang eine ungeschlachte, gebückte Silhouette, die in dem trügerischen Licht doppelt grotesk wirkte. Es hätte ein Mensch sein können, aber auch ein phantastisch gekleideter Gorilla, und Campion beobachtete das Wesen mit willkommener Beschleunigung seines Pulses. Er zog sich hinauf auf das Fensterbrett und stand einen Augenblick lang unentschlossen über der seltsamen Erscheinung.

Die Gestalt unten im Garten drehte sich herum und richtete die helle Fläche ihres Gesichts herauf zum Fenster. Eine Sekunde später war sie fort, rannte durch den Garten, ein Fabelwesen, das hüpfte wie ein großer, schwarzer Ballon am Ende einer Schnur.

Campion sprang hinunter und landete auf Händen und Knien im feuchten Gras. Gleich darauf war er wieder auf den Beinen und jagte hinter dem Fliehenden her, der ihn zielsicher zu dem kleinen Tor führte, durch das man am entgegengesetzten Ende des Küchengartens hinauskam auf die Landstraße. Für ein so großes Wesen entwickelte der Fliehende eine beträchtliche Geschwindigkeit, aber Campion, dessen Blut durch die kalte Luft in Wallung geriet und dessen Nerven überreizt waren durch die Stunden des Wartens, holte auf, und auf dem Rasen vor dem kleinen Tor in der Mauer hatte er die Gestalt eingeholt, warf sich auf sie und riß sie mit aller Gewalt zu Boden.

Der Unbekannte knurrte, und im nächsten Moment wurde Campion mit stahlhartem Griff gepackt und nicht sehr würdevoll über den Kopf seines Gegners gezogen. Der geheimnisvolle Besucher, wer immer er sein mochte, war ein keineswegs zu verachtender Gegner. Doch es schien, als hätte Mr. Campion sich etwas von der Grausamkeit seines Freundes Marcus abgeschaut, und er fühlte, wie sein aufgestauter Zorn sich auf diesen greifbaren Feind konzentrierte. Er rappelte sich hoch, packte den Fremden an den Beinen wie beim Rugby, gerade als der andere zur Flucht ansetzte, und in diesem Moment machte Campion die interessante Entdekkung, daß die Füße des anderen nackt waren.

Die Gestalt sackte wieder auf den Boden, Campion war über ihr, und zwei riesige Hände tauchten aus der Dunkelheit auf und packten den jungen Mann am Hals. In diesen Augenblicken, als er fast schon am Ersticken war, wurde ihm mit Dankbarkeit bewußt, daß sein Gegner unbewaffnet sein mußte. Jetzt schlug er wild um sich, und seine Knöchel kamen in Kontakt mit einem stoppeligen Kinn. Der Fremde knurrte und fluchte leise. Bis dahin hatte er noch kein einziges verständliches Wort von sich gegeben.

Obwohl er auf dem Rücken lag, lockerte er keineswegs den Griff um Campions Hals, und es schien, als entwickle er eine geradezu affenartige Kraft. Aus dem Griff um den Hals wurde ein Strangulieren, bis Campion sich ein wenig nach vorn beugte und dann sein Knie in den Unterleib des anderen Mannes rammte. Daraufhin lockerte sich der Griff, der Mann krümmte sich und keuchte vor Schmerzen.

Er war jedoch keineswegs besiegt. Jetzt teilte er ungezielte Schläge aus mit seinen riesigen, affenartigen Armen und traf den jungen Mann an den Seiten und auf dem ungeschützten Kopf. Campion rutschte über den großen Körper, nahm alle Kraftreserven zusammen und bearbeitete das Gesicht des am Boden Liegenden mit einer Serie von Boxhieben. Er kämpfte wie ein Wahnsinniger, und der andere verfügte zweifellos über die größeren Kräfte, war aber ungeübt. Allmählich ließ der Hagel von Boxhieben nach, und Campion, der noch einmal das Knie in die Lenden des anderen rammte, hatte ihn zuletzt doch besiegt, wobei der Gorilla keuchend und sich windend wie ein Fisch auf dem Trockenen am Boden lag. Ohne seine Position aufzugeben, beugte sich Campion vor.

»Haben Sie jetzt genug?« flüsterte er.

»Ja«, stöhnte die rauhe Stimme und fiel dann in atemloses Grunzen.

»Sie sind der alte Bee, nicht wahr?« fragte Mr. Campion und riskierte damit einen Schuß ins Ungewisse.

»Ich bin niemand«, antwortete der Mann plötzlich, sammelte noch einmal all seine Energie, schleuderte seinen Angreifer aufs Gras und gab ihm zugleich einen Hieb auf die Seite des Schädels, daß die Knochen krachten.

Doch auch damit gelang es ihm nicht, Campion k. o. zu schlagen. Durch einen Tunnel wirbelnder Schwärze kroch der junge Mann rückwärts und bekam das keuchende Wesen gerade noch zu fassen, als es sich zu einer weiteren Attacke aufrichtete. Und diesmal hatte er mehr Glück als Verstand. Er taumelte, holte Schwung und rammte dem anderen seinen Kopf in die Magengrube. Jetzt ließ sein Gegner ein lautes Brüllen hören und kippte wieder um. Campion machte sich frei von der keuchenden Masse Mensch und war auf den Beinen, genau in dem Augenblick, als eine dritte Gestalt aus dem Halbdunkel trat und das Licht einer Taschenlampe auf sein Gesicht richtete.

»Hallo – Sir, was ist denn hier los?«

Es war der junge Christmas, dessen Häuschen in dieser Ecke des Gartens stand und an die Landstraße grenzte.

Campion hatte einige Mühe, sich zusammenzureißen. Er war noch etwas benommen, aber er wußte genau, was er vorhatte.

»Bringen Sie die Taschenlampe hier herüber«, sagte er ein wenig atemlos. »Schauen wir mal, wen wir da erwischt haben.«

Der junge Christmas, ein großer, grobknochiger junger Mann von etwa dreißig Jahren, näherte sich vorsichtig dem sich windenden Objekt auf dem Boden und richtete dann seine Taschenlampe voll darauf. Jetzt konnte er den Gegner von Mr. Campion deutlich erkennen.

Es war ein außergewöhnlicher Anblick, wie dieser Kerl mit ausgebreiteten Armen und Beinen auf dem Boden lag und keuchte, als ob sein letztes Stündchen geschlagen hätte. Er war ein nicht allzu großer Mann, aber überaus kräftig gebaut, mit ungeheuer starken, muskulösen Armen. Sein Gesicht war von Speckfalten eingerahmt und fast ganz von einem kurzen Stoppelbart undefinierbarer Farbe bedeckt, während das lange, verfilzte Haar zahlreiche graue Strähnen aufwies. Außerdem starrte er vor Schmutz, und die schwarzen Lippen und die gebrochene Nase trugen kaum zum Charme seines Aussehens bei. Er trug zerrissene, grün-schwarze Kleidung, und es sah nicht so aus, als ob sie ihm jemals gepaßt hätte.

Aber der junge Christmas starrte vor allem auf die nackten Füße, die aus den fransigen Hosenbeinen herausragten.

»Donnerwetter!« sagte er. »Schauen Sie. Das ist er!«

Ein Blick auf die gewaltigen Extremitäten, die nur halb von den Resten der Socken bedeckt waren, genügte. Das hier war ohne Zweifel das Original, das seinen Abdruck auf dem Blumenbeet hinterlassen hatte.

Der Anblick dieser Füße schien Mr. Campions geistige Ausgeglichenheit wiederherzustellen.

»Hören Sie«, sagte er, »kann ich den Kerl in Ihr Haus bringen? Ich nehme an, er hat uns eine Menge zu erzählen.«

»Aber ja, Sir, sicher. Ich hole ein Licht.« Der junge Mr. Christmas war ein wenig erschrocken, kam aber den Wünschen von Mr. Campion bereitwillig nach. »Ich hab' ein Geräusch gehört, Sir«, erklärte er, »also bin ich raus, um zu sehen, was da los ist. Was machen wir jetzt mit dem Kerl?«

»Ich bringe ihn hinein«, sagte Mr. Campion grimmig.

Als er auf einem Stuhl neben Mr. Christmas' Küchentisch saß, im Licht einer schwankenden Öllampe, sah der Eindringling noch weniger einnehmend aus als draußen im Garten. Seine kleinen, grüngrauen Augen bewegten sich ausweichend von der einen auf die andere Seite, und er rutschte unruhig hin und her und kratzte oder massierte die verletzten Teile seiner verdreckten Person unter den Lumpen, die ihm als Bekleidung dienten.

»Ich hab' überhaupt gar nix getan«, begann er, wobei er das bekannte, bettelnde Gequengel an den Tag legte. »Sie haben kein Recht, mich anzufassen. Ich kann Ihnen Ärger machen dafür, kann ich.«

»Mund halten«, sagte Mr. Campion vom Ausguß her, wo er sich kaltes Wasser über den Kopf pumpte und anschließend das Haar mit einem Handtuch trocken massierte. »Ist Ihr Vater hier, Christmas?« murmelte er. »Ich möchte ihn nach Möglichkeit nicht wecken.«

»O nein, Sir, das macht nichts. Um meinen Alten aus dem

Schlaf zu wecken, braucht es mehr als das.« Der junge Christmas schien, was das betraf, sehr sicher zu sein, und Mr. Campion war zufrieden.

Ihr Gast, der immer unruhiger wurde, begann wieder zu quengeln.

»Ich kann Ihnen die Polizei auf den Hals schicken, wenn Sie mich noch mal anfassen«, sagte er.

»Ich bin die Polizei«, fuhr ihm Mr. Campion heftig über den Mund. »Haben Sie schon mal von Zivilbeamten gehört? Ich bin einer von ihnen. Sie stehen unter Arrest, und wenn Sie nicht auspacken, werde ich Sie in Fesseln legen lassen. Sie werden gesucht. Wir haben schon einige Zeit auf Sie gewartet.«

Jetzt zeigte sich ein schlauer Ausdruck auf dem Gesicht des Fremden. »Das können Sie mir nicht weismachen«, sagte er. »Ich erkenne einen Blauen, wenn ich ihn sehe. Ich bin schon dreißig Jahre unterwegs und hab' ein paarmal im Loch gesessen. Sie sind keiner von der Schmiere. Und außerdem«, fügte er triumphierend hinzu, »kenne ich jeden Blauen von hier bis York.«

»Ich bin Chief Detective Inspector Campion von Scotland Yard«, log der junge Mann ohne Umschweife. »Ich bin hier, um den Mord an Andrew Seeley zu untersuchen, der am Sonntag, dem dreißigsten März nahe einer Brücke über die Granta getötet worden ist. Ich habe Grund zu der Annahme, daß Sie der Täter sind, nach dem wir suchen. Aber ich gebe Ihnen eine Chance, obwohl sich Ihr Komplice bereits in Haft befindet. Er hat ausgepackt, und wenn Ihre Geschichte mit der seinen nicht Wort für Wort übereinstimmt, sitzen Sie im Knast, bevor Sie auf drei gezählt haben.«

Der Mann, der dieser Predigt schweigend zugehört und sicher nur die Hälfte davon verstanden hatte, sog jetzt lautstark den Atem ein.

»Sie haben mich noch gar nicht auf meine Rechte hingewiesen«, erklärte er argwöhnisch.

»Ihre Rechte?« sagte Mr. Campion mit dick aufgetragener Verachtung in der Stimme. »Wir Männer von Scotland Yard verhalten uns ein bißchen anders als die kleinen Sergeants auf dem Land. Sie packen alles aus, was Sie wissen, und zwar hier und jetzt. Haben Sie schon mal vom dritten Grad gehört?«

»Ich hab' einen Freund«, antwortete der andere mürrisch. »Er ist ein richtiger Gentleman und kennt sich mit solchen Sachen aus. Er sagt, daß der dritte Grad nicht mehr erlaubt ist. Ich kann einen Anwalt haben, wenn ich will.«

»Ihr Freund George Faraday sitzt hinter Schloß und Riegel«, sagte Mr. Campion wahrheitsgemäß. »Er hat Sie falsch informiert. Hören Sie, wollen Sie es noch einmal mit mir aufnehmen?«

Die drohende Haltung des jungen Mannes, verbunden mit seinem geradezu unheimlichen Wissen über den Bekannten des nächtlichen Besuchers, tat ihre Wirkung. Dem alten Landstreicher wurde immer unwohler in seiner Haut.

»Soll ich Sie vielleicht noch einmal verprügeln?« wiederholte der junge Mann, wobei er die Körperkräfte des anderen erst gar nicht in Betracht zog.

»Nein«, sagte der Fremde. »Und ich sag' nix mehr, basta.«

Mr. Campion hatte zuvor schon unbemerkt das Wäschereibuch der Christmas von einem Regal neben dem Ausguß genommen und blätterte jetzt darin.

»Mal sehen – da haben wir Ihren Namen«, sagte er. »Adresse: keine. Aliasname: der alte Bee.«

»Das ist kein Alias«, protestierte der Landstreicher und ging Mr. Campion prompt in die Falle. »Das ist so was wie'n Spitzname, Sie wissen schon, unter Freunden. Ich bin Thomas Beveridge, und ich bin im Armenhaus von Warley in Kent registriert. Außerdem liegt nix gegen mich vor.«

»Das wissen wir alles«, sagte Mr. Campion und bezog damit Mr. Christmas junior als Mitglied der Kriminalpolizei Seiner Majestät in seinen Schwindel ein. »Bevor ich Sie zur Wache bringe, brauche ich Ihre Aussage. Ihnen wird vorgeworfen, gemeinsam mit George Makepeace Faraday, dessen Aussage wir bereits zu Protokoll genommen haben, vorsätzlich und heimtückisch Andrew Seeley ermordet zu haben, und zwar durch Erschießen, wobei Sie ihn anschließend gefesselt und in den Fluß Granta geworfen haben. Was haben Sie dazu zu sagen?«

Mr. Campions Haltung und die erschreckende und völlig unbegründete Anklage, die so überraschend gegen ihn vorgebracht wurde, unterminierten Mr. Beveridges Moral.

»Ich? Von wegen!« sagte er aufgebracht. »He, Sie haben da was verwechselt. George kann das nich' gesagt haben.«

»Die Polizei zieht ihre eigenen Schlußfolgerungen«, sagte Mr. Campion leichthin. »Packen Sie jetzt aus, oder müssen wir es aus Ihnen herausprügeln?«

»Ich will eine Tasse Kaffee«, sagte Mr. Beveridge unvermittelt. »Ihr habt mich mißhandelt, ja, das habt ihr. Und ich will meine Schuhe haben. Ich hab' sie vor dem Gartentor ausgezogen, um keinen zu stören. Anständiger hätt' ich nich' sein können, oder hätt' ich das?«

»Bringen Sie mir den Fahrradreifen«, sagte Campion zum jungen Mr. Christmas.

»He!« protestierte Mr. Beveridge hastig. »Warten Sie doch! So warten Sie doch eine Minute. Ich hab' ja nicht gesagt, daß ich nix sage.«

Mr. Campion hob die Hand mit einer großartigen Geste, die bedeuten sollte, daß er auf einen Bericht warte, und der junge Christmas, der sich als ein sehr hilfreicher Assistent erwies, hielt inne und kehrte zum Tisch zurück.

Mr. Beveridge breitete seine riesigen, enorm dreckigen Hände aus. »Ich weiß gar nix, und ich will meine Stiefel haben«, sagte er. »Überhaupt war ich an dem Sonntag in Norwich.«

»Was?« fuhr ihn Mr. Campion wütend an. »Verschwenden Sie nicht meine Zeit, Mann.« Er beugte sich über den Tisch, und seine harten, grauen Augen fixierten das Opfer. »Sie wagen es, so etwas zu behaupten, wo Sie heute nacht in diesen Garten gekommen sind, mit dem Hut des Ermordeten auf dem Kopf?«

Dieser unvergleichliche Bluff war für Mr. Beveridge der Tropfen, der das Faß zum Überlaufen brachte. Nun war er zur Aussage bereit.

»Ich hab' ihn nicht umgebracht«, sagte er. »George und ich haben den Revolver erst danach angefaßt, das ist die Wahrheit.«

Mr. Campion stieß einen Seufzer der Erleichterung aus und schaute wieder in das Wäschereibuch.

»Es ist Ihnen wohl klar«, sagte er dann kalt, »daß Sie damit entweder zuviel oder nicht genug gesagt haben?«

Die unförmige Gestalt auf dem kleinen Holzstuhl begann zu zittern, und Mr. Beveridge senkte den Blick.

»Also gut, ich sag euch alles. Aber ich war es nicht, Gott ist mein Zeuge: Ich war es nicht, und George war es auch nicht.«

22

Am nächsten Morgen

Nachdem Alice die Kanne mit heißem Wasser auf den Waschtisch gestellt und mit einem frischen Handtuch zugedeckt hatte, ging sie durch das Zimmer, zog die Rollos hoch und blieb am Fußende von Marcus Featherstones Bett stehen. Sie ließ ihm genügend Zeit zum Aufwachen und zum Sammeln seiner Gedanken, dann begann sie zu sprechen.

»Mr. Campion ist nicht in seinem Zimmer, Sir. Er hat auch nicht in seinem Bett geschlafen. Ich dachte, ich sage es lieber Ihnen als Mr. William. Und der alte Mr. Christmas, der Kutscher der Mistreß, ist vorhin in die Küche gekommen und hat gesagt, sein Sohn muß sich mitten in der Nacht angezogen haben und weggegangen sein, denn er ist nicht im Cottage gewesen, und es gibt kein Zeichen von ihm.«

Marcus setzte sich im Bett auf und wirkte etwas unglücklich in Onkel Williams umfangreichem, exotisch-buntem Pyjama. Er versuchte, die Situation zu überdenken.

»Campion verschwunden?« sagte er. »Geben Sie mir eine halbe Minute Zeit; ich ziehe mich gleich an und komme mit.«

Er zog sich den ebenso bunten Morgenmantel an, auch er ein Beispiel für Onkel Williams Gastfreundschaft, und folgte dann der Frau über die Diele und den Korridor bis zum Zimmer von Mr. Campion. Sonst schien im Haus noch alles zu schlafen. Aus den Zimmern von George und William war nichts zu hören, und außer dem gedämpften, freundlichen Klappern von Geschirr aus der Gegend der Küche und des Morgenzimmers herrschte noch die Ruhe des frühen Morgens in dem großen Haus.

Alice ging voraus und betrat Mr. Campions Zimmer. Alles war ordentlich, ja beinahe unberührt. Campions Koffer lag auf dem Kofferständer, sein Morgenmantel hing über dem riesigen Lehnsessel, und abgesehen davon, daß das Fenster ganz nach oben geschoben und das Bett nur am Fußende ein wenig eingedrückt war, gab es nichts Ungewöhnliches zu sehen.

Marcus schaute sich schläfrig um. »Wirklich, sehr seltsam«, sagte er. »Ach, Alice, der weiß schon, was er tut. Was ist mit Mr. George Faraday? Waren Sie schon bei ihm drinnen?«

»Nein, Sir. Die Tür war zugesperrt. Ich habe geklopft, aber er hat mich nicht gehört. Wahrscheinlich schläft er jetzt endlich nach – na ja, nach gestern abend.«

»Sehr wahrscheinlich«, stimmte ihr Marcus grimmig zu. »Warten Sie einen Moment. Ich selbst habe den Schlüssel eingesteckt, glaube ich. Mr. Campion und ich haben ihn gestern abend eingesperrt. Vielleicht besorgen Sie ihm eine starke Prärieauster mit viel Worcestersauce, und ich hole inzwischen den Schlüssel.«

»Machen Sie sich nicht die Mühe, Sir. Alle Schlüssel auf diesem Stockwerk passen in alle Schlösser. Aber ich bereite Mr. George gern die gleiche Mischung, wie sie Mr. Andrew immer haben wollte.«

»Ich warte hier solange auf Sie«, sagte Marcus. »Es ist wahrscheinlich besser, wenn ich es ihm hineinbringe.«

Als die Frau über den Korridor zur Dienstbotentreppe verschwand, ging er zum Fenster von Campions Zimmer und schaute hinaus. Marcus Featherstone war ein Mann, der Geheimnisse und mysteriöse Ereignisse haßte, und er empfand ganz besonders große Abneigung gegenüber dem, was er für unnötiges Theater hielt. Schließlich gab es keinen Grund dafür, warum Campion weggegangen sein sollte, ohne ihm etwas davon zu sagen. Auf der anderen Seite war Marcus auch ein wenig froh darüber. Es würde ihm eine Gelegenheit geben, diesen abscheulichen George Faraday selbst aufzuwekken. Nach einem solchen Abend ist kein Mann morgens in bestem Zustand, und Marcus war jung genug, um sich über die Aussicht zu freuen, wie Vetter George sich selbst leidtun würde, und vielleicht auch darauf, ihn ein wenig unsanfter als üblich zu wecken.

Als Alice zurückkam mit einem Tablettt, auf dem ein Glas mit einem unappetitlich aussehenden, braunen Gebräu stand, nahm er es ihr ab, zog den Schlüssel aus dem Schloß von Campions Tür und steckte ihn in das Schloß von Georges Zimmer. Er klopfte an und lauschte. Von drinnen war nichts zu hören, und er klopfte noch einmal. Da sich wieder nichts rührte, drehte er einigermaßen zufrieden den Schlüssel im Schloß um, stieß die Tür auf und ging hinein, wobei Alice neben ihm blieb.

Als erstes sah er den gelben Schein des elektrischen Lichts, und sein Ärger verstärkte sich noch. Er streckte die Hand aus und schaltete das Licht aus, als ihn ein gedämpfter Schrei von Alice herumfahren ließ. Sie stand da und starrte voller Entsetzen auf das Bild, das sich ihr bot.

Das Zimmer war ein einziges Chaos. Bücher, Kleidung und Bettzeug waren auf dem Boden verstreut. Und mittendrin, mit dem Gesicht nach unten, den Körper in einer schrecklichen und unnatürlichen Stellung verkrümmt, lag Vetter George.

Es gab keinen Zweifel darüber, daß er tot war. Es sah aus, als sei er in schrecklichsten Krämpfen erstarrt.

Marcus, dem ein wenig übel geworden war, trat benommen einen Schritt vor, und als er sich über den Leichnam beugte, nahm er einen unverkennbaren Bittermandelgeruch wahr. Er trat einen Schritt zurück und wandte sich an Alice, die mit weißem, grimmigem Gesicht und der für sie üblichen Geistesgegenwart die Tür geschlossen hatte. Jetzt legte sie die Finger auf die Lippen.

»Psst, Sir«, flüsterte sie. »Erschrecken Sie nicht das ganze Haus. Was ist denn?«

»Er ist tot«, sagte Marcus stupide.

»Das sehe ich«, sagte Alice. »Und wie ist es geschehen?«

»Vergiftet, nehme ich an«, sagte er mit rauher Stimme. »Aber ich weiß es nicht. Wir müssen die Polizei verständigen, Alice. Großer Gott! Noch ein Mord!«

Das Begreifen wurde für ihn zu einer plötzlichen, chaotischen Vision. Er sah den ganzen, scheußlichen Ablauf der Justiz vor sich, die Polizei wieder im Haus, die endlosen Verhöre, die Voruntersuchung, die Pressekampagne, Kitty im Zeugenstand, William im Zeugenstand, Joyce und Campion, sie alle befragt, im Kreuzverhör, vielleicht sogar verdächtigt.

Alices Stimme schnitt sich durch diesen Dschungel der Gedanken. »Wir dürfen die Mistress nicht erschrecken. Was sollen wir tun, Sir?«

»Rufen Sie die Polizei«, sagte Marcus. »Inspector Oates ist noch in der Stadt, nehme ich an. Ja, Alice, gehen Sie telephonieren.«

»Wir haben keinen Apparat im Haus, Sir. Soll ich hinuntergehen zu Mrs. Palfrey? Wir benützen den ihren in dringenden Fällen.«

Diese triviale Schwierigkeit ernüchterte den jungen Mann vielleicht schneller als alles andere. Er begann klar zu denken.

»Hören Sie«, sagte er, »wir sperren diese Tür wieder ab, und ich ziehe mich an. Sie gehen zu Mrs. Palfrey und verständigen telephonisch die Polizei. Ich glaube, momentan ist Inspector Redgrave im Dienst. Fragen Sie ihn, ob Inspector Oates noch in der Stadt ist, und wenn ja, bestellen Sie ihm, ich wäre ihm sehr verbunden, wenn er unverzüglich herkommen könnte, da sich etwas Unerwartetes ereignet habe. Wenn Sie sicher sind, daß keiner von den Palfreys in der Nähe ist, können Sie ihm sagen, was passiert ist. Aber sehen Sie zu, daß er auf alle Fälle gleich herkommt. Können Sie das tun?«

Sie nickte, und er war ihr dankbar für ihre wunderbare Sturheit. Sie schaltete das Licht wieder ein.

»Weshalb tun Sie das?«

»Wir lassen alles so, wie es war, wenn Sie nichts dagegenhaben, Sir. Kommen Sie jetzt.«

Er folgte ihr hinaus auf den Korridor, schloß die Tür ab und steckte den Schlüssel wieder in die Tür von Campions Zimmer.

»Ich ziehe mich jetzt an«, sagte er und blieb abrupt stehen. Alice war bereits weg.

Als er sich in seine Kleidung kämpfte, erlebte er eine plötzliche geistige Klarheit, wie sie nicht selten einem nervösen Zusammenbruch vorausgeht. Noch ein Mord war geschehen; also trieb sich hier immer noch ein Mörder herum. Bei der Voruntersuchung hatte er diesen wichtigsten Punkt etwas aus den Augen verloren, doch die Frage nach dem Täter war unbeantwortet geblieben. Wenn Onkel William keine Flekken auf der weißen Weste hatte – wer dann? George war in das Haus gekommen mit einer Geschichte, die ihm niemand außer Mrs. Faraday zu glauben schien. Und George hatte Anklage erhoben. Er hatte behauptet, zu wissen, wer Andrews Mörder war. Jetzt war er selbst tot. Konnte der bisher motivlose Mord an Julia damit erklärt werden, daß sie etwas über den Mord an Andrew wußte? Die Zahl der Möglichkeiten wurde allmählich immer kleiner.

Er stellte fest, daß er unwillkürlich die Position von Kitty überdachte, dann die der alten Mrs. Faraday. Nur die alte Lady hatte Georges Geschichte Glauben geschenkt, doch sie war mit Joyce in ihrer Pferdekutsche nach Hause gefahren, während Andrew den Tod gefunden hatte. Das gleiche galt für Kitty. Und für Julia, obwohl sie tot war, hatte der junge Christmas ausgesagt, daß sie im Auto gesessen hatte und nicht ausgestiegen war, ehe der Wagen auf Socrates Close gehalten hatte.

Jetzt kehrten die Gedanken des jungen Anwalts zu William zurück. Mrs. Finch vom ›Red Bull‹ hatte zur allgemeinen Zufriedenheit ausgesagt, wo sich William zu Andrews Todeszeit aufgehalten hatte – wenn Andrew durch den Schuß ums

Leben gekommen war, den das Ehepaar an der Grantchester Road gehört hatte. Aber vielleicht war Andrew zu einem ganz anderen Zeitpunkt getötet worden? Dann mußte man das ganze, erschöpfende Problem noch einmal von neuem aufrollen.

Und jetzt ein dritter Mord! Marcus kam nicht auf die Idee, eine andere Deutung für das Ende dieses schrecklich verkrümmten Mannes in Andrews Zimmer zuzulassen. Ihm war schwindlig. Sein pedantisches Gehirn wehrte sich gegen all diese unordentlichen, unerklärbaren Dinge. Und plötzlich kehrten die Worte seines Vaters mit erschreckender Wucht in sein Gedächtnis zurück: ›Ich habe mich immer gefragt, wann das schlechte Blut in dieser Familie zum Ausbruch kommen würde.‹ Welches schlechte Blut? Wessen schlechtes Blut? Es war, als ob das alte Haus vor seinen Augen zusammenstürzte.

Dann war es also das, was Campion befürchtete! Ja – und wo war er? Eigentlich nicht seine Art, so zu verschwinden, ohne ein Wort der Erklärung. Er zog sich die Jacke an und ging nach unten.

In der Halle stieß er mit Alice zusammen. Sie schien erleichtert zu sein, ihn zu sehen.

»Oh, Sir«, sagte sie atemlos, »ich komme eben herauf. Ich habe telephoniert. Inspector Redgrave ist schon unterwegs, und Inspector Oates ist bei ihm. Und, Sir, ich habe mit Mr. Campion gesprochen.«

»Campion? Wo haben Sie mit ihm gesprochen?« fragte Marcus überrascht.

»Am Telephon, Sir. Er war auf der Polizeistation. Mrs. Palfreys Mädchen war in der Halle, also konnte ich nicht sagen, was geschehen war, aber als der Inspector merkte, daß ich mich zurückhalte, hat er ›Einen Augenblick‹ gesagt, und dann habe ich die Stimme von Mr. Campion gehört. Und – oh, Sir ...« Sie schaute Marcus mit aufrichtiger Verwirrung in ihren braunen Augen an. »Mr. Campion schien etwas zu ahnen, denn er sagte: ›Schnell, Alice, wer ist es?‹ Und ich habe gesagt: ›Mr. George, Sir.‹«

»Ja«, drängte Marcus ungeduldig, »und was hat er geantwortet?«

»Er hat ›Gott sei Dank‹ gesagt, Sir«, berichtete Alice.

23

Ein Vermächtnis

Marcus war noch in der großen Halle, als Mr. Oates' roter Zweisitzer, gefolgt von einem Wagen der Polizei, vor dem Haus anhielt und Campion, Oates, Inspector Redgrave und der Polizeiarzt hereinstürmten. Trotz seiner tiefen Besorgnis und dem kalten Gefühl nahenden Unheils, das ihn ergriffen hatte, war Marcus ein wenig erschrocken über das Aussehen von Mr. Campion. Er trug einen viel zu großen Regenmantel, den er bis obenhin zugeknöpft hatte und der sehr nach Polizei roch; außerdem trug er ein unübersehbares blaues Auge zur Schau. Eine Kopfbedeckung fehlte, und sein Haar war zerrauft.

Aber in seiner Haltung war etwas, das eher an Triumph als an Verzweiflung denken ließ. Er nahm Marcus am Arm.

»Wer weiß es bis jetzt?« fragte er.

»Niemand außer Alice und mir«, antwortete Marcus.

»Das ist großartig. Wo ist es geschehen? In seinem Zimmer?«

Marcus nickte. Er war verwirrt. Wie Alice schon gesagt hatte, es war, als hätte Mr. Campion diese erschreckende Entwicklung erwartet.

Inspector Oates, das war deutlich zu bemerken, teilte keineswegs Campions unterdrückte Genugtuung. Er trat jetzt vor und sprach leise.

»Gehen Sie voraus, Mr. Featherstone – wir wollen gleich hinauf in das Zimmer. Natürlich muß man die Hausbewohner informieren, aber ich will niemanden vorzeitig beunruhigen.«

Während sie die Treppe hinaufgingen, wandte sich Marcus an Campion. »Wo bist du denn gewesen?« flüsterte er.

»Ich hatte eine Prügelei«, sagte Mr. Campion. »Ich will keine übertriebenen Hoffnungen wecken, aber ich glaube, wir wissen jetzt, wie es gewesen ist. Ich erzähl's dir später.«

Er stolperte auf der obersten Stufe, und Marcus, der ihn von der Seite im Licht der oberen Diele sehen konnte, stellte fest, daß sein Freund vor Müdigkeit und Erschöpfung kaum noch gehen konnte.

Als die Prozession vor Georges Zimmer anhielt, öffnete sich die Tür zu Onkel Williams Zimmer, und auf der Schwelle erschien eine martialische Gestalt mit rosigem Gesicht in einem mit Drachen bestickten Morgenmantel. Ein paar Sekunden lang starrte er die Gruppe überrascht an, aber als er sah, wie der Inspector einen Schlüssel in das Schloß zu Georges Zimmer steckte, breitete sich ein Ausdruck von Zufriedenheit über seinem Gesicht aus.

»Sie haben also den Sinn meines Vorschlags endlich eingesehen und die Polizei kommen lassen«, sagte er. »Höchste Zeit, daß der Kerl hinter Schloß und Riegel kommt, dieser betrunkene Schurke. Mein Gott, Campion! Was haben Sie denn mit Ihrem Gesicht gemacht? Ein Kampf mit diesem Schuft?«

Die Hand an der noch geschlossenen Tür, hielt Inspector Oates unschlüssig inne. Er hatte nichts übrig für William und fand, daß jetzt nicht die Zeit war für Erklärungen.

»Ich muß Sie bitten, in Ihrem Zimmer zu bleiben, Sir, wenigstens für ein paar Minuten«, sagte er in seinem amtlichsten Ton, »danach möchte ich mich kurz mit Ihnen unterhalten.«

Onkel William schaute ihn entgeistert an, dann lief sein rosiges Gesicht allmählich rot an vor Zorn.

»Sind Sie sich bewußt, daß Sie mir in meinem eigenen Haus Befehle erteilen?« sagte er. »Ich habe nicht gewußt, daß die Polizei das Recht hat, einen Mann um acht Uhr morgens in seinem eigenen Haus herumzukommandieren. Tun Sie lieber, was Ihre Pflicht ist, Mann. Ihr Kunde ist dort drinnen.«

Nachdem er auf die Tür neben der seinen gezeigt hatte, zog er sich in sein Zimmer zurück und knallte die Tür zu.

Der Inspector seufzte, drehte den Schlüssel im Schloß und öffnete die Tür zu Georges Zimmer. Die Gruppe folgte ihm. Drinnen blieb er stehen und wartete, bis die anderen den Raum betreten hatten. Erst als die Tür wieder geschlossen war, begann er zu sprechen.

»Ist alles noch genauso, wie Sie es angetroffen haben?«

»Genau«, sagte Marcus. »Ich bin nicht näher hingegangen als jetzt. Sie sehen – ich meine, können Sie nicht auch etwas riechen?«

»Zyankali«, sagte der kleine Polizeiarzt, der rechts vom Inspector stand. »Eindeutig. Das riecht man schon von weitem. Fürchte, ich kann nicht viel für Sie tun, Inspector. Soll ich mit meiner Untersuchung gleich anfangen, oder wollen Sie zuvor noch Photos anfertigen lassen?«

Stanislaus Oates wandte sich an Campion. »Das ist Ihre Chance, mein Freund«, sagte er. »Wenn Sie recht haben, müssen Sie es uns jetzt unter Beweis stellen.«

Campion trat vorsichtig einen Schritt vor und wich dabei den vielen Gegenständen aus, die auf dem Boden verstreut lagen.

Ein plötzliches, heftiges Klopfen an der Tür ließ ihn innehalten, und die Stimme von Tante Kitty drang schrill und gebieterisch durch die Tür.

»Was ist passiert? Ich will es sofort wissen.«

Campion wandte sich an Marcus. »Geh hinaus und beruhige sie, tu mir den Gefallen«, sagte er. »Aber laß Sie um Himmels willen nicht herein.«

Marcus blieb nichts übrig als zu gehorchen, und er verließ widerwillig den Raum. Inspector Redgrave hielt ihm die Tür einen Spalt weit auf, blieb aber direkt davor stehen, so daß die aufgeregte Frau das Zimmer weder betreten noch hereinschauen konnte.

Als Marcus draußen auf dem Korridor war, fiel ihm Tante

Kitty in die Arme. Ihr blauer, wollener Morgenmantel war bis oben hin zugeknöpft, und sie schien mitten beim Frisieren durch die Vorgänge im Haus alarmiert worden zu sein, denn während die vorderen Locken schon von den Lockenwicklern befreit und ausgekämmt waren, zeigte sich der Hinterkopf noch im Zustand der Vorbereitung.

»Marcus«, sagte sie, »was ist geschehen? Was machen sie mit George?«

Sachte, aber dennoch mit sanfter Gewalt führte Marcus die ältere Frau in Richtung auf ihr Zimmer und tat sein Bestes, um ihren herzzerreißenden Ausbruch zu stoppen. Als sie an Williams Tür vorbeikamen, tauchte dessen cholerisches Gesicht wieder auf. Als er sah, daß es sich lediglich um Marcus und seine Schwester handelte, kam er heraus und gesellte sich zu ihnen.

»Wenn dieser Schuft auch noch Widerstand leistet«, begann er, »bin ich gern bereit, Ihnen zu helfen. Was ist geschehen, mein Junge? Will der Säufer nicht aufwachen?«

Marcus überlegte noch, wie er die Nachricht am besten übermitteln könnte, da die anderen es ohnehin früher oder später erfahren mußten, als sich die Tür von Großtante Carolines Schlafzimmer öffnete und Joyce herauskam.

»Was ist denn geschehen?« fragte sie. »Was ist? Großtante Caroline möchte es wissen.«

Sie standen jetzt alle auf der oberen Diele, und Tante Kitty ließ sich nicht länger hinhalten. »Ich muß es wissen«, sagte sie. »Irgend etwas Entsetzliches hält uns in seinem Griff. Ich fühle es deutlich. Ich habe den jungen Mann gewarnt...« Sie begann wieder zu heulen.

»Oh, Tante Kitty, Liebe!« In der Stimme von Joyce war ein Unterton von Verzweiflung zu erkennen, aber sie legte tröstend einen Arm um die ältere Frau. »Also dann, Marcus«, sagte sie, »was ist los?«

»Vetter George ist tot«, sagte Marcus kurz und bündig und vergaß seine Absicht, es ihnen schonend beizubringen.

»Tot?« fragte Onkel William und sperrte den Mund auf. »Großer Gott!« Er brauchte ein paar Sekunden, um die Information zu begreifen, aber als der erste Schock vorüber war, begann er zu lächeln. »Wette, er ist, besoffen wie er war, hingefallen und hat sich den Hals gebrochen«, sagte er. »Geschieht ihm recht. Verdammt gute Lösung. Erspart uns endlosen Ärger.«

Tante Kitty, die den Brauch ihrer Generation hochielt, daß der Tod selbst den gemeinsten Schurken allen Vorwürfen entzieht, begann von neuem zu schluchzen. Joyce nahm Marcus am Arm, gerade als dieser sich abwandte und weggehen wollte.

»Ist das wahr?« fragte sie. »Ist er eines natürlichen Todes gestorben, oder...?«

»Vergiftet, nehme ich an«, sagte Marcus, den jetzt jedes Feingefühl verlassen zu haben schien. »Aber mach dir keine Sorgen.«

Das Mädchen trat einen Schritt zurück, und in ihrem Gesicht arbeitete es. »Noch ein Mord«, sagte sie mit rauher Stimme. »Wo wird das enden?«

»Äh?« fragte Onkel William, der die Bedeutung der Worte von Marcus erst jetzt zu erfassen begann. »Vergiftet? Sie wollen doch damit nicht sagen, daß jemand dem Kerl eine Dosis von irgendwas verpaßt hat? Doch nicht noch ein Mordfall? Das ist zuviel. Es ist abscheulich. Da wird jemand aber sehr große Schwierigkeiten bekommen.« Er brach ab und ließ den Mund offen. Dann sagte er noch einmal »Großer Gott!«

Tante Kitty stieß einen Laut aus, der darauf hindeutete, daß sie gern geschrien hätte, wenn ihr dazu noch Kraft geblieben wäre. Aber chronische Hysterie ist ein erschöpfendes Leiden, und nachdem sie sich seit zwei Wochen in diesem Zustand befand, waren ihre Nerven inzwischen abgestumpft, und sie hing schlapp am Arm von Joyce und weinte leise, während ihr die Strähnen ihres grauen Haars über den blauen Morgenmantel fielen.

Als schwere Schritte hinter ihnen auf dem Korridor zu hören waren, drehten sie sich um und sahen Inspector Redgrave, der herauskam auf die Diele. Sein gutmütig wirkendes, eckiges Gesicht zeigte freundliches Interesse.

»Mr. William Faraday und Mr. Marcus Featherstone«, sagte er, »wir wären Ihnen sehr verbunden, Gentlemen, wenn Sie jetzt zu uns in das Schlafzimmer kommen würden. Inspector Oates hat eine Frage an Sie.«

Marcus warf einen Blick auf Joyce, und die nickte.

»Schon gut, ich kümmere mich um Tante Kitty«, sagte sie.

Die Atmosphäre im Schlafzimmer des dahingeschiedenen Onkels Andrew war für ein Totenzimmer einzigartig. Inspector Oates, dessen normalerweise graues Gesicht gerötet war, stand in der Mitte des Raums und schaute hinunter auf etwas, das der Gerichtsarzt mit einem weißen Taschentuch hielt. Der Leichnam von Vetter George lag auf dem Bett, mit einem Laken zugedeckt. Aber es war nicht die Atmosphäre von Bedrückung und Entsetzen, die Marcus erwartet hatte. Im Gegenteil, der Hauch von Triumph und Endgültigkeit, den er schon vorher im Verhalten von Campion entdeckt zu haben glaubte, war hier verstärkt zu bemerken. Er hatte sich auf die anderen ausgebreitet, wie ihm schien. Und Vetter George war auch nicht mehr im Mittelpunkt des Interesses, wie man unter den Umständen hätte annehmen können.

Als Marcus und Onkel William eintraten, sprach der Inspector gerade, und sie bekamen noch seine letzten Worte mit.

»Schön, da wissen wir es also«, sagte er. »Da ist nur noch dieser letzte Punkt, den es zu klären gilt. Ah, Mr. Faraday, da sind Sie ja.«

Onkel William, der sich erstaunlich gut hielt angesichts des Schocks, den er erlitten haben mußte, stolperte in den Raum und richtete den Blick fasziniert auf die von Laken bedeckte Kontur auf dem Bett.

Campion, der matt auf einem Stuhl in der gegenüberliegenden Ecke des Raums gesessen hatte, erhob sich jetzt langsam. Auf ein Zeichen des Inspectors begann er zu sprechen.

»Onkel William«, sagte er und vergaß in seinem Eifer die förmliche Anrede, »wir sind dabei, die letzte dieser mysteriösen Fragen zu klären, und wir bitten Sie, wir alle, um Ihre Mithilfe und Kooperation.«

Das war nicht ganz die Art, wie es Inspector Oates ausgedrückt hätte, aber auch er mußte zugeben, daß es ihnen viel Zeit sparte. Onkel William schnappte nach dem Köder wie ein Lachs nach der Fliege.

»Mein lieber Junge«, sagte er sehr warm, »Sie können auf mich zählen. Das ist eine böse Sache – eine sehr böse Sache. George war ein Schurke. Man hätte ihn hängen sollen. Aber es paßt mir nicht, erleben zu müssen, wie er unter unserem Dach getötet wurde, der arme Teufel.«

»Ich erinnere Sie noch einmal an diese Katze«, sagte Mr. Campion in einem Ton, als wäre er der Sache allmählich überdrüssig. »Sie waren hier drinnen, nicht wahr, im Zimmer Ihres Vetters Andrew, als sie Sie kratzte?«

Onkel Williams kleine runde Augen flackerten, während er sich in aller Eile die Folgerungen durch den Kopf gehen ließ, die die Antwort auf diese direkte Frage mit sich brachte. Aber wie er selbst sagte: Wenn er merkte, daß er geschlagen war, nahm er die Niederlage sportlich.

»Ja«, antwortete er auf Campions Frage. »Ich halte es zwar nicht für besonders wichtig, aber es war tatsächlich hier.«

»Als Sie in dieser Nacht hereinkamen, wobei Sie den Schlüssel zur Tür Ihres eigenen Zimmers benutzten, um diesen Raum aufzusperren, haben Sie das Licht nicht eingeschaltet, oder?« fuhr die erschöpfte Stimme fort.

»Nein«, sagte Onkel William zurückhaltend.

»Und was genau ist dann passiert?« fragte Mr. Campion.

Onkel William zögerte und schaute um sich, und Inspector Oates beeilte sich, ihn zu beruhigen.

»Kein Wort von dem, was Sie uns jetzt sagen, geht jemals

über die vier Wände dieses Zimmers hinaus, darauf gebe ich Ihnen mein Wort, Sir«, sagte er.

Es war wieder einmal typisch für Onkel William, daß er diese außerordentlich großzügige und bequeme Konzession so aufnahm, als sei er selbst derjenige, der eine Gunst gewährte, nicht der Kriminalbeamte.

»Sehr lobenswert«, sagte er. »Nun, um die Wahrheit zu sagen, mein lieber Campion, ich war in dieser Nacht ein bißchen durcheinander, wie Sie sich erinnern, und wenn ein Mann durcheinander ist, braucht er einen Schluck zu trinken. Ich glaube, ich sagte sogar etwas Derartiges zu Ihnen, bevor ich zu Bett gegangen bin.«

»Das stimmt«, antwortete Mr. Campion und enthielt sich taktvoll der Versuchung, ihn an die genauen Umstände zu erinnern, unter denen er diese Bemerkung gemacht hatte.

»Gut«, sagte Onkel William, hielt inne und überlegte, wie er am besten über die heikelsten Teile seiner Geschichte hinwegkommen konnte. »Nachdem ich mich ausgezogen hatte«, begann er schließlich, »überfiel mich das Bedürfnis nach einem Schluck vor dem Schlafengehen. Ich wußte, daß die Karaffe, die unten stand, leer war, und ich wollte nicht überall herumschleichen und das ganze Haus wecken, Sie verstehen. Dann fiel mir plötzlich ein, daß der alte Andrew, mein Vetter, der, unter uns gesagt, ein heimlicher Säufer war, ein paar Buchattrappen zwischen den echten dort drüben stehen hatte.« Er deutete auf den Bücherschrank, der ihnen gegenüber an der Wand stand. »Sie stammen aus Amerika und werden hergestellt, um Zigaretten, Taschenflaschen und andere Dinge zu verstecken.«

Mit Genugtuung hielt er inne. Die anderen hörten ihm mit atemloser Aufmerksamkeit zu.

»In einem dieser Bücher«, fuhr er fort, »ich glaube, es war das große dort drüben, hat Andrew gewöhnlich eine Flasche Weinbrand aufbewahrt. Man kann das Buch aufklappen, müssen Sie wissen, und es ist eigentlich ein Behälter. Nun, mir war eingefallen, daß da vielleicht noch ein Fläschchen stehen könnte, und da mir klar war, daß er es nun nicht mehr brauchte, der arme Kerl, dachte ich, ich könnte ja mal hinübergehen und nachsehen. Der Schlüssel meiner Tür paßt auch in dieses Schloß, also kam ich leise herein. Ich habe das Licht nicht eingeschaltet, weil ich nicht die Polizisten alarmieren wollte, die meines Wissens draußen im Garten postiert waren. Die Vorhänge waren zwar zugezogen, aber sicher wäre irgendwo ein kleiner Strahl ins Freie gedrungen.«

Er strahlte die anderen herausfordernd an und suchte nach einem Lächeln auf ihren Gesichtern, aber sie waren alle viel zu sehr an der Fortsetzung seines Berichts interessiert.

»Sie sind also im Dunkeln hier hereingekommen«, sagte Mr. Campion. »Gingen Sie gleich zum Bücherschrank?«

»Ja«, gestand Onkel William. »Ich dachte, ich finde ihn auch im Dunkeln. Ich wußte ja, wo er war. Also bin ich leise durch das Zimmer geschlichen, ungefähr so.«

Er führte es vor und näherte sich behutsam dem Bücherschrank. Als er noch zwei Schritte davon entfernt war, blieb er stehen und drehte sich um.

»Ich weiß nicht, was dann geschehen ist«, sagte er, »das ist ja das Dumme. Ich kann mir beim besten Willen nicht vorstellen, was geschah, genau wie ich es Campion gesagt habe. Ich dachte, das Zimmer sei leer, aber als ich tastend die Hand ausstreckte, packte mich etwas. Ein unheimliches Erlebnis, allein hier drinnen, im Stockdunkeln. Ich gestehe, daß ich abgehauen bin. Ich weiß noch, daß ich die Tür abgeschlossen habe, denn ich wollte denjenigen einsperren. Dann kam die Sache mit der Jodtinktur. Und als ich am Morgen danach die Tür aufsperrte und hier hereinschaute, war das Zimmer leer. Also hielt ich es für möglich, daß eine Katze hier drinnen gewesen ist«, endete er ein wenig lahm und fügte dann schroff hinzu: »Ich glaube nicht an das Übernatürliche.«

»Und – haben Sie noch einmal nach dem Whisky geschaut, Sir?« fragte Inspector Oates.

»Nein«, antwortete Onkel William. »Mein Erlebnis hat mich davor abgeschreckt, wissen Sie. Es war übrigens nicht Whisky, sondern Weinbrand. Er müßte noch hier sein, wie ich vermute.«

»Jetzt bückte er sich, um einen großen Band mit dem Titel *Die Essays von De Quincey* herauszunehmen, der am äußersten Ende im untersten Regal stand. Der Name des Autors war gerade noch unter dem geprägten Leder des Einbands zu lesen. Onkel Williams dicke Finger waren drei Zentimeter von dem Buch entfernt, als Mr. Campions schlanker Arm nach vorne schoß, das Handgelenk des älteren Mannes packte und nach oben schlug.

»Jetzt sind Sie dran, Stanislaus«, sagte er.

Onkel William, sprachlos vor Zorn und Überraschung, sah verblüfft, wie Inspector Oates und Inspector Redgrave darauf zustürzten und sich rasch bückten, während Campion den Lederrücken festhielt und wegriß. Das Material war alt und ließ sich leicht zerreißen, und als es zu Boden fiel, hörte man von den Anwesenden ein unwillkürliches, überraschtes Murmeln. Campion zeigte seine Entdeckung mit angemessenem Stolz.

»Ganz einfach, nicht wahr?« sagte er. »Fast kindisch. Und sehr wirksam, wie sich gezeigt hat.«

Von der Unterseite des oberen Regalbretts, fest eingebaut in das Holz, ragte die kleine Klinge eines Federmessers mit der Spitze nach unten, rasiermesserscharf und bis dahin hinter dem Buchrücken verborgen. Die Falle war so angebracht, daß jeder, der die Hand nach dem Buch ausstreckte, mit dem Handrücken oder dem Handgelenk in die Klinge geraten mußte.

»Vorsichtig«, sagte Campion in scharfem Ton, als sich der Polizeiarzt bückte, um die Klinge zu untersuchen. »Wenn Sie sie mitnehmen ins Labor, Sir«, fuhr er fort, »werden Sie Spuren von Gift, vermutlich eines Alkaloids, daran entdekken. Mr. Faraday hätte nach dem Plan des Fallenstellers eigentlich schon früher kommen und den Inhalt des Buches holen sollen – dann hätte sich das Gift noch nicht so sehr verflüchtigt, wie das glücklicherweise geschehen ist.«

»Was?« Onkel William riß die kleinen Augen weit auf. »Dann hat jemand diese Falle für mich gestellt? Großer Gott, ich hätte tot sein können!«

»Das war zweifellos die Absicht, Sir«, antwortete Inspector Redgrave in nüchternem Ton.

Marcus, der den ganzen Vorfall beobachtet hatte, als wäre er Teil eines Alptraums, erlebte jetzt das Gefühl des Erwachens. Er spürte buchstäblich, wie ihm die Augen geöffnet wurden. Dann sagte er mit rauher Stimme: »Der Mörder ist also tot?«

»George!« triumphierte Onkel William.

Mr. Campion schaute ihn seltsam an. »Nein«, sagte er dann. »Andrew. Andrew ist gestorben, aber nicht, ohne uns allen ein Vermächtnis zu hinterlassen.«

24

Die Audienz

Großtante Faraday hätte, wie sie so zwischen den Kissen ihres riesigen Louis-Quinze-Betts saß, leicht dessen ursprüngliche Besitzerin sein können, mit dem köstlichen Nachthäubchen aus edlen Brüsseler Spitzen und der rosenfarbenen, bestickten Seidenjacke. Sie saß kerzengerade da wie üblich und hatte die kleinen, weißen Hände auf der Bettdecke gefaltet.

Mr. Campion stand vor ihr am Fußende des Betts. Er hatte sich bemüht, sein Aussehen einigermaßen zu reparieren, aber er sah immer noch todmüde aus, und es hatte keine Möglichkeit gegeben, das blaue Auge zu verbergen.

»Also Andrew«, sagte Mrs. Faraday. »Wie erstaunlich! Und doch auch äußerst glaubhaft. Setzen Sie sich, junger Mann, und berichten Sie.«

Campion zog einen kleinen, vergoldeten Stuhl von der anderen Seite des Raums herüber und stellte ihn so, daß er die alte Lady über die riesige, bestickte Tagesdecke hinweg anschauen konnte. Mrs. Faraday bat ihn jedoch, näher zu kommen.

»Auf meine linke Seite, wenn ich bitten darf«, sagte sie. »Obwohl ich es nie zugeben würde, bin ich auf dem rechten Ohr ein wenig taub.«

Campion folgte ihrem Befehl, und erst als er sich so plaziert hatte, wie sie es wollte, begann sie wieder zu sprechen.

»Ich begreife das vielleicht sogar noch besser als Sie«, erklärte sie. »Andrew war ein sehr ungewöhnlicher Mensch. Er war natürlich verrückt, auf eine seltsame und schreckliche Weise. Ich halte nichts von der modernen Psychiatrie, also kann ich Ihnen die neuen Bezeichnungen für die alten Krankheiten des Geistes nicht nennen, aber Sie brauchten ja nur Andrews Zimmer anzusehen, um zu wissen, daß er nicht normal war und daß er keine Mühe gescheut hätte, ganz zu schweigen von persönlichen Entbehrungen, um anderen Ärger oder Schmerzen zu bereiten. Aber es ist nicht an mir, Ihnen Erklärungen zu geben. Lassen Sie mich die ganze Geschichte hören, von dem Zeitpunkt an, als Sie erstmals diese Möglichkeit in Betracht gezogen haben.«

Campion, der der Erschöpfung nahe war, diese aber dank seiner Robustheit überwinden konnte, ordnete seine Gedanken und kleidete sie in die knappsten Worte, genau wie sie es von ihm wünschte.

»Sie haben mich auf die Fährte gesetzt«, sagte er, »als Sie mir den Brief von Miß Lisle-Chevreuse zu lesen gaben. Bis dahin tappte ich im dunkeln. Ich wußte, daß es eine umfassende Erklärung geben mußte, die direkt vor meiner Nase lag, aber ich konnte sie nicht erkennen. Der Inspector mit seiner schlichten und methodischen Prozedur beschämte mich. Er kam wenigstens vorwärts, während ich mich ständig im Kreis bewegte.

Dann also las ich diesen Brief, und ich empfand es als eine ausgesprochen pikante Ironie des Schicksals, daß diese Dame Andrew einen Brief schrieb, in dem sie praktisch einen Heiratsantrag, den er ihr gemacht haben mußte, akzeptierte, während Andrew zu diesem Zeitpunkt bereits tot in der Granta lag. Sie hatte postwendend geantwortet, daher mußte er ihr an seinem Todestag geschrieben haben. Und dann war da der Scheck des Buchmachers und Andrews ungewöhnlich hoher Gewinn. Offen gestanden, ich hielt zunächst beides für verdächtig.«

Mrs. Faraday nickte. »Ich verstehe«, sagte sie. »Sprechen Sie weiter.«

»Dann fiel mir auf«, sagte der junge Mann langsam, »daß alle Beweise, die darauf hindeuteten, daß Andrews Tod ein Mord gewesen sein könnte, von seltsam dramatischer und sensationeller Art waren: der halbfertige Brief, der mit einer Schnur gefesselte Leichnam, der so leicht zu identifizieren war... Es kam mir vor, als ob das Schicksal plötzlich seine theatralische Ader entdeckt hätte.«

»Ganz richtig«, stimmte ihm Mrs. Faraday zu.

Campion fuhr fort. »Als ich an diesem Punkt angelangt war«, sagte er, »mußte ich zu der Vermutung kommen, daß diesem ›Schicksal‹ in Wirklichkeit von Menschenhand nachgeholfen wurde, und da einzig und allein Andrew diese Hinweise hatte bewerkstelligen können, begann ich ihn zu verdächtigen.« Er hielt inne und schaute die alte Lady ernst an. »Erst kam ich nicht mit dem Geist eines Mannes zurecht, der sich entschlossen hatte, Selbstmord zu begehen, und sich dennoch so umständlicher und zeitraubender Mühen unterzog, um denen, die er hinterließ, tödliche Fallen zu stellen. Aber ich konnte auch jemanden nicht begreifen, der ein ganzes Buch allein deshalb verfaßte, um diejenigen, mit denen er zusammenlebte, bis aufs Blut zu ärgern und zu quälen. Daß man auf die Idee kommt, halte ich nicht für so abwegig, aber das Schreiben eines Buchs ist eine lange und mühsame Angelegenheit, und der Mann, der so etwas wirklich bis zum Ende durchführte, war zweifellos kein normaler Mensch.«

Beim Hinweis auf Andrews Buch kam ein kaltes, böses Licht in Mrs. Faradays Augen.

»Andrew war in der Tat eine hassenswerte Kreatur«, sagte sie. »Noch hassenswerter als George, wie ich glaube. Aber er war intelligenter und daher ein besserer Heuchler und weniger bestialisch als sein Vetter.«

»Und dann Julia«, sagte Mr. Campion zögernd. »Sie haben mich davon überzeugt, daß sie nicht der Typ einer Selbstmörderin war. Joyce und ich entdeckten die Abmagerungspillen, und daraufhin war uns klar, wie der Mord bewerkstelligt worden ist. Das Arrangement der Pillen in dem zickzackförmigen Zellophanpapier ließ den Mörder sichergehen, daß der Anschlag auf sein Opfer irgendwann in der Zukunft stattfinden würde, zu einem Zeitpunkt, den er mit ziemlicher Genauigkeit bestimmen konnte. Da Julia eine Pille pro Tag nahm, brauchte er nur die Tage zu zählen und dann die entsprechende Pille durch eine von ihm vergiftete zu ersetzen.

Joyce hatte mir zuvor schon verraten, daß Andrew ein Mann war, der ständig seine Nase in die Angelegenheiten anderer Leute steckte, und dabei dämmerte es mir, daß Julias Gewohnheit genau die Art von Geheimnis sein würde, wie er sie zu ergründen liebte. Wahrscheinlich wußte er seit langem, daß ihr Kitty jeden Morgen den Tee brachte, und er erkannte sofort, daß ihm das eine großartige Möglichkeit bot, Julia zu vernichten, die er haßte, und obendrein noch einen völlig ungerechtfertigten Verdacht auf die bedauernswerte Kitty zu werfen.« Er hielt inne, um Luft zu schöpfen. »Als ich in meinen Kalkulationen diesen Puntk erreicht hatte, war ich plötzlich völlig hilflos. Ich hoffte, ich könnte Sie bewegen, das Haus zu verlassen ... Ich nehme an, die Polizei wird jetzt darauf bestehen, und sei es nur für kurze Zeit. Sehen Sie, ich dachte, wenn ich mit meinen Vermutungen recht hätte, wäre nicht abzuschätzen, wo und wann diese Todesfallen enden würden. Natürlich konnte ich auch keinerlei Anklagen erheben, bevor ich meiner Sache nicht völlig sicher war, und zu diesem Zeitpunkt hatte ich praktisch noch keinerlei Beweise für meine Theorie.

Dann war da die Sache mit Williams Hand. Sie wissen jetzt, wie es passiert ist. Aber William vermutete, daß jemand oder etwas nach ihm gestochen hatte. Das warf meine ganzen Vermutungen wieder über den Haufen. Erst als George gestern hier eintraf und behauptete, er habe Andrew sterben sehen, wurde mir klar, daß es vielleicht doch noch eine Chance gab, meine Theorie schließlich zu beweisen.«

Großtante Carolines kleine schwarze Augen waren auf das Gesicht des jungen Mannes gerichtet, und er wunderte sich über die Ruhe, mit der sie eine so ungewöhnliche Geschichte hinnahm.

»George sprach von einem zweiten Zeugen«, fuhr Campion langsam fort, »und das war meine große Hoffnung. Schon als dieses Zeichen auf dem Fenster der Bibliothek zu sehen war, nahm ich an, daß jemand von außen, wahrscheinlich ein Landstreicher, versuchte, mit jemandem in Kontakt zu treten, den er hier im Haus vermutete. William hatte gesagt, er habe George in Begleitung eines Landstreichers gesehen an dem Tag, als Andrew starb. Damals hatte ich seiner Bemerkung keine große Bedeutung zugemessen, weil ...«

Ein etwas grimmiges Lächeln breitete sich auf dem Gesicht der alten Lady aus. »Weil der arme William jede nicht perfekt gekleidete Person als Landstreicher bezeichnen würde«, sagte sie. »Ja, das ist mir durchaus klar. Weiter.«

»Nun«, sagte Mr. Campion, »in der vergangenen Nacht stellte sich dann heraus, daß diese mysteriöse Person nicht mit George in Kontakt gestanden haben konnte, weil George die Tage zuvor in Haft gesessen hatte. Außerdem war klar, daß sich dieser Landstreicher in der Nähe des Hauses aufhielt, daher setzte ich meine Hoffnung darauf, daß er das Haus beobachtete, George bei dessen Ankunft gesehen hatte und nun versuchen würde, im Lauf der Nacht den Kontakt mit ihm wiederaufzunehmen. Es war vielleicht eine schwache Chance, aber ich blieb wach und wartete auf ihn, und er kam. Dann habe ich ihn verhört.«

»Wie man deutlich sehen kann«, sagte die alte Lady und warf einen scharfen Blick auf Campions geschwollenes blaues Auge. »Ich bin Ihnen wirklich sehr dankbar.«

»Es war mir ein Vergnügen, Ihnen helfen zu dürfen«, antwortete Campion galant.

Die schwarzen Augen flackerten, und auf dem kleinen, elfenbeinweißen Gesicht breitete sich ein schwaches Lächeln aus.

»Sie haben weit mehr Grips als es in Ihrer Familie üblich ist«, sagte Mrs. Faraday. »Und doch haben Sie auch viel von ihrem Charme geerbt. Es ist ausgesprochen unfair. Hatten Sie große Mühe mit – dieser Person?«

»Nicht soviel wie er mit mir«, sagte Mr. Campion bescheiden. »Durch eine Serie von vulgären Methoden, die ich Ihnen nicht beschreiben möchte, ist es mir gelungen, ihn davon zu überzeugen, daß es für ihn besser ist, wenn er mir die betreffenden Ereignisse schildert – und ich versichere, es war eine höchst ungewöhnliche Geschichte. Demnach kam dieser Mann – er heißt Beveridge und ist das Musterbeispiel für Armenhaus-Humor, wie er selbst behauptet – zusammen mit George am Samstag vor Andrews Tod nach Cambridge. Beveridge kannte George schon seit einiger Zeit, und er scheint ihn ungeheuer bewundert zu haben.«

»Ein auffallender Charakterzug von George«, sagte Mrs. Faraday unvermittelt. »Ich glaube, daß er gern der Riese unter Zwergen gewesen ist. Fahren Sie fort.«

»Am Sonntagmorgen«, begann Campion wieder, »wurden diese beiden von mehreren Bewohnern dieses Hauses gesehen, die mit dem Wagen zur Kirche fuhren, und zwar in der Trumpington Road. Das war, wie Beveridge sagte, von George beabsichtigt gewesen und sollte William und Andrew ärgern – vor allem William, für den George anscheinend eine besonders große Abneigung empfand. Später allerdings, etwa um elf Uhr, als die Pubs öffneten, waren George und Beveridge schnell ein wenig angeheitert, wenn auch nicht betrunken. Nach Beveridges Bericht, der durchaus glaubwürdig erscheint, sahen sie William und Andrew zu Fuß durch die Trumpington Road kommen und wollten schon ihren Weg kreuzen, als die beiden Vettern plötzlich auf die neue Landstraße abbogen. Beveridge und George folgten in sicherem Abstand, und als die beiden anderen stehen blieben und miteinander stritten und William umkehrte, um allein weiterzugehen, sprachen sie ihn an. Aber William, der schon zu diesem Zeitpunkt an seinem Anfall von Amnesie gelitten zu haben schien, starrte sie an, als hätte er keinen von beiden jemals gesehen, und ging einfach weiter. George war erschrocken und wütend darüber, wie Beveridge behauptete, und die zwei folgten daraufhin Andrew, wahrscheinlich mit der Absicht, ihm auf irgendeine Weise Geld abzuknöpfen.

Als sie den Fußpfad durch die Wiesen erreicht hatten und noch fünfzig Meter hinter ihm im Nebel waren, begann sich Andrew sehr seltsam zu verhalten, und George, der wohl ahnte, daß da etwas im Busch war, begann langsamer zu gehen und ihn zu beschatten, statt ihn zu überholen. Die Erklärung von Beveridge ist in diesem Punkt nicht sehr klar, aber es scheint, als sei Andrew plötzlich verschwunden, nachdem er die Brücke überquert hatte. Sie konnten nicht viel sehen wegen des Nebels und eilten ihm hinterher, als er plötzlich wieder auftauchte, eine Rolle Seil in der einen Hand und etwas, das sie nicht sehen konnten, in der anderen. Sie hatten gerade noch Zeit, um hinter einem großen Weidengebüsch in Deckung zu gehen, das sich praktisch auf derselben Höhe mit dem Fluß befand, und Beveridge schwört, daß weder er noch George auch nur im entferntesten ahnten, was da vor sich ging, bis Andrews Melone durch den Nebel dahergeflogen kam und direkt vor ihren Füßen landete.

Als nächstes sahen sie Andrews dunkle Gestalt im Nebel, die auf dem Brückengeländer stand. Andrew bückte sich. Beveridge sagt, er habe gedacht, daß er sich die Schnürsenkel binden wollte, aber inzwischen weiß er, daß er sich in Wirklichkeit die Füße gefesselt hat. Dann nahm er einen Revolver aus der Seitentasche seines Mantels, und bevor sie ahnten, daß sie Zeugen eines Selbstmords waren, gab es einen Knall, und die Gestalt fiel nach vorn in den Fluß, wobei das Wasser so hoch aufspritzte, daß auch die beiden ein paar Spritzer abbekamen.«

Mrs. Faraday, die seinem Bericht mit gesenktem Blick zugehört hatte, schaute jetzt hoch.

»Aber ich denke, Andrews Hände waren ebenfalls gefesselt?« wandte sie ein.

Campion nickte. »Das war das Raffinierte an seinem Plan. Sie waren tatsächlich gefesselt. Das heißt, um jedes Handgelenk war ein Ende der Schnur gebunden. Wenn der Leichnam eher entdeckt worden wäre, hätten wir uns vielleicht gefragt, warum sie nicht wirklich zusammengebunden waren, aber nachdem er einige Zeit im Wasser gelegen hatte, war es nur natürlich, das anzunehmen, womit Andrew gerechnet hatte: daß sich die Fessel einige Zeit nach seinem Tod durch die Einwirkung des Wassers und die Bewegung in der Strömung gelöst hatte.«

»Sehr raffiniert«, sagte die alte Lady. »Und typisch für eine bestimmte Art von Wahnsinn. Ich glaube, Andrew war ein raffinierter Mensch, ohne wirklich klug zu sein. Er hat seine Chancen lebenslang damit zunichtegemacht, daß er seine Raffinesse für Intelligenz hielt. Er verlor sein Geld bei einem Plan, der sehr raffiniert aussah und den ein jeder wirklich kluge Spekulant ohne weiteres durchschaut hätte.« Sie nickte. »Er war immer ein sonderbarer, verbitterter Mensch«, sagte sie, »und je älter er wurde, desto mehr haßte er die Menschen. Schließlich fühlte er sich von einer der trügerischeren Richtungen der modernen Psychologie angezogen, deren Deutungen ihm sehr gefielen. Vor etwa einem Jahr habe ich ihn enterbt, wegen eines Ärgernisses, das absolut unverzeihlich war, und ich fürchte, das trieb ihn dazu, an Selbstmord zu denken, denn mir ist inzwischen klargeworden, daß ihm so gut wie jegliche Mittel zum Leben fehlten. Seine stark ausgeprägte asoziale Manie, zusammen mit dieser diabolischen Raffinesse, haben ihn vermutlich zu den abscheulichen Verbrechen getrieben, die zu begehen er zu Lebzeiten nicht den Mut hatte.«

»Aber worin liegt die Befriedigung in derartigen Verbrechen?« fragte Campion, der diese Frage von Anfang an nur mit Mühe hatte zurückhalten können. »Schön, er hat diese Fallen gestellt, wie wir wissen, aber was für ein Vergnügen können sie ihm nach seinem Tod denn bereiten?«

Mrs. Faraday schürzte die Lippen. »Es ist die Illustration einer bestimmten Geisteshaltung«, sagte sie, »die Sie als ein Wesen mit gesundem Verstand nur schwer begreifen werden. Lassen Sie es sich von mir sagen: Andrew hatte einen erheblichen geistigen Defekt. Er war in seinem Denken so kurzsichtig, daß es ihm nie gelang, die naheliegenden Folgen seiner Taten zu bedenken. Er sah nur die augenblickliche Wirkung, und auf die kam es ihm an. Ich glaube, seine geistige Gestörtheit lag vor allem in diesem einen, blinden Punkt, wenn wir es einmal so bezeichnen wollen.«

»Aber er hat diese Morde doch außerordentlich schlau und vorausschauend geplant«, protestierte Campion.

»Das ist richtig«, bestätigte Mrs. Faraday. »Wenn man aber seinen Plan im ganzen betrachtet, war er doch äußerst lükkenhaft und unlogisch. Er hat ein kolossales System ausgearbeitet, das Tod und Entsetzen über alle Bewohner dieses Hauses bringen sollte, und er war dabei ja bis zu einem gewissen Punkt erfolgreich. Aber betrachten Sie es einmal ganz nüchtern, wie ich das tue. Sein eigener Tod diente dazu, den Verdacht auf William zu lenken, und der Tod von Julia sollte Kitty belasten. Wie lächerlich! Warum sollten William und Kitty sich innerhalb weniger Tage dazu entschließen, jemanden zu töten? Jede dieser diabolischen Konstruktionen von Andrew wäre für sich allein erfolgreich gewesen, aber sie schwächten sich gegenseitig. Denken wir an diese einfache Todesfalle für William im Bücherschrank. Andrew schien sich noch nicht entschieden zu haben, ob er William lieber gehenkt oder vergiftet haben wollte. Er ging völlig in der Planung seiner Verbrechen auf; deshalb war er immer nur in den ersten Stadien erfolgreich, die bedauerlicherweise nicht mehr rückgängig zu machen sind.« Jetzt senkte sie die Stimme und sprach langsam und sanft, als sei Campion ein Kind, dem man etwas Kompliziertes erklären müsse. »Außerdem hatte Andrew – und ich glaube, daß das ein sehr bedeutungsvoller Punkt ist – bei der Planung seiner Verbrechen das Gefühl, als habe er damit das Haus und jeden seiner Bewohner in seiner Gewalt. Wenn er gewartet hätte, bis die Verbrechen erst geschehen waren, wäre er in Gefahr geraten, sich in seinen eigenen Netzen zu verstricken.«

Sie hielt inne und schaute ihn klug von der Seite an.

»Ja, das verstehe ich«, sagte er. »Und doch: Wie leicht hätte der ganze Plan schon zu Beginn fehlschlagen können – denn sein raffiniertester Trick, die Sache mit der Waffe, klappte nicht wie vorgesehen.«

»Natürlich«, bestätigte Mrs. Faraday. »Ich habe Sie in der Mitte Ihres Berichts unterbrochen. Sie waren an der Stelle angelangt, als Andrew von der Brücke ins Wasser stürzte.«

»Ja«, sagte Mr. Campion und hatte Mühe, seine Gedanken wieder zurückzuführen zu den konkreten Tatsachen, während es der bemerkenswerten alten Lady, die da in ihren Kissen saß, keinerlei Schwierigkeiten zu bereiten schien. »Beveridge behauptet, daß er und George daraufhin zur Brücke gelaufen seien. Sie schauten über das Geländer und konnten gerade noch Andrews Körper ausmachen, der langsam den Fluß hinuntertrieb. Sie besprachen, was nun zu tun sei, und hielten die Tat vermutlich für einen ganz normalen Selbstmord, als George unter dem Brückengeländer auf der gegenüberliegenden Seite der Brücke etwas entdeckte. Er ging hin und fand zu seiner Überraschung einen schweren Armeerevolver, an dessen Abzugsbügel eine Schnur befestigt war. Er zog daran, und aus dem Wasser kamen etwa fünf Meter Schnur, an deren Ende ein langes, zylindrisches Gewicht einer Großvateruhr festgebunden war.«

»Auf der anderen Seite der Brücke, sagten Sie?« erkundigte sich Großtante Caroline.

»Ja«, sagte Campion. »Gegenüber dem Fußpfad, auf der Seite, wo Andrew auf dem Geländer gestanden hatte. Er hatte das Gewicht über die Brücke gehängt, verstehen Sie, so daß der Revolver, nachdem er ihn abgefeuert hätte und die Muskeln seiner Hand schlaff geworden wären, über die Brücke auf die andere Seite des Flusses gezogen werden sollte, so daß man den Revolver nicht bei dem Toten finden und auf einen Selbstmord schließen konnte.«

»Und doch hat man den Revolver gefunden«, folgerte die alte Lady. »Wieso?«

»Beveridge sagt, daß die Schnur sich in einer Ritze zwischen zwei Steinblöcken verfangen hat«, erklärte Campion. »George scheint das mit einem Blick kapiert zu haben. Beveridge sagt, er habe ihm erklärt, daß sich das Wissen um ein solches Geheimnis leicht zu Geld machen lassen würde. Natürlich wagte es George nicht, den Revolver mitzunehmen, aber wenn er ihn dort ließ, wo er war, wäre Andrews Tod bald kein Geheimnis mehr gewesen. George war zu diesem Zeitpunkt ein wenig angeheitert, wie wir wissen, und er ist von Natur aus ein ziemlich sorgloser Mensch. Er nahm den Revolver und das Uhrgewicht, wickelte die Schnur darum, wie man eine Drachenschnur um einen Stock wickelt – ›Das macht die Sache noch komplizierter‹, soll er laut Beveridge gesagt haben –, wirbelte das Bündel dann um seinen Kopf und schleuderte es, so weit er konnte, in Richtung auf die Bäume des anderen Flußufers. Da das Geschoß ziemlich schwer war, kam es nicht besonders weit, aber unterwegs löste sich die Schnur, und das Ganze verfing sich in den Ästen einer Ulme, etwa zehn bis fünfzehn Meter vom Fluß entfernt. Da das Gewicht schwerer war, zog es den Revolver hinauf zu einem knorrigen Ast, wo er sich verfing und, ebenso schwarz wie der Ast, kaum zu erkennen war, während das Gewicht an der Schnur herunterhing, verdeckt vom dichten Efeu, der um den Stamm der Ulme wucherte. Ihr Chauffeur, Beveridge und ich haben Revolver, Schnur und Gewicht heute morgen geborgen, als wir zum Fluß gingen, um danach zu suchen. Kein Wunder, daß die Polizei nichts fand – wir haben, obwohl wir wußten, wo wir danach suchen mußten, eine halbe Stunde gebraucht, ehe wir die Gegenstände fanden.«

»Sehr schlau«, sagte Großtante Caroline. »Von Andrew,

meine ich. Das Uhrgewicht ist am Samstag während des Dinners heruntergefallen, also am Abend bevor er verschwand. Er muß es gleich danach weggenommen haben. Wie ich mich erinnere, ist er an diesem Abend als letzter aus dem Speisezimmer nach oben gegangen.« Sie schwieg ein paar Sekunden und schaute vor sich hin, die Augen zu schmalen Schlitzen zusammengekniffen, die Hände friedvoll auf der Überdecke des Betts gefaltet. »Ich nehme an, Sie wollen wissen, weshalb ich Andrew im Haus behalten habe, nachdem ich ihn enterbt hatte«, bemerkte sie unvermittelt. »Aber ich glaube, das war gerechtfertigt. Ich hatte in George bereits einen Verwandten, der mich von Zeit zu Zeit um kleine Summen angegangen ist. Ich wollte mir mit Andrew nicht noch einen zweiten schaffen. Obwohl er natürlich nichts gegen mich in der Hand hatte, müssen Sie bedenken«, erklärte sie. »Aber ich erspare mir unangenehme Szenen, soweit ich kann. Und außerdem«, fügte sie hinzu und schaute Campion dabei ernst an, »haben Sie vielleicht bemerkt, daß ich auf alle, die hier im Haus leben, eine gewisse Autorität ausübe. Bei Andrew freilich habe ich mich getäuscht. Ich hätte mir immer vergegenwärtigen müssen, daß er verrückt war.«

Jetzt bewegte sie sich ruhelos zwischen den reich bestickten Kissen.

»Sagen Sie«, murmelte sie in übertrieben gefühlvollem Ton, »ist es denn wirklich notwendig, daß ich dieses Haus verlasse, während es von Polizisten durchsucht wird? Der gute alte Hugh Featherstone beehrt mich zwar mit einer Einladung in sein Haus, das weiß ich, aber ich bin alt und will meine schönen Räume nicht verlassen, die mir, so oft ich sie betrete und ansehe, ein großes Wohlgefühl vermitteln.«

Campion schaute sich in dem schönen und stilvoll eingerichteten Raum um. Es war in der Tat ein großartiges und bequemes Schlafzimmer.

»Es tut mir leid«, sagte er bedauernd, »aber es ist unumgänglich, daß das ganze Haus und auch dieser Raum sorgfältig durchsucht werden. Bei einem Fall wie diesem kann man nie wissen – denken Sie an den armen George. Das war ein reiner Unglücksfall.«

»Ja«, sagte Großtante Caroline und war plötzlich wieder sehr ernst. »Er ist mit Zyankali vergiftet worden, nicht wahr? Eine auf kein bestimmtes Ziel gerichtete Schandtat von Andrew, nehme ich an?«

»Auch sie war raffiniert geplant«, sagte Mr. Campion. »Zuerst waren wir überrascht, weil Zyankali einen starken und unverkennbaren Geruch ausströmt. Normalerweise würde man denken, daß niemand es versehentlich einnehmen würde, der seiner Sinne mächtig ist. Zyankali oder Blausäure ist eines der tödlichsten Gifte, die wir kennen. Ich glaube, es gibt Leute, die allein an den Dämpfen zugrundegegangen sind. In Georges Fall freilich war die Erklärung naheliegend. Auf Andrews Kommode befand sich ein Pfeifenständer; ich habe ihn gesehen, als Joyce und ich den Raum durchsuchten. Er enthielt fünf außerordentlich vernachlässigte, verkohlte Pfeifen und eine sehr gute, neue – eine Versuchung für jeden Raucher. Ich weiß nicht, ob Ihnen jemals aufgefallen ist«, fügte er hinzu, »wie ein Mann eine Pfeife in die Hand nimmt und dann ein paarmal heftig daran saugt, um festzustellen, ob der Stiel sauber ist? Es ist eine unwillkürliche Handlung.«

»O ja, das weiß ich«, sagte Großtante Faraday. »Eine höchst ekelhafte Gewohnheit. Ich habe eine Abneigung gegen jede Form von Tabaksgenuß, aber besonders gegen das Pfeifenrauchen.«

»Nun«, erklärte Mr. Campion entschuldigend, »eine Pfeife ist praktisch das einzige, was ein Mann ohne nachzudenken in den Mund steckt. Die neue Pfeife in Andrews Gestell hatte ein Mundstück aus Lavastein, das man abschrauben konnte. Der hölzerne Teil des Pfeifenstiels war gefüllt mit fein pulverisiertem Zyankali. Der Inspector glaubt, daß aus dem Mundstück vermutlich eine leicht entfernbare Fussel oder ein Fädchen herausstand, das man mit den Fingern herauszupfen konnte. Aber diese Fussel reichte aus, um den Zyanidgeruch in der Pfeife zu halten. Ein paar verkohlte Tabaksreste dienten dem gleichen Zweck auf der anderen Seite des Pfeifenstiels. Nach dem Entfernen der Fussel und dem Ausklopfen des Pfeifenkopfs wäre es das natürlichste gewesen, sich den Stiel zwischen die Zähne zu klemmen und heftig am Mundstück zu saugen. George muß ihm direkt in diese Falle gegangen sein. Ich weiß nicht, für wen Andrew sie bestimmt hatte, aber ich glaube, es ist ihm einfach eingefallen, und er konnte der Versuchung nicht widerstehen, es auszuprobieren. Er scheint ohnehin keinen Menschen gemocht zu haben, obwohl man ihm wenigstens zugute halten kann, daß er, soweit wir das wissen, keinen derartigen Versuch gegen Sie oder Joyce unternommen hat.«

»Wie hätte er mir mehr schaden können als durch das Chaos, das er hinterlassen hat?« sagte Großtante Caroline scharf. »Nein, Andrew war nicht sehr klug, aber er hatte eine gewisse Intuition. Er wußte, daß er damit auch uns beide strafen würde, Joyce und mich. Wenn Marcus aus meiner Generation wäre – netter Junge, der er ist –, dann würde er es sich zweimal überlegen, ob er wirklich ein Mädchen heiraten sollte, das in einen solchen Skandal verwickelt ist, und sei es noch so unschuldig. Aber die Zeiten ändern sich. Und ich glaube, das ist Andrew nicht bewußt gewesen.«

Sie schwieg eine Weile, und Mr. Campion fragte sich, ob seine Audienz zu Ende war, aber dann merkte er, daß sie ihn fragend betrachtete.

»Mr. Campion«, sagte sie, »– ich habe mich an den Namen gewöhnt, mag ihn sogar –, ich sagte Ihnen, George habe mich erpreßt. Ich halte so viel von Ihnen, daß es mir unangenehm wäre, wenn Sie glaubten, daß ich etwas in der Familie hätte, dessen ich mich schämen müßte. Deshalb werde ich Ihnen jetzt mitteilen, was es mit George auf sich hatte.«

In ihrem Ton lag etwas, das Mr. Campion auf die große Ehre hindeutete, die sie ihm mit dieser Erklärung erwies.

»George«, sagte Großtante Caroline, »war der Sohn des Bruders meines Mannes, Joseph Faraday.« Die kleinen schwarzen Augen wurden wieder hart. »Ein verachtenswerter Charakter, und eine Schande für die Familie. Er wurde vor vielen Jahren in die Kolonien deportiert. Und als er zurückkam, brachte er ein kleines Vermögen und eine Frau mit. Sie lebten in Newmarket, also ziemlich in unserer Nähe. Seine Frau war eine seltsam aussehende Person eines ganz bestimmten Typs, den wir in jenen Zeiten zu ignorieren pflegten. Sie bekamen ein Kind, ein Mädchen, und als es geboren war, wurden die Gerüchte, die sich zuvor schon um die Mutter verbreitet hatten, über jeden Zweifel hinaus als Wahrheit bestätigt. Durch eine schreckliche Fügung in der Vererbung kam der Makel im Blut der Mutter ans Tageslicht.« Sie senkte die Stimme. »Das Kind hatte schwarze Hautfarbe. Ein Mulattenmädchen.«

Mr. Campion ahnte die Aufregung, die das vor sechzig Jahren in der Gesellschaft hervorgerufen haben mußte.

Großtante Caroline versteifte sich. »Natürlich zogen sie fort, und die Schande wurde totgeschwiegen. Aber zu meinem Entsetzen und dem meines Mannes zeugte dieses verbrecherische Paar, nachdem das erste Kind gestorben war, noch ein zweites. Dieses Kind war ein Junge – George. Sie denken jetzt vielleicht«, fuhr sie nach kurzer Pause fort, »daß ich töricht bin, so etwas heute noch mit so starken Gefühlen zu belasten, aber George trägt unseren Namen, und er hat immer damit gedroht, sein Mulattenblut bekanntzumachen, denn er schämt sich dessen nicht im mindesten. Ich weiß, daß es auf unserer Seite der Familie keinen derartigen Makel gibt, aber die Menschen sind nun einmal boshaft und nachlässig, was die Feststellung der verwandtschaftlichen Beziehungen betrifft und – Negerblut in den Adern der Faradays? Undenkbar!«

Wie sie so steif und aufrecht im Bett saß, wobei das Spitzenhäubchen erheblich zu ihrem würdigen Aussehen beitrug, verstand Mr. Campion sehr gut, daß sie so etwas für schlimmer hielt als einen Mord in der Familie. Er sagte nichts zu der Sache, fühlte sich aber geehrt durch ihr Vertrauen.

Nach einer Weile fuhr sie fort. »Sehen Sie, deshalb fürchte ich, daß die arme Joyce vielleicht einen seltsamen Eindruck hinterlassen hat in ihrer Haltung gegenüber George. Wissen Sie, sie kennt diese Geschichte. Angesichts dessen, daß sie bei weitem die intelligenteste Person in meinem Haus ist, habe ich sie ihr erzählt, für den Fall, daß sie sie nach meinem Tod erfahren und das als schweren Schock empfinden würde. So, junger Mann – nun haben sie die ganze Erklärung.«

Campion zögerte. Es gab noch einen Punkt, der ihn störte.

»Mrs. Faraday«, sagte er, »Sie sagten mir vor einer Woche, sie seien von Williams Unschuld überzeugt. Aber zu der Zeit konnten sie noch nicht wissen, was Mrs. Finch aussagen würde. Warum waren Sie trotzdem so sicher?«

Er fürchtete einen schrecklichen Augenblick lang, die alte Lady könnte sich über diese Frage entrüsten, aber sie schaute ihn nur an, und ein leichtes Lächeln spielte um ihre Lippen.

»Da Sie selbst so viel deduziert und konstruiert haben, junger Mann«, sagte sie, »werden Sie Sinn haben für meine Folgerungen, so einfach sie auch sein mögen. Vielleicht ist Ihnen unten in der großen Halle der alte Panamahut mit der hochgeschlagenen Krempe aufgefallen, der am Kleiderständer hängt. Der Hut hat Andrew gehört. Da Sie William kennen, werden Sie es nicht sonderbar finden, daß das ein ständiger Zankapfel zwischen ihm und Andrew gewesen ist. Kleine Geister befassen sich mit kleinen Dingen und ärgern sich auch darüber. Ich habe Andrew erlebt, wie er tagelang beleidigt war, weil er William mit dem alten Hut bei der Gartenarbeit gesehen hat, und William bestand darauf, ihn zu tragen, wann immer sich eine Gelegenheit für ihn bot, und sei es nur wegen des Widerspruchs. Als Andrew verschwunden war, und in den zehn Tagen, als er als vermißt galt, hat William den Hut täglich getragen, wenn er draußen im Garten war. Ich sah ihn von meinem Fenster aus, wie er zwischen den Blumenbeeten herumstolzierte, wo er übrigens, wie mir der Gärtner sagt, mehr Schaden als Nutzen anrichtet. Aber nachdem Andrews Leichnam entdeckt war, hat William, obwohl ich ihn mehrfach im Garten sah, den Panama nie mehr getragen, sondern seinen eigenen, grauen Schlapphut, eine Kopfbedekkung, die er noch nie zuvor im Garten getragen hatte. Ich verstand seine Abneigung gegen den Panama. Wir alle haben in uns primitive Gefühle, und dazu gehört auch eine gewisse Scheu vor der Kleidung der Toten. Daher wußte ich, daß Andrews Tod für William eine Überraschung gewesen ist.«

Campion schaute sie bewundernd an. »Ich glaube, Sie sind tatsächlich die klügste Frau, die mir jemals begegnet ist«, sagte er.

Die alte Lady reichte ihm ihre Hand. »Sie sind ein sehr guter Junge«, sagte sie. »Ich wäre Ihnen dankbar, wenn Sie mich noch nicht gleich verlassen würden. In der großen Scheune eines Hauses, wie es Hugh Featherstone bewohnt, werde ich mich völlig außerhalb meines Elements fühlen. Haben Sie seine Frau kennengelernt? Eine unnachgiebige, sehr gebildete Frau. Ich dachte mir immer, daß ihre Betten hart sein müßten... Und dann diese Reporter. Es wird außerdem eine Voruntersuchung zum Tod von George geben.«

Ihre Bitte wurde anmutig und voll weiblichem Charme vorgetragen.

»Ich bleibe«, versprach er ihr. »Überlassen Sie das alles ruhig mir.«

Sie lehnte sich zurück in ihre Kissen und seufzte leise. Campion, der vermutete, daß das Gespräch damit beendet war, stand auf und ging zur Tür. Großtante Carolines feine, klare Stimme drang zu ihm aus den Tiefen des riesigen, rosafarbenen und goldenen Betts.

»Vererbung ist doch eine erstaunliche Sache«, sagte sie. »Dabei habe ich immer gedacht, ich sei eine wesentlich intelligentere Person als Ihre Großmutter, die gute Emily.«

25

Das Pfand

Es war sechs Uhr abends, mehr als zwei Wochen später, und die Familie war bereits wieder in das völlig renovierte Herrenhaus von Socrates Close eingezogen, als Mr. Campion zu seinem Bentley ging, um nach London zurückzufahren. Er hatte vor, den Inspector mitzunehmen, und hatte sich deshalb mit ihm in der Stadt verabredet. Stanislaus Oates war zum Abschluß der Affäre noch einmal zwei Tage in Cambridge gewesen.

Campion war allein. Er hatte sich bereits verabschiedet. Großtante Caroline hatte ihm ihre abschließende Audienz gewährt. Er hatte Ann besucht und sich von Joyce und Marcus den Segen geben lassen. Der junge Christmas hatte den Bentley an die Haustür gefahren und den alten Wagen dabei mit großer Ehrfurcht behandelt, was ihm wohl auch zustand, denn der Wagen war gerade sechs Jahre jünger als der Faradaysche Daimler.

Campion wollte eben seine Benzinkutsche besteigen, als ein strahlendes, rosiges Gesicht, umgeben von einem kurzgeschnittenen Kranz weißen Haars, in der Dunkelheit zwischen den Säulen auftauchte und Onkel William die Treppe hinunter auf ihn zukam.

»Mein junger Freund, mein junger Freund!« rief er. »Ich dachte schon, ich hätte Sie verpaßt. Wollte noch ein Wort mit Ihnen reden, wissen Sie. Wollte Ihnen sagen, wie dankbar ich bin. Wir Faradays sind in der Regel keine sonderlich dankbaren Menschen, aber ich bemühe mich wenigstens. Sie haben uns aus einem satanischen Schlamassel befreit, und das gebe ich gern und gegenüber jedermann zu. Mehr kann ich dazu nicht sagen.«

»Aber ich bitte Sie!« erwiderte Mr. Campion und war geradezu peinlich berührt von diesem unerwarteten Lob.

Onkel William schüttelte den Kopf. »Nein, mich können Sie nicht täuschen«, sagte er. »Es hat eine Weile sehr schlecht ausgesehen für uns. Und – ja sicher, ich könnte tot sein! Ermordet! So etwas kann man nicht einfach übersehen.« Ein Lächeln breitete sich auf seinem Gesicht aus. »Ich hab' allerdings von Anfang an recht gehabt, das nur nebenbei. Und eigentlich wollte ich Sie daran erinnern. Wissen Sie noch, was ich das erste Mal sagte, als ich mit Ihnen sprach, im Arbeitszimmer von Marcus? Übrigens, ein verdammt unbequemes Haus, das die Featherstones bewohnen, das nur nebenbei. Ich sagte: ›Andrew liegt im Leichenhaus, und doch ist er es, der den ganzen Ärger macht‹, oder so ähnlich. Und genauso ist es gewesen. Ich hatte vollkommen recht. Also dann, leben Sie wohl, mein Junge. Ich bin Ihnen wirklich sehr dankbar. Wenn Sie sich mal ein ruhiges Wochenende gönnen wollen, vergessen Sie uns nicht.«

Mr. Campion unterdrückte das Bedürfnis, laut zu lachen, was ihm nur unter äußerster Anstrengung gelang.

»Danke«, sagte er trotz allem in tiefernstem Ton. »Leben Sie wohl, Sir.«

Onkel William schüttelte ihm heftig die Hand. »Doch nicht ›Sir‹, mein Junge. Sie haben einmal ›Onkel William‹ zu mir gesagt, und das hat mir gefallen. Schön, jemanden wie Sie in der Familie zu haben.« Er zögerte, wollte zweifellos noch irgend etwas loswerden. Dann endlich rückte er heraus damit. »Ich möchte Ihnen ein kleines Geschenk machen«, sagte er etwas ungeschickt. »Es ist nicht viel – ich besitze nicht viel auf dieser Welt. Aber ich habe Marcus sagen hören, daß Sie eine wundervolle Sammlung von Kuriositäten besitzen. Ich habe selbst etwas hier, was ich vor vielen Jahren von einer meiner Reisen zurückgebracht habe. Ich wäre sehr stolz, wenn Sie dieses Geschenk von mir annehmen würden.«

Campion, der schon einige Erfahrung mit dankbaren

Klienten und ihren Geschenken hatte, hegte diesbezüglich leichte Befürchtungen, aber er hatte eine Zuneigung zu Onkel William entwickelt und zeigte deshalb den angebrachten Ausdruck bescheidener Freude. Onkel William beobachtete ihn besorgt.

»Es steht dort oben«, sagte er. »Kommen Sie, schauen Sie es sich an.«

Seine Aufregung war rührend, und Campion stieg noch einmal aus dem Wagen, in der Hoffnung, der Inspector würde sich ein paar Minuten gedulden. Er folgte Onkel William die Treppe hinauf in die Säulenhalle.

Dort, auf einem hölzernen Podest, war eine große Glasvitrine, und darin, auf einem unbequemen Bett aus Muscheln und getrocknetem Tang, lag eines der bekannten ›Seejungfrau-Skelette‹, wie sie von skrupellosen Fischern aus Affenköpfen, -körpern und den Gräten tropischer Fische hergestellt wurden. Auf ein Exemplar dieses uralten Betrugs wies nun Onkel William mit großem Stolz hin.

»Das hab' ich von einem Kerl in Port Said gekauft«, sagte er. »Damals hab' ich es ganz großartig gefunden. Finde es eigentlich immer noch. Nehmen Sie es mit? Ich hatte es dreißig Jahre und ... Ich glaube, ich habe sonst nichts Interessantes.«

Mr. Campion schien überwältigt zu sein. »Das ist wirklich sehr, sehr nett von Ihnen«, begann er nervös.

»Dann nehmen Sie es, mein Junge.« Onkel Williams Freude war die eines kleinen Jungen. »Ich hab' alles, was ich besitze, auf mein Bett gelegt«, fuhr er vertraulich fort. »Hab' mir die Sachen angeschaut und mich dafür entschieden. Und – ich hätte Ihnen nichts geben können, was mir selbst mehr am Herzen gelegen hätte.«

Mr. Campion nahm das Geschenk an in dem Geist, wie es gegeben wurde, und hievte gemeinsam mit Onkel William die etwas unhandliche Trophäe auf den Rücksitz des Bentleys. Dann schüttelten sie sich die Hände.

Und Mr. Campion hatte gerade den Motor angelassen, als sich Onkel William an seine zweite Mission erinnerte.

»Hier, warten Sie noch einen Moment«, sagte er. »Beinahe hätte ich es vergessen. Mutter hat mir gesagt, ich solle Ihnen dies geben. Sie dürfen es aber erst öffnen, wenn Sie zu Hause sind. Ich glaube, sie hält Sie für einen kleinen Jungen. Aber man muß der alten Lady ihren Willen lassen. Da.«

Er drückte dem jungen Mann ein Päckchen in die Hand und trat dann vom Wagen zurück.

»Wir sehen uns, wenn Sie zur Hochzeit der jungen Leute herkommen«, rief er. »Das wird noch in diesem Sommer sein. Hoffentlich ist es dann schon so weit, daß ich Ihnen die ersten Kapitel meiner Memoiren vorlesen kann. Ich habe mir vorgenommen, sie zu schreiben, wissen Sie. Dieser Zeitungsmensch hat mich auf die Idee gebracht, aber er wollte, daß ich sie für seine Zeitung schreibe – als hier noch alles in Aufruhr war. Damals hab' ich dem Kerl für seine Impertinenz nicht gedankt, aber später ist mir der Gedanke gekommen, daß ein anständig gebundenes Buch uns allen Ehre brächte. Und obendrein wäre ich beschäftigt. Jetzt gibt es nicht mehr viele, mit denen ich reden kann, seit man Kitty in das Sanatorium gebracht hat. Aber das macht vielleicht gar nichts. Ich muß mich eben um mich selbst kümmern. Ich bin immer noch in Behandlung, müssen Sie wissen.« Seine kleinen blauen Augen flackerten. »Aber ich bleibe bei meinem Schluck vor dem Zubettgehen, ganz gleich, was der Doktor sagt. Leben Sie wohl, mein Junge. Wenn ich etwas für Sie tun kann, lassen Sie es mich wissen.«

»Leben Sie wohl«, sagte Mr. Campion. Er legte den Gang ein und fuhr langsam hinaus aus dem Tor, ließ das alte stille Haus hinter sich, das friedlich und unschuldig im Abendlicht auf dem Hügel lag. Onkel William stand auf der Treppe und winkte mit dem Taschentuch.

Stanislaus Oates war geneigt, sich über die Verspätung zu beschweren, aber der Anblick der ›Seejungfrau‹ brachte seine gute Laune in einem Maße zurück, daß Mr. Campion der Meinung war, das Geschenk sei schon deshalb alle Mühen wert gewesen.

»Wie hoch ist die Strafe für eine Geschwindigkeitsübertretung mit einem Chief Detective-Inspector auf dem Beifahrersitz?« fragte er, als sie die freie Straße nach Bishop's Stortford und der City erreicht hatten.

»Tod durch Strang«, sagte der Inspector düster. »Genau wie bei jedem anderen Beifahrer. Lassen Sie sich Zeit, ich will mich zurücklehnen und wieder einmal Frieden schließen zwischen mir und der Welt.«

»Ich weiß gar nicht, was Sie zu meckern haben«, sagte Campion. »Sie sind doch sehr gut aus dieser Geschichte herausgekommen. Mein Patenkind wird alles über seinen Vater lesen können, in einer enthusiastischen Presse. Die Presse hat sich übrigens bei der Sache gut geschlagen. Ist es Ihnen jemals passiert, Stanislaus, daß Ihre rein zufälligen Ahnungen sich schließlich als völlig gerechtfertigt erwiesen haben? Wenn Sie und ich nicht gleichzeitig, rein zufällig und unabhängig voneinander, den kleinen Hof mit dem Grab an dem gewissen Donnerstag als Treffpunkt gewählt hätten, dann hätten Sie dort ein Gespräch mit Vetter George geführt. Er hätte versucht, Ihnen den Vorrang für die Rechte an seiner kleinen Kriminalgeschichte einzuräumen. Sie hätten alles aus ihm herausgebracht, ohne zu zahlen, und das Rätsel von Andrews Tod wäre gelöst worden an dem Tag, als man seine Leiche fand.«

Stanislaus dachte ernst über diese Bemerkung nach. »Sehr wahrscheinlich«, räumte er zuletzt ein. »Natürlich kann man der Geschichte dieses alten Schurken Beveridge keinen großen Glauben schenken, obwohl sie den Geschworenen bei der Voruntersuchung glatt hinuntergerutscht ist. Dieser George hatte offenbar Mut – wenn auch nur die Hälfte von dem stimmt, was Beveridge behauptet. Sich vorzustellen, wie er den Revolver versteckte und mich dann verfolgte – wahrscheinlich, weil ich gerade befördert worden bin –, um mir seine verdammte Geschichte zu erzählen! Er hat wohl gedacht, er könne ein Geschäft daraus machen. Ich bekomme die Ehre, er bekommt das Geld.«

»Die Raffinesse scheint in der Familie verbreitet zu sein«, bemerkte Mr. Campion. »Und dieser Beveridge ist auch eine interessante Figur. Obwohl ich vermute, seine Bewunderung für George ist das Bemerkenswerteste an ihm.«

»Ach, ich weiß nicht«, antwortete der Inspector. »Dieser pittoreske Typ wirkt anziehend auf schlichte Gemüter. Was mir ungewöhnlich vorkommt, ist die Tatsache, daß der alte Gauner den Mut aufgebracht hat, die Melone des Toten zu klauen. Ich weiß, er hat das Futter herausgerissen – und ich weiß auch, daß er den Hut absichtlich ramponiert hat. Aber stellen Sie sich vor, Sie haben gerade einem Mann beim Selbstmord zugesehen, haben Ihren Freund beobachtet, der die Beweise so veränderte oder vernichtete, daß es möglichst nach einem Mord aussieht, und sind dann munter davonmarschiert mit dem Hut des Toten auf dem Kopf, wobei Sie allerdings noch lange genug halt machen, um Ihren eigenen, alten Hut unter einem Laubhaufen zu begraben – hundert Meter weiter unten am selben Fußweg!«

»Ich verstehe durchaus, daß Beveridge so etwas tut«, sagte Campion. »Aber nicht, daß George deshalb auf ihn wartet. Wahrscheinlich waren die zwei ganz schön angeheitert.«

»Das muß es gewesen sein«, brummte der Inspector. »Und dann den Revolver auf den Baum zu schleudern, wie er es getan hat! Dachte, der alte Bowditch bekommt einen Anfall, als er hörte, wo sich die Tatwaffe die ganze Zeit über befunden hat. Das war das erste Mal, daß er aufhörte zu grinsen«, fügte er bissig hinzu. »Übrigens, Sie hatten recht mit den Fußabdrücken. Es war kein Scherz. Ich schulde Ihnen fünf Shilling. Das heißt, ich habe durch die Geschichte insgesamt vier Shilling und neun Pence gewonnen. Selbst Sie sind besser davongekommen: Sie haben wenigstens eine Seejungfrau.«

»Bescheiden, wie ich bin, wollte ich Sie darauf hinweisen, daß ich auch mit dem ›B‹ recht gehabt habe«, sagte Mr. Campion. »Erstaunlich, wie lange die Geschworenen brauchten, um das zu kapieren«, fuhr er fort. »Selbst als Beveridge es ihnen dann erklärt hat. Ach, und, Stanislaus, um eine alte und peinliche Sache noch einmal auszugraben: Warum haben Sie nicht gleich Onkel Williams Alibi überprüfen lassen? Ich meine, nachdem ich Sie so nachdrücklich darauf hingewiesen hatte?«

»Weil ich mir absolut sicher war, daß es ein solches Alibi nicht gab«, sagte Stanislaus nach einer Pause. »Es ist wirklich ein ungewöhnlicher Fall. Wenn es dieses Alibi nicht gegeben hätte, dann hätten Sie nicht sehr gut ausgesehen. Ja, ich habe das Alibi von William deshalb nicht überprüfen lassen, weil ich mir mehr als sicher war, daß er keines hatte.«

»Glaubten Sie denn, er sei der Täter gewesen?« fragte Mr. Campion überrascht.

»Ich *wußte*, daß er es war«, erwiderte Inspector. »In einem normalen Fall wäre er es gewesen. Es gibt nicht immer Wahnsinnige, die falsche Beweise auslegen – oder halb falsche, was noch schlimmer ist –, wo kämen wir denn da hin? Dann könnte man ja gleich selbst in die Klapsmühle gehen und dort bleiben, nicht wahr? Tut mir leid, daß ich eine Zeitlang wütend war auf Sie, Campion, aber als Sie mit dieser Wirtin dahergekommen sind, habe ich gedacht, ich hätte meinen Job verfehlt. Ich konnte es eigentlich bis zum Schluß nicht ganz glauben«, fuhr er rasch fort, »obwohl dieser letzte Zyankali-Mord recht überzeugend war. Das war die richtige Mischung aus Schlauheit und Wahnsinn – ein ausgeklügelter, raffinierter Plan, um irgend jemanden zu töten – wer immer eben gerade in der Nähe war. Sicher, danach, als wir dem allem nachgegangen sind und Seeleys Bewegungen nachvollzogen, als wir herausfanden, daß er Medizin studiert hatte, als wir im Gartenschuppen eine Retorte und ein paar Tiegel gefunden hatten und schließlich den Apotheker ausfindig machten, der ihm das Zyankali verkauft hatte, sah die Sache etwas anders aus.«

»Dann hat er also das Schierlingsgift selbst destilliert?« fragte Campion. »Einfach die Pflanze ausgekocht? Wir werden es kaum beweisen können, aber ich nehme an, daß es nicht einfach gewesen ist.«

»War es auch nicht«, sagte der Inspector. »Sie haben ja den alten Hastings bei der Vorverhandlung gehört. Er meinte, es sei schwierig. Aber auf diese Weise war Andrew beschäftigt. Muß ein schreckliches Leben sein, wenn man in einem solchen Haus lebt und nichts zu tun hat.«

Mr. Campion nickte. »Typisch für ihn, daß er sich ausgerechnet Schierlingsgift ausgesucht hat«, bemerkte er. »Das klassische Gift im alten Athen. Sokrates ist damit getötet worden, nicht wahr?«

»Ich weiß nichts von Sokrates«, erwiderte der Inspector. »Aber ich weiß, daß es Socrates Close ziemlich durcheinandergebracht hat. Es war so einfach – das war es, was mich beunruhigt hat. Genau wie das Zyankali. Jeder in England kommt an Zyankali heran; er braucht nur von Wespennestern daherzufaseln und in einem Buch mit falschem Namen zu unterschreiben. Nein, das einzige, wobei dieser Seeley auf dem Gebiet der Gifte Quatsch gemacht hat, war das Zeug auf der Klinge des Papiermessers. Hastings sagte mir, er halte es für eine Art Schlangengift; vielleicht stammte es von einem der vergifteten Pfeile, die die Leute von der Goldküste mitbringen. Aber er konnte es nicht genau definieren. Es war nicht sehr stark. Aber er konnte immerhin Gift auf der Klinge nachweisen.«

»Was für ein Glück, daß er nicht noch etwas von seinem selbstdestillierten Schierling in eine Kognakflasche gegeben und diese in eines der Bücher gestellt hat«, sagte Mr. Campion und erschrak noch nachträglich über seinen eigenen Gedanken.

»Nein, das wäre nicht raffiniert genug gewesen«, meinte

der Inspector. »Diese kleinen Tricks waren alle schon lange im vorhinein ausgedacht worden – raffinierte Ideen, die er nicht vergeuden wollte. Passen Sie doch auf, Campion. Es ist ein schöner Abend. Lassen Sie sich Zeit.«

Der junge Mann verlangsamte gehorsam die Fahrt. »Nur noch eines, dann wird mein Geist endlich zur Ruhe kommen«, sagte er. »Onkel Andrew ist doch sicher nicht mit einer Rolle Schnur, einem Revolver und einem Uhrgewicht zur Kirche gegangen. Wo hat er die Sachen versteckt, bevor er sie benützte? Ich glaube zu wissen, wie er seinen Vetter losgeworden ist. Onkel William ist der Typ, der nie und nimmer zu Fuß größere Umwege machen würde, und ich nehme an, Andrew war ein Meister seines Fachs, wenn es darum ging, einen Streit mit ihm vom Zaun zu brechen. Aber wo hat er sein Handwerkszeug aufbewahrt?«

»In dem Schuppen am Fluß«, sagte der Inspector. »Ich habe mich nicht allzu sehr mit diesem Punkt befaßt, weil ich meinte, wir hätten etwas bemerken müssen, selbst wenn die Spuren schon zehn Tage alt waren. Aber ich sage Ihnen im Vertrauen, wir haben einen Ziegelstein aus dem Fluß gefischt, der nicht von der Brücke stammte, und ich glaube, daß dieser Ziegelstein das ursprünglich vorgesehene Gegengewicht für den Revolver war. Doch dann fiel während des Dinners das Uhrgewicht herunter und lenkte auf diese Weise die Aufmerksamkeit auf sich. Zweifellos erschien es ihm gegenüber dem Ziegelstein als eine Verbesserung – eine elegantere Lösung. Na schön, jetzt ist alles klar, aber ich gebe zu, es war ein unangenehmer Monat. Momentan bearbeite ich eine nette, kleine Sache in Stepney. Ein klarer Fall von Münzfälschung. Kommt mir vor wie eine Lunge voll frischer Luft.«

Mr. Campion gab keine Antwort, und erst als sie sich den Außenbezirken Londons näherten, begann der Inspector wieder zu sprechen.

»Das hätte man nie gedacht, was?« bemerkte er. »Es waren doch eigentlich so nette Leute.«

Aber Mr. Campion war in seine eigenen Gedanken verloren.

Erst als er in seiner Wohnung in der Bottle Street eingetroffen war und als Lugg um ihn herumhüpfte wie eine aufgeregte Henne um das verlorene Küken, fiel ihm wieder das Päckchen ein, das ihm Onkel William beim Verlassen von Socrates Close in die Hand gedrückt hatte. Jetzt zog er es aus der Tasche und begann, es langsam auszupacken. Lugg beobachtete ihn mit Interesse.

»Noch ein Souvenir?« fragte er zweifelnd. »Ob es das Ding draußen in der Diele aussticht? Sie hätten mich mitnehmen müssen.«

»In diesem Punkt befinden Sie sich im Irrtum«, sagte sein Herr mit Nachdruck. »Halten Sie einen Moment lang den Mund.«

»Nervös, was?« protestierte der Hüne.

Campion ging nicht auf ihn ein. Er hatte die Verpackung entfernt, und nun lag ein kleines Holzschächtelchen vor ihm, eine wunderschöne Tunbridge-Wells-Arbeit. Er nahm sie bewundernd in die Hand und öffnete den Deckel. Als er einen Blick auf den Inhalt geworfen hatte, stieß er einen Laut der Überraschung aus, und Lugg, der unter seinem Arm hindurchschaute, schwieg in respektvoller Bewunderung.

Auf einem Polster aus rosafarbener, abgesteppter Seide lag eine herzförmige Miniatur. Es war ein wunderschönes Stück, der Rahmen mit kleinen Rubinen und Brillanten besetzt.

Auf der Elfenbeinschnitzerei war das Porträt eines Mädchens.

Ihr glattes, schwarzes Haar war in der Mitte gescheitelt und auf beiden Seiten des Gesichts in kleinen Löckchen angeordnet. Ihre dunklen Augen waren ernst und groß, die kleine Nase gerade, und ihre Lippen lächelten. Sie war sehr schön.

Mr. Campion brauchte eine Weile, bis ihm klar wurde, daß er ein frühes Porträt von Mrs. Caroline Faraday in der Hand hielt.

Margery Allingham im Diogenes Verlag

Die Handschuhe des Franzosen
Kriminalgeschichten
Aus dem Englischen von Peter Naujack
Zeichnungen von Georges Eckert
detebe 20929

Trau keiner Lady
Roman. Deutsch von Gerd van Bebber
detebe 21567

Gefährliches Landleben
Roman. Deutsch von Brigitte Mentz
detebe 21568

Süße Gefahr
Roman. Deutsch von Peter Fischer
detebe 21569

Judaslohn
Roman. Deutsch von Edith Walter
detebe 21570

Wenn Geister sterben
Roman. Deutsch von Brigitte Mentz
detebe 21616

Überstunden für den Totengräber
Roman. Deutsch von Theda Krohm-Linke
detebe 21630

Tänzer in Trauer
Roman. Deutsch von Irene Holicki
detebe 21691

Polizei am Grab
Roman. Deutsch von F.A. Hofschuster
detebe 21744

Blumen für den Richter
Roman. Deutsch von Marie Rieger
detebe 21821

Muriel Spark
im Diogenes Verlag

»Ich bin Mrs. Hawkins«
Roman. Aus dem Englischen von Otto Bayer
Leinen

Memento Mori
Roman. Deutsch von Peter Naujack
detebe 20892

Junggesellen
Roman. Deutsch von Elisabeth Schnack
detebe 20893

Portobello Road
Erzählungen. Deutsch von Peter Naujack und Elisabeth Schnack. detebe 20894

Die Blütezeit der Miss Jean Brodie
Roman. Deutsch von Peter Naujack
detebe 21055

Die Tröster
Roman. Deutsch von Peter Naujack
detebe 21089

Robinson
Roman. Deutsch von Elizabeth Gilbert
detebe 21090

Die Ballade von Peckham Rye
Roman. Deutsch von Elisabeth Schnack
detebe 20119

Vorsätzlich Herumlungern
Roman. Deutsch von Hanna Neves
detebe 21195

Mädchen mit begrenzten Möglichkeiten
Roman. Deutsch von Kyra Stromberg
detebe 21399

Das Mandelbaumtor
Roman. Deutsch von Hans Wollschläger
detebe 21466

Päng päng, du bist tot
Erzählungen. Deutsch von Matthias Fienbork
detebe 21533

Hoheitsrechte
Roman. Deutsch von Mechtild Sandberg
detebe 21580

Das einzige Problem
Roman. Deutsch von Otto Bayer
detebe 21599